HEYNE
BÜCHER

Von Catherine Coulter
sind als Heyne-Taschenbücher erschienen:

*Lord Deverills Erbe* · Band 04/15
*Liebe ohne Schuld* · Band 04/45
*Magie der Liebe* · Band 04/58
*Sturmwind der Liebe* · Band 04/75
*Die Stimme des Feuers* · Band 04/84
*Die Stimme der Erde* · Band 04/86
*Die Stimme des Blutes* · Band 04/88
*Jadestern* · Band 04/96
*Calypso* · Band 04/104
*Sherbrooke-Braut* · Band 04/122
*Die Satansbraut* · Band 04/126
*Karibische Nächte* · Band 04/129
*Mitternachtssonne* · Band 04/135
*Ein ehrbares Angebot* · Band 04/139

HEYNE ROMANE FÜR »SIE«
Nr. 04/154

Titel der Originalausgabe
LORD OF FALCON RIDGE

Aus dem Amerikanischen von
Traudi Perlinger


Printed in France 1995
Umschlagillustration: Pino Daeni/Schlück
Umschlaggestaltung: Atelier Ingrid Schütz, München
Satz: Compumedia Gesellschaft für
Informationsgestaltung mbH, München
Gesamtherstellung: Brodard & Taupin

ISBN 3-453-09003-9

CATHERINE COULTER

# DER HERR DER FALKENSCHLUCHT

*Roman*

Deutsche Erstausgabe

WILHELM HEYNE VERLAG
MÜNCHEN

*Für meinen Schwager,*
*den klugen, gewitzten John Blaise Pogany,*
*der Ihnen ein Haus verkauft,*
*Ihre Buchhaltung in Ordnung bringt und*
*einen Drink zu mixen versteht.*
*Du bist in Ordnung, Blaise.*

CC

# KAPITEL 1

## Gehöft Malverne
## Vestfold, Norwegen
## 922 n. Chr.

Zum ersten Mal hatte Cleve den Traum in der Nacht des dritten Geburtstages seiner Tochter. Er schlief tief im Halbdämmer der Mittsommernacht, in der es nie ganz dunkel wird, als der Traum begann. Er stand auf einem schmalen Felsvorsprung und sog die warme, feuchte Luft ein. Unter ihm rauschte ein Wasserfall, der über glatte Felsen in die Tiefe stürzte. Leichter Nebel hüllte ihn. Plötzlich wurde es kalt, und er hüllte sich fröstelnd enger in seinen Umhang.

Er stand unter mächtigen Bäumen inmitten rot und weiß blühender niedriger Stauden, die direkt aus den herumliegenden Felsbrocken zu wachsen schienen. Dann folgte er einem gewundenen Pfad und schob tiefhängende Zweige und Blattwerk beiseite. Am Fuße des Hügels wartete ein Pony auf ihn, das rabenschwarz war und eine sternförmige Blesse auf der Stirn hatte. Das Tier schnaubte leise. Cleve kannte das Pony. Er kannte auch die Landschaft mit den Felsbrocken, den Wasserfällen, dem Sprühregen, der schwülen, süßduftenden Luft, die ihm die Tränen in die Augen trieb.

Auf dem Rücken des Ponys lag ein Wolfsfell, das ein wenig verrutschte, als er aufsaß. Er galoppierte über eine bunte Blumenwiese. Der Sprühregen hörte auf, die Sonne brannte vom Himmel. Schweißperlen standen ihm auf der Stirn. Am Rand der Wiese schlug das Pony einen Pfad nach Osten ein. Der Schweiß brannte ihm in den Augen und lief ihm aus allen Poren. Diesen Weg sollte er nicht einschlagen. Bange Furcht krampfte ihm den Magen zusammen. Er sollte in eine andere Richtung reiten, weit fort, um es nie wiedersehen zu müssen ... was? Er saß auf dem Rücken des Pferdes und schüttelte heftig den Kopf. Nein, er würde nie wieder zurückkehren. Doch er hatte keine Wahl. Und plötzlich war er angekommen und blickte bang auf den mächtigen Holzbau mit seinem moosbedeckten Schindeldach. Es war kein Wohnhaus, es war eine Festung. Und alles war sonderbar still, obgleich Männer und Frauen auf den Feldern arbeiteten, Brennholz heranschafften, Kinder ermahnten. Ein Mann mit mächtigen Armen hob ein Schwert über den Kopf und prüfte sein Gewicht. Kein Laut war zu hören, kein Lachen, keine Wortfetzen. Es herrschte tödliche Stille, und Cleve wußte, daß es nie anders war. Doch dann vernahm er eine leise Stimme aus der Festung. Er zögerte einzutreten. Die Stimme wurde lauter, als das riesige Holztor sich öffnete. Durch die Rauchschwaden einer Feuerstelle sah er Männer, die ihre Äxte schärften und Helme polierten. Er sah Frauen, die webten, nähten und kochten. Eine Alltagsszene, normal und friedlich, und dennoch wollte er weglaufen – aber er war zu keiner Bewegung fähig. Dann sah er *sie*. Sie stand da mit gesenktem Kopf, ihr goldenes Haar glänzte. Sie war so zierlich und wirkte so wehrlos. Cleve machte einen zögernden Schritt rückwärts, schüttelte den Kopf, und eine schmerzliche Wehmut stieg in ihm auf. Sie hatte seinen Wollumhang gesponnen, gewebt und gefärbt. Er zog ihn eng um die Schultern. Etwas in ihm ahnte die Gefahr, in der sie schwebte. Gleichzeitig wußte er aber, daß er die kommenden Ereignisse nicht aufhalten konnte. Er stand vor der Festung und hörte die gedämpfte Stimme, die irgendwo in der riesigen Halle sprach. Eine tödliche Stimme, die ebenso tödlich war wie der Mann, dem sie gehörte. Bald würde er schweigen. Alle würden schweigen, nur sie nicht. Die tiefe Stimme murmelte weiterhin Worte, bis sie vom gellenden Schrei der Frau unterbrochen wurde. Cleve wußte, was geschehen war.

Er rannte um sein Leben, hielt vergeblich Ausschau nach dem Pony; es war verschwunden. Er hörte einen Schmerzensschrei, dann noch einen und noch einen. Die Schreie wurden lauter. In ihm breitete sich eine unaussprechliche Leere aus, bis er nichts mehr sah und sich selbst in Nichts aufgelöst hatte.

Schreiend fuhr er in seinem Kastenbett hoch.

»Papa.«

Er hörte ihre helle Stimme, noch bevor er zur Besinnung kam, und bevor er das namenlose Entsetzen abschütteln konnte – ein Entsetzen, das ihn zerfraß. Er wußte …

»Papa. Du hast geschrien. Hast du geträumt?«

»Ja«, brachte er endlich hervor und blickte in das von goldblonden Kringellocken umrahmte Kindergesicht seiner Tochter. »Es war nur ein böser Traum, weiter nichts. Komm Schatz, laß dich umarmen.«

Er versuchte sich einzureden, daß es nur ein Traum war, ein bedeutungsloser Traum, der vermutlich nur daher rührte, weil er mit vollem Magen zu Bett gegangen war.

Er hob die Kleine hoch, schloß sie in die Arme und drückte sie an sein Herz, dieses kleine, unschuldige Wesen, das seinen Lenden entsprungen war. Er versuchte, die Gedanken an ihre Mutter Sarla zu verdrängen, die Frau, die er einst geliebt hatte und die ihn töten wollte. Sein Herz klopfte heftig und kalter Schweiß stand ihm auf der Stirn.

Kiri küßte sein Kinn und schlang ihre dünnen Ärmchen um seinen Hals. Sie drückte ihn fest an sich und lachte. Erst jetzt kam er völlig zu sich. Es war nichts weiter als ein böser Traum gewesen.

»Heute habe ich Harald verhauen«, plapperte sie drauflos. »Er ließ mich nicht mit seinem Schwert spielen. Weil ich ein Mädchen bin und was anderes lernen muß als Männer töten, sagt er. Und ich habe ihm gesagt, daß er auch kein Mann ist, sondern nur ein kleiner Junge. Da wurde er ganz rot im Gesicht und gab mir Schimpfnamen, und dann hab' ich ihn verhauen.«

»Weißt du noch, welche Schimpfnamen er dir gegeben hat?«

Sie verneinte, den Kopf an seine Brust geschmiegt. Er lächelte, obwohl ihm weh ums Herz war. Er konnte ihr die Wahrheit nicht ewig verheimlichen. Kinder hörten, wenn die Erwachsenen von früher redeten und von Sarla, sie merkten, wenn sie sich dabei suchend nach Kiri umschauten, die nicht die geringste Ähnlichkeit mit ihrer Mutter hatte. Kiri war ihm wie aus dem Gesicht geschnitten. Suchten die Leute im Gesicht seiner Tochter nach Spuren von Sarla?

Er drückte sie zärtlich an sich. Er liebte das Kind abgöttisch, ihr hübsches Gesicht, bei dessen Anblick die Männer später einmal den Verstand verlieren würden. Schon als Säugling hatte sie die Händchen nach dem Messer ihres Vaters ausgestreckt, und nicht nach der Stoffpuppe, die Tante Laren für sie gemacht hatte. Nachts legte er Kiri die Puppe in die Arme, um Laren nicht zu kränken.

Nun flüsterte er seiner schlafenden Tochter ins Haar: »Ich träumte von einer Gegend, wo es ganz anders aussieht als in Norwegen. Aber irgendwie kam mir das Land bekannt vor. Dort gab es Nebel, so durchsichtig wie gesponnene Seide, der alles in ein lichtes Grau hüllte. Und überall gab es weiß und rot blühende Stauden. Ein Land, das ganz anders war als jeder Ort, wo ich je im Leben war. Doch es war mir so vertraut. Ich habe alles wiedererkannt, und noch nie in meinem Leben habe ich mich mehr gefürchtet.«

Er schwieg, denn er wollte nicht mehr davon sprechen. Der Traum machte ihm Angst, das gestand er sich offen ein. Angst wovor? Er konnte es nicht erklären. Er küßte den Scheitel seiner kleinen Tochter und bettete sie an seine Seite. Gegen Morgen schlief er ein, der betörende Duft der fremdartigen Blüten schien die Kammer zu erfüllen.

## Gehöft Malverne
## Vestfold, Norwegen
## zwei Jahre später

»Verdammt, Cleve, ich hätte dich umbringen können. Du stehst da wie ein Ochse ohne einen Funken Verstand und läßt dich abschlachten. Was ist los mit dir? Wo zum Teufel ist dein Messer? Du mußt es gegen mein Herz richten, du verrückter Kerl.«

Cleve blickte Merrik Haraldsson kopfschüttelnd an, den Mann, der ihm, Laren und ihrem kleinen Bruder Taby vor fünf Jahren in Kiew das Leben gerettet hatte. Merrik war sein bester Freund und hatte ihm das Kämpfen beigebracht. Nun stapfte Merrik mit dem Bogen in der Hand verärgert auf ihn zu, weil Cleve sich nicht aggressiv genug verteidigt hatte. Man lebte schließlich in einer unsicheren Welt. Überall lauerten Gefahren, auch hier auf Malverne, Merriks stattlichem

Anwesen. Der Hof lag mitten in fruchtbarem Ackerland, von hohen Bergen umgeben am Ufer des Fjordes, dessen Wasser in der Sommersonne tiefblau schimmerte.

Cleve wartete ab. Merrik war bis auf eine Armlänge herangekommen. Mit einer blitzschnellen halben Drehung hob er das Bein und trat Merrik vor den Bauch, nicht zu tief, um den Freund nicht unnötig zu verletzen. Fast zeitgleich setzte er ihm das Knie vor die Brust, streckte ihn rückwärts zu Boden und hockte sich rittlings auf ihn. Die Messerspitze hielt er ihm an den Hals.

Merrik machte ein verdutztes Gesicht, bevor seine Knie hart im Rücken seines Schülers landeten, dem nun die Luft wegblieb. Dann schnellte er zur Seite und sein kräftiger Arm flog hoch, in der Absicht, Cleve hinter sich auf den Boden zu schleudern. Doch der klemmte Merriks Brustkasten zwischen die Oberschenkel und ließ nicht locker. Wäre Merrik ein Feind gewesen, hätte Cleves Messer ihm längst mit einem schnellen Schnitt die Kehle aufgeschlitzt. Doch es war nur ein Kampftraining. Die Männer würden noch lange ringen und sich gegenseitig weitere Schmerzen zufügen. Ächzen und Stöhnen würde in den blauen Frühlingshimmel aufsteigen, bevor Merrik sich geschlagen gab, wenn überhaupt. Merrik war ein listenreicher Kämpfer, und Cleve hatte auch nach fünf Jahren noch nicht alle seine Tücken durchschaut.

Oleg schrie: »Aufhören, ihr Raufbolde! Ihr bringt euch noch gegenseitig um. Wenn Laren euch erwischt, versohlt sie euch mit der flachen Seite von Merriks Schwert den Hintern. Und dann küßt sie Merrik solange, bis er auf andere Gedanken kommt.« Lachend stand er über ihnen, die Hände in die Hüften gestemmt. Oleg war ein großer Mann, goldblond wie die meisten Wikinger, und seine Augen waren so blau wie der Sommerhimmel.

Als Cleve endlich den Griff um den Hals seines Lehrmeisters lockerte, hielt Merrik die offenen Handflächen nach außen. »Ich gebe mich geschlagen. Eigentlich bin ich längst tot. Du bist sehr geschickt mit dem Messer geworden. Und dann besitzt du die Frechheit, es wegzuwerfen und mich zu erdrosseln, auch ein Trick, den ich dir beigebracht habe.«

»Du bist wütend geworden, Merrik. Wie oft hast du mir gepredigt, ein Mann sei ein Dummkopf, wenn er sich im Zweikampf dazu hinreißen läßt, wütend zu werden.« Cleve grinste breit auf ihn herunter. »Aber du hattest ohnehin keine Chance, ob wütend oder nicht.«

Merrik fluchte laut und lang, bis die drei Männer lachten, andere dazukamen und ihre eigenen Tricks und Tücken im Zweikampf zum Besten gaben.

Cleve gab Merrik frei und bot dem Freund die Hand. Er hätte Cleves Arm brechen oder ihn mit einer Körperdrehung in den Sand schleudern können, doch er hatte sich geschlagen gegeben, und damit war das Kampftraining beendet.

Plötzlich wurde Merrik ernst wie damals im letzten Frühling, als das Fieber Malverne heimsuchte und zehn seiner Leute dahinraffte. »Hör zu, Cleve. Du darfst nie die Wachsamkeit verlieren. Irgendwo lauert immer Gefahr. Weißt du noch, wie meine Base Lotti vor ein paar Wochen von einem wilden Eber im Gerstenfeld angegriffen wurde? Wäre nicht Egill zufällig in der Nähe gewesen, hätte ihr letztes Stündlein geschlagen. Man muß immer auf der Hut sein.«

Cleve hatte den Vorfall keineswegs vergessen. Und die Erinnerung ließ ihm das Blut in den Adern gefrieren. Cleve hatte große Achtung vor Lotti, die nicht sprechen konnte, sich aber mit einer selbst erfundenen Fingersprache ebenso verständlich machte wie jemand, der sprechen konnte. Und alle Bewohner von Malverne, ihre Kinder, ihr Ehemann Egill verstanden sie und sprachen auf diese Weise mit ihr. Cleve hatte in den vergangenen fünf Jahren einige Zeichen gelernt, doch er würde wohl nie so schnell und geschickt mit den Fingern reden wie Lotti oder Egill.

»Ich dachte gerade an meinen Traum«, sagte Cleve und wünschte sich sofort, den Mund gehalten zu haben. Träume waren für die Wikinger sehr wichtig. Jeder Traum wurde erzählt und eingehend gedeutet, bis alle zufrieden feststellten, daß nichts Schlimmes zu befürchten sei.

»Welcher Traum?« fragte Oleg, der den beiden Männern einen Becher mit klarem Fjordwasser reichte, das im späten Frühjahr noch so kalt war, daß einem die Kehle vereiste.

»Ein Traum, der sich schon fünfmal wiederholte.«

»Fünf Nächte hintereinander?«

»Nein, Oleg, fünfmal in den letzten zwei Jahren. Mit jedem Mal wurde er ausführlicher und deutlicher wie Ilerias Wandteppiche, und dennoch kann ich mir noch immer nicht erklären, was er bedeutet. Aber er bedeutet etwas, das weiß ich. Es ist sehr vertrackt.«

»Erzähl«, forderte Merrik ihn auf. »Ein Traum, der sich immer ausführlicher wiederholt, kann etwas sehr Wichtiges bedeuten, Cleve. Er kann zukünftige Ereignisse anzeigen, oder Gefahren, von denen wir noch nichts ahnen.«

»Ich kann nicht, Merrik. Noch nicht. Er handelt nicht von euch oder von diesem Land. Er handelt von der Vergangenheit, einer lang zurückliegenden Vergangenheit.«

Merrik drängte ihn nicht weiter. Cleve war nicht minder eigensinnig wie Laren, Merriks rothaarige Frau. Auf dem Weg zum Fjord, wo sie zusammen mit einigen anderen Männern und Halbwüchsigen schwimmen wollten, wechselte er das Thema. »Du reist morgen in die Normandie an Herzog Rollos Hof. Berichte dem Herzog, daß wir ihn nach der Ernte besuchen werden.« Er schwieg eine Weile, und sein Gesicht strahlte große Zärtlichkeit aus, als er hinzufügte: »Sag Taby, daß ich ihm einen neuen Griff beim Ringen zeigen werde. Bei den Göttern, er fehlt mir so sehr. Er ist jetzt zehn, ein gut gewachsener Bursche, aufrecht und tapfer.«

»Er hätte nicht hierbleiben können, Merrik. Er ist Rollos Neffe. Sein Platz ist in der Normandie.« Rollo hatte den Norden des Frankenreichs unterworfen und den Frankenkönig gezwungen, ihm den Titel des ersten Herzogs der Normandie zu verleihen und ihm das Land als Lehen zu überlassen, das er bereits besetzt hielt. Rollos Herrschaft durfte nicht geschwächt werden, sonst würde das Land erneut von plündernden Wikingerhorden heimgesucht und verwüstet werden.

»Ich weiß, trotzdem fehlt er mir sehr.«

»Ich berichte ihm, daß sein Schwager ihn so sehr vermißt, daß er sich von einem freigelassenen Sklaven besiegen ließ.« Cleve dachte an die Zeit, die fünf Jahre zurücklag. Merrik war in Kiew auf Handelsfahrt gewesen und wollte eine Sklavin für seine Mutter kaufen. Doch dann hatte der kleine Taby im Sklavenring seine Aufmerksamkeit gefangengenommen. Er hatte das Kind gekauft und kurz darauf Cleve und Tabys Schwester Laren befreit, die von einem Schweden gekauft worden war. Merrik liebte Taby mehr als alles andere auf der Welt, ausgenommen seine Frau Laren, ja sogar mehr als seine eigenen Söhne.

Cleve wartete auf Merriks Lächeln, bevor er fortfuhr: »Ich glaube, Rollo will mich nach Irland zu König Sitric schicken, das ließ zumindest der Bote durchblicken. Sitric war einst ein alter, dem Tode geweihter Mann. Doch als er vor einem Jahr Rouen besuchte, war aus dem Greis wieder ein Mann in den besten Jahren geworden, wie Rollo mir berichtete. Ein Zauberer namens Hormuze aus einem fernen Land soll das Wunder vollbracht haben. Nachdem die Verwandlung des Königs in einen stattlichen, jungen Mann geschehen war, soll dieser Hormuze verschwunden sein. Ich kann diese verrückte Geschichte nicht recht glauben. Weißt du irgend etwas über diesen König Sitric, Merrik?«

»Ich? Über Sitric? Nein, Cleve. Nicht das geringste.«

Cleve spürte, daß Merrik nicht die Wahrheit sagte. Und er ahnte, daß er nie herausfinden würde, warum er log. Es sei denn, er könnte diesen König Sitric selbst befragen, oder er wäre listenreicher als Merrik. Doch auch daran zweifelte er.

»Laren und ich freuen uns sehr, daß du Rollos Gesandter geworden bist. Du hast eine flinke Zunge und einen schnellen Verstand, Cleve. Rollo weiß, daß er mit dir einen glücklichen Griff getan hat.«

»Selbst wenn ich ein ausgemachter Dummkopf wäre, wäre Rollo mir immer noch dankbar, weil er glaubt, ich hätte Laren und Taby, die er beide über alles liebt, das Leben gerettet.«

»Rollo hat großes Glück«, beharrte Merrik und schlug Cleve auf den Rücken. »Da du kein Dummkopf bist, kann er von dir profitieren und dir zugleich seine Dankbarkeit erweisen.«

# KAPITEL 2

## Dublin, Irland
## Im Palast von König Sitric
## 924 n. Chr.

Als Cleve sie zum ersten Mal sah, stritt sie heftig mit einer um wenige Jahre älteren Frau mit silberblondem Haar, wie er es noch nie gesehen hatte. Zunächst konnte er die Worte nicht verstehen, doch die Auseinandersetzung war feindselig, voll Bitterkeit und aufgestautem Groll.

Nun hörte er die Jüngere haßerfüllt sagen: »Du böse Hexe! Ich lasse nicht zu, daß du ihr noch einmal wehtust, hast du verstanden?«

»Und was willst du dagegen tun, kleines Miststück? Jammerst du deinem Vater wieder die Ohren voll? Benimm dich anständig und zeige mir gebührenden Respekt, sonst werde ich dich bestrafen.«

»Das Leben mit dir unter einem Dach ist Strafe genug.«

Die ältere der beiden, unsagbar schön in ihrem hellblauen Gewand und dem hüftlangen, silberschimmernden Haar, holte ohne Vorwarnung aus und versetzte dem Mädchen eine schallende Ohrfeige. Die Geschlagene taumelte zurück und schlug sich die Hüfte an einer Steinbank.

Cleve war schon im Begriff einzugreifen, als das Mädchen sich auf die ältere stürzte, ihre Finger in die wunderschöne Haarpracht krallte und heftig daran zerrte. Die Angegriffene schlug wild schreiend auf die Jüngere ein und versuchte sich zu befreien, doch das Mädchen ließ nicht locker. Sie kämpfte verbissen wie der struppige kleine Köter, den Kiri unbedingt behalten wollte, als sie vor drei Wochen Rouen besuchten.

Schließlich gelang es der Älteren, sich zu befreien. Keuchend wich sie zurück, das Haar zerzaust und das bleiche Gesicht vor Zorn und Schmerz verzerrt. »Das wirst du mir büßen, Chessa. Dafür sorge ich. Du fühlst dich meinen Söhnen überlegen. Doch du bist bedeutungslos. Nur die Söhne deines Vaters sind wichtig, nicht du. Und ich bin wichtiger als ihr alle miteinander. Es wird dir noch leid tun.« Damit machte sie auf dem Absatz kehrt und stürmte durch einen schmalen Einlaß in der Mauer aus dem Garten.

»Hast du dir wehgetan?«

Das Mädchen schnellte beim Klang der fremden Stimme herum.

»Wer bist du?«

Ihre wogenden Brüste zeichneten sich gegen das feine Leinen ihres Gewandes ab. Als sie die ältere Frau ohne einen Funken Angst ansprang, war sie ihm größer erschienen. Ihre Augen waren grün wie das feuchte Moos am Flußufer des Liffey. Sie sah aus, als wolle sie auch ihn im nächsten Moment anspringen. Mit sanfter Stimme stellte er sich vor: »Ich bin Cleve von Malverne und komme als Bote von Herzog Rollo aus der Normandie.«

Voll Verachtung und unverhohlener Abneigung musterte sie ihn von oben bis unten. Statt der erwarteten beleidigenden Bemerkung über sein Aussehen entgegnete sie mit leichtem Sarkasmus: »Wie ich höre, kommst du nicht nur als Bote. Du bist der Repräsentant des Herzogs, sein Gesandter. Und du bist gekommen, um mit dem König einen Vertrag auszuhandeln.«

»So könnte man es nennen.«

Ihr Sarkasmus verstärkte sich. »Die Rede von Gesandten ist glatt und schleimig wie die Spur einer Schnecke. Ihr kommt von euren Herzögen oder Fürsten und wollt euch irgendwelche Vorteile verschaffen. Erst vor einem Monat war ein fetter Gesandter von König Karl aus Paris hier. Ein schmieriger Kerl, der mich mit seinen Blicken auszog. Nach der Begegnung mit ihm hatte ich das Bedürfnis zu baden. Keiner von euch macht eine klare Aussage, ihr schwätzt in gefälligen Worten und haltet euer Gegenüber für dumm. Ich bin nicht dumm. Wenigstens bist du nicht schmierig und gibst mir nicht das Gefühl, nackt zu sein. Warum hast du uns heimlich belauscht? Was willst du?«

»Das waren viele Worte, die du da gesprochen hast«, lächelte er und wartete immer noch darauf, daß sie voll Abscheu vor ihm zurückwich. Erstaunt über die ausbleibende Schreckreaktion fuhr er fort: »Ich habe mich ein wenig umgesehen, hörte Stimmen und betrat diesen Garten. Ich bin froh, daß es dir nicht gelungen ist, der Frau das schöne Haar auszureißen.«

»Ihr Haar ist ihr ganzer Stolz«, seufzte sie. »Ich hätte es ihr zu gern ausgerissen. Ich habe so fest daran gezogen, wie ich nur konnte. Das war das erste Mal, daß ich sie tätlich angegriffen habe. Die Götter wissen, wie sie sich rächen wird. Sie schafft es jedes Mal, mir etwas anzutun.«

Er trat einen Schritt näher und sah den roten Abdruck der Hand an ihrer linken Wange. »Bist du in Ordnung?«

»Das Luder hat mich so oft geschlagen, daß ich es kaum noch spüre. Wir geraten in Streit, sobald wir uns in einem Raum aufhalten. Doch diesmal war es anders.«

»Was war anders?«

Sie dachte lange nach. Schließlich entgegnete sie mit zusammengezogenen Augenbrauen. »Diesmal war tiefer Haß im Spiel, nicht nur Abneigung und Groll. Ich bin jetzt erwachsen, und das kann sie nicht ertragen, obwohl ich den Grund nicht kenne.«

»Wer ist sie?«

»Die zweite Frau meines Vaters.«

»Aha. Die böse Stiefmutter. Es ranken sich viele Geschichten um böse und eitle Stiefmütter. Ein Skalde erzählte mir einst die Geschichte einer Frau, die ihre Stieftochter in einen Kürbis verwandelte, den sie dann auf dem Feld verfaulen ließ. Ein Kind kam des Wegs, gab dem Kürbis einen Tritt, und als der Kürbis vor Schmerz aufstöhnte, umarmte das Kind ihn zärtlich. Dadurch konnte er sich wieder in die Tochter zurückverwandeln. Das Kind lief erschreckt davon.«

»Die Geschichte klingt nicht nach einem Höfling. Solltest du etwa menschliche Züge haben?«

»Eines Tages erzähle ich dir vielleicht die ganze Geschichte. Berichte mir mehr von deiner Stiefmutter.«

»Mein Vater liebt sie trotz ihrer Eitelkeit, ihrer Launen und ihrer Gemeinheiten. Sie hat ihm vier Söhne geboren.«

»Ich verstehe.«

»Ich rate dir, über den Vorfall Schweigen zu bewahren«, warnte sie den Fremden mit zusammengekniffenen Augen.

»Wer sollte sich denn dafür interessieren, daß du deine Stiefmutter an den Haaren gezogen hast?«

Sie hob eigensinnig das Kinn und schnaubte verächtlich. »Nun gut. Du findest es ohnehin heraus, so wie du durch die Gegend schleichst. Sie ist Königin Sira, die Gemahlin des Königs. Früher nannte er sie Naphta nach meiner Mutter, doch ihr gefiel der Name nicht, und er nannte sie wieder bei ihrem richtigen Namen. Das war nach der Geburt ihres ersten Sohnes.«

»Daraus schließe ich, daß du die Tochter des Königs bist.«

»Ja, ich bin Chessa.«

»Ein ungewöhnlicher Name.«

»Weniger ungewöhnlich als der Name, auf den ich getauft bin. Alles veränderte sich, seit mein Vater diese Sira heiratete. Dein Name klingt ebenfalls ungewöhnlich.«

»Mag sein«, entgegnete er. »Ich habe mich daran gewöhnt.«

»Du hast ein braunes und ein blaues Auge, als hätten die Götter sich nicht entscheiden können, welche Farbe besser zu dir paßt. Sie sind hübsch.«

»Die Götter oder meine Augen?«

Sie grinste und schüttelte den Kopf.

Er lächelte auf sie herab, während sie ihr Haar flocht. Verwirrt dachte er: *Sie hat bei meinem Anblick nicht einmal mit der Wimper gezuckt*.

Die hohen Wände des geräumigen Schlafgemachs von König Sitric waren weiß gekalkt. Auf dem festgestampften Lehmboden lagen gewebte Wollmatten. Die karge Einrichtung bestand aus einem breiten Kastenbett, das mit weißen Wolfspelzen bedeckt war; einer großen, geschnitzten Mahagonitruhe am Fuß des Bettes, in der die Gewänder des Königs aufbewahrt wurden; und in einer Ecke standen einige hohe Lehnstühle im Halbrund, unter denen der Stuhl des Königs kunstvoll geschnitzte Armlehnen aufwies. Verwundert betrachtete der König seine Tochter, die sein Gemach unangemeldet betreten hatte, und nun wie eine junge Tigerin rastlos auf und ab ging. Was hatte sie so aufgewühlt? Sie hielt in ihrer Wanderung inne: »Ich weiß nicht, ob ich ihn mag, aber er sieht gut aus. Seltsamerweise scheint er das nicht zu wissen. Er wirkt nicht aufgeblasen und selbstherrlich wie andere gutaussehende Männer, die sich allesamt für unwiderstehlich halten. Mit seinem goldblonden Haar sieht er aus wie ein Wikinger, ist aber keiner, soviel ich gehört habe. Und seine Augen ... Eines ist goldbraun und das andere tiefblau.«

König Sitric schob eine schwarze Augenbraue in die Stirnmitte hoch. »Vielleicht sagst du mir, wer der schöne Mann ist, von dem du nicht weißt, ob du ihn leiden kannst? Ein neuer Höfling? Kenne ich ihn, diesen Mann mit einem goldenen und einem blauen Auge?«

»Natürlich kennst du ihn, Vater. Er nennt sich Cleve von Malverne und kommt von Herzog Rollo aus der Normandie. Jedenfalls ist er keiner dieser welschen Abgesandten. Die sind alle kurzbeinig und schmierig wie dieser Kerl, der vor kurzem vorgesprochen hat. Der, den ich meine, ist groß und gut gebaut und ...«

König Sitric unterbrach sie betont langsam: »Sprichst du von Cleve von Malverne? Den Herzog Rollo schickt?«

»Ja. Er kam zufällig in den Garten hinter meinem Gemach. Ich habe ihn gefragt, wer er ist.«

»Gutaussehend findest du ihn?«

»Ja. Aber er ist wie alle Gesandten, die etwas von dir für ihren Herrn wollen. Seine Rede ist aalglatt, und im Grunde genommen sagt er nichts.«

»Du scheinst dich von Vorurteilen leiten zu lassen, Chessa. Ich hatte gehofft, der unselige Vorfall mit Ragnor von York sei vergessen.«

Sie reckte das Kinn vor, und ihr Vater schmunzelte. Wie wenig sie ihrer Mutter glich, der sanften, ergebenen Naphta, die er mehr geliebt hatte als sein Leben.

Er hatte nicht versucht, den Freigeist seiner Tochter zu brechen. Nein, er war eine geeignete Waffe, um sich gegen seine zweite Frau durchzusetzen. Sira müßte er strengere Zügel anlegen, wozu er leider nicht fähig war. Sie brachte ihn auch nach acht Jahren noch mit ihrer Leidenschaft und ihren Verführungskünsten schier um den Verstand. Er mußte sie in ihre Schranken verweisen, da sie Chessa haßte, weil sie in ihr eine Bedrohung, eine Konkurrentin sah.

»Ragnor ist vergessen, Vater. Er war nur ein dummer Junge. Im übrigen habe ich mich an ihm gerächt und dann seinen Namen in den Sand gespuckt. Ich habe ihn längst aus meinem Gedächtnis gestrichen.«

»Mach mir nichts vor, Eze. Die Wunden, die er dir geschlagen hat, schmerzen dich noch immer. Er hat dich sehr verletzt mit dem Gerede seiner ewigen Bewunderung und seiner anschließenden Gleichgültigkeit.«

»Du hast mich lange nicht Eze genannt.«

»Du wirst immer mehr zu Chessa. Es ist mir rausgerutscht. Du weißt, daß ich deinen Namen ändern mußte. Eze klang so fremdländisch. Man tuschelte bei Hofe darüber, deshalb nannte ich dich nach einer großen irischen Heldin Chessa.«

»Klang Naphta ebenso fremdländisch?«

Er straffte die Schultern. »Ja. Aber wir wollen nicht über deine Stiefmutter reden.«

»Freya sei Dank«, entgegnete sie patzig. Er kannte seine Tochter gut genug, um zu wissen, daß sie sich nicht so schnell von einem Thema abbringen ließ. Also wartete er geduldig. Und schließlich griff sie den Faden wieder auf. »Ich denke kaum noch an Ragnor. Und ich begreife nicht, wie ich so leichtgläubig sein konnte, all seine Lügen für bare Münze zu nehmen. Aber ich habe mich gerächt, ehm, das heißt ...«

Seine verschwiegene Tochter ließ sich kaum je zu einer unbedachten Äußerung hinreißen und bereute ihre Unachtsamkeit noch ehe sie ausgesprochen war. »Was hast du getan, Chessa?«

»Ach, das interessiert dich doch gar nicht.«

»Was hast du getan, Chessa?«

»Ich zerrieb getrocknete Sennesblätter mit etwas Bilsenkraut und gab eine Prise zerstoßenen Ingwer dazu. Ragnor liebt Ingwer. Er soll sich drei Tage lang die Eingeweide ausgekotzt haben.«

Er mußte lachen. Zum Glück hatte sie den aufdringlichen Freier nicht gleich ins Jenseits befördert. Zuzutrauen wäre es ihr. Doch sie konnte sich beherrschen, eine Eigenschaft, die ihre Stiefmutter leider vermissen ließ. Er hatte Chessa sorgsam erzogen, und er war stolz auf sie. Sie war fähig, aus Fehlern zu lernen. Schade, daß sie nur eine Frau war.

Chessa lächelte erleichtert. Sie liebte ihren Vater innig und wollte ihm nicht wehtun. Unvermittelt fragte sie: »Wirst du diesen Cleve von Malverne einladen, mit uns zu speisen?«

»Warum?«

»Ich möchte wissen, ob er wie ein Mann reden kann und nicht nur glatt züngelt wie eine Schlange.«

»Genügt es dir nicht, sein hübsches Gesicht anzusehen? Sein goldbraunes und sein blaues Auge? Und seinen gestählten Männerkörper?«

»Eine Weile vielleicht. Er hat übrigens auch eine schöne Stimme.«

»Nun gut. Wie ich höre, hattest du heute Streit mit deiner Stiefmutter. Worum ging es diesmal?«

»Hat Cleve von Malverne dir das erzählt?«

»Nein, Liebling. Wieso sollte er? Wie kann er davon wissen? Worüber habt ihr gestritten?«

»Ich möchte lieber nicht darüber reden.«

»Antworte, Chessa!«

»Sie hat die kleine Ingrid wieder geschlagen.«

»Was hat das Mädchen diesmal angestellt?«

»Sie brachte ihr den Kamm nicht schnell genug. Sira schlug die Kleine mit Fäusten.«

»Ich spreche mit Sira«, sagte er. »Leg dich bitte nicht wieder mit ihr an, Chessa.«

»Ich bemühe mich, Vater. Willst du noch mehr Söhne von ihr? Läßt du ihr deshalb all ihre Gemeinheiten durchgehen?«

Seufzend strich er über das glatte Leinen seines scharlachroten Gewandes. »Du bist noch so jung ...«

»Ich bin achtzehn. In meinem Alter sind die meisten Mädchen verheiratet und haben Kinder.«

»Dennoch bist du ein unschuldiges Kind. Sira bedeutet mir viel, Chessa. Davon verstehst du noch nichts.«

»Weil sie dir zu Willen ist, wann immer dich das Verlangen packt? Ich weiß, wie wichtig das Männern ist. Aber ich habe sie nackt gesehen, Vater. Sie hat vier Kinder geboren. Ihre

Brüste und ihr Bauch haben Striemen. Sie hat zwar noch kein Fett angesetzt, aber ...«

»Die Striemen der Schwangerschaft beeinträchtigen die Schönheit einer Frau nicht. Nein, es sind andere Dinge, von denen du nichts verstehst.«

»Dinge, die Ragnor mich lehren wollte, und die ich nicht zuließ.«

»Hat er dich berührt?«

Chessa lächelte über die plötzliche Schärfe in der väterlichen Stimme. Seine Frau zu beschlafen war eine Sache; wenn aber ein Mann seine Tochter anfaßte, war das etwas ganz anderes.

»Ja, aber ich habe mich ihm verweigert. Da fing er mit seinen Lügengeschichten an, z. B. daß er mich bis in alle Ewigkeit lieben würde. Er sagte wirklich bis in alle Ewigkeit.«

»Ich mache dir einen Vorschlag, Chessa. Du hältst dich von Sira fern, und ich bringe ihr ein maßvolleres Verhalten und etwas mehr Freundlichkeit im Umgang mit der Dienerschaft bei.«

»Dazu wünsche ich dir viel Glück«, entgegnete Chessa und verließ das Schlafgemach ihres Vaters.

Sitric machte sich nichts vor. Wenn er Sira Vorhaltungen machte, würde sie ihn solange mit ihren Verführungskünsten betören, bis er sogar seinen eigenen Namen vergessen hatte.

Cleve wußte, daß der Mann ihm nach dem Leben trachtete. Er winkte den Fremden heran. »Komm, du Zwerg, komm nur her, du feige Rotznase.«

Zwerg war kaum die passende Bezeichnung für den Hünen, der Cleve um Haupteslänge überragte, und breit und stämmig wie ein Stier dastand, die riesigen Pranken zu Fäusten geballt. Er war völlig verdreckt und stank erbärmlich.

Er stürzte sich mit ausgebreiteten Armen auf Cleve, um ihn zu umschlingen und ihm den Brustkasten einzudrücken.

Cleve machte einen Schritt zurück, als habe er plötzlich Angst bekommen.

Der Mann in dem verfilzten Bärenfell lachte. »Jetzt bleibt

dir deine Aufschneiderei wohl im Hals stecken, du Auswurf. Hast wohl die Hosen voll.«

»Wer schickt dich?«

»Das werde ich ausgerechnet dir auf die Nase binden.«

»Weil du zu blöde bist, um dir den Namen deines Auftraggebers zu merken.«

Der Mann jaulte auf.

Cleve berechnete die Entfernung, sammelte sich, wie Merrik es ihm beigebracht hatte, hob eine Hand mit einer flatternden Geste und ließ den Arm wieder sinken. Der ungeschlachte Koloß kam feixend auf Cleve zu, versperrte ihm den Fluchtweg und drängte ihn zurück in die dunkle Gasse.

»Hast du Angst, ich könnte dir entwischen? Wer bezahlt dich dafür, mich umzubringen?«

Cleve entdeckte einen Schatten an dem mondhellen Gemäuer.

»Wage nicht, ihm etwas anzutun!»

»Verflucht!» entfuhr es Cleve, als er die Stimme erkannte. »Mach, daß du fortkommst, Chessa«, schrie er.

»Nein, ich erledige den elenden Hund.«

Blitzschnell zog Cleve das Messer aus dem Kittel und hob den Arm. »Willst du meinen Tod?« schrie er dem Riesen entgegen, der sich beim Klang der Frauenstimme halb umgewandt hatte.

»Ja, und zwar jetzt«, brüllte der Zottige und stürzte sich mit erneuter Wut auf Cleve.

Cleve zielte in aller Ruhe. Die Schneide blitzte kurz auf, bevor sie sich in die Kehle des Mannes senkte.

Im selben Augenblick hörte er Chessa rufen: »Du elender Schuft. Wie bekommt dir das?«

Der Mann starrte Cleve verdutzt an und öffnete den Mund, aus dem ein Schwall Blut quoll. Dann fiel er schwer vornüber aufs Gesicht. Jetzt sah Cleve das Messer, das dem Mann zwischen den Schulterblättern steckte.

Sie hatte dem Kerl tatsächlich ein Messer in den Rücken geworfen.

»Bist du in Ordnung, Cleve?« Mit offenen Armen rannte sie auf ihn zu.

»Was im Namen der Götter hast du hier mitten in der Nacht zu suchen?« Beim Klang seiner Stimme blieb sie wie angewurzelt stehen.

»Merkwürdig. Du klingst verärgert. Ich rette dir das Leben, und du bist wütend auf mich. Männer … Ihr seid alle miteinander eingebildete Hornochsen, keiner von euch ist einen Strohhalm wert.« Sie bückte sich, zog das Messer aus der Schulter des Mannes und sah die Spitze des zweiten Messers aus dem Nacken des Toten ragen. Langsam erhob sie sich: »Du hast ihn getötet.«

»Ja. Und das war nicht meine Absicht, wenigstens nicht gleich. Vorher wollte ich von ihm wissen, wer ihn gedungen hat, mich umzubringen. Doch da mußt du auftauchen und den Drachentöter spielen. Kümmere dich das nächste Mal gefälligst um deine eigenen Angelegenheiten.«

»Tut mir leid. Ich wollte dir helfen. Ich glaubte, er würde dich umbringen, und das wollte ich verhindern.«

»Warum denn? Ich bin doch ein aalglatter Höfling, der nur schöne, nichtssagende Reden führt. Du verachtest mich doch. Die Stimmung beim Essen mit deinem Vater war so angespannt, daß ich mich fragte, wie überhaupt jemand einen Bissen hinunterbringen konnte. Selbst die Diener waren unruhig. Einer schüttete mir beinahe die heiße Brühe über die Hose. Und jetzt dieser dramatische Höhepunkt. Was hast du hier zu suchen?«

»Ich wollte mit dir reden. Ich sah, wie meine Stiefmutter dich wie süßes Mandelbrot begehrlich mit Blicken verschlang, und mir war klar, daß sie dich in ihrem Bett haben will. Deshalb bin ich dir nachgegangen. Daran ist nichts Dramatisches.«

»Wolltest du das Mahl deshalb so schnell wie möglich beenden, damit deine Stiefmutter mich nicht verführen kann?«

Sie nickte. »Tu nicht so erstaunt. Ich wollte dich nicht beleidigen.«

»Du nanntest alle Höflinge räudige Köter, deren Flöhe jeden anspringen, der ihnen zu nahe kommt. Wenn ein Mann so etwas sagte, würde er nicht lange leben.«

»Ich habe nur gesagt, daß die Flöhe dieser Herren jeden verseuchen, den sie anspringen.«

»Verzeih, wenn ich deine Beleidigung nicht wörtlich wiedergab. Deine Stiefmutter hatte nicht die Absicht, mich zu verführen. Sie musterte mich aus einem ganz anderen Grund, den du direkt vor deiner einfältigen Nase hast. Sie empfindet nichts als Abscheu gegen mich. Bei den Göttern, du bist mit Blindheit geschlagen.«

»Pah! Du bist blind. Natürlich hat sie dich mit Wollust angesehen. Du bist schön. Und Sira läßt sich keinen schönen Mann entgehen. Du bist anders als mein Vater. Er hat schwarzes Haar und dunkle Haut wie ich. Du aber bist goldblond und hellhäutig und schön. Ja, es gefällt ihr, schöne Männer anzusehen, sie ...«

»Sei still und geh. Du irrst. Deine Abneigung gegen sie macht dich halsstarrig. Ich begreife dich nicht. Hat dein Vater dich nicht darin unterweisen lassen, mit Nadel und Faden umzugehen? Wie kommt es, daß du so geschickt im Messerwerfen bist?« Er dachte an seine Kiri, die bereits mit fünf Jahren das Messer so geschickt führte wie manch ein erwachsener Mann. Die Götter mochten ihn davor bewahren, daß sie sich so entwickelte wie dieser Wildfang.

»Ich dachte, er bricht dir alle Knochen. Wäre es dir lieber, wenn ich mit einem spitzen Schrei in Ohnmacht gefallen wäre?«

»In diesem Fall ja. Geh jetzt, Chessa. Ich muß nachdenken.«

»Ich sah, wie jemand unter den Bäumen dort drüben Deckung suchte.«

Sie war ihm nicht nur zu Hilfe geeilt, um ihm das Leben zu retten, sie hatte vermutlich auch den Mann gesehen, der seinen Mörder gedungen hatte. »Wer war er?«

»Es war kein Mann, sondern eine Frau in einem Umhang und einer tief ins Gesicht gezogenen Kapuze.«

Cleve starrte sie an und wußte nicht, ob er ihren Worten Glauben schenken sollte.

# KAPITEL 3

»Wie ich von meiner Tochter höre, bist du gestern nacht beinahe einem Mordanschlag zum Opfer gefallen.«

Mit leiser Stimme entgegnete Cleve: »Nur ein Dieb, Sire. Der Mann muß mich verwechselt haben.«

»Was hattest du dort draußen zu suchen, Cleve? Nachts treibt sich eine Menge Gesindel in den Gassen herum.«

Cleve hob nur die Achseln. Er hatte nicht die Absicht, dem König zu sagen, daß ihm eine Nachricht zugespielt worden war, er möge in die schmutzige Gasse kommen. Er verschwieg dem König auch, daß seine Tochter ihm in die verrufene Gegend nachgeschlichen war. Vermutlich hatte sie ihrem Vater nur erzählt, daß Cleve ihr gegenüber den Zwischenfall erwähnt hatte. Sie vertraute ihm also, daß er sie nicht verraten würde. Vielleicht wäre es allerdings angebracht, ihm die Wahrheit zu sagen. Ihr Vater müßte sie strenger halten. Doch Cleve schwieg. Der König ahnte, daß er ihm etwas vorenthielt, das las Cleve in seinen dunklen, klugen Augen.

»Ich glaube nicht, daß es sich um einen einfachen Dieb handelte.« König Sitric strich sich nachdenklich das jugendliche Kinn. Cleve dachte wieder an die Gerüchte über den Zauberer Hormuze, der den alten König in einen jungen Mann verwandelt hatte.

»Ein Leibwächter wird dich von nun an begleiten, wenn du den Palast verläßt. Es würde ein schlechtes Licht auf mich werfen, wenn der Gesandte des Herzogs bei seinem Besuch in Dublin ums Leben käme.«

»Wie Ihr wünscht, obgleich ich diese Maßnahme für überflüssig halte. Es war ein einmaliger Zwischenfall, weiter nichts.« Im Grunde wünschte Cleve sich einen zweiten Anschlag, da er wissen wollte, wer dahinter steckte. Beim nächsten Mal würde er allerdings dafür sorgen, daß die Tochter des Königs sich nicht einmischte.

»Zurück zu unseren Verhandlungen. Herzog Rollo wünscht also, meine Tochter Chessa mit seinem Sohn zu vermählen.«

»Ja. Seine Gemahlin starb vor zwei Jahren im Kindbett. Wilhelm braucht nicht nur eine Frau, sondern auch einen mächtigen Schwiegervater, der sich dem Frankenkönig gegebenenfalls entgegenstellt. Der Herzog gibt sich mit einer bescheidenen Mitgift Eurer Tochter zufrieden, da er Eure Weisheit und das Wunder, das Eure Regentschaft umgibt, mehr zu schätzen weiß als weltliche Güter. Er wünscht die Verbindung Eures Blutes mit seinem Blut.«

Sitrics Finger trommelten auf die reich geschnitzten Armlehnen des Thrones. Der König sah an diesem Morgen ausgesprochen gut aus in seinem weißen Gewand mit dem breiten Gürtel, der bestickt war mit Smaragden und Diamanten. Sein schwarzglänzendes Haar trug er streng zurückgekämmt, es wurde von einem schwarzen Seidenband zusammengehalten. Cleve wartete auf die Stellungnahme des Königs. Seit zwei Tagen drehten sich die Verhandlungen um die Vermählung, um die Stellung des Herzogtums, um den Machtzuwachs des Frankenkönigs und um das Hauptthema, den Wunsch König Karls III., seinen Neffen Ludwig mit Prinzessin Chessa zu vermählen. Sitric hatte wenig Vertrauen zu König Karl. Das sprach er zwar nicht aus, doch Cleve war ein scharfer Beobachter und verstand es, Zwischentöne zu hören.

Die beiden Männer hatten längst alle Einzelheiten der Vermählung ausführlich besprochen. Und nun hatte der König den Gesandten Cleve zum dritten Mal aufgefordert, die Wünsche Herzog Rollos zu präzisieren. »Wie alt ist Wilhelm?«

»Er vollendet bald sein dreißigstes Lebensjahr.«

»Gut, daß er nicht älter ist.«

»Für Eure Tochter mag die Frage von gewissem Belang sein. Andererseits kann ein Mann noch an der Schwelle des Todes Kinder zeugen. Nur das zählt. Gemessen an der Schar Eurer Kinder und Eurer langen Regierungszeit sollte man Euch für einen betagten Mann halten, und dennoch steht Ihr in der Blüte Eurer Jahre. Das ist erstaunlich, Sire.«

Vergeblich wartete Cleve auf eine Reaktion auf seine Anspielung. Der König nahm den Köder nicht an. Er sagte nur: »Wir setzen unser Gespräch heute abend fort, Cleve von

Malverne. Nimmst du meine Einladung noch einmal an, mit uns zu speisen? Meine Tochter wird, so hoffe ich, ihre Zunge in Zaum halten. Und meine Königin wird sich gleichermaßen Zurückhaltung auferlegen, obgleich es ihr schwerfällt, fürchte ich.«

»Bei Eurer Tochter sehe ich eine Chance, Sire«, entgegnete Cleve. »Bei Eurer Königin wäre ich nicht so sicher.«

Sitric seufzte. »Ich weiß.«

An diesem Abend geleitete Cullic, ein Leibwächter des Königs, den Gesandten Cleve in die königlichen Gemächer. Cullic war ein schöner, dunkelhäutiger Mann mit verschlossener Miene und hartem Blick. Schweigend führte er Cleve zu seinem Platz an der langen, festlich gedeckten Tafel. Es wurden Platten aufgetragen mit knusprig gebratenen Gänsen, deren Hälse und Köpfe, von dünnen Goldnadeln gestützt, aufrecht gehalten waren, was ihnen den Anschein einer traurigen Lebendigkeit verlieh. Dazu gab es Hammel und Spanferkel, Schüsseln mit Erbsen und Bohnen, Zwiebeln und gedünstetem Kohl. In Körben stapelten sich knusprige Laibe Roggenbrot. An der Tafel des Königs von Irland wurde nicht von gewöhnlichen Holztellern gespeist, sondern von feingeschliffenen Glastellern aus dem Rheingau, die von hellblauer Farbe mit goldenen Einschüssen waren. Die Trinkgefäße bestanden gleichfalls aus kostbarem Glas und waren gefüllt mit süßem roten Wein, wie ihn die gewöhnlichen Untertanen des Königs in ihrem ganzen Leben nicht zu kosten bekamen. Messer und Löffel waren aus poliertem Hirschhorn, die Griffe aus glänzend schwarzem Obsidian. Am Abend zuvor war die Tafel mit hellgrünen Tellern und Gläsern aus dem Gebirge im Süden des Frankenreiches gedeckt gewesen. Dieser König war wahrhaft reich, und er wirkte so jung. Cleve hätte viel darum gegeben, etwas über die Hintergründe seiner magischen Verwandlung zu erfahren. König Sitric hatte eine dunkle Hautfarbe, seine Augen waren schwarz wie Kohle, und sein Haar war ebenso schwarz und glänzend wie das seiner Tochter. Er wirkte seltsam fremdländisch an diesem Abend, was noch vom flackernden Licht der Öllampen auf der langen Tafel und den Pechfackeln, die in Eisenhaltern an den Wänden steckten, unterstrichen wurde.

»Dieses Gericht scheint dir fremd zu sein, Cleve«, richtete Chessa das Wort an ihn. »Das sind Blausaiblinge mit Eiern.«

Wie bei ihrer ersten Begegnung schaute sie ihn unverwandt mit leicht seitlich geneigtem Kopf an. In ihre aufgesteckten Zöpfe waren grüne Bänder geflochten. Cleve wandte den Blick von ihr. Vor langer Zeit hatte Sarla ihn angesehen wie diese Chessa, ohne Abscheu, ohne Ekel. Nein, er würde kein zweites Mal auf Weiberlisten hereinfallen. Nie wieder. Er hatte Kiri. Mehr wollte er nicht.

Er war gekommen, um Verhandlungen über die Vermählung der Prinzessin mit Wilhelm Langschwert, dem Sohn von Herzog Rollo der Normandie, zu führen. Wilhelm war ein aufrechter und einflußreicher Mann, den Cleve schätzte und bewunderte, ein Mann, der für Chessa nicht zu alt war. »Ich kenne keine Blausaiblinge.« Er bemühte sich um eine höfliche Konversation mit diesem seltsamen Mädchen, das nicht einmal mit der Wimper zuckte, wenn sie ihm ins Gesicht sah.

»Sie schwimmen in dichten Schwärmen nahe am Ufer des Liffey«, erklärte sie und neigte sich ihm zu. Ihre Augen leuchteten in einem tieferen Grün als die Bänder in ihrem Haar. Augen – klar wie ein Waldsee nach einem warmen Sommerregen. Wenn diese Prinzessin schon so treuherzig tat, warum sah sie ihn nicht, wie er wirklich war? Warum wich ihr Blick nicht aus, wenn sie ihm ins Gesicht schaute? »Ich gehe mit meinen Brüdern oft zum Fischen. Brodan hat die Saiblinge gefangen, die wir heute essen.«

»Chessa, wie oft habe ich dir verboten, mit den Prinzen die Palastmauern zu verlassen. Es ist zu gefährlich. Du bist eine Prinzessin und kein Fischweib. Halte dich von den Prinzen fern.«

»Ich tue, was mir paßt, Sira.«

Die Königin mit dem ungewöhnlich silberblonden Haar erhob sich halb von ihrem Stuhl. »Widersprich mir nicht, Chessa!«

»Aber Sira«, beschwichtigte der König. »Die Buben lieben ihre Schwester. Du bist ein wenig gereizt wegen des Kindes in deinem Bauch. Cleve, nimm noch von den Kiebitzeiern. Sie werden in einer Kruste aus Hafermehl gebacken.«

»Was? Ist sie schon wieder schwanger? Reichen ihr vier Kinder nicht?«

»Es wird wieder ein Knabe«, entgegnete Sira stolz und strich sich ihren flachen Bauch. »Ein Mann kann nicht genug männliche Erben haben. Sie stellen einen großen Wert dar, im Gegensatz zu nutzlosen Mädchen.«

»Das würde ich nicht sagen«, meinte der König und schob einen Löffel Erbsen in den Mund. »Herzog Rollo der Normandie wünscht Chessa als Gemahlin für seinen Sohn und Thronfolger. Diese Verbindung macht sie ausgesprochen kostbar.«

»Was redest du da, Papa? Du willst mich an einen Mann verheiraten, der in der Normandie lebt? Das ist am Ende der Welt. Dort leben nur Wikinger ...«

»Sie ist es nicht wert«, fuhr Sira gereizt dazwischen. »Die Verbindung ist lächerlich, das habe ich dir bereits gesagt. Nein, du mußt einen unserer Söhne mit der Tochter des Frankenkönigs vermählen. Dort liegt die Macht, nicht im Herzogtum, das von einem Greis regiert wird. Rollo wird bald sterben. Sein Sohn wird den Franken nicht genügend Widerstand leisten können. Man stürzt ihn und bringt ihn um. Und was dann? Dann hast du deine verwitwete Tochter am Hals. Nein, mein Lieber. Brodan wird in das fränkische Königshaus einheiraten. Chessa soll Ragnor von York nehmen. Zu mehr taugt sie wahrlich nicht.«

»Und wozu taugst du?« Chessas Gesicht war rot angelaufen. »Die Sachsen werden die Wikinger demnächst aus dem Danelagh verjagen, dann gibt es keine dänische Vorherrschaft mehr. Und das wäre dir gerade recht, nicht wahr, Sira? Du würdest mich gern im Dreck liegen sehen, nachdem die Sachsen die Hauptstadt eingenommen haben. Das würde dir gefallen. Wer bist du eigentlich? Du bist gar keine Prinzessin, du bist nur eine hergelaufene ...«

»Jetzt aber Schluß!» unterbrach Sitric milde. »Sira, möchtest du noch etwas Wein? Der Händler Daleeah brachte erst heute nachmittag eine neue Schiffsladung aus Spanien. Er ist schwer und süß wie deine Lippen.«

Die Königin war wütend, aber klug genug, dem König nicht zu widersprechen. Chessa hielt den Blick auf ihren Teller gesenkt. Das Danelagh wurde von Jahr zu Jahr schwächer, und die Einfälle der Sachsen häuften sich, das war allgemein bekannt. Es schien nur noch eine Frage der Zeit, bis die Wikinger das besetzte Land verlieren würden. Cleve glaubte auch nicht recht daran, daß dieser Prinz von Danelagh, dieser Ragnor, je an die Macht kommen würde.

Die Fehde spitzer Zungen an der Tafel des Königs dauerte an. Die Königin und Chessa tauschten Sticheleien aus, wobei Chessas Attacken eher lustlos wirkten. Cleve fragte sich, welche Meinung Chessa wirklich über ihre bevorstehende Heirat mit Wilhelm Langschwert hatte. Zweifellos war sie erfreut darüber. Welche Frau hatte es nicht auf Reichtum und Macht abgesehen? Cleve fehlte dieser Ehrgeiz. Er wollte ein geruhsames Leben führen, seine Tochter großziehen und hin und wieder ein williges Weib zur Verfügung haben, um seine körperlichen Bedürfnisse zu stillen. Das waren gewiß keine zu hohen Ansprüche, die ein Mann ans Leben stellte.

Am nächsten Morgen empfing der König den Gesandten Cleve im Thronsaal erneut unter vier Augen. Bei jedem ihrer vorangegangenen Gespräche hatte er seine Minister und auch die Dienerschaft entlassen, nur sein Leibwächter Cullic durfte bleiben.

»Du hast mein Einverständnis«, sagte er bei Cleves Eintreten. »Du kannst noch heute abreisen und Herzog Rollo meine Entscheidung überbringen. Ich schicke Chessa nach Rouen, sobald entschieden ist, wann die Hochzeit stattfinden soll.«

Cleve machte eine tiefe Verbeugung. »Wie Ihr wünscht, Sire.«

»Cleve.«

»Ja.«

»Du hast deine Sache gut gemacht. Du bist ein kluger und vertrauenswürdiger Mann. Wenn du Rollo überdrüssig bist, biete ich dir an, in meine Dienste zu treten.«

Cleve dankte dem König und wandte sich zum Gehen.

»Es war klug, dich von meiner Tochter fernzuhalten. Sie

scheint dich mit anderen Augen zu sehen. Das hatte ich nicht erwartet. Ich wünsche diese Vermählung. Herzog Rollo hat eine Dynastie aufgebaut, die an Macht und Gebietserweiterungen zuzunehmen verspricht.«

»Ihr mögt recht haben, Hoheit. Rollo ist ein willensstarker und weiser Mann.« Cleve machte eine kurze Pause, wischte ein Stäubchen vom Ärmel und fügte hinzu: »Ich sah keinen Grund, die Gesellschaft Eurer Tochter zu suchen.« Mit diesen Worten verließ er den Thronsaal.

**Gehöft Malverne**
**einen Monat später**

»Papa.«

»Ja, Liebling.« Cleve hob Kiri hoch und drückte sie zärtlich an sich.

»Du warst lange fort. Das gefällt mir nicht.«

»Mir auch nicht. Aber ich mußte von Dublin nach Rouen reisen, bevor ich heimfahren konnte. Und ich habe dir gesagt, wie viele Tage ich fortbleibe. Und ich bin drei Tage früher gekommen.«

»Das stimmt«, bestätigte sie stirnrunzelnd. »Manchmal glaube ich, du nennst mehr Tage, um mich reinzulegen. Ist alles gut verlaufen?«

Er schwieg lange. Seine schlanken Finger strichen sanft über den Rücken seiner Tochter. »Es verlief alles nach Herzog Rollos Wunsch«, antwortete er schließlich. »Und nun marsch ins Bett, Kiri. Morgen erzähle ich dir von Taby. Onkel Merrik hat recht. Taby ist ein Goldkind. Da kommt auch schon Irek, der bei dir schlafen will.« Irek war feist geworden und beinahe ausgewachsen. Sein Fell war schwarz und weiß gefleckt, nur auf der Nase hatte er einen braunen Fleck. Niemand hatte eine Ahnung, was für eine Mischung der Köter war. Er verteidigte Kiri grimmig und bellte wie verrückt, wenn er meinte, seiner Herrin drohe Gefahr. Merriks ältester Sohn Harald trat schleunigst den Rückzug an, wenn Irek zu knurren anfing.

In dieser Nacht hatte er abermals den Traum, von dem er nahezu drei Monate verschont geblieben war. Der Traum war sehr lebhaft und wirklichkeitsnah. Er roch den Duft der roten und weißen Blüten und spürte den leichten Nebel, der ihm feucht ins Gesicht schlug. Diesmal begann der Traum nicht auf dem Felsvorsprung über dem Wasserfall. Diesmal stand Cleve bereits am Eingang des großen Hauses mit dem moosbewachsenen Schindeldach, aus dessen Öffnung in der Mitte des Daches eine dünne Rauchsäule aufstieg. Er schlotterte vor Angst und weigerte sich, die Festung zu betreten. Da hörte er die tiefe, dämonische Stimme. Bald würde die Frau schreien. Er wollte weglaufen. Wo war das Pony? Er hob die Hand und schob den Eisenriegel beiseite. Das große Holztor öffnete sich. Die Stimme schwieg. Die Frau schrie nicht. Es herrschte Totenstille. Der Raum war sehr lang und breit. An der entfernten Giebelseite befand sich ein hohes Podium, dahinter sah er riesige viereckige Holzverschläge. Der Boden bestand aus festgestampftem Lehm. Eine Ecke des Raumes war abgeteilt. Er wußte, daß sich hinter dem Vorhang vier enge Schlafkammern befanden. An den Wänden entlang standen Bänke. Über der Feuerstelle hing an schweren Ketten ein großer Eisentopf, aus dem Dampf aufstieg, der sich als weißer Dunst im Raum verbreitete. Obgleich sich viele Männer, Frauen und Kinder im Haus aufhielten, herrschte tiefe Stille. Selbst die drei Hunde gaben keinen Laut von sich. Cleve hatte Angst. Er wagte einen weiteren Schritt in den Raum. An der Feuerstelle stand eine Frau und rührte in dem großen Eisentopf. Ein Mann setzte einen reich verzierten Becher an die Lippen und trank. Er saß auf dem einzigen Stuhl mit hoher Rückenlehne. Die Schnitzereien der Armlehnen stellten eine Szene aus der Göttersage dar: Thor mit hocherhobenem Schwert im Kampf gegen seine Feinde. Der Stuhl wirkte sehr alt, der Mann war jung. Sein volles, schwarzes Haar umrahmte das hagere Gesicht, und seine bleichen Hände waren lang und schmal. Er war schwarz gekleidet. Auf den Bänken saßen Männer, denen die Frauen Holzschalen mit Essen vorsetzten.

Der Mann auf dem Stuhl hatte das Kinn in die Hand gestützt und beobachtete ein junges Mädchen, das in einer

Ecke hinter dem Webstuhl saß. Dann wanderte sein Blick zu der Frau am Herd. Die Frau blickte von dem Mädchen zu dem finsteren Mann. In ihren Augen standen Zorn und Angst. Sie sagte etwas, doch der Mann achtete nicht auf sie. Sein Blick blieb auf dem Mädchen haften. Mit leiser Stimme befahl er ihr, zu ihm zu kommen. Cleve schrie ihr zu, nicht zu gehorchen, nicht zu ihm zu gehen, und diesmal schien sie ihn zum ersten Mal in seinen wiederkehrenden Träumen zu hören. Sie wandte sich um, als wolle sie sich orientieren. Sie sah ihn, sprach ihn an, doch er konnte ihre Worte nicht hören, und verstand nicht, was sie ihm sagen wollte. Er sah, wie sie sich zaghaft dem Mann näherte. Er war voller Angst und Zorn, ebenso wie die Frau am Herdfeuer, die den Mann auf dem königlichen Stuhl nicht aus den Augen ließ.

Er wußte, daß er träumte, konnte aber nicht aufwachen. Er spürte, wie der Mann ihn ansah, wie er die Stirn runzelte. Jetzt stand er auf und gab dem Mädchen einen Wink, sich zu entfernen. Er trat auf Cleve zu, der wußte, daß der Mann ihn nun umbringen würde. Er stand wie gelähmt, unfähig, seine Füße zu bewegen, und brachte kein Wort hervor. Der Mann ging vor ihm in die Hocke, streckte die Hand aus und strich ihm das goldblonde Haar aus der Stirn. »Du siehst so zerzaust aus wie dein Hirtenhund«, sagte er und zog ein schmales Messer aus der Scheide an seinem Gürtel. Cleve war vor Angst ganz benommen. Der Mann schnitt ihm eine lange Haarsträhne ab, die ihm in die Stirn fiel, tätschelte Cleves Wange und erhob sich. »Lauf, und spiel draußen mit deinem Pony.« Cleve suchte die Augen der Frau am Herd. Sie wich seinem Blick aus. Er blickte zu dem Mädchen hinüber, und sie nickte ihm stumm zu. Da machte er kehrt und rannte aus dem großen Haus.

Erst jetzt hörte er den Schrei. Er wandte sich nicht um. Er ertrug es nicht. Er rannte einfach weiter, rannte und rannte …

Er fuhr aus dem Schlaf hoch, die Kehle war ihm zugeschnürt, sein Atem ging rasselnd. Er wußte, daß sein Gedächtnis längst vergessen geglaubte Erinnerungsfetzen zusammenfügte. Er war gezwungen, sie ein zweites Mal zu durchleben. Er mußte sich endlich darüber klar werden, wer er vor so langer Zeit war. Im Morgengrauen schlief er noch einmal ein.

Und als er wieder erwachte, war die Erinnerung deutlich zurückgekehrt.

Merrik und Laren, Herr und Herrin von Malverne, stiegen mit Cleve zum Rabengipfel hinauf. Beide wußten, daß ihm etwas Wichtiges widerfahren war und warteten geduldig, bis er den Augenblick für gekommen hielt, ihnen davon zu berichten.

Cleve schwieg, bis sie den Felsvorsprung erreicht hatten. Er blickte über den Fjord und die schroffen Felsen, bevor er sich lächelnd an seine besten Freunde wandte: »Ich heiße nicht Cleve. Mein Name ist Ronin. Die Vorfahren meiner Mutter verließen vor vielen Generationen Nordirland und wanderten nach Westen, zunächst auf die vorgelagerten Inseln, dann auf das Festland nördlich und südlich der beiden römischen Wälle. Sie kämpften gegen die Pikten, die Briten und die Wikinger. Schließlich besiedelten sie eigenes Land. Heute nennt man sie Schotten. Mitte des letzten Jahrhunderts unter Kenneth verbündeten sie sich mit den Pikten.«

»Du bist also Schotte?« fragte Merrik verwundert. »In welcher Gegend lebt deine Familie?«

»Im Nordwesten, am Ufer eines großen Sees, genannt Loch Ness. Es ist ein wildes Land, Merrik, wilder als Norwegen, aber ohne die eiskalten Wintermonate. Es treiben sich dort viele Gesetzlose herum. Es wird aber auch viel Handel getrieben. Sanftes Hügelland wechselt mit weiten Ebenen ab, und dazwischen ragen rauhe, karstige Berge empor, von Tälern zerschnitten. Es gibt auch tiefe Schluchten mit tosenden Wasserfällen. Es würde dir dort gefallen.«

»Merrik, erinnerst du dich an den Traum, von dem ich euch erzählt habe? Er kehrt seit etwa zwei Jahren immer wieder, und jedesmal wird er deutlicher und ausführlicher. Letzte Nacht hatte ich den Traum erneut. Und als ich heute morgen erwachte, war meine Erinnerung vollständig.« Nach kurzer Pause fuhr er fort: »Ich bin zur Hälfte Wikinger. Mein Vater war Olrik, genannt der Widder, ein mächtiger Häuptling der Wikinger, wie sein Vater und der Vater seines Vaters vor ihm. Man nannte ihn den Herrn der Falkenschlucht, und seine Festung wurde Kinloch genannt. Ich sehe ihm ähnlich mit meinem goldblonden Haar. Woher die seltsame Farbe meiner Augen stammt, weiß ich nicht. Ich war sehr klein, als man mich verschleppte. Meine Mutter stammte aus dem irischen Königreich Dalriada, sie war klein und hellhäutig, ihr Haar war feuerrot wie ein Sonnenuntergang nach einem heißen Sommertag. Sie war sehr schön. Mein Vater entführte sie auf einer Plünderfahrt und heiratete sie. Sie siedelten sich im Nordwesten in Küstennähe an. Ich habe einen Bruder und zwei Schwestern, die alle älter sind als ich. Mein Bruder heißt Ethar, die Schwestern Argana und Cayman.«

»Der Herr der Falkenschlucht«, wiederholte Merrik leise. »Ich habe von ihm gehört. Möglicherweise von meinem Vater. Was ist geschehen? Warum wurdest du in die Sklaverei verkauft?«

»Ja«, setzte Laren hinzu und berührte leicht seinen Arm. »Wie bist du in die Sklaverei geraten, obwohl dein Vater ein mächtiger Häuptling war?«

»Mein Vater starb, als ich noch sehr klein war. Meine Mutter vermählte sich mit einem anderen Wikinger, einem Krieger aus einer benachbarten Gegend. Ich erinnere mich, daß er kalt und streng war und nur schwarze Kleidung trug. Mit ihm kehrte Schweigen und Angst in Kinloch ein. So klein ich damals war, ich erinnere mich, daß er alle Bewohner in Furcht und Schrecken versetzte. Eines Tages ritt ich auf meinem Pony durch die Gegend und blieb bei jemanden stehen, den ich kannte. Während ich mit ihm redete, bekam ich einen Hieb auf den Kopf und fiel zu Boden. Man hielt mich für tot und ließ mich liegen. Aber ich war nur schwer verletzt. Ein Mann fand mich, pflegte mich gesund und verkaufte mich in Hedeby an einen Mann, der ... doch das gehört nicht hierher. Mein Stiefvater – ich erinnere mich nicht an seinen Namen – war ein grausamer, kalter Mann. Ich erinnere mich an seine unmenschliche Kälte. Als er die Stelle meines Vaters einnahm, wurde alles anders. Er steckte mit Sicherheit hinter dem Mordanschlag an mir. Er hatte nie die

Absicht, mich großzuziehen. Warum er mich allerdings umbringen lassen wollte, ehe er meinen älteren Bruder, den rechtmäßigen Erben ausgeschaltet hatte, ist mir ein Rätsel. Nachdem ich aus dem Weg geräumt war, hat er meiner Mutter mit Sicherheit weitere Kinder gemacht. Was aus meinen Geschwistern wurde, weiß ich nicht. In meinem letzten Traum erkannte ich, daß er meiner Schwester Argana nachstellte. Sie war ein Kind von elf Jahren, aber er begehrte sie, und meine Mutter wußte Bescheid. Er prügelte meine Mutter, auch daran erinnere ich mich. Ich hörte ihre Schreie, hörte seine tiefe, dämonische Stimme, leise und kalt ... und dazwischen ihre Schreie.«

Cleve blickte von Merrik zu Laren. In seinen Augen funkelte tiefer Zorn. »Ich will nach Hause«, sagte er. »Ich hoffe, daß meine Mutter und meine Geschwister noch am Leben sind. Das alles liegt beinahe zwanzig Jahre zurück. Ich muß wissen, ob mein Verdacht sich bestätigt. Wenn mein Stiefvater mich töten wollte, und wenn er meinen Bruder getötet hat, hat er unseren Besitz an sich gerissen. Ich will Vergeltung.«

»Ich begleite dich«, sagte Merrik und rieb sich die Hände. »Ich langweile mich hier tödlich. Kein einziger Raufhandel im letzten halben Jahr. Beim letzten Treffen des *Althing* in Kaupang wurde über lächerliche Beschwerden zu Gericht gesessen – ein Mann hatte seinem Nachbarn ein Schwein gestohlen. Für solche Nichtigkeiten lohnt sich die beschwerliche Reise nicht. Ich werde grau, bevor mein Schwert wieder einmal zum Einsatz kommt. Versprich mir, daß dein Land wild ist, und mein Schwert nicht untätig an meiner Seite hängen bleibt.«

»Wilder, als du dir vorstellen kannst. Obwohl ich damals erst fünf Jahre alt war.«

»Ich werde euch begleiten«, verkündete Laren. »Merrik hat recht. Es ist Zeit für ein Abenteuer.«

Merrik machte den Mund auf, zog es aber vor, ihn wieder zuzuklappen.

Cleve sagte gedehnt: »Ich kam als Ronin zur Welt, aber seit zwanzig Jahren bin ich Cleve. Und ich werde Cleve bleiben.«

# KAPITEL 4

**Rouen, Normandie**
**Palast von Herzog Rollo**
**Hochsommer 924**

Herzog Rollo der Normandie, ein Mann mit scharfen Augen und starkem Willen und trotz seiner Jahre zu jedem Abenteuer bereit, beugte sich vor: »Laren hat mich von deinen Plänen unterrichtet, Cleve. Es ist auch mein Wunsch, daß du dir das holst, was dir zusteht, daß du deine Familie findest, obschon zwanzig Jahre ins Land gegangen sind. Es gibt nicht viele Menschen wie meinen Bruder Hallad und mich. Ha, dieser Hallad! Ich bin sicher, der zeugt noch auf dem Totenbett ein Kind.«

»Da habt Ihr vermutlich recht, Sire«, antwortete Cleve. Larens Vater Hallad hatte mit seiner dritten jungen Frau in den fünf Jahren ihrer Ehe noch drei Sohne gezeugt. Er war ebenso gesund und kraftvoll wie Rollo. Cleve dachte an König Sitric von Irland, der an Lebensjahren gemessen steinalt war, aber das blühende Aussehen eines jungen Mannes hatte. Profitierten auch Rollo und Hallad von dem Zauber des alten Hormuze?

»Ich würde gerne mit Euch die Einzelheiten der Hochzeit zwischen Wilhelm und Chessa, der Tochter von König Sitric, besprechen.«

»Es ist höchste Zeit, und Wilhelm weiß es. Er ist von der Verbindung nicht sonderlich angetan, beugt sich aber der Vernunft. Er trauert noch immer um seine verstorbene Gemahlin.«

»Er muß mehr Söhne in die Welt setzen«, entgegnete Cleve.

»Er weiß, was er zu tun hat. Ich berichtete ihm, die Prinzessin sei schön.«

»Ja, sie ist schön.«

»Ist sie gefügig?«

»Sie strahlt Lebensfreude aus.«

»Heißt das, sie ist gefügig?«

»Nicht direkt, Sire. Aber Wilhelm wird nicht von ihr enttäuscht sein. Solche Fragen habt Ihr mir nie zuvor gestellt. Der Tag der Hochzeit ist festgesetzt. Merrik, Laren und ich bleiben in Rouen, bis die Prinzessin eintrifft. Wilhelm bat uns zu warten.«

»Ja, ich weiß. Nach der Hochzeit macht ihr drei euch auf den Weg nach Schottland. Nimmst du Kiri und ihren Köter mit? Soll ich dir Krieger mitgeben?«

»Kiri und Irek kommen mit uns. Doch Soldaten brauchen wir nicht. Wir haben zwei Kriegsschiffe und eine Besatzung von vierzig Mann. Merriks Leute langweilen sich, wenn sie untätig herumsitzen. Sie wollen Handel treiben, kämpfen, Abenteuer bestehen und sich mit Frauen vergnügen.«

»Ja, so sind wir Männer. Merriks Leute sind tapfere Krieger. Aber vielleicht sollte ich euch doch einige meiner Soldaten zur Verstärkung mitgeben, Cleve. Mein Schiffsführer Bjarni ist stark wie die Eiche, an der ich gesetzloses Gesindel aufhängen lasse.« Rollo lehnte sich auf seinem hohen Thron zurück und rieb sich das sorgfältig geschabte Kinn. »Ich finde es nicht gut, daß Laren euch begleiten will. Es könnte ihr etwas zustoßen. Das würde Taby gar nicht gefallen.«

»Sie hat zwei Jahre in der Sklaverei überlebt, Sire. Sie kann auf sich selbst aufpassen.«

»Dennoch ist sie eine schwache Frau.«

»Sie geht mit dem Messer ebenso geschickt um wie ein Mann. Sie ist zwar zu schwach, um Merriks Schwert zu halten, aber ein Messer tötet ebenso sicher wie die längste Schwertklinge.«

Rollo brummte verdrossen. »Da ist noch etwas, Cleve.« Er legte eine Pause ein. »Es geht um Ragnor von York.«

»Was ist mit ihm? Sitric gestand mir nach einigen Krügen Met, daß Ragnor versuchte, Chessa zu verführen, sie ihn jedoch abblitzen ließ. Sie fühlte sich von seinen Lügen verletzt und gab ihm einen Trank, worauf er drei Tage lang erbrochen hat.«

»Das klingt nicht nach einer gefügigen Frau, Cleve.«

»Ich würde eher sagen, Sire, sie rächte sich für ein Unrecht, das ihr angetan wurde.«

»Sie hätte es einem Mann überlassen sollen, Rache zu üben.«

»Hätte auch Laren darauf warten sollen, bis ein Krieger sie und Taby aus der Sklaverei befreite?«

»Ach Cleve, deine schnelle Zunge läßt dich wohl nie im Stich.«

»Vergebt mir, Sire. Was ist mit Ragnor von York?«

»Er erhebt Ansprüche auf die Prinzessin. Sein Vater schalt ihn einen Narren, weil er versuchte, sie zu verführen, bevor er mit ihr vermählt war. Ich könnte mir denken, Ragnor würde ihr lieber das Fleisch vom Rücken peitschen, als sie zu heiraten, nachdem sie ihn beinahe vergiftet hat. Er kotzte drei Tage, sagst du? Was hat sie ihm denn gegeben?«

»Sennesblätter, Bilsenkraut und Ingwerpulver.«

»Bekam er davon einen wunden Hintern?«

»Ich weiß nicht, ob der Trank auch diese Wirkung hatte.«

Rollo lachte, ein tiefes, dunkles Grollen zunächst, das aber immer lauter wurde und schließlich schallend von den hohen Wänden widerhallte.

»Habe ich dir erzählt, Cleve«, sprach er weiter, nachdem er sich wieder gefaßt hatte, »daß Wilhelm ähnlich lachte, als ich ihm sagte, ich werde alt und übergebe ihm demnächst die Regierungsgeschäfte?«

»Wilhelm weiß genau, daß ein Mann Eurer Größe seine Weisheit und Führungseigenschaften mit den Jahren nicht einbüßt, Sire.«

»Das sind die schmeichlerischen Lobesworte eines Höflings, Cleve.«

»Ihr beschuldigt mich, wie es die Prinzessin getan hat. Hört Ihr von mir je heuchlerisches Lob und leere Schmeicheleien? Nun denn, wenn Ihr die Wahrheit wissen wollt: Ich teile Wilhelms Meinung. Behaltet Euren Titel, bis Ihr das Bett nicht mehr verlassen könnt. Ihr habt hart um Eure Stellung gekämpft, habt Wohlstand in ein Land gebracht, das durch Habgier, Kriege und Plünderei ausgeblutet war. Genießt Eure Macht, denn der Tod ist uns allen gewiß. Walhall mag für die Ewigkeit erstrebenswert sein, ich aber würde die Freuden des irdischen Daseins so lange wie möglich genießen. Ja, Sire, behaltet Euren Thron und Eure Macht noch eine Weile. Wilhelm hat nichts dagegen, und Eure Untertanen macht Ihr damit glücklich.«

»Ich habe ihn gut erzogen«, entgegnete Rollo. »Du sagst, die Prinzessin hat dich beleidigt?«

»Ja. Sie sagte, ich rede mit der Zunge einer Schlange und spucke honigsüße, leere Worte aus.«

»Sie scheint nicht einfach zu sein, Cleve.«

Cleve lächelte. Eigentlich war die Prinzessin nicht besonders schwierig. Und Wilhelm wußte mit Frauen umzugehen. Die Ehe zwischen den beiden versprach harmonisch zu werden.

»Dieser Ragnor erhebt Ansprüche auf sie. Er will sie heiraten. Er ist ein Mann von einundzwanzig Jahren, aber er ist verwöhnt und selbstsüchtig. Ich glaube kaum, daß er eine Frau besonders liebevoll behandelt, die ihn fast vergiftet hätte.« Wieder lachte er. »Wir müssen aufpassen, daß Ragnor die Prinzessin nicht entführt, bevor sie wohlbehalten in Rouen eingetroffen ist.«

»Ich werde sie persönlich abholen, Sire«, versicherte Cleve und wunderte sich, warum er das gesagt hatte. Er hatte sich vorgenommen, Chessa erst wiederzusehen, wenn sie an Wilhelms Seite vor einem christlichen Priester stand.

Herzog Rollo schüttelte den Kopf. »Es sind bereits zwei meiner Kriegsschiffe nach Dublin unterwegs. Sie werden bald mit ihrer kostbaren Fracht zurückkehren. Wo ist eigentlich Laren? Ich will eine Geschichte von ihr hören.«

»Ich glaube, sie und Merrik sind mit Taby zusammen. Merrik vermißt den Jungen sehr.«

»Ja, ich weiß. Doch nun hat er eigene Söhne. Wie heißen die beiden gleich wieder? Ich werde in letzter Zeit vergeßlich.«

»Kendrid und Harald, beide sind sie das Abbild ihres Vaters. Sie werden zu tüchtigen Männern heranwachsen. Doch Taby nimmt einen besonderen Platz im Herzen Merriks ein. Hoffentlich verübeln seine Söhne ihm das nicht eines Tages.«

Herzog Rollo rieb sich wieder das Kinn, fühlte die welke

Haut und runzelte die Stirn. »Nein«, meinte er sinnend. »Diese Prinzessin scheint mir keine gefügige Frau zu sein. Ob Wilhelm gezwungen sein wird, sie zu züchtigen?«

»Ich fürchte, diese Maßnahme hätte bei ihr nicht die erwünschte Wirkung.«

»Jede Frau wird gefügig, wenn sie ein Kind im Bauch trägt. Wilhelm muß umgehend dafür sorgen. Glaubst du, sie ist eine gebärfreudige Frau, Cleve?«

Cleve ließ Chessas Bild vor seinem inneren Auge entstehen: mittelgroß, schlank, volle Brüste, kräftiges Becken. »Es scheint nichts dagegen zu sprechen, Sire.« Ja, sie würde viele Kinder gebären.

Aber nicht Wilhelms Kinder. Nicht Ragnors Kinder.

Als er den Herzog verließ, fragte sich Cleve, warum ihm dieser sündige Gedanke durch den Kopf geschossen war.

## Dublin, Irland
## Palast von König Sitric

Sie hatte ein Netz voller Blausaiblinge gefangen und zog es lachend aus dem Fluß Liffey. Einem der Fische gelang es, aus dem Netz zu schlüpfen und zurück ins Wasser zu platschen. »Das hast du gut gemacht, Kleiner«, rief sie dem eilig davonschwimmenden Fisch nach.

Chessa war allein. Brodan war von zwei Leibwächtern Siras zum Palast zurückgebracht worden. Er wollte nicht gehorchen, doch die Wächter waren unnachgiebig, denn sie hatten ihre Befehle. Chessa beschwichtigte ihn und bat ihn zu gehorchen. Sie konnten schließlich noch viele Saiblinge fangen. Sie liebte Brodan. Der achtjährige Junge war aufgeweckt und liebenswert wie sein Vater, Freya sei Dank. Er hatte keine von Siras schlechten Eigenschaften. Er war ein ernster Junge, studierte eifrig mit seinen christlichen Lehrern und spann sich häufig in eine eigene Traumwelt ein.

Auf ihren Vater war sie allerdings wütend.

Am frühen Morgen hatte er ihr eröffnet, daß zwei Kriegsschiffe von Wilhelm Langschwert vor Anker gegangen seien, um sie nach Rouen zu bringen. Die Abreise war für den morgigen Tag geplant.

Mit vorgerecktem Kinn hatte sie sich dem König widersetzt: »Nein Vater, ich will diesen Wilhelm nicht heiraten. Ich will Dublin nicht verlassen. Ich will keinen Mann heiraten, den ich nicht kenne. Ich weigere mich. Und außerdem ist er beinahe so alt wie du. Ich will keinen Mann heiraten, der mein Vater sein könnte.«

Er beherrschte sich nur mühsam. Sie sah, wie er die Schultern straffte, und wie seine Lipen schmal wurden. »Männer sind in jedem Alter ansehnlich. Und außerdem ist Wilhelm erst dreißig. Er ist kein alter Mann.«

»Auch Frauen sind in jedem Alter ansehnlich. Soll dieser Wilhelm doch eine Frau seines Alters heiraten. Er ist zwölf Jahre älter als ich.«

»Er braucht eine junge Frau, die ihm Kinder in die Welt setzt.«

»Ich will nicht wie Sira werden, die ein Kind nach dem anderen wirft. Mehr bringt sie doch nicht zustande. Und außerdem ist sie eine gemeine, bösartige ...«

»Von Sira ist jetzt nicht die Rede«, unterbrach der König sie barsch, am Ende seiner Geduld.

Chessa änderte ihre Taktik und legte ihre Hand in die seine, so wie sie es als Kind getan hatte, als er ihr Beschützer, ihr Held, ihr ein und alles war. »Papa, bitte schick mich nicht fort. Ich vespreche dir, freundlicher zu Sira zu sein. Ich nehme die Prinzen auch nicht mehr mit zum Fischen an den Fluß. Ich werde sittsam und artig sein.«

Sitric mußte lachen. »Du versprichst mir Dinge, die du nicht halten kannst, mein Schatz. Hör zu, Chessa. Du bist eine erwachsene Frau. Es ist Zeit für dich zu heiraten und das Elternhaus zu verlassen. Wilhelm ist ein guter Mann, das hat Cleve mir versichert. Ich habe ihn genau befragt. Wilhelm wird gut zu dir sein.«

Und damit war das Thema erledigt, dachte Chessa und wischte sich eine Haarsträhne aus dem Gesicht. Dies war vermutlich ihr letzter Tag in Freiheit. Ihre Dienerin packte bereits die große Truhe mit Hemden aus feinem Leinen und Kleidern aus krapprot gefärbter Wolle. Dazu das goldgelbe Festgewand, das mit einer Flechte gefärbt war, die nur in den Affernsümpfen gedieh. Ihr Vater hatte ihr ein scharlachrotes, mit kostbarer Seidenstickerei versehenes Kleid geschenkt, dessen Tuch von einer seltenen Orchideenart gefärbt war. Dazu besaß sie viele Spangen und Broschen, zierliche Ohrringe aus Silber, Gold und Elfenbein, goldene Halsketten und eine Kette aus bunten Perlen, die ein Geschenk eines Ministers des Königs war. Sie war eine Prinzessin und würde zu diesem Wilhelm reisen, prachtvoll ausgestattet, wie es einer Prinzessin gebührte.

Sie schmunzelte. Sie stand mit nackten, schmutzigen Füßen knöcheltief im Wasser. Das Haar hing ihr wirr ins Gesicht, das voller Lehmspritzer war, und ihre Hände sahen ebenso schmutzig wie ihre Füße aus. Das braune Kleid hatte sie hochgebunden, um im seichten Wasser waten zu können.

Könnte dieser Wilhelm sie so sehen, würde er vermutlich auf seinen königlichen Absätzen kehrtmachen und das Weite suchen.

Ob Cleve sich in Rouen aufhielt? Sie dachte häufig an ihn. Und sie hatte noch immer nicht herausgefunden, wer ihm damals nach dem Leben trachtete und aus welchem Grund.

Sie richtete sich auf, streckte sich und blickte zur Stadt hinüber. Die ebenerdigen Holzbauten standen dichtgedrängt, vielfach waren sie durch hölzerne Gehsteige verbunden, da die Wege durch den häufigen Regen aufweichten und man sonst knöcheltief im Matsch watete. Der Befestigungswall bestand aus mächtigen, in den Boden getriebenen Eichenpfählen, die von Hanfseilen fest miteinander verzurrt waren. Dublin war ein Handelszentrum, das von Jahr zu Jahr an Bedeutung gewann. Das wiederum bedeutete, daß auch die Anzahl der Feinde stieg, die die Stadt einnehmen und ihren Vater stürzen wollten. Viele irische Häuptlinge waren nicht bereit, die Herrschaft der Wikinger zu akzeptieren und zogen brandschatzend und raubend durchs Land.

Seufzend machte sie sich auf den Rückweg in den Palast. Am Abend sollte ein festliches Bankett stattfinden, um den Abschied der Prinzessin zu feiern. Sira war mit Sicherheit froh, sie endlich loszusein, obwohl sie dem König hysterische Szenen gemacht hatte, um zu verhindern, daß er seine Zustimmung zur Hochzeit gab. Die einzige Erklärung war wohl, daß Sira um keinen Preis zulassen wollte, daß ihre Stieftochter eine ranghöhere Position einnahm als sie.

Chessa raffte die Röcke und watete durch das Schilf. Wind war aufgekommen. Die alten, knorrigen Weiden am Flußufer wiegten sich leise wispernd in der Brise. Bald würde es regnen. Über der irischen See ballten sich schwarze Wolkenmassen zusammen, die rasch heranrückten. Es würde einen heftigen Sturm geben.

Sie raffte die Röcke noch höher und fing an zu laufen. Unterwegs löste sich ein Rockzipfel, und sie bückte sich, um ihn wieder hochzubinden, als sie ein Geräusch hinter sich hörte. Sie fuhr herum und sah sich einem großen, kräftigen Mann gegenüber. Er lächelte.

Sie zwang sich zur Ruhe. »Wer bist du?«

»Ich heiße Kerek. Seid Ihr Prinzessin Chessa?«

»Warum fragst du?« Sie musterte den kräftigen Mann mit dem roten, von grauen Strähnen durchzogenen Haarschopf.

»Ja. Ihr seid es.« Er trat einen Schritt auf sie zu, während er sie immer noch anlächelte. Sie versuchte, ihm seitlich auszuweichen. Er packte ihren Arm, riß sie herum und zog sie an sich.

Sie hatte ihr Messer nicht bei sich.

Sie zwang sich, ruhig zu bleiben und sich nicht zu wehren. Sein Griff lockerte sich. Da hob sie den Fuß und schlug ihm kräftig gegen das Schienbein. Er gab einen Schmerzenslaut von sich, und sie schleuderte ihm das zusammengeknotete Fischnetz ins Gesicht. In einem Schreckmoment gab er sie frei, und sie rannte um ihr Leben, kam aber nicht weit. Mit wenigen Sätzen hatte er sie eingeholt, packte sie am Arm und riß ihn fast aus dem Gelenk.

Sie hob das Bein, um ihm das Knie in den Unterleib zu rammen, doch er war schneller. Leise fluchend setzte er ihr die Faust ans Kinn und fing sie beinahe gleichzeitig auf, als sie bewußtlos zusammensackte.

Kerek warf sie über seine breite Schulter. Wenige Minuten später kam sie wieder zur Besinnung und bäumte sich wild auf. Er stellte sie vor sich auf die Erde. »Entweder Ihr bleibt ruhig liegen, oder ich muß Euch noch einen Fausthieb verpassen«, fuhr er sie streng an.

Sie war benommen, Übelkeit stieg in ihr auf. Sie schwieg trotzig, und er schwang sie sich wieder über die Schulter.

Wer war der Kerl bloß? Was wollte er von ihr? Wie oft hatte ihr Vater sie ermahnt, sich nie ohne Begleitung außerhalb der Palastmauern aufzuhalten, weil das zu gefährlich sei. Hätte sie bloß auf ihn gehört.

Der Mann trug sie zum Hafen, wo viele Handelsschiffe vertäut lagen. Auf dem Weg dorthin passierten sie den Markt, wo es immer von Menschen wimmelte. Jemand würde ihr helfen.

Er bahnte sich seinen Weg durch ein gutes Dutzend Händlerbuden, an denen Fische, Gemüse, Schuhe und Specksteingefäße feilgeboten wurden. Sie bäumte sich auf und schrie aus Leibeskräften:

»Hilfe! Ich bin Prinzessin Chessa, die Tochter von König Sitric. Helft mir!«

Der Mann gab ihr einen kräftigen Klaps auf den Hintern und lachte. »Ja, mein Schatz. Eine wunderschöne Prinzessin bist du. Alle bewundern die Schönheit ihrer königlichen Hoheit. Und du trägst ein kostbares Kleid. Dein schmutziges Gesicht unterstreicht noch deine edle Herkunft.«

»Hilfe! Ich bin Prinzessin Chessa. Hilfe!«

Die Leute gafften sie an und zeigten lachend mit dem Finger auf sie.

»Was für ein frecher Dreckspatz«, schmunzelte eine Frau, die einen Silberreif begutachtete.

»Ihre schmutzigen Füße sind so königlich wie die Haare in der Nase meines Alten«, rief ein Fischweib, das gerade einen Hecht schuppte.

Die Hand des Mannes klatschte erneut auf ihren Hintern, und diesmal so kräftig, daß ihr die Luft wegblieb.

»Schweig jetzt, Schatz«, sagte er mit lauter Stimme, gutmütig und duldsam. »Die Leute lachen über dich. Du blamierst dich bis auf die Knochen.«

Der Markt lag nun hinter ihnen, und er schritt schneller aus. »Dafür wirst du mir bezahlen«, stieß sie tonlos hervor.

»Glaubt Ihr wirklich? Nun, wir werden sehen.«

Wieder bäumte sie sich auf und wand sich, um seinem Griff zu entkommen. »Ich weiß nicht, ob mein bedauernswerter Herr Freude an Euch hat«, lachte er.

Bald trug er sie über eine gezimmerte Rampe auf ein großes Schiff und setzte sie dort ab, hielt sie aber vorsichtshalber fest.

»Kommt«, befahl er und schob sie zwischen den Ruderbänken nach hinten. Ein Teil des Bootshecks war überdacht, um dort Ladung zu verstauen und trockene Schlafplätze zu schaffen. Hier saß ein Mann auf einem kostbar geschnitzten Lehnstuhl. Wäre ihr nicht so flau im Magen gewesen, hätte sie bei dem absurden Anblick laut aufgelacht. Der Kerl saß unter dem Zeltdach, als befände er sich in einem Thronsaal und nicht an Bord eines Handelsschiffes.

»Sie sieht aus wie eine Schlampe«, sagte der Mann. »Wie ein Sklavenweib.« Chessa erstarrte. Das Leben spielte ihr einen üblen Streich. Bei allen Göttern, wie sehr wünschte sie, unterwegs in die Normandie zu sein, um Wilhelm Langschwert zu heiraten.

»Sie war allein am Fluß«, entgegnete Kerek, »ich hatte keinerlei Schwierigkeiten mit ihr.«

»Das glaube ich dir nicht. Sie kämpft verbissen wie eine Wildkatze, ehe sie sich einem Mann ergibt, und sei er noch so groß und stark.«

»Zugegeben«, lenkte Kerek ein, und in seiner Stimme schwang Bewunderung. »Sie ist flink. Aber gegen mich kommt sie nicht an. Hier ist sie.«

»Ja. Endlich ist sie in meiner Hand. Ich grüße dich, Chessa. Du hast wohl nicht erwartet, mich so schnell wiederzusehen.«

## KAPITEL 5

Chessa starrte Ragnor von York an.

»Hab' ich dich endlich, du Schlampe. Jetzt entkommst du mir nicht wieder.«

»Was willst du von mir, du elendes Stück Dreck?«

Ragnor stand langsam auf, trat zwei Schritte vor und schlug hart zu. Sie stürzte auf die Holzplanken. Ein schmerzhafter Stich durchfuhr sie. Er stand drohend über ihr, die Hände an den schmalen Hüften, und blickte verächtlich auf sie hinunter – sichtlich mit sich zufrieden.

»Wie schön, dich zu meinen Füßen liegen zu sehen. Das steht dir gut an. Von nun an wirst du in Demut zu mir sprechen. Hast du verstanden, Chessa?«

Sie hob den Kopf und schluckte ihre Beschimpfungen hinunter, die nur zu weiteren Mißhandlungen geführt hätten.

»Ich habe dich etwas gefragt, Chessa. Antworte mir.«

Ihre Kehle war wie zugeschnürt, und sie brachte kein Wort hervor.

Er versetzte ihr einen Fußtritt. Sie zuckte vor Schmerz zusammen und schlang die Arme um ihren Leib.

»Antworte!« Seine Stimme überschlug sich.

»Ihr wollt sie doch nicht umbringen, Mylord«, warf Kerek ein. »Vielleicht hat ihr die Angst die Sprache verschlagen.«

»Halt den Mund, Kerek. Sie ist hochmütig und trotzig und hat mehr Eigensinn als hundert Weiber. Den werde ich ihr austreiben. Sie hat mir Gift gegeben. Wäre ich nicht so kräftig, hätte ich sterben können.«

Sie rappelte sich auf die Knie, legte die Handflächen auf die Schiffsplanken, und der Schmerz in ihren Rippen machte ihr das Atmen schwer. »Warum hast du mich hierher gebracht?«

Er hob wieder den Fuß, doch Kerek legte ihm die Hand auf den Arm und versuchte ihn zu beschwichtigen: »Das war eine bescheidene Frage. Sie weiß nicht, warum Ihr sie entführt habt. Sagt es ihr, und sie wird lammfromm sein.«

Dieser Kerek war mit Blindheit geschlagen. Die Hexe würde nie lammfromm sein, das wußte Ragnor genau, dennoch versagte er sich einen weiteren Tritt. Als er abermals mit dem Fuß ausholte, zuckte sie verängstigt zusammen, und das gab ihm Genugtuung. Vielleicht hatte Kerek recht. Vielleicht hatte er ihr damit bewiesen, daß sie ihn als Gebieter akzeptieren mußte. »Paß auf«, begann er und nahm wieder in seinem Lehnstuhl Platz. Sie kauerte auf Händen und Knien vor ihm, und ihr Haar hatte sich aus dem schweren Zopf gelöst. Dieses sündig schwarze Haar, das so dunkel war wie das Haar der heidnischen Pikten, die im Norden in dem wilden Land der Schotten lebten und immer wieder abgelegene Höfe überfielen und Schafe, Kühe und Frauen stahlen. Allerdings glänzte ihr Haar im Gegensatz zu den verfilzten, speckigen Schöpfen der Pikten. Eigentlich war sie recht ansehnlich. Ihre Augen waren merkwürdig grün und erinnerten an Moos. Er hatte vergeblich versucht, sie zu beschlafen; sie hatte sich gewehrt wie eine Wildkatze. Und in seltenen aufrichtigen Momenten gestand er sich ein, daß es falsch von ihm war, sie verführen zu wollen. Sie war eine Prinzessin, und selbst der künftige Herrscher des Danelagh hatte kein Recht, eine Prinzessin zu besteigen und anschließend seiner Wege zu gehen.

Heiraten wollte er sie allerdings nicht. Er wollte Inelda, die Tochter eines norwegischen Edelsteinhändlers aus York, deren Haar weißblond glänzte und deren Augen veilchenblau strahlten. Bei Freya, er begehrte sie, doch sein Vater bestand darauf, daß er diese Chessa heiratete, die verfluchte Schlampe, die ihn abgewiesen und vergiftet hatte, die schuld daran war, daß er drei Tage kotzte wie ein Reiher. Inelda hatte ihn nur abgewiesen, weil sie unschuldig und schüchtern war. Sie hatte nicht wirklich nein gesagt, sie hatte nur geflüstert, sie fürchte sich, nicht vor ihm, sondern davor, was passierte, wenn sie ein Kind bekäme. Was sollte dann aus ihr werden? Sie hatte große Angst. Er vergötterte sie wegen dieser Angst. Sobald er mit Chessa verheiratet war, würde er Inelda holen und sie zu seiner Geliebten machen. Er würde mit ihr leben, denn er begehrte sie rasend.

»Paß auf«, wiederholte er, als Chessa den Kopf hob und zu ihm aufblickte. »Du willst wissen, warum du hier bist. Ich bringe dich nach York. Dort werden wir heiraten. Du wirst die zukünftige Königin des Danelagh sein.«

»Wie ich sehe«, entgegnete sie gedehnt, »läßt du dir von deinem Vater immer noch sagen, was du zu tun hast.«

Er beugte sich vor, packte sie am Mieder und zog sie hoch, bis ihr Gesicht dem seinem sehr nah war. »Halt den Mund, oder du wirst es bitter bereuen.« Er bebte vor Wut. »Ich hätte gute Lust, dich bewußtlos zu prügeln. Aber ich tue es nicht. Ich werde dich mit Worten unterwerfen und peitschen. Gib zu, Chessa, daß du mich begehrt hast, du hast mich geliebt, du wolltest mich damals in Dublin heiraten. Du wolltest mit mir schlafen.«

Zu seinem Erstaunen nickte sie. »Ja, ich glaubte, du liebst mich, deshalb war ich ehrlich zu dir. Ich hielt dich für aufrichtig. Ich hielt dich für einen guten Menschen. Doch dann erkannte ich, wer du wirklich bist, und das machte mich krank. Mich ekelte vor dir. Mich ekelte vor mir selbst, weil ich dir geglaubt habe. Schade, daß ich nicht mehr Sennesblätter hatte. Der Trank hat dir geschmeckt, weil ich Ingwerpulver beimischte. Du mußtest dich erbrechen und glaubtest zu sterben. Aber es war kein Gift. Es freut mich jedoch zu hören, daß du geglaubt hast, vergiftet worden zu sein.«

Er schwieg lange. »Dafür würde ich dich gerne umbringen.«

»Du hast die Strafe verdient. Du bist ein Lügner, ein Heuchler. Du hast dich ehrlos benommen.«

»Ich wollte nur mit dir schlafen, ohne dein Gesicht jeden Tag sehen zu müssen. Dafür hast du mich vergiftet.«

»Das stimmt nicht. Wäre es meine Absicht gewesen, dich zu töten, würdest du nicht mehr hier sein. Ich wollte nur, daß dir so übel ist, daß du dir nur noch wünschst zu sterben.«

Er ließ sie los. Er erinnerte sich nur zu gut an die fürchterlichen Bauchkrämpfe, die bittere Galle, den Gestank, den er verströmte, nachdem er sich tagelang übergeben hatte. Das würde er ihr heimzahlen. »Genug der schönen Worte, Chessa. Ich wollte dich beschlafen, und ich werde es tun, ob es dir paßt oder nicht. Solltest du versuchen, mir noch einmal etwas anzutun, wirst du durch einen bedauerlichen Unfall ums Leben kommen, und ich werde die Rolle des untröstlichen Ehemanns spielen, wenn ich meinem Vater die Todesnachricht überbringe.«

»Wenn du mich anfaßt, Ragnor, bringe ich dich um, das schwöre ich. Ich hätte gerne gesehen, wie es dir den Magen umgestülpt hat. Jedenfalls habe ich sehr gelacht, als ich davon hörte. Ich habe mich nur gerächt. Jedem Mann steht die

Befriedigung seiner Rachegelüste zu. Warum nicht einer Frau?« Sie mußte an sich halten, durfte nicht weitersprechen. Er würde sie ohnehin züchtigen, weil sie ihm die Wahrheit ins Gesicht geschleudert hatte.

Langsam ging er vor ihr in die Hocke. Seine Hände schlossen sich um ihren Hals und drückten unerbittlich zu. Sie packte seine Handgelenke und versuchte sich zu befreien, doch er drückte nur fester zu. Sie wand sich, riß den Kopf zur Seite und zog ihn mit sich. Plötzlich gab er ihren Hals frei, stieß sie zurück und warf sich auf sie. Seine Hand krallte sich um ihren Schamhügel. »Das ist alles, was ich von dir wollte«, stieß er hervor. »Und ich werde es mir holen.«

Er rieb sich an ihr, sie spürte seinen schweren Körper, die Schwellung seines Geschlechts und lag wie gelähmt unter ihm.

»Mylord, der Schiffsführer sagt, es ist Zeit, auszulaufen. Er wünscht Euch zu sprechen.«

Ragnor hatte Kereks Gegenwart vergessen. Sein Vater hielt den Dänen für einen geeigneten Leibwächter, nannte Kerek einen Mann der Vernunft. Dabei ergriff der Kerl die Partei der Prinzessin. Was wußte der Alte schon? Der verspürte doch längst keine Regung mehr in seinen Lenden.

Ragnor gab Chessa frei und kam auf die Füße. Sie rollte zur Seite, schlang die Arme um ihren Leib und war sehr bleich. Doch ihr fehlte die edle Blässe von Inelda. Ragnor schaute in die Augen seiner Gefangenen, deren geheimnisvolles Grün ihm die Wahrheit ihrer Gedanken verbarg. Sie strahlten nicht warm und einladend wie Ineldas blaue Augen.

Er straffte die Schultern. »Ich komme wieder. Wenn du dich gesittet benimmst und freundlich zu mir bist, gebe ich dir keinen Anlaß, dich bei meinem Vater zu beschweren. Wenn du deinen Hochmut fahren läßt, lasse ich dich bis nach der Hochzeit in Ruhe. Wenn du mein Mißfallen erregst, reiße ich dir die Kleider vom Leib und besteige ich dich vor den Augen meiner Leute. Hast du mich verstanden, Chessa?«

»Ich habe verstanden«, antwortete sie, doch ihr einziger Gedanke galt ihrer Flucht.

»Du siehst aus wie eine verdreckte Schlampe. Kerek bringt dir einen Eimer Wasser, damit du dich waschen kannst. Ich habe saubere Kleider für dich. Bring dich in Ordnung, damit ich deinen Anblick ertragen kann.« Damit drehte er sich um und entfernte sich.

### Rouen
### Palast von Herzog Rollo

»Sie wurde entführt«, stieß Bjarni keuchend hervor, der den Weg von der Mole zum Palast heraufgehastet war. »Sie ist spurlos verschwunden. König Sitric ist außer sich.«

Rollo wandte sich an Cleve. »Ob sie geflohen ist? Will sie Wilhelm nicht heiraten?«

»Was sie will, tut nichts zur Sache. Die Entscheidung liegt nicht bei ihr. Der Wille ihres Vaters zählt.« Cleve seufzte. »Sie wurde entführt. Doch wer profitiert von ihrem Verschwinden?«

»König Sitric nimmt an, daß Ragnor von York dahinter steckt«, entgegnete Bjarni. »Da König Olric von Danelagh sie mit seinem Sohn vermählen will.«

Cleve konnte sich das Lachen nicht verkneifen. Er hatte Rollo berichtet, was Chessa diesem Ragnor angetan hatte. »Ich kann mir nicht vorstellen, Sire, daß Olric je die Absicht hatte, mit Sitric Verhandlungen zu führen, da er wissen mußte, daß sie zu nichts führen würden. Deshalb ließ er sie entführen. Er will sie mit Ragnor verheiraten.«

Wilhelm, der von den Neuigkeiten hätte tief betroffen sein müssen, warf mit heiterer Stimme ein: »Ragnor von York hat sie also entführt. Lothar der Kahle, einer von König Karls Ministern, berichtete ebenfalls, daß Olric die Prinzessin für seinen Sohn ausersehen hat. Und König Karl ist an einem Bündnis mit Irland interessiert, obgleich sein ältester Sohn erst elf ist.«

»Davon hast du mir nie ein Wort gesagt«, wandte sich Rollo vorwurfsvoll an seinen einzigen Sohn.

Wilhelm hob die Schultern. »Die Franken wünschen, daß

einer von Sitrics Söhnen in das fränkische Königshaus eingeheiratet. An der irischen Allianz mit der Normandie, die durch Chessa zustande käme, besteht wenig Interesse. Deshalb würde es mich nicht wundern, wenn König Karl König Olric und Ragnor darin unterstützt hätte, das Mädchen zu entführen.«

»Dieses *Mädchen* ist deine Braut, Wilhelm.«

»Ist das denn wirklich so wichtig, Vater? Sie wird nicht entehrt. Eines Tages ist sie Königin. Ich lebe weiter wie bisher. Ich habe einen Sohn, den meine geliebte Margaret mir schenkte. Eilder wird mein Nachfolger. Ich brauche nicht noch mehr Söhne.«

Herzog Rollo blickte seinen Sohn an, der nun dreißig Jahre alt war. »Du bist ein Dummkopf. Du liebst eine verstorbene Frau so sehr, daß du den Fortbestand der Dynastie in Gefahr bringst. Ich frage mich, wo du deinen Verstand gelassen hast.«

Cleve, der das Aufflammen alter Streitigkeiten fürchtete, räusperte sich. »Ich mache mich auf die Suche nach ihr.«

»Ja«, nickte Rollo. »Bringe sie nach Rouen. Wilhelm wird seiner Pflicht nachkommen, sie heiraten und ein Dutzend Söhne mit ihr zeugen. Unsere Linie wird nicht aussterben, nur wegen deiner unsinnigen Liebe zu einer Toten.«

Cleve blickte Wilhelm von der Seite an.

Wilhelm, wissend, daß er sich beugen mußte, nickte bedächtig. »Ja, Cleve, bring sie nach Rouen. Die Sache ist ausgehandelt, und ich halte mein Wort.«

»Merrik wird das Abenteuer genießen«, schmunzelte Cleve.

»Und ich auch«, ließ Laren sich vernehmen, die hinter ihm stand.

»Papa«, rief Kiri und streckte die Arme nach dem Vater aus.

Es war sehr dunkel. Chessa hörte die Gespräche der Männer, die draußen über ihren Rudern gebeugt saßen. Sie klagten, weil der Wind sich gelegt hatte, und sie sich in die Riemen legen mußten, sie murrten, daß Ragnor sie so gnadenlos zur Eile antrieb. In vier Tagen wollte er York erreichen. Bald würden sie den Kanal erreichen, sich nordwärts halten, vorbei an Ostanglien, in die Nordsee segeln und York erreichen. Dann würde sie fliehen.

Ob Cleve schon wußte, daß sie entführt worden war? Ob er sich Sorgen um sie machte? Ob er je an sie dachte, so wie sie an ihn? Sie sah sein ebenmäßig geschnittenes Gesicht deutlich vor sich, sein goldblondes Haar, sein goldbraunes und sein blaues Auge. An Wilhelm oder Herzog Rollo verschwendete sie keinen Gedanken.

Seufzend zog sie die Wolldecke enger um sich. Wie in den vergangenen drei Nächten fürchtete sie, Ragnor könne sein Wort brechen, sich auf sie stürzen und ihr Gewalt antun. Selbst Kerek würde ihn nicht davon abhalten können, wenn er dazu entschlossen war. Aber Kerek würde versuchen, ihr zu helfen, davon war sie überzeugt. Sein Gesicht hatte schon viele Falten, war von Wind und Wetter gegerbt, doch er war stark wie ein junger Krieger. Er schien ein gutes Herz zu haben und einen ausgeprägten Gerechtigkeitssinn. Sie überlegte verzweifelt, wie sie ihn überreden konnte, ihr zur Flucht zu verhelfen. Eins war klar: Diesen Ragnor konnte er nicht ausstehen.

Kerek hatte sich in den letzten drei Tagen häufig in ihrer Nähe aufgehalten. Er brachte ihr Essen und Wasser, er redete mit ihr, wenn auch etwas unbeholfen und scheu. Er war schließlich ein einfacher Mann und sie eine Prinzessin.

Dabei war sie nur eine Prinzessin, weil ihr Vater einen raffinierten Plan ausgeführt hatte. Chessa lächelte in sich hinein. Die Könige des Nordens wollten mit dem irischen Königshaus ein Bündnis eingehen wegen der nordischen Abstammung von Prinzessin Chessa und der Jugendkraft ihres Vaters. Wenn sie nur wüßten ...

»Prinzessin.«

»Ja, Kerek. Die Nacht ist mondlos und stockfinster. Wie weiß der Steuermann, in welche Richtung die Männer rudern sollen?«

»Er richtet sich nach dem Polarstern. Unser Steuermann kennt den Himmel genau und hat sehr scharfe Augen. Er verliert die Orientierung nicht einmal bei starkem Regen.«

»Was willst du, Kerek?«

Er antwortete nicht gleich, und sie hakte nach: »Warum bist du hier?«

»Um ihn von Euch fernzuhalten«, gestand er schließlich. »Er hat zuviel Met getrunken. Er redet mit den Männern, lacht und prahlt, Euch zu beschlafen, bevor er Euch zur Frau nimmt. Und wenn er keinen Gefallen an Euch findet, überläßt er Euch seinen Männern und wirft Euch anschließend über Bord. Seinem Vater will er dann erzählen, Ihr hättet einen tragischen Unfall gehabt. Er hat Euch nicht besonders gern und wird Euch nie vergeben, daß Ihr ihn krank gemacht habt.«

»Aber er braucht mich«, erwiderte sie, ohne wirklich zu wissen, warum.

»Das ist ihm aber nicht klar. Er will nur den Thron seines Vaters. Er ist es leid, sich den Wünschen des Königs zu beugen. Ragnor ist zwar erwachsen, aber in seiner Habgier und Selbstsucht wie ein kleiner Junge. Das Danelagh ist geschwächt. Bald werden die Sachsen York überfallen und unterwerfen und uns das Land wegnehmen. Dann gibt es keine Wikingerkönige mehr, denn die Sachsen übernehmen wieder die Herrschaft. Es ist nur noch eine Frage der Zeit. Wenn Olric stirbt, ist Ragnor nicht der Mann, um die Sachsen zurückzudrängen.«

Kerek saß lange schweigend mit gekreuzten Beinen neben ihr unter der Plane. »Ich glaube, Ihr seid in der Lage, die Sachsen daran zu hindern, das Danelagh zu besiegen.«

»Ich? Ich bin doch nur eine Frau.«

»Es hat schon andere Frauen gegeben, die sich als tapfere Kriegerinnen erwiesen haben, die Soldaten in die Schlacht geführt und ihre Feinde besiegt haben.«

»Ja«, meinte Chessa sinnend. »Zum Beispiel Boadicea, die sagenhafte Königin von Iceni. Sie kämpfte gegen die Römer. Doch am Ende wurde sie besiegt, Kerek. Sie verblutete auf dem Schlachtfeld und mit ihr Tausende von tapferen Kriegern.«

»Die Männer folgten ihr in die Schlacht. Der Sage nach haben ihre Krieger siebzigtausend Römer getötet, bevor sie besiegt wurden.«

»Hältst du mich für eine zweite Boadicea?«

Sie spürte seinen Blick in der Dunkelheit. »Ihr seid noch sehr jung«, flüsterte er. »Es ist zu früh, um das zu beurteilen. Aber ich sah Eure kalte Abneigung Ragnor gegenüber. Ihr habt ihm die Wahrheit schonungslos ins Gesicht geschleudert, obgleich Ihr wußtet, daß er Euch dafür züchtigen würde. Ihr habt keine Träne vergossen und keinen Wehlaut von Euch gegeben. Ihr habt keine Angst gezeigt.«

»Das heißt noch lange nicht, daß ich eine Heldin bin. Das zeigt nur, wie dumm ich bin.«

»Ihr habt Euch persönlich gerächt. Ihr habt keinen Höfling damit beauftragt, Rache zu üben.«

»Es war nur ein Trank aus geriebenen Sennesblättern, Bilsenkraut und Ingwer.«

»Wie habt Ihr ihn dazu gebracht, davon zu trinken?«

Sie lachte leise. »Er glaubte immer noch, er könne mit mir schlafen, obgleich ich ihn vorher als Ziegendreck und Natterngezücht beschimpft hatte. Er wollte einfach nicht wahrhaben, daß eine Frau meint, was sie sagt. Als ich ihm Ingwerlimonade anbot, starrte er mich lüstern an und schüttete das Zeug in sich hinein. Die Übelkeit kam erst am nächsten Tag. Er begriff nicht, daß mein Trunk sie auslöste.«

»Ihm war wirklich elend zumute. Die Männer lachten hinter seinem Rücken über ihn.«

»Dennoch bin ich eine Frau, Kerek«, sagte sie. »Ich glaubte ihm seine Liebesschwüre wirklich. Nein, ich bin keine tapfere Heldin, um ein Volk zu retten. Ich war nur eine große Närrin.«

»Habt Ihr vor ihm einen anderen Mann gekannt?«

»Nein, dennoch ...«

Kerek erhob sich. »Ich habe Euch in den vergangenen Tagen beobachtet. Ihr werdet an Reife und Erfahrung gewinnen ... Es fängt an zu regnen. Wind ist aufgekommen. Mal sehen, ob unser Steuermann uns die richtige Richtung weist.«

»Ich hätte nichts dagegen, wenn er uns auf Grund fahren würde.«

Im Begriff, die Plane beiseitezuschlagen, sagte Kerek über die Schulter hinweg: »Ich würde Euch ein zweites Mal entführen. Aber ich tue es für das Danelagh der Wikinger, nicht für den aufgeblasenen Popanz.«

Chessa lehnte sich an die Bootswand und zog die Decke bis ans Kinn. Er hielt sie für eine Kriegerin? Kerek war verrückt.

Zwei Kriegsschiffe und zwei Handelsboote verließen Rouen und segelten die Seine flußabwärts in den Kanal. Merrik hatte sich die Hände gerieben. »Wir haben Specksteingefäße, Hornkämme und schöne Armreife, die Gyre der Däne gefertigt hat. York ist eine große Handelsstadt. Wir werden mit Kisten voll Silber weiterfahren.« Er grinste seine Frau an. »Ich kaufe dir ein rotes Kleid, eine Farbe, die du mit all deinen Färbkünsten nicht hinkriegst.«

Die Handelsschiffe hatten noch andere Gegenstände geladen – Gewänder, Holzschalen, Fischernetze und Saatgut – da niemand wußte, was sie in Schottland erwartete, wenn sie im Hafen der Handelsstadt Inverness an der Mündung der Moray Förde festmachten. Cleve hatte Kiri in Larens Obhut gegeben, die murrend die Aufsicht über ein Handelsboot und Cleves Tochter übernahm.

»Ich will bei dir und Merrik sein«, schmollte sie.

Merrik antwortete leichthin: »Die Männer würden deine Gegenwart begrüßen und auch deine Skaldengeschichten, doch Oleg bat mich, dir die Aufsicht über das zweite Handelsschiff zu geben, weil keiner seiner Leute dazu geeignet wäre.«

»Du lügst mit der Leichtigkeit eines Sterbenden, der auf dem Totenbett schwört, nie wieder zu sündigen.«

»Deshalb bist du doch so sehr in mich vernarrt.«

Sie mußte lachen, bückte sich und hob Kiri hoch. »Komm, Liebling! Deinen Vater wirst du heute abend wiedersehen.«

Als die Männer in den Kanal ruderten, wandte sich Merrik an Cleve: »Ich mach mir Sorgen wegen Kiri. Du hättest sie in Malverne bei den anderen Kindern oder in Rouen lassen sollen.«

»Nein«, entgegnete Cleve. »Wir reisen in meine Heimat, Merrik. Ich paß gut auf sie auf. Du weißt, wie ungern sie von mir getrennt ist.«

»Das stimmt. Sie ißt nichts und spielt auch nicht mit den anderen Kindern. Sie tut, was man ihr sagt, aber sie hat an nichts Freude. Jedesmal wenn du weg bist, sieht sie aus wie ein Gespenst. Man bekommt es mit der Angst zu tun, wie die Kleine sich grämt, wenn ihr Papa fort ist.«

»Es war also richtig, sie mitzunehmen, auch wenn es gefährlich ist. Ich konnte ihr nicht sagen, wann ich zurück bin. Lieber habe ich sie bei mir, als mir Sorgen zu machen, daß sie mir vor Kummer krank wird, wenn ich nicht zum versprochenen Zeitpunkt heimkomme.«

»Ich zweifle nicht daran, daß wir Chessa zurückholen, aber leicht wird es nicht, Cleve. Wir müssen sie nach Rouen bringen, bevor wir nach Schottland segeln.«

»Ich weiß. Und die Verzögerung ist lästig. Aber für die Prinzessin lohnt es sich. Sie ist klug und hübsch. Ihre Augen sind grüner als die Berge hinter Oslo nach einem schweren Regen.«

Merrik betrachtete den Freund versonnen. »Magst du sie?«

»Ja, ich mag sie. Sie war offen und freundlich zu mir.«

»Aber du traust ihr nicht.«

»Ich wäre ein Dummkopf, je wieder einer Frau zu trauen.«

»Cleve, du mußt die Sache mit Sarla vergessen.«

»Darum geht es nicht, Merrik. Es ist unwichtig, ob ich sie für einen Teufel oder einen Engel halte. Sie ist eine Prinzessin. Sie wird Wilhelm heiraten.«

»Wenn Ragnor von York ihr Gewalt angetan hat, wird kein Mann adeliger Herkunft sie heiraten, das weißt du.«

Cleve blickte den Freund an, und seine Hand fuhr unbewußt an den ziselierten Griff seines Messers im Gürtel.

Das war interessant, dachte Merrik auf dem Weg zu Eller, klopfte ihm auf die Schulter und übernahm seinen Platz am Ruder. Bald zog er sich bis auf das Lendentuch aus, und sein Rücken glänzte schweißnaß.

# KAPITEL 6

Kurz vor dem Sturm war der Himmel schwärzer als der rußigste Boden eines Hexenkessels. Es herrschte absolute Windstille. Kein Lüftchen regte sich. Das große, viereckige Segel hing schlaff am Mast. Die Luft war schwül, selbst das Atmen fiel schwer. Die Welt schien stillzustehen.

Der Sturm mußte jeden Moment losbrechen. Das Kriegsschiff lag unheimlich und reglos im Wasser, keine Welle klatschte gegen die Bootswand, keine Möwe kreischte. Der Kopf der geschnitzten Seeschlange am hochgezogenen Bug wirkte gespenstisch und furchterregend auf die Seefahrer. Ähnlich mochten sich Dorfbewohner an Flußufern fühlen, wenn ein Wikinger-Kriegsschiff lautlos wie ein Dämon aus der Hölle aus dem Nebel auftauchte.

Alles wartete stumm. Chessa stand an der Öffnung des Frachtraums und betrachtete die Männer auf ihren Seekisten, die gespannt über ihren Rudern gebeugt saßen. Sie hatten aufgehört zu rudern. Alle beteten stumm und inständig zu Thor und Odin.

Ragnors Schiff lag vor der Küste von Ostanglien. Kerek hatte soeben berichtet, daß Ragnor betrunken sei. Er lag unter seinem Ruder und war vor Angst zu nichts anderem mehr in der Lage, als Met in sich hineinzuschütten. Kerek hatte ihr zugeraunt, der Schiffsführer Torric habe Befürchtungen, ob sie den nächsten Morgen noch erleben würden. Eine solche Ruhe vor dem Sturm habe er erst einmal in seinem Leben vor der Westküste Norwegens erlebt, damals war die Luft jedoch nicht schwer und schwül gewesen, sondern es herrschte Eiseskälte, so daß jedem Mann, der ins Meer gespült wurde, auf der Stelle das Herz vor Kälte stehenblieb.

Torric war damals ein Bürschchen von zehn Jahren, als er und ein Gefährte es schafften, das Boot bei den Felsklippen in der Nähe von Bergen an Land zu ziehen.

Nun trat Torric zu Kerek und Chessa. »Der Sturm bricht jeden Augenblick los«, murmelte er. Sie schwiegen – was hätten sie auch sagen sollen?

Da streckte Kerek den Arm aus. »Da vorn! Schaut nur!«

schrie er aufgeregt. »Eine Insel. Ich bin ganz sicher. Wenn die Männer mit aller Kraft rudern, können wir sie erreichen. Dort wird es einen sicheren Hafen geben.«

»Ja«, entgegnete Torric nun mit Hoffnung in der Stimme. »Jetzt sehe ich sie auch. Die Götter haben sie dir gezeigt. Die Insel war vorher nicht da, das könnte ich beschwören.«

Chessa hörte stumm zu, wie Torric den Männern Befehle zuschrie, sich mit aller Kraft in die Ruder zu legen, um die Insel zu erreichen. Ansonsten müßten alle jämmerlich ertrinken.

»Das Gewitter steht direkt über der Insel. Dort regnet es schon stark. Die Blitze machen die Umrisse sichtbar. Geht unter die Plane, Prinzessin.«

»Nein, Kerek. Ich schaue zu. Kann ich irgendwie helfen?«

»Sorgt dafür, daß Ihr am Leben bleibt«, rief er ihr über die Schulter zu.

Sekunden später ergoß sich der Regen auch schon in Sturzbächen aus den schwarzen Wolken. Ein Mann wurde von einem haushohen Brecher ergriffen und über Bord gespült. Dann konnte man überhaupt nichts mehr sehen. Torric brüllte den Männer seine Befehle zu, sich noch mehr in die Ruder zu legen.

## Habichtsinsel

»Herr, alle Boote sind an Land gezogen, vertäut und mit Planen bedeckt. Der Sturm kann uns nichts anhaben.«

Rorik Haraldsson, der Herr der Habichtsinsel, nickte und hob das Gesicht dem prasselnden Regen entgegen. Der Sturm brach mit einer Gewalt los, wie er es seit Jahren nicht erlebt hatte. Alle nötigen Vorkehrungen waren getroffen. Man konnte nur noch abwarten.

Er betrat das langgezogene Haus, in dem leichte Rauchschwaden hingen, da der Sturm zu sehr auf die Öffnung im Dach drückte. Rorik näherte sich seiner Gemahlin Mirana, die über einer Handarbeit gebeugt saß. Vermutlich nähte sie wieder an einem blauen Hemd für ihn, da sie vor geraumer

Zeit einmal erklärt hatte, Blau sei eine Farbe, die ihn stattlicher erscheinen ließ, als er eigentlich war.

Ihre Art, ihm zu schmeicheln und gleichzeitig einen kleinen Seitenhieb zu versetzen, gefiel ihm, und er liebte sie um so mehr. Mirana würde jeden töten, der ihm Schaden zufügen wollte, und auch jeden, der es wagen würde, ihre Insel, ihre Leute, ihre Kinder zu bedrohen. Er vertraute ihr blind. Sie hob den Kopf, ohne zu lächeln. Ihr Gesicht war bleich, und ihre Finger zitterten ein wenig.

Er hob eine Augenbraue. »Wieder was Blaues, Frau?«

»Was? Die Luft? Der Rauch kann nicht abziehen, wegen des Sturms ... Ach, du meinst dein Hemd. Natürlich ist es blau. Die Farbe deiner Augen. Ich muß dir noch viele blaue Hemden nähen, bevor deine Augen hell und wäßrig werden, und ich vergesse, wie blau sie einst waren. Bei den Göttern, Rorik, man könnte meinen, Thor lädt seinen ganzen Zorn über uns aus.«

»Was hast du erwartet? Ich habe dich gewarnt – du darfst deine weiblichen Verführungskünste nicht haltlos an mir austoben. Die Götter mögen keine Frauen, die ihren Männern die Sinne rauben. Denn weil das Fleisch der Männer schwach ist, nehmen sie sich, was sie kriegen.« Er grinste unverschämt.

Sie sprang auf, warf das blaue Hemd achtlos weg und bearbeitete seine Brust lachend mit ihren Fäusten.

»Mama, hör auf! Du darfst Papa nicht wehtun.«

Mirana ließ von ihm ab und blickte auf ihre kleine goldgelockte Tochter Aglida hinunter. »Dein Papa«, lachte sie und nahm die Kleine hoch, »hält sich für einen Witzbold, dabei ist er nur unverschämt und frech ...«

»Papa ist ganz lieb«, piepste Aglida und streckte ihre Ärmchen nach Rorik aus.

»Das gewöhnt sie sich mit der Zeit ab«, meinte Mirana trocken und reichte ihm ihre Tochter.

»Im Gegenteil. Sie wird mich ebenso vergöttern wie ihre Mutter.«

Sie versetzte ihm noch einen scherzhaften Klaps. »Ich werde dir deine Frechheiten schon noch austreiben.«

»Das kenn' ich schon. Und deine Rache ist süß. Wieso hast

du mein Hemd weggeworfen wie einen alten Knochen? Ich besitze nur eine einzige Truhe voll blauer Hemden. Ich kann es mir nicht leisten, eines zu vergeuden.«

»Laß nur, Papa«, tröstete Aglida ihn. »Ich nähe dir ein neues, viel schöneres Hemd.«

»Sag, mein Liebling, was ist deine Mama?«

»Rorik, schweig. Komm Aglida! Zeit zum Schlafengehen.«

Alle Anwesenden hatten die Neckereien zwischen Herr und Herrin beobachtet. Alle hörten ihr fröhliches Lachen und wußten, daß sie scherzten, um die Bewohner zu beruhigen. Und das mit Erfolg. Eine Frau kicherte, als ihr Mann ihr einen Klaps auf den Hintern gab. Ein Bub rief einem anderen zu, ihm einen Lederball zuzuwerfen. Die Gespräche wurden lebhafter, und die Kinder nahmen ihre Spiele wieder auf.

Der Regen prasselte gegen das Schindeldach. Der Sturm fuhr heulend durch die ächzenden Holzbalken.

Das Unwetter wütete stundenlang, legte sich dann für kurze Zeit, um mit erneuter Heftigkeit wieder loszubrechen. Es war beinahe Mitternacht, die Bewohner der Habichtsinsel waren allesamt noch wach, nur die Kinder waren endlich eingeschlafen, als plötzlich das hohe Tor aufgerissen wurde und Hafter ins Haus stürmte. »Ein Schiff«, schrie er. »Im Hafen ist ein Schiff, das am Strand zerschellt.«

Kurz darauf stürmten alle Männer durch die Tore der Palisaden den Weg zum Strand hinunter.

Rorik rannte auf die Mole, der Regen klatschte ihm waagrecht ins Gesicht. Zuckende Blitznetze ließen den Himmel blau aufleuchten. Das Kriegsschiff hatte schon schwere Schlagseite und der geschnitzte Kopf der Seeschlange wurde von mächtigen Brechern überspült.

Männer schrien und bemühten sich verzweifelt, das Boot an Land zu rudern, das sich führungslos im Kreis drehte. Plötzlich hob eine riesige Welle das Schiff hoch und schob es mit unbeschreiblicher Wucht krachend auf den flachen Schotterstreifen. Einige Männer wurden von Bord gerissen. Rorik rief seinen Leuten Befehle zu, und wenige Augenblicke später hatten sie das Schiff erreicht, Schiffbrüchige aus dem Wasser gezogen und den anderen von Bord geholfen. Einige der

Seeleute blieben breitbeinig und schwankend auf dem Schiff stehen und glotzten ungläubig auf Rorik und seine Leute, als konnten sie ihre wundersame Rettung nicht fassen. Bald würde die Furcht ihr Bewußtsein erreichen, daß sie den Sturm nur überlebt hatten, um hier von fremden Inselbewohnern umgebracht zu werden. Rorik trat auf die Schiffbrüchigen zu und schrie aus Leibeskräften, um den Lärm von Wellen, Sturm und Donner zu übertönen: »Ich bin Rorik. Ihr seid auf der Habichtsinsel. Wir tun euch nichts. Ihr seid gerettet und in Sicherheit.«

Die Männer zögerten, denn sie fürchteten immer noch, abgeschlachtet zu werden. Messer steckten in ihren Gürteln, Schwerter, Helme und Schilde waren in ihren Seekisten.

»Habt Vertrauen«, beruhigte Rorik die Fremden weiter, der genau wußte, wie ihnen zumute war. Er würde ebenfalls jedem mißtrauen, wenn er mitten in einem Unwetter, gestrandet an einer Insel, wildfremden Menschen begegnen würde.

Die Männer wechselten argwöhnische Blicke. Plötzlich sprang eine Frau von Bord. *Eine Frau*! Rorik wischte sich den Regen aus dem Gesicht. »Lord Rorik«, rief die Gestalt. »Du bist es doch! Danke für dein Willkommen. Wir glaubten uns verloren, doch die Götter führten uns zu euch.«

Hinter ihr sprang ein Mann an Land. »Hört nicht auf sie, sie lügt. Sie ist meine Gefangene. Ich werde sie heiraten. Hört nicht auf sie.«

Welch seltsame Worte, dachte Rorik und fragte sich, was die Götter ihm da an den Strand seiner Insel gespült hatten. »Ich habe keine Ahnung, was das bedeuten soll. Aber habt keine Angst.«

»Faß sie nicht an!«

Rorik betrachtete sich den Mann genauer, der mit einer törichten Drohgebärde dastand, und ein Bild des Jammers abgab. »Wer bist du?«

Der Mann richtete sich auf, als erinnere er sich plötzlich, daß er mehr war als eine triefendnasse Ratte. »Ich bin Ragnor von York, Sohn von König Olric.« Er warf sich sogar in die Brust. »Ich gebe nun die Befehle.«

Rorik hatte gute Lust, dem aufgeblasenen Flegel den Hals

umzudrehen. »Du bist wohl kaum in der Lage, Forderungen zu stellen oder Befehle zu erteilen. Sammle deine Leute und folgt uns ins Haus.«

»Ja, Herr«, sagte einer der Schiffbrüchigen zu Ragnor. »Wir sind gerettet und schulden dem Mann Dank.«

»Ich schneide dir die Zunge ab, Kerek«, knurrte Ragnor. »Und was dich angeht«, schrie er Chessa an, die sich an Roriks Seite gestellt hatte. »Du wirst diesem Mann keine Lügen erzählen, hast du verstanden?«

Chessa blieb ihm die Antwort schuldig. Sie wischte sich die nassen Haarsträhnen aus dem Gesicht und blickte zu ihrem Retter auf. »Unser Schiffsführer Torric ist verletzt. Der Mast ist auf sein Bein gefallen, vermutlich ist es gebrochen. Er ist ein guter Mann. Bitte hilf ihm.«

Rorik wandte sich um. »Hafter, nimm dir zwei Leute und kümmere dich um den Schiffsführer. Mirana wird ihn versorgen.« Und zu Chessa gewandt: »Du scheinst mich zu kennen. Wer bist du?«

»Ich bin Chessa, und du bist Lord Rorik der Habichtsinsel.«

»Ja.«

Sie schenkte ihm ein strahlendes Lächeln. »Erinnerst du dich an ein junges Mädchen namens Eze, die Tochter von Hormuze, dem größten Zauberer der Welt?«

Rorik blickte ihr fragend ins Gesicht. Er hatte Eze zum letzten Mal gesehen, als sie zehn Jahre alt war. Sie war damals ein ernsthaftes und furchtloses Kind. Er hatte sie benutzt, um Mirana aus den Händen von Hormuze zu befreien. Nun war sie eine erwachsene Frau geworden, und ein unerforschlicher göttlicher Ratschluß hatte sie an den Strand der Habichtsinsel gespült. Kopfschüttelnd meinte er: »Bei den Göttern, dieses Unwetter werde ich nie vergessen.«

»Du bist ein schöner Mann, aber nicht so schön wie mein Papa.«

Rorik warf den Kopf in den Nacken und lachte schallend. »Und wie geht es deinem schönen Papa?« Hormuze hatte sich damals als alter Graubart verkleidet und sah keinen Tag jünger aus als der betagte König von Irland. Dann hatte er Sitric vergiftet und seinen Platz eingenommen. Mirana interessierte ihn, weil sie seiner verstorbenen Gemahlin so verblüffend ähnlich sah. Doch er mußte sich mit Roriks Base Sira begnügen. Er hatte seine Prophezeiung – Hormuze, der Zauberer werde durch die Kunst seiner Magie den alten König verjüngen – auf seine Weise wahrgemacht. Die Geschichte wurde in vielen Ländern von namhaften Skalden gesungen. Und alle schenkten ihr Glauben, war der junge Sitric doch der lebende Beweis.

»Er hat vier Söhne, und zu meinem Leidwesen liebt er Sira immer noch.«

»Vier Söhne? Er gibt wohl keine Ruhe.«

»Sie ist schon wieder schwanger.«

»Ist sie immer noch eine boshafte Hexe?«

»Sie ist mehr als eine Hexe. Sie ist ...«

Ragnor unterbrach sie. »Hör nicht auf sie! Sie lügt. Sie ist meine Gemahlin, eine Schlampe ...«

»Was soll das?« unterbrach Rorik den Flegel und blickte auf das hübsche junge Mädchen neben ihm.

»Das werde ich dir sagen.« Ragnor stieß Chessa beiseite und baute sich vor Rorik auf. »Du gehorchst meinen Befehlen. Ich bin Ragnor von York, und du bist ein Bauernlümmel, der sich hier an diesem Steinhaufen festklammert.«

Rorik wandte sich an den Mann, der Kerek genannt wurde. »Wer ist der Narr, der meine Insel einen Steinhaufen nennt?«

»Er ist ein wenig verwirrt«, antwortete Kerek verlegen. »Kommt«, sagte er zu Ragnor gewandt. »Ich helfe Euch in Lord Roriks Haus. Der Sturm und der Met haben Euren Verstand ein wenig verwirrt.«

»Ich überlasse sie dem Kerl nicht. Vielleicht versucht er, sie zu rauben oder ihr Gewalt anzutun. Er ist ein Wikinger, ein Krieger. Der führt nichts Gutes im Schilde. Er ...«

Roriks Faust landete gezielt an Ragnors Kinn. Der Prinz sackte lautlos zu Boden. Rorik wandte sich an Kerek: »Ein Wunder, daß den noch keiner zum Schweigen gebracht hat. Bring ihn ins Haus. Folge meinen Leuten den Weg hinauf. Wenn er wieder zur Besinnung kommt, klärt sich vielleicht auch sein Verstand.«

»Daran zweifle ich«, meinte Chessa kopfschüttelnd.

Mirana stand auf und trocknete sich die Hände an einem Tuch. »Wir haben Torrics Bein geschient. Entti gab ihm starken Met zu trinken, und die alte Alna zischelte ihm ständig Schmeicheleien ins Ohr, was für ein stattlicher, gutaussehender Mann er sei. Da mußte er grinsen, obwohl sie ihn angesabbert hat. Jetzt schläft er.«

»Danke«, sagte Chessa. »Wo ist diese Alna?«

»Da drüben an der Feuerstelle stochert sie sich in ihren zwei letzten Zähnen herum«, antwortete Mirana. »Nun sieh sich einer die kleine Eze an! Erwachsen und hübsch bist du geworden. Ich hätte nicht gedacht, dich je wiederzusehen.«

»Eine wahre Schönheit ist aus ihr geworden.«

Chessa lachte zu Lord Rorik auf, der sich neben seine Gemahlin gestellt hatte. »Das sagst du nur, weil ich Mirana so ähnlich sehe. Darin hatte mein Papa recht. Es tut mir leid, Mirana, daß er versucht hat, dich zu entführen, nur weil du meiner Mutter ähnlich siehst. Allerdings wärst du mir als Stiefmutter lieber gewesen als diese schreckliche Sira. Nun, Rorik, sag die Wahrheit. Du findest mich nur hübsch, weil ich Mirana ähnlich sehe.«

»Hältst du mich für blind? Du siehst Mirana überhaupt nicht ähnlich. Ihr Haar ist stumpf, deines aber glänzt. Ihre Augen haben die Farbe von feuchtem Moos, aber deine, Eze …«

»Wieso nennst du sie bei diesem Namen?« mischte sich Ragnor ein, der nun nicht mehr betrunken war. Er strich sich mit der Hand übers Kinn, während er auf Rorik zuging, als habe er hier das Sagen. »Häßlicher Name. Klingt fremdländisch. Warum hast du sie so genannt?«

Chessa beeilte sich zu erklären: »Ein Kosename aus meiner Kindheit. Lord Rorik kannte mich schon als kleines Kind. Er wird bald Chessa zu mir sagen.«

»Chessa«, wiederholte Rorik. »Klingt hübscher als der Name meiner Gemahlin – Mirana. Heißt so nicht eine Fischart in der Nordsee? Vielleicht gebe ich ihr einen anderen Namen, wenn sie nicht schon zu alt dafür ist.«

Mirana versetzte ihrem Gemahl einen Rippenstoß. »Mein Mann liebt gefährliche Spielchen. Aber solange er die blauen

Hemden trägt, die ich für ihn nähe, und die so gut zum Blau seiner Augen passen, und solange er kein Fett ansetzt, werfe ich ihn nicht ins Meer, wenigstens nicht bei solchem Unwetter. Er ist nämlich kein guter Schwimmer, ich müßte hinterherspringen und ihn an Land ziehen.«

»Ich begreife nicht, was ihr drei da faselt. Diese Frau beleidigt ihren Mann und er sie, und dann lacht ihr alle drei. Wie dumm. Hör zu, Chessa. Es interessiert mich nicht, ob ihr euch gekannt habt, als du noch auf diesen dummen Namen Eze gehört hast. Du wirst mich heiraten und diesem Mann keine deiner Lügenmärchen erzählen.«

»Hast du nicht gesagt, sie ist deine Frau und eine Schlampe und ...«

»Halt den Mund!« unterbrach Ragnor, schluckte aber den Rest des Satzes hinunter, als eine große schwielige Hand sich schwer auf seine Schulter legte.

»Was sagst du, Wurm?« fragte Hafter dicht an Ragnors Ohr und drückte zu, bis die Schulterknochen krachten.

Ragnor jaulte auf.

»Mit der Methode lernt er schnell Manieren«, sagte Rorik. »Laß ihn los, Hafter. Eigentlich müßte er sich noch an meine Faust in seinem Gesicht erinnern. Für ein derart schlechtes Gedächtnis scheint er mir allerdings zu jung. Wenn er nicht aufpaßt, stirbt er bald.«

»Sein Verstand ist vom Sturm aufgeweicht«, bemerkte Hafter, drückte ein letztes Mal zu und stieß Ragnor nach vorn. »Wenn er überhaupt ein Hirn unter der Schädeldecke hat.« Ragnor stolperte und fand nur mühsam das Gleichgewicht wieder.

»Du räudiger Köter«, brummte Hafter weiter. »Kein Wunder, daß im Danelagh demnächst die Sachsen regieren, wenn Kerle wie du an der Macht sind. Stimmt es wirklich, daß du Olrics Sohn bist?«

»Ja. Und der alte Mann lebt nicht mehr lang. Dann komme ich zurück und töte euch alle.«

Kerek versuchte einzulenken: »Mylord, Ihr verliert ohne Grund die Geduld. Diese guten Leute haben uns das Leben gerettet. Unser Kriegsschiff ist leck geschlagen. Wir sind auf ihre Gastfreundschaft angewiesen. Bitte zügelt Eure Rede und erweist Euch dankbar.«

Ragnor entfernte sich leise fluchend. Chessa hörte die alte Alna kichern.

»Mylord.«

»Gunleik, wie viele Männer haben wir gerettet?«

»Siebzehn, Rorik. Dieser Kerek sagt, neun Mann sind über Bord gegangen. Für die Wucht des Unwetters sind sie noch glimpflich davongekommen.«

»Ich erinnere mich an dich«, sagte Chessa und hob den Blick in das Gesicht des graubärtigen Mannes, dem das kriegerische Leben tiefe Furchen eingegraben hatte. »Du warst damals auf Clontarf, als Rorik mich gegen Mirana austauschte. Du hast Lord Rorik geholfen.«

»Ja, das habe ich. Wer bist du?«

»Ich bin die kleine Eze. Du hast damals meinem Papa zur Flucht geholfen.«

Gunleik blickte seinen Freund und Herrn verwundert an. »Das ist mehr als seltsam, Rorik.«

»Daran mußt du dich gewöhnen. Jetzt heißt sie Chessa. Hafter, frag Entti, ob sie ein wohlschmeckendes, heißes Getränk für Ragnor hat, ein Tränklein, das seine Gedärme in Aufruhr bringt. Dann kann er den Sturm auf seinen häufigen Wanderungen zum Abort richtig genießen.«

Chessa lachte laut. »Du meine Güte, das wäre herrlich, Hafter. Wer ist Entti? Hat sie gemahlene Sennesblätter?«

»Entti ist meine Frau«, antwortete Hafter mit solchem Stolz in der Stimme, daß Chessa sie unbedingt kennenlernen wollte. »Da ist sie schon. Schatz, hast du einen Trank, womit man einem unserer Gäste Manieren beibringen könnte? Chessa meint, Sennesblätter eignen sich gut.«

Die Frau hatte volles dunkelbraunes Haar, das ihr bis zu den Hüften reichte. Sie trug ein schlafendes Kind auf dem Arm, das am Daumen nuckelte. »Sprichst du von dem großen Lord von York? Eine Jammergestalt. Er schreit überall herum, daß sie seine Gemahlin ist. Stimmt das?«

»Nein. Er hat mich entführt. Hätte Kerek die Insel nicht erspäht, wären wir alle in dem Sturm umgekommen. Ich hatte mir vorgenommen zu fliehen, sobald wir York erreicht hätten. Es gibt auch noch Wilhelm, den ich auch nicht heiraten will, aber mein Vater hat mit ihm schon den Ehevertrag ausgehandelt.«

»Wilhelm?« fragte Rorik. »Herzog Rollos Sohn?«

Chessa nickte.

»Wilhelm ist ein sehr netter Mann«, sagte Mirana mit einem Stirnrunzeln. »Er trauert zwar immer noch um seine Frau, die vor Jahren gestorben ist, aber er wird dir treu sein ...«

»Pah«, warf Entti ein und reichte Hafter das schlafende Kind. »Das heißt gar nichts, Mirana. Dieser Wilhelm ist vermutlich nur zu griesgrämig, um untreu zu sein. Ein Mädchen dürfte nicht gezwungen werden, einen Mann zu heiraten, der eine andere liebt, selbst wenn sie schon gestorben ist.«

»Aber er hat noch alle Zähne und keinen fetten Bauch«, verteidigte Mirana ihn.

Rorik schüttelte den Kopf. »Du sollst also Wilhelm heiraten, aber Ragnor hat dich entführt. Das ist alles sehr verwirrend. Wie kann ich dir helfen, Chessa?«

Ihr Blick wanderte zu Ragnor hinüber, der zwischen zwei seiner Männer saß und leise mit ihnen redete. »Er ist eine Schlange«, sagte sie. »Ein Verräter und außerdem gewalttätig und ein Feigling. Ob ich ihn töten soll?«

»Ob du *was*?«

»Sie sagt, mein Gebieter, daß sie ihn am liebsten umbringen würde.«

»Ach so«, sagte Rorik gedehnt und wechselte das Thema. »Nun, ich denke, alle sind jetzt trocken und haben ein Plätzchen zum Schlafen gefunden. Die alte Alna grinst diesen Kerek mit ihrem zahnlosen Maul an. Er ist wohl Ragnors Leibwächter, wie?«

Chessa nickte. »Ich wünschte, er wäre es nicht, denn er ist ein guter Kerl. Er war es, der mich entführt hat. Er schlug mich, aber nur widerwillig, sonst wäre ich ihm entwischt. Er tat nur seine Pflicht.«

»Hm, er macht den Eindruck, ein aufrechter Mann zu sein«, sagte Rorik und zog eine goldblonde Augenbraue in die

Stirnmitte. »Du wirst in der Kammer bei meiner Frau schlafen. Ich nächtige hier bei den Männern. Möglicherweise kommt dieser Ragnor auf die Idee, dir im Schlaf etwas anzutun.«

»Er ist eine elende Kröte«, fauchte Chessa. »Wie konnte ich je anders über ihn gedacht haben.«

Mirana nahm Chessas Arm. »Diese Geschichte interessiert mich brennend.«

Rorik klopfte Chessa auf die Schulter. »Und ich will alles über König Sitric hören, dem alten Mann, der von Hormuze auf so wunderbare Weise verjüngt worden ist. Mirana, bringe Aglida und die Buben ins Bett.«

»Ja, lieber Mann«, lächelte Mirana honigsüß zu ihm auf. Rorik blickte stumm auf die beiden Frauen, die Arm in Arm vor ihm standen. Ihre vollen Haare fielen in schweren Locken über ihre Schultern, rabenschwarz wie die Sturmnacht draußen. In Rorik wurden viele Erinnerungen wach. Das Leben war ein interessantes Spiel, dachte er, griff sich eine Wolldecke und machte es sich neben Hafter an der Feuerstelle bequem.

# KAPITEL 7

Der Morgen war warm, der Himmel wölbte sich strahlendblau und war mit einzelnen Schäfchenwolken betupft. Das Meer lag still wie ein Spiegel. Sanfte Wellen plätscherten ans Ufer. Kerzog, ein riesiger Köter, dessen Zunge so lang war wie eine Schiffsplanke – wie Rorik zu sagen pflegte – rannte hinter den zurückweichenden Wellen her und verbellte sie wütend, wenn sie wieder auf ihn zusprudelten. Rorik atmete die frische Morgenluft tief ein. »Nur die abgebrochenen Äste und das angeschwemmte Treibgut erinnern an den furchtbaren Gewittersturm vor zwei Nächten.«

Gunleik bückte sich und hob ein seltsam geformtes Stück Treibholz auf. Vielleicht konnte er daraus etwas schnitzen und seiner Frau Erna schenken, einen Delphin vielleicht. »Was hältst du von dem Kriegsschiff, Rorik?«

Rorik blickte zu dem Schiffswrack hinüber. »Wir könnten es soweit zusammenflicken, daß die Männer nach York rudern können. Der Mast ist gebrochen. Aber das Steuerruder können wir instandsetzen.«

»Wir nehmen eines deiner Kriegsschiffe.« Mit diesen Worten trat Ragnor an die beiden heran. »Ich habe mir beide angesehen und auch die Handelsschiffe. Ich denke, ich nehme von jedem eins. Betrachtet das als Tribut, den ihr mir schuldet.«

Rorik musterte diesen Ragnor von York in aller Ruhe, der noch abgerissener herumlief als seine Männer. Offenbar hatte ihm niemand etwas zum Anziehen angeboten.

»Ja«, Ragnor sprach nun lauter, denn Kerek und sechs seiner Gefolgsleute tauchten hinter ihm auf. »Wir nehmen das Kriegsschiff dort drüben. Das wird uns vorläufig genügen.«

»Aha«, sagte Rorik gelassen »Und werdet ihr es zurückgeben, wenn es nicht mehr gebraucht wird?«

»Dafür besteht kein Grund. Es ist wie gesagt euer Tribut an mich. Wir segeln nach dem Morgenmahl ab. Ich gab deiner Frau und der zahnlosen alten Hexe Anweisung, uns Proviant einzupacken. Die Alte sah mich so komisch an, als sei sie nicht richtig im Kopf. Chessa hat Anweisung, sich fertigzumachen. Da ist noch eine junge Frau, die mir gefällt. Ihr Name ist Utta, die nehme ich auch mit. Sie hat die Ehre, meine künftige Bettgefährtin zu sein.«

Kerzog knurrte und zeigte gefährlich gelbe Fänge.

Rorik grinste und sagte mit unverändert gelassener Stimme: »Ich glaube kaum, daß dieser Vorschlag ihrem Ehemann gefällt, genauso wenig wie meinem Hund. Er heißt Kerzog. Ihr Ehemann heißt Haakon. Vielleicht sprecht Ihr selbst mit ihm über Utta. Es ist der große Kerl dort drüben, der grade mit ein paar meiner Leute den gebrochenen Mast wegschafft. Ich rufe ihn.«

»Nein, das ist nicht nötig«, versicherte Kerek eilig. »Lord Ragnor scherzt nur. Er hat kein Interesse an einer Frau, die mit einem anderen verheiratet ist.«

»Dann eben nicht.« Ragnor begutachtete die Muskelpakete

an Haakons Armen und Rücken. »Aber das Kriegsschiff und eines der Handelsboote nehme ich.«

»Rorik, dies ist eine schwierige Situation.« Kerek bemühte sich, den Herrn der Habichtsinsel für Ragnors Vorschlag zu erwärmen. »Ich muß dafür sorgen, daß Lord Ragnor und die Prinzessin wohlbehalten nach York kommen.«

»Nein, das ist überhaupt nicht schwierig«, widersprach Hafter. »Ihr haltet euren Mund, sonst bringen euch unsere Leute langsam und mit Genuß um. Ihr haltet den Mund solange, bis Lord Rorik entschieden hat, was mit euch geschehen soll. Hab ich mich klar ausgedrückt, auch für dich, Blödian?«

Ragnor zeterte empört los. »Was fällt dir ein?! Ich bin Ragnor von York. *Blödian* wagst du mich zu nennen? So hat nicht einmal meine Mutter mich beschimpft. Ich lasse dich auspeitschen.« Die Augen waren ihm vor Wut aus den Höhlen getreten. Doch plötzlich beruhigte er sich. »Hör zu Rorik, ich brauche Hilfe, und du mußt mir geben, was ich verlange.«

Kerzog sah aus, als würde er ihn jeden Moment anspringen. »Platz!« befahl Rorik und zog ihm die Ohren lang. »Kerek, bring ihn fort. Er wird lästig. Nicht meinen Hund, deinen Herrn. Wie Hafter sagt, ich lasse euch rechtzeitig wissen, was mit euch geschieht und wann.«

»Kommt Mylord, macht einen Spaziergang mit mir. Die Insel hat gutes, fruchtbares Ackerland. Wir können uns ein wenig umsehen ...«

Ragnor drehte sich um und schlug Kerek mit der flachen Hand auf den Mund. »Du dummer, alter Graubart. Du wagst es, mich wie ein Kind zu behandeln? Du wagst es, die Partei dieser Leute zu ergreifen? Ich peitsche dir die Haut vom Rücken ...«

Rorik hörte einen wütenden Schrei, wandte den Kopf und sah Chessa den Pfad herunterlaufen. Knapp vor Ragnor blieb sie mit zornrotem Gesicht stehen und hämmerte ihm ihre Fäuste gegen die Brust, stieß ihn zurück, schlug ihm mit den Füßen gegen die Schienbeine und schrie ihm ins Gesicht: »Du Dreckskerl! Kerek will dir das Leben retten, und du bist zu dumm, um das zu kapieren. Laß ihn zufrieden! Wenn du ihn noch einmal schlägst, kriegst du es mit mir zu tun.«

Ragnor versuchte, ihre Arme festzuhalten, die wie Dreschflegel auf ihn, auf seinen Kopf, in sein Gesicht und in die Magengrube niedersausten. Plötzlich schnellte ihr Knie hoch und traf ihn in den Geschlechtsteilen. Er krümmte sich jaulend vor Schmerzen. Mit einem gezielten Fußtritt beförderte Chessa ihn ins Wasser und drehte sich dann seelenruhig lächelnd um. »Bist du in Ordnung, Kerek?«

Er blickte auf sie herunter und sagte mit Ehrfurcht in der Stimme: »Ich muß Euch nach York bringen, Prinzessin. Ihr seid Danelaghs letzte Hoffnung. Ihr müßt den Wurm heiraten.«

»Mach dich nicht lächerlich, Kerek. Wir würden uns gegenseitig umbringen. Ich bin keine Boadicea, ich bin eine ganz normale Frau. Sieh nur, Ragnor hat dir mit seinem Silberring die Lippe aufgeschlagen. Ich werde die Wunde reinigen.«

Kerek trat einen Schritt rückwärts. »Ihr seid eine Prinzessin. Es ist nicht recht.«

»Ich sag' dir, was für eine Prinzessin ich bin«, fing sie an, wurde aber von einem von Ragnors Männern unterbrochen, der vortrat und sich an Rorik wandte: »Ragnor kann nicht schwimmen, Herr. Soll ihn einer von uns aus dem Wasser ziehen?«

Rorik schaute den Mann fassungslos an. Dann warf er den Kopf in den Nacken und lachte lauthals. Aus dem Wasser waren Ragnors gurgelnde Schreie zu hören, der versuchte, sich an den glitschigen Holzpfosten der Mole festzuhalten.

Hafter brummte: »In zwei Tagen schafften es unsere Leute, Ragnors Männern zu zeigen, daß alles andere einem Leben unter der Fuchtel dieses Trottels vorzuziehen ist.«

»Ja, Arek«, nickte Rorik glucksend. »Zieht ihn an Land. Er ist der künftige König des Danelagh, deshalb darf er nicht ersaufen. Ragnor ist immerhin noch besser als diese Sachsen.«

»Mir beginnen die Sachsen direkt sympathisch zu werden, Rorik«, knurrte Hafter.

Die alte Alna kicherte statt einer Antwort, da sie die Frage nicht verstanden hatte. Ihr Gehör ließ sie ebenso im Stich wie ihr Verstand. Der gutaussehende Kapitän Torric trank ihre

Arznei, die sie mit Honig gesüßt hatte. Eigentlich hatte Utta den Saft zubereitet. Alnas Augen vermochten die Zutaten nicht mehr zu unterscheiden. »Bald bist du von Walküren umgeben«, gurrte sie, und Torric seufzte.

»Ich sehe jetzt schon eine. Wer ist die schöne Walküre, die ihr Kind stillt?«

»Wie? Ach, das ist Entti. Schau sie nicht zu begehrlich an, sonst dreht Hafter dir den Hals um. Er ist nämlich sehr besitzergreifend.«

»Sie hat eine wunderschöne Brust.« Torric nahm einen tiefen Schluck.

»Die andere ist genau so schön.«

»Kann ich sie sehen?«

»Sie wird sie dir nicht zeigen, Torric. Sie stillt nur ihren kleinen, hungrigen Verad. Schau lieber mich an, und du wirst von immerwährender Schönheit träumen.«

Torric stöhnte auf, und Alna kicherte. »Ich war früher schöner als Entti und hatte pralle, runde Brüste.«

Torric schloß die Augen. »Was geschieht mit Lord Ragnor?«

»Unser Herr hat den Tölpel noch nicht umbringen lassen, wenn du das wissen willst, Kapitän. Komm, trink den Becher leer. Bevor du einschläfst, wirst du mich als Schönheit sehen, mich beschlafen und heiraten wollen.«

Torric stöhnte erneut auf und starrte die Arznei mit verschwommenem Blick an, als sei sie Gift. Dann trank er ergeben, da sein Bein stark schmerzte. »Ich bin froh, daß Rorik ihn nicht getötet hat. König Olric übertrug Kerek und mir die Verantwortung für seine Sicherheit. Aber Ragnor ist nicht einfach. Er ist ein aufgeblasener Aufschneider. Jeder will ihm die Zähne einschlagen. Dabei kann er geistreich und liebenswürdig sein, wenn er will. Er kann sogar den Helden spielen, einen, der sich für andere einsetzt. Damit hat er damals auch das Herz der Prinzessin gewonnen. Er spielte ihr den edlen Ritter vor, der sie verehrte. Erst später zeigte er sein wahres Gesicht.« Er seufzte. Süße Schwere floß träge in seinen Kopf. Das gebrochene Bein spürte er nicht mehr.

Mit schwerer Zunge sprach er weiter: »Kerek will, daß

Prinzessin Chessa ihn heiratet. Er ist davon überzeugt, daß sie einen besseren Menschen aus ihm macht.«

»Die Wette würde ich nicht eingehen«, zischelte die alte Alna. »Ein Mann läßt sich nicht formen wie ein Laib Brot.«

Torric versuchte ein Lächeln. Ihm war, als schwebe er, der Kopf war ihm ganz leicht, auch sein Körper war schwerelos. Er würde den Trank fässerweise verkaufen und ein reicher Mann werden. »Was ist in deinem Zaubertrank?«

Alna kicherte geheimnisvoll.

Mirana war herangetreten und beugte sich über Alnas Schulter. »Wie geht es dir, Schiffsführer?«

»Noch eine Walküre«, lallte er. »Hast du auch so schöne Brüste wie Entti?« Er lächelte einfältig und schloß die Augen.

Mirana hörte sich die Geschichte der alten Alna an, die etwas von einem Abenteuer aus ihrer Jugend faselte, von einem Mann, den sie nie zuvor gesehen hatte, und der der feurigste Liebhaber war, den sie je hatte.

Damit schlief auch Alna ein, zusammengerollt neben dem Kapitän. Mirana deckte beide zu und fragte sich, ob Alna wohl auch von der Arznei getrunken hatte.

Als sie sich wieder an den Herd begab, sprang Kerzog erfreut an ihr hoch. »Laß das, du Ungeheuer!« wehrte sie ihn ab. Doch Kerzog, beglückt, sie zu sehen, warf sie um, stellte sich breitbeinig über sie und leckte ihr mit Hingabe das Gesicht. »Rorik«, quietschte sie. »Hilf mir.«

Rorik lachte, Chessa hinter ihm ebenfalls. »Braver Hund«, lobte Chessa und streichelte das Ungetüm.

»Das wird dir noch leid tun«, warnte Rorik leider zu spät. Kerzog, ein Liebhaber schöner Frauen, ließ von Mirana ab, beäugte Chessa, die seiner Herrin so erstaunlich ähnlich sah und auch ein wenig roch wie sie, sprang sie an und legte ihr die Vorderpfoten auf die Schultern. Sie taumelte, schaffte es aber, stehenzubleiben. Sie lachte, streichelte den riesigen Hund und zog ihn an den Ohren.

»Sie ist groß und stark geworden«, sagte Mirana zu ihrem Gemahl, der ihr auf die Beine half. Sie tauchte den Zipfel ihrer Schürze in ein Wasserfaß und wischte sich damit das Gesicht.

»Was tun wir nur? Ragnor will sie. Wilhelm soll sie heiraten. Ob wir sie nach Dublin zurückschicken? Eigentlich muß Sitric darüber entscheiden.«

Chessa entgegnete messerscharf: »Ich gehe nicht zurück. Mein Vater zwingt mich, nach Rouen zu reisen und Wilhelm zu heiraten. Ich will diesen Wilhelm nicht, den ich gar nicht kenne. Er könnte gewalttätig sein wie Ragnor. Möglicherweise empfinde ich für ihn wie für einen Bruder. Würdest du etwa Ragnor heiraten? Oder möchtest du einen Mann heiraten, für den du schwesterliche Gefühle hast?«

»Es besteht doch auch die Möglichkeit, daß du ihn liebst wie eine Frau ihren Mann«, gab Rorik zu bedenken. Er versetzte Kerzog einen Klaps, hob seinen Lieblingsstock auf und warf ihn aus der offenen Haustür ins Freie.

»Ich sage es noch einmal, Rorik. Ich will nicht nach Dublin zurück. Oder würdest du etwa mit meiner Siefmutter Sira unter einem Dach leben wollen?«

Rorik blinzelte erschrocken. »Dieses Los wünsche ich niemandem.«

»Das Luder«, pflichtete Mirana ihm bei. »Sie hätte mich am liebsten umgebracht, weil sie es auf Rorik abgesehen hatte. War sie grausam zu dir, Chessa?«

»Als ich alt genug war, mich zu wehren, habe ich es ihr heimgezahlt. Aber mein Vater will ihre Gemeinheiten nicht wahrhaben. Er ist vernarrt in sie und hat sie schon wieder geschwängert. Sie hat ihm bereits *vier* Söhne geboren. Vier. Ich habe meine Brüder gern. Brodan, der älteste, ist ein lieber Junge, wenn auch sehr nachdenklich und ein wenig zu ernsthaft. Er ist christlich getauft und studiert eifrig. Sira erlaubt nicht, daß ich mit ihnen spiele. Ich kann nicht zurück. Ich würde ihr eines Tages ein Messer ins Herz stoßen.«

Mirana blickte ihren Gemahl ratlos an. »Was sollen wir denn tun?«

»Ich dachte, Sitric bringt meiner Base Sira Manieren bei«, seufzte Rorik. »Das behauptete er jedenfalls, als er sie damals nahm.«

»In Gegenwart meines Vaters nimmt sie sich zusammen. Sie ist ja nicht dumm. Im übrigen ist er an die Sticheleien zwischen uns gewöhnt. Er schiebt ihre Launenhaftigkeit auf ihre ständigen Schwangerschaften.«

Kerek betrat das Langhaus. Auf den Armen trug er wie ein kleines Kind den vor Kälte schnatternden Ragnor, dessen Gesicht und Lippen blau gefroren waren.

»Schade, daß er nicht ersoffen ist«, meinte Rorik. »Jetzt muß ihm einer wohl oder übel trockene Kleider geben.«

»Das wäre mir ehrlich gestanden auch lieber«, ergänzte Mirana. »Er gafft Utta an wie ein Ziegenbock ein saftiges Grasbüschel.«

»Hat Sira noch so schönes Haar?« fragte Rorik, um das Thema zu wechseln.

»Am Tag der Geburt ihres ersten Sohnes hat Vater ihr erlaubt aufzuhören, sich die Haare zu färben. Im Beisein von Cleve habe ich einmal versucht, ihr die Haare auszureißen. Ich glaube, auch er war fasziniert von ihrer Haarpracht.« Chessa seufzte. »Papa behauptet, ich verstehe nichts von Männern und Frauen. Sira scheint ihm im Bett viel Vernügen zu bereiten.«

»Cleve?« Rorik hob fragend eine Augenbraue. »Woher kennst du Cleve?«

Sie legte den Kopf zur Seite, eine Geste, die er von Mirana kannte. »Er hat den Ehevertrag für Herzog Rollo ausgehandelt. Er nannte sich Cleve von Malverne. Kennt ihr ihn etwa?«

»Ja, so heißt er«, sagte Mirana. »Wir kennen Cleve seit fünf Jahren, seit Roriks Bruder Merrik ihn aus Kiew nach Norwegen brachte.«

»Was machte Cleve in Kiew?«

»Er war Sklave.«

»Ein Sklave! Aber das ist nicht möglich. Cleve ist ein schöner Mann, er ist klug und wortgewandt. Als Botschafter muß er sich geschliffen ausdrücken können, um keine Fehler zu machen, aber ...« Sie brach ab und blickte in die verblüfften Gesichter von Rorik und Mirana. Sie schluckte und fuhr leise fort: »Vielleicht habe ich mich in ihm geirrt. Ist er nicht ein wunderbarer Mann? Ein schöner Mann, der sich nichts auf sein Aussehen und seinen herrlichen Körper einbildet? Ist er nicht geschickt im Umgang mit Waffen? Dem Kerl, der ihn umbringen wollte, stieß er das Messer direkt in die Kehle. So schnell, daß ich es gar nicht sehen konnte. Auch ich warf mein Messer nach dem Schurken und traf ihn in den Rücken. Als er vornüber fiel, sah ich Cleves Messer aus seinem Nacken ragen.« Wieder stockte ihr Redeschwall, da Rorik und Mirana sie immer noch erstaunt ansahen. Kerzog saß mit hängender Zunge neben den beiden. Auch er ließ Chessa nicht aus den Augen.

»Na schön. Ich kann die Wahrheit vertragen.« Chessa holte tief Luft und straffte die Schultern. »Habe ich mich in ihm ebenso geirrt wie in Ragnor von York? Sagt mir die Wahrheit über Cleve.«

Rorik räusperte sich. »Alles, was du sagst, stimmt. Cleve ist ein aufrechter, junger Mann. Er hat Grausamkeit kennengelernt, zu viel Grausamkeit. Er ist klug und wortgewandt. Und Merrik hat ihn in den letzten fünf Jahren in der Kriegskunst unterwiesen, aber …« Rorik stockte, blickte seine Frau flehend an, die jedoch nur lächelnd die Achseln zuckte.

»Ich muß mich um das Mittagessen kümmern. Sollen wir Lord Ragnor auch etwas zu essen geben, Chessa?«

»Er hat trockene Kleidung. Ich finde, das reicht.«

Zwei Tage später waren die Männer mit den Reparaturarbeiten an Ragnors Kriegsschiff beinahe fertig. »Ein gutes Boot«, sagte Hafter zu Rorik, als die Männer den Rumpf mit dickflüssigem Fichtenharz bestrichen. »Achtzehn Meter lang, etwas kürzer als deine *Rabenschwinge*, aber immerhin. Der Kiel müßte ausgebessert werden, aber bis York kommen sie allemal. Sie haben sechs Ruder verloren.«

»Hat Ragnor dir zugesetzt?«

»Er hat es versucht. Doch jedesmal, wenn er mich dumm anredet, rufe ich nach Haakon oder Aslak. Und schon zieht er den Schwanz ein und geht.«

Aslak rief herüber: »Bei den Göttern, Rorik! Da kommt eine ganze Flotte auf uns zu. Wer mag das sein? Plünderer? Piraten?« Rorik verlor keine Zeit. Er rief seinen Leuten Befehle zu, sich schleunigst zu bewaffnen. Die Männer ließen alles Werkzeug fallen und rannten den Pfad zum Haus hinauf, um Schwerter, Schilde, Pfeile und Bogen und Streitäxte zu holen. Im Handumdrehen waren sie kampfbereit.

»Zum Glück haben wir Verstärkung von siebzehn Männern«, sagte Rorik mit Blick auf Ragnors Leuten, die sich zu den seinen gesellt hatten.

»Nicht nötig«, sagte Hafter. »Aslak winkt dem ersten Boot zu. Auf dem Bug kann ich den Drachen von Malverne erkennen. Lord Merrik kommt zu Besuch.«

»Ich frage mich, ob Cleve mit an Bord ist«, lächelte Rorik. »Das wäre eine schöne Überraschung.«

Cleve sah sie sofort. Er stand an den Toren der Palisade und blickte ihr kopfschüttelnd entgegen. Er hatte die unglaubliche Geschichte auf dem Weg von der Mole herauf gehört. Es würde keine aufregende Rettungsaktion geben, um das unschuldige, junge Mädchen aus den Klauen dieses Ragnor von York zu befreien. Er war erleichtert und enttäuscht zugleich. Er hätte sich gerne etwas bewiesen. Er runzelte die Stirn. Wem hätte er gern etwas bewiesen? Gewiß nicht dem Mädchen. Sie war tatsächlich da, blickte ihn unverwandt an, und er konnte den Blick nicht von ihr lösen.

Sie war hier, und sie war wohlauf. Plötzlich setzte sie sich in Bewegung und lief auf ihn zu. Ihr glänzendes, schwarzes Haar mit den eingeflochtenen roten Bändern wehte wie eine Fahne hinter ihr her. Sie rief lachend seinen Namen und streckte ihm die Arme entgegen. Er stand wie angewurzelt, zu keiner Bewegung fähig. Sie warf sich an seine Brust, schlang die Arme um seinen Hals und stellte sich auf Zehenspitzen. »Du bist gekommen, Cleve. Das habe ich nicht erwartet. Die Götter meinen es nicht oft gut mit uns Sterblichen. Ich habe mich nach dir gesehnt und mußte ständig an dich denken. Was du tust, ob du an mich denkst. Ich habe mich so sehr nach dir gesehnt.« Sie küßte sein Kinn und seine Wange, da er rasch den Kopf drehte, um zu verhindern, daß sie ihn auf den Mund küßte und versehentlich seine Narbe berührte. Er hätte den Ekel in ihren Gesichtszügen nicht ertragen.

Mit einem Mal wurde Chessa bewußt, daß seine Arme steif an ihm herunterhingen. Er stand da wie ein Holzklotz, sagte kein Wort, rührte sich nicht. Er ließ ihre stürmische Begrüßung über sich ergehen, sie war ihm lästig. Sie ließ die Arme sinken, trat verwirrt zwei Schritte zurück, den Blick zu Boden gesenkt, und fühlte sich gedemütigt. Alle hatten es gesehen. Alle hatten seine Zurückweisung gesehen. Alle. Vor Scham wäre sie am liebsten in den Erdboden versunken. Das Glück, ihn so unerwartet hier zu sehen, hatte sie alle Scheu vergessen lassen. Wie töricht von ihr. Sie hatte keine Ahnung, was in Männern vorging. Wieder einmal hatte sie sich geirrt.

Sie mußte die Situation retten, konnte nicht einfach dastehen wie ein kleines Kind und ihre Zehen in den Sand bohren. Sie hob das Gesicht. Sie war sehr blaß.

»Verzeih«, fing sie an, und ihr Kinn reckte sich vor. »Es war die Überraschung. Ich habe dich nicht erwartet. Es war nur die Freude, ein bekanntes Gesicht zu sehen, sonst nichts. Das heißt, ich habe oft an dich gedacht, nein, ich meine ...«

»Ich weiß«, sagte er. »Geht es dir gut, Chessa?«

»Ja, es geht mir gut. Ich nehme an, die Männer haben dir erzählt, was passiert ist?«

Cleve nickte. »Nicht alles, aber den Rest kannst du mir erzählen, bevor wir aufbrechen.«

»Was soll das heißen, aufbrechen?«

»Um nach Rouen zu deiner Hochzeit mit Wilhelm zu reisen. Wir haben deine Ankunft in Rouen erwartet, als wir von deiner Entführung erfuhren. Unser Verdacht fiel sogleich auf Ragnor von York. Deshalb sind wir losgefahren, um dich zu befreien.«

Chessa nickte wie betäubt. »Und warum habt ihr die Habichtsinsel angelaufen?«

»Merrik von Malverne und Lord Rorik sind Brüder. Es war vorgesehen, hier Halt zu machen. Daß der Sturm euch hier stranden ließ, konnten wir nicht ahnen.« Er trat einen Schritt vor und fügte mit leiser Stimme hinzu: »Chessa, versuche zu verstehen. Ich habe keine andere Wahl. Ich kann nur über mich und mein Leben bestimmen. Und jetzt ist selbst meine Zukunft ungewiß.«

Sie schwieg und fragte sich, was er damit meinte, er habe keine Wahl? Wollte er damit etwa sagen, daß er sich für sie interessieren würde, wenn sie keine Prinzessin und nicht Wilhelm versprochen wäre? Sie begriff nicht, was in ihm vorging. Er war so glatt, so verschlossen. »Ich verstehe«, murmelte sie, machte auf dem Absatz kehrt und ließ ihn stehen.

Rorik berichtete seinem Bruder Merrik. »Sie sprach mit solcher Begeisterung von Cleve, bevor ihr kamt, daß ich mich frage, was zwischen den beiden ist. Aber die Zuneigung scheint ziemlich einseitig zu sein.«

Merrik antwortete mit Blick auf Cleve, der sich immer noch nicht vor der Stelle gerührt hatte und Chessa, die im Haus verschwand, mit den Augen verfolgte. »Du weißt, daß Sarlas Betrug ihn äußerst mißtrauisch gegen Frauen gemacht hat. Bei Thors Hammer, Sarla versuchte sogar, ihn zu töten und ihm Kiri wegzunehmen. Was würdest du nach einer solchen Erfahrung von Frauen halten?«

»Ich weiß nicht«, sagte Rorik. »Vielleicht liebt Cleve sie. Da er aber den Ehevertrag für Herzog Rollo ausgehandelt hat, verbietet ihm die Ehre, ihr nahezukommen. Seltsam. Sie scheint seine Narbe nicht zu sehen. Sie sprach davon, wie schön sein Gesicht und sein Körper ist.«

»Sollte Sarla seine häßliche Narbe gesehen haben, so redete sie jedenfalls nicht darüber«, entgegnete Merrik.

»Das stimmt nicht. Sie fand die Narbe abstoßend. Ileria gestand sie, daß sie sich nie mit ihm eingelassen hätte, wenn sein Körper nicht so kraftvoll wäre, wenn er ihr nicht solche Lust bereitet hätte. Sie ertrug sein Gesicht nur, weil er sie maßlos vergötterte und ihr half, Erik zu vergessen. Als Ileria mir das beichtete, hätte ich Sarla umbringen können. Aber Chessa meint es ehrlich, ihre Gefühle sind echt.«

Merrik fluchte in sich hinein.

»Du hast recht«, bestätigte sein Bruder. »Das Leben ist nicht einfach.«

»Ein einziges, unüberschaubares Durcheinander«, brummte Merrik.

# KAPITEL 8

Ragnor musterte Cleve mit wachsendem Unmut. Der Mann sah gräßlich aus mit dieser gezackten, weißen Narbe, die sich wie ein Halbmond von der Augenbraue bis zum Mund zog. Die Narbe verunstaltete ihn und gab ihm ein gefährliches Aussehen. Er war kräftig gebaut und hochgewachsen wie ein Wikinger; sein Kinn war glatt geschabt, das goldblonde schulterlange Haar hatte er im Nacken zusammengebunden. Er gab sich gelassen und sprach in gesetzten Worten. Faszinierend an ihm waren seine Augen. Sie zogen Ragnor immer wieder in ihren Bann. Ein Auge war goldbraun, das andere blau. Mit Sicherheit ein Fluch der Götter. Ragnor haßte ihn. Ob Frauen Gefallen an diesen zweifarbigen Augen fanden? Er wollte diesen Cleve umbringen, er hätte nicht kommen dürfen. Wieso war er mit diesem Bauernlümmel Rorik befreundet, der wie ein Gockel auf dem Mist auf seinem blöden Steinhaufen, den er Insel nannte, herumstolzierte.

Cleve war also Gesandter von Herzog Rollo, dem Gauner, der Chessa für seinen Sohn beanspruchte. Das hatte Kerek ihm voll Stolz gemeldet, und Ragnor hatte ihn reden lassen, obgleich er längst Bescheid wußte. Schließlich war es Kereks Aufgabe, das Gesindel auszufragen und ihm, Ragnor von York, seinem Gebieter, Bericht zu erstatten.

Dieser Cleve war von niederem Stand. Wieso konnte ein Sklave überhaupt Gesandter werden? Bei Allvater Odins Bart, er blieb dennoch Gesindel mit einer flinken Zunge. Nun saß dieser angeblich so wortgewandte Cleve stumm da, beobachtete und hörte zu. Ragnor haßte ihn für seine Selbstbeherrschung.

Ragnor wandte sich an Kerek: »Wir werden nicht zulassen, daß er sie irgendwohin bringt.« Dabei ließ er Cleve nicht aus den Augen, er konnte den Blick einfach nicht wenden. »Der Mann ist ein nichtswürdiger Sklave.«

»Er ist ein freier Mann«, wandte Kerek ein. »Lord Merrik gab ihm vor fünf Jahren die Freiheit. Und er ist Herzog Rollos Gesandter.«

»Das tut nichts zur Sache. Er ist Abschaum, auch wenn er

eine gewisse Wortgewandtheit an den Tag legt. Der Mann lebt gefährlich. Es hätte ihn bereits in Dublin erwischen müssen … Aber er ist hier, und er ist am Leben. Und ich will Chessa.«

»Ja, Ihr sollt die Prinzessin bekommen. Wir müssen allerdings behutsam vorgehen. Ich möchte nicht, daß Cleve Euch die Kehle aufschlitzt.«

Ragnor blickte Kerek verdutzt an. »Du klingst so mitfühlend. Willst du sie etwa für dich selbst? Aha, du verspürst Lust auf sie, hab' ich recht, Kerek? Sie ist ein hochmütiges kleines Miststück, das wird dir kaum entgangen sein. Für dich macht sie die Beine nicht breit.«

»Für Euch auch nicht, Mylord.«

Ragnor fuhr wutschnaubend hoch, als wolle er Kerek an die Gurgel fahren.

»Setzt Euch«, befahl Kerek mit eisiger Stimme. Ragnor lief ein kalter Schauer über den Rücken. »Ich weiß, wie wir die Prinzessin behalten«, setzte Kerek leise hinzu.

»Wirklich?«

»Ja. Setzt Euch und hört mir zu. *Mylord*.«

Ragnor setzte sich und stürzte einen Becher Met hinunter. »Ich will Utta. Sie hat diesen Met gebraut.«

»Die bekommt ihr nicht. Nun hört mir zu, *Mylord*.«

»Deine Art, mit mir zu reden, gefällt mir nicht. Du hast dich verändert. Du verhöhnst mich, und das dulde ich nicht. Ich lasse es nur durchgehen, weil du begriffen hast, daß du verglichen mit mir ein Niemand bist. Du erkennst mich als deinen Herrn an und gehorchst mir. Deine Aufgabe ist es, mich mit deinem Leben zu beschützen. Werde bloß nicht frech, sonst bist du des Todes.«

»Ihr seid ein Narr. Wenn Ihr mich tötet, jagt Euch die Prinzessin ein Messer in Euer schwarzes Herz. Habt Ihr so wenig Verstand, daß Ihr Euch nicht mehr daran erinnert, wie sie Euch ins Wasser warf, als Ihr mich geschlagen habt?«

»Sie hat mich überrumpelt. Und außerdem wollte ich ihr nicht weh tun. Es macht keinen sonderlich guten Eindruck, wenn ein starker Mann ein hilfloses Mädchen schlägt. Ich habe mich von ihr schlagen und ins Wasser stoßen lassen.

Aber dafür wird sie bezahlen. Ich habe nicht zum letzten Mal nach ihr getreten. Es hat mir gefallen, wie sie keuchend vor mir auf dem Boden lag.«

Kerek wunderte sich, wie schnell und unbedacht Ragnor die Maske fallen ließ. »Hört zu, *Mylord*. Wilhelm, der Herzog der Normandie wird nur eine Jungfrau heiraten.«

»Was denn sonst! Kein Mann von Stand würde eine Frau heiraten, die ein anderer angefaßt hatte. Und?«

Kerek hatte große Lust, ihm ins Gesicht zu schreien, daß er der größte Einfaltspinsel sei, der ihm je begegnet war. Doch er schluckte seinen Groll hinunter und dachte an Chessa, in der festen Überzeugung, daß sie es verstehen würde, mit Ragnor und seinem Vater Olric umzugehen. Sie würde eines Tages das Danelagh retten. Er wußte es. Sie war keine normale Frau, wie sie behauptete. Sie war jung und unerfahren, doch er spürte, was in ihr steckte. Er würde dafür sorgen, daß diese Eheschließung zustande kam. Dann würde er ihr Ratgeber, ihr Lehrer sein, er würde ihr helfen, ihre Kräfte zu entdecken und zu formen. Turella würde ihr ebenfalls beistehen und sie unterrichten. Beide würden für sie da sein, immer und zu jeder Zeit. Geduldig erklärte er Ragnor: »Wenn Ihr die Prinzessin vergewaltigt hättet, würde Wilhelm sie Euch überlassen, da er nicht riskieren könnte, daß sie von Euch schwanger ist.«

Ragnor glotzte Kerek mit offenem Mund an. »Bei Thors Hammer, wie dumm du bist, Kerek. Ich wollte sie nehmen, und du hast mich zurückgehalten. Ich hätte meinen Samen in sie ergossen, doch du hast mich daran gehindert.«

Kerek juckte es in den Fingern, Ragnor zu würgen. Mühsam zwang er sich zur Ruhe. »Es ist doch völlig gleichgültig, daß Ihr sie nicht genommen habt. Ihr müßt nur behaupten, es getan zu haben.«

»Aber sie wird leugnen. Ich könnte sie verprügeln, dann würde sie vielleicht den Mund halten. Um das zu erreichen, müßte ich sie allerdings besinnungslos schlagen.«

»Wenn Ihr sie besinnungslos schlagt, würden Lord Rorik oder Cleve Euch umbringen, ungeachtet Eurer hohen Stellung. Nein, Ihr behauptet einfach, ihr Gewalt angetan zu haben, und daß sie keine Jungfrau mehr ist.«

»Sie wird leugnen und versuchen, mich dafür umzubringen.«

Kerek zuckte die Achseln. »Welche Frau gibt schon gern zu, daß sie vergewaltigt wurde. Die Prinzessin wird da keine Ausnahme machen.« Aber die Prinzessin war nicht wie andere Frauen. Sie war unerschrocken und hatte den Mut und den Willen eines Kriegers. Unter seiner und Turellas Anleitung würde sie zu einer mächtigen Frau heranreifen. Sinnend sagte er: »Wer glaubt schon einer einfältigen Frau? Um Eure Aussage zu bekräftigen, werde ich die Vergewaltigung bezeugen.« Und beiläufig fügte er hinzu: »Ich werde zu verhindern wissen, daß sie Euch tötet.«

»Du redest nichts als Unsinn, Kerek. Sie wird schreien und auch dich angreifen. So eine wie die wird sich nie fügen. Sie wird sich mir niemals unterwerfen. Ich will sie nicht. Mein Vater soll meine Mutter zum Teufel jagen, die sowieso nur noch Unkraut in ihrem Garten jätet. Dann soll er Chessa heiraten. Ich will Utta. Sie braut wunderbaren Met, süß und stark. Jedesmal wenn ich sie anschaue, begehre ich sie mehr. Ich glaube, sie will mich auch, deshalb macht sie den Met so stark. Sie braut ihn für mich, nicht für dieses Scheusal Haakon.«

Und Kerek flehte in Gedanken: *Mögen die Götter mir Kraft geben.*

Sie ging ihm aus dem Weg. Seltsamerweise störte ihn das. Sie wirkte blaß, in sich gekehrt. Das Haus war nicht nur zu den Mahlzeiten zum Bersten voll. Ein gutes Dutzend Männer nächtigte im Vorraum der Badehütte. Andere schliefen sogar im Kuhstall.

Was ging in ihr vor?

Er dachte an ihre Freude, als sie ihn sah und zunächst glaubte, einen Geist zu sehen. Doch dann erkannte sie ihn, Cleve von Malverne. Sie war ihm mit offenen Armen entgegen gelaufen, hatte ihn geküßt, ihm offen gestanden, daß er ihr gefehlt hatte. Er hatte sich danach gesehnt, ihre Lippen auf den seinen zu spüren, aber er hatte sein Gesicht abgewandt.

Er drehte sich vorsichtig zur Seite, um Kiri nicht zu wecken, die an ihn geschmiegt schlief. Sie seufzte im Schlaf, und er küßte sie sanft auf ihren goldenen Scheitel.

Er sah Chessas Gesicht vor sich, als sie begriff, daß Kiri seine Tochter war. Die Kleine saß auf Cleves Arm und hatte Chessa freimütig angelächelt. Chessa sagte schließlich freundlich: »Du siehst deinem Vater sehr ähnlich. Du wirst einmal die schönste Frau der Welt sein.«

»Wirklich?« hatte Kiri geantwortet. »Bin ich so schön wie mein Papa?«

»Ja, das bist du.«

»Du bist aber nicht halb so schön wie mein Papa«, entgegnete Kiri altklug. »Aber du bist ehrlich, und du hast einen guten Blick.«

Cleve lachte, warf seine Tochter in die Luft und fing sie geschickt wieder auf. Die Kleine quietschte vor Vergnügen, und er warf sie noch einmal in die Luft. »Du bist frech, Kiri. Die Prinzessin wird dich für eingebildet halten.« Dabei küßte er sie liebevoll auf die Stirn und drückte sie an sich.

»Aber sie sagt, ich sehe aus wie du, Papa.«

»Ja, Cleve«, warf Rorik ein. »Widersprich deiner Tochter nicht.«

Kiri streckte Rorik die Arme entgegen. Er nahm sie und drückte sie an sich. »Du riechst genauso gut wie meine Aglida. Chessa, gefällt dir mein Töchterchen? Wird sie einmal die zweitschönste Frau der Welt sein?«

Ragnor näherte sich schwankend der Gruppe und spielte den Betrunkenen. »Was soll dieser Unsinn? Sie ist nur ein kleines Mädchen und daher wertlos. Wieso redet ihr davon, daß sie eines Tages schön ist? Eines Tages sind wir alt oder tot, und ihre Schönheit interessiert uns nicht mehr. Komm Chessa, ich habe mit dir zu reden. Bald wirst du meine Frau und mußt lernen, mir Gehorsam zu erweisen. Komm.«

Chessa wandte sich unwirsch an Ragnor. »Geh weg!« fauchte sie.

Er machte ein erschrockenes Gesicht. »Du willst, daß ich gehe? Du willst nicht, daß ich allein mit dir rede? Willst du denn, daß alle hören, was gesagt werden muß?«

»Geh weg, Ragnor. Was du zu sagen hast, interessiert mich nicht. Du hast zuviel von Uttas Met getrunken.«

»Nein. Kerek sagte, ich müsse für diese Aussprache einen klaren Kopf haben. Komm jetzt, sonst hören alle, was ich zu sagen habe.«

Kerek nickte Ragnor unmerklich zu und wunderte sich, wie der Prinz es schaffte, die Aufmerksamkeit aller auf sich zu lenken. Die Leute rückten näher und horchten auf.

»Es ist mir egal«, entgegnete Chessa. »Nichts, was du von dir gibst, ist von Bedeutung. Dein Schiff ist wieder seetüchtig. Verlaß die Habichtsinsel. Niemand will dich hier haben.«

»Wann ich in See steche, geht dich nichts an. Du bist nur eine Frau und hast keine Ahnung.« Kerek räusperte sich verhalten. Ragnor schluckte und setzte erneut an: »Komm jetzt. Ich habe etwas Wichtiges mit dir zu besprechen, das nur uns beide betrifft. Nur dich und mich.«

»Heraus mit der Sprache, Ragnor!« forderte Rorik barsch. »Chessa liegt nichts an einer Aussprache mit Euch. Sagt also hier, was Ihr zu sagen habt.«

»Du kannst den Herzog der Normandie nicht heiraten.«

Cleve entgegnete leichthin: »Natürlich kann sie. Und sie wird Wilhelm heiraten. Sie muß ihn heiraten. Der Vertrag ist unterschrieben. Der einzige Grund, warum Ihr noch am Leben seid, ist die Tatsache, daß Ihr einmal König des Danelagh sein werdet. Überfordert unsere Geduld nicht.«

Chessa blickte Cleve stumm an. Und in diesem Augenblick wurde ihm klar, daß sie sich weigern würde, Wilhelm zu heiraten, und wenn sie mit dem Leben dafür bezahlen müßte. Und er würde sowohl Rollos als auch Sitrics Vertrauen verlieren. Und was würde aus Chessa werden?

Ragnor sprach mit dem ganzen Stolz eines Wikingers, der ein Christenkloster geplündert hatte: »Die Prinzessin kann den Herzog der Normandie nicht heiraten, weil ich sie bereits beschlafen habe. Ich habe sie mehrmals genommen. Sie ist keine Jungfrau mehr. Vermutlich trägt sie bereits mein Kind unter dem Herzen, den künftigen Herrscher des Danelagh. Ja, den künftigen Herrscher, nachdem ich das Land als König viele, viele Jahre regiert habe.«

Es entstand ein höllischer Aufruhr.

Kerek senkte den Kopf, um sein zufriedenes Grinsen zu verbergen. Ragnor machte seine Sache gut. Es versetzte ihn immer wieder in Erstaunen, mit welcher Überzeugung er den achtbaren Mann zu spielen verstand. Er wartete die Reaktion der Prinzessin ab. Sie blickte Ragnor unverwandt an, öffnete den Mund. Er erwartete ihren empörten Aufschrei, ihr lautstarkes, leidenschaftliches Dementi. Er bereitete sich auf seine Aussage vor, die Ragnors Rede bestätigen sollte. Er mußte es tun, zum Besten des Landes.

Doch sie klappte den Mund wieder zu. Ihr Gesicht strahlte eine Unschuld aus wie das sanfte Licht einer Öllampe. »Und was soll das daran ändern, Mylord? Du hast mir also mehrmals Gewalt angetan? Ich haßte es, wie ich dich hasse. Denn du bist ein eiskalter Klotz, grausam und selbstsüchtig. Und wen kümmert das?«

Ragnor machte ein Gesicht wie ein Fisch, der aufs trockene geworfen wurde. Sein Mund öffnete sich und schloß sich wieder. Er sah aus, als würge man ihn. Er glotzte sie fassungslos an. Kerek beeilte sich zu versichern: »Prinzessin, es ist ohne Belang. Euch trifft nicht die geringste Schuld. Ihr müßt nur einsehen, daß Herzog Wilhelm Euch als Gemahlin verschmähen wird. Ein Mann seines Standes will eine jungfräuliche Braut heimführen.«

»Ich verstehe«, entgegnete Chessa gedehnt. »Nein, nicht wirklich. Ragnor hat mir Gewalt angetan. Ich habe diesen Beischlaf nicht gewünscht. Es war nicht meine Entscheidung. Nur weil dieser Wurm mich mehrmals vergewaltigt hat, kann ich Wilhelm nicht ehelichen?«

»Hattest du deine Monatsblutung, seit er dir das letzte Mal Gewalt angetan hat?« fuhr Merrik dazwischen.

Mirana und Laren hielten ihn links und rechts am Arm fest und rüttelten ihn. »Schweig!« fauchte Laren. »Du bringst Chessa in Verlegenheit. So etwas muß unter vier Augen besprochen werden.«

»Ich werde antworten«, sagte Chessa kühl, straffte ihre Schultern und blickte Cleve direkt ins Gesicht. »Nein, meine Monatsblutung ist ausgeblieben.«

Ohne Vorwarnung stürzte sich Cleve auf Ragnor, schlug ihm die Faust ins Gesicht und in den Magen und schleuderte ihn gute zwei Meter durch den Raum. »Du widerwärtiges Schwein, vergehst dich an einer Dame, einer Prinzessin. Bei den Göttern, ich pfeife drauf, wer du bist. Ich bring dich um, du schleimiger Widerling.« Damit warf er sich wieder auf ihn, schleuderte ihn zu Boden, schlug ihm die Faust ins Gesicht, hämmerte seinen Kopf auf den gestampften Lehmboden und zerrte ihn wieder auf die Füße. Ragnor machte hilflose Versuche, sich zur Wehr zu setzen.

»Das darf ich nicht zulassen«, schrie Kerek und rannte auf die beiden los.

»Halt!« schrie Rorik, als Kerek ein Messer zog. Vier Männer rissen Cleve von Ragnor weg, der an den Lippen blutete und dessen Augenbrauen bereits anschwollen. Er schwitzte und zitterte heftig. Rorik hoffte, daß Cleve ihm keine inneren Verletzungen zugefügt hatte.

Rorik war klug genug, Cleve nicht loszulassen, der Ragnor aus blutunterlaufenen Augen anstierte und hörbar keuchte. Kerek kümmerte sich um Ragnor. Die anderen Gefolgsleute des Edelmannes aus York hielten sich im Hintergrund.

Merrik befahl mit betont ruhiger Stimme: »Cleve, beherrsche dich. Wir finden eine Lösung. Du darfst den Mistkerl nicht töten. Keiner von uns darf sich an ihm vergreifen. Trotz seiner Provokation.«

»Und ob ich das darf. Hast du nicht gehört? Er hat ihr Gewalt angetan, er hat sie brutal genommen.«

Die Männer, die ihn festhielten, festigten ihren Griff.

Chessa wollte um jeden Preis verhindern, daß Cleve sich mit Ragnors Blut besudelte und sich damit dem Untergang preisgab. »Ich danke dir, daß du meine Ehre verteidigst, Cleve. Aber es ist nicht nötig.«

Cleve wandte sich ihr zu. Sein Gesicht war gerötet vor Zorn, er keuchte und sah sie mit wildem Blick an. Seine Fingerknöchel bluteten. Er hob drohend die Faust in ihre Richtung. »Hör mir gut zu, Chessa. Du bist nicht schwanger von dieser Ratte, und du wirst Wilhelm heiraten. Hast du mich verstanden?«

»Ich kann dich nicht verstehen, wenn du so laut schreist.«

»Mach dich nicht über mich lustig, Chessa. Du wirst Wilhelm heiraten. Du mußt ihn heiraten.«

»Aber Ragnor sagt, ich kann ihn nicht heiraten, weil ich keine Jungfrau mehr bin. Stimmt es denn, daß ein Mann von Ehre und hohem Stand mich verschmäht, weil ich vergewaltigt wurde? Bin ich denn nun nicht mehr Chessa? Spreche ich anders, handle ich anders, nur weil Ragnor mir Gewalt angetan hat?«

Cleve riß sich los. Die Männer hatten einen Augenblick lang nicht aufgepaßt. Im nächsten Augenblick umklammerten seine Hände Ragnors Hals und drückten zu. Wieder wurde er von vier Männern von hinten gepackt und gewaltsam von seinem Opfer weggerissen. Er schlug wie ein Berserker um sich. Merrik hatte Cleve noch nie so rasend erlebt. Er holte aus und setzte dem Freund die Faust gezielt ans Kinn.

»Er muß jetzt schlafen«, sagte er und rieb sich die Hand. »Der Zorn raubt ihm sonst noch den Verstand. Wenn er aufwacht, reden wir vernünftig mit ihm.«

»Ich danke euch«, sagte Kerek. »Ich hätte ihn nur ungern getötet, um Ragnor zu schützen.«

»Was sagst du, Kerek?« kreischte Ragnor. »Du würdest töten, um mich zu beschützen? Klug von dir, daß du wieder Respekt zeigst. Diese Männer sind gemeingefährlich. Vermutlich brauche ich deinen Schutz.«

Kerek schloß die Augen und atmete tief durch. Chessa sagte völlig gelassen: »Du siehst ihn, wie er wirklich ist, Kerek. Ich werde ihn nicht heiraten, und du kannst mich nicht dazu zwingen. Niemand kann das.«

»Ich muß es versuchen, Prinzessin«, sagte Kerek heiser und wandte sich wieder an Ragnor, der einen Krug Met angesetzt hatte und gierig trank. Dabei verschlang er Utta mit Blicken wie ein geifernder Ziegenbock.

Cleve wachte stöhnend auf. Sein Kieferknochen brannte wie Feuer. Er schlug die Augen auf und blickte in Chessas Gesicht, die seinen Kopf auf ihrem Schoß gebettet hielt und sanft ein nasses Tuch an sein Kinn drückte. Er spürte ihre Wärme, ihre Weichheit. Wie von einer Tarantel gestochen fuhr er hoch und schwang die Beine über die Bettkante. »Wo sind wir hier?«

»In der Schlafkammer von Rorik und Mirana. Ich habe deine Hände verbunden. Du hast dir die Knöchel blutig geschlagen.«

Cleve erinnerte sich an das, was er getan hatte und schloß die Augen.

»Merrik mußte dir den Fausthieb verpassen. Er sagt, so wütend hat er dich noch nie gesehen. Er meint ...«

»Schweig, ich muß nachdenken.«

Sie faltete die Hände und lehnte sich gegen die Bretterwand. Sie wartete gern. Er hatte versucht, Ragnor umzubringen. Sein Zorn war wunderbar. »Bist du fertig mit Nachdenken, Cleve?«

»Schweig«, wiederholte er und drehte den Kopf zur Seite. »Mein Kiefer schmerzt.«

»Vier Männer mußten dich von Ragnor losreißen. Und dann hast du dich nochmal auf ihn gestürzt. Erinnerst du dich?«

»Ja. Kein Grund, so zu tun, als seist du stolz auf mich«, brummte er und drehte ihr das Gesicht zu. »Als sei ich ein Kind, und als habe es dir gefallen, daß ich mich aufgeführt habe wie ein rasender Berserker. Ich weiß nicht, was in mich gefahren ist. Es kommt nicht wieder vor. Es ist deine Schuld.«

»Ich weiß.« Ein feines Lächeln kräuselte ihre Mundwinkel. »Ich besitze geheimnisvolle Kräfte, vielleicht bin ich sogar eine Hexe. Jeder Mann, der mir nahe kommt, unterwirft sich meinem Willen. Du bist keine Ausnahme, obwohl ich fürchtete ...«

»Schweig. Verspotte getrost diesen Ragnor, aber nicht mich. Sei still.«

»Gut. Da kommt Kiri. Deinem Papa geht es wieder gut.«

Kiri näherte sich schüchtern, und Cleves Herz krampfte sich zusammen. Er hob sie auf seinen Schoß. »Tut mir leid, daß ich die Nerven verloren habe, Kiri. Ich wollte dich nicht erschrecken.«

»Du warst wunderbar, Papa.«

Frauen, dachte Cleve unwillkürlich und verschränkte verzweifelt die zerschundenen Hände.

»Es tut mir nur leid, daß Onkel Merrik dir einen Faustschlag versetzen mußte. Ihm tut es auch leid. Das hat er mir gesagt. Und Tante Laren sagt, sie wollte, Oleg hätte dich sehen können, wie du übergekocht bist wie ihr Haferbrei.«

»Ich kann es nicht glauben«, sagte Cleve und setzte Kiri neben sich. »Geh, und spiel mit deinen Basen und Vettern. Mir fehlt nichts. Geh, Kiri.«

»Sie sind nicht meine echten Basen und Vettern.«

»Könnten es aber sein. Geh, mein Schatz.«

Sie rutschte von der Bettkante. An der Tür drehte sie sich um. »Warum bist du so wütend, Papa? Was kümmert es dich, wen sie heiratet? Sie ist nicht einmal schön.«

»Hinaus mit dir!« Kiri suchte kichernd das Weite. Cleve wandte sich an Chessa. »Ich meine es ernst. Du mußt deine Monatsblutung bekommen.«

Sie lachte. »Das macht mich nicht wieder zur Jungfrau.«

»Wilhelm ist dreißig, ein reifer, erfahrener Mann. Er wird Verständnis aufbringen. Ein Mädchen ist nicht ewig Jungfrau. Ein Mann, der eine Jungfrau haben will, ist ein Dummkopf. Und Wilhelm ist kein Dummkopf.«

»Wenn er als künftiger Herrscher nicht verlangt, daß seine Braut Jungfrau ist, muß er wirklich weise sein.«

»Weise sein heißt noch lange nicht, daß er alt ist. Er ist nur fünf Jahre älter als ich. Er ist weise, weil er viele Jahre mit einer Frau verheiratet war, bevor sie starb. Er betete sie an. Er war ihr treu. Er ist kein Narr, weil er … weil er eben kein Narr ist. Du wirst ihn gern haben.«

»Vielleicht ist dieser Wilhelm kein Narr, aber du bist einer, Cleve. Sag mir, warum bist du Ragnor an die Kehle gesprungen?«

# KAPITEL 9

»Ich verlange, daß du diesen Mann tötest, diesen ehemaligen Sklaven Cleve, diesen Niemand, der sich aufbläst zu einer Bedeutung, die er nicht hat. Er muß sterben. Er hat es gewagt, Ragnor von York, den Sohn von Olric, anzugreifen.«

Ragnors rechtes Auge war blutunterlaufen und schwoll bereits an. Am Kinn prangte ein Bluterguß, und sein Hals wies blaurote Würgemale auf.

»Warum sprichst du von dir in der dritten Person?« fragte Rorik arglos.

»Ich bin von königlichem Geblüt. Königliche Hoheiten sprechen immer in der dritten Person von sich. Ich erteile dir den Befehl, Rorik! Töte ihn.«

»Wenn alle Menschen tot wären, die du befohlen hast umzubringen, wäre kaum noch einer übrig. Ich halte es für klüger, daß du Cleve etwas von dem Met abgibst, den du trinkst. Er betäubt dir sonst noch das bißchen Verstand, das dir geblieben ist.«

»Ich bin *Lord* Ragnor.«

»Dein Schiff ist seeklar, um nach York aufzubrechen.« Rorik fing an, die Geduld zu verlieren. »Hoffentlich hast du genügend Leute, die dich rudern.«

»Ich habe mehr Männer als ich brauche.«

»Gut für dich. Ich fürchte nur, daß einige deiner Leute nicht mit dir zurück wollen.«

Ragnor blickte ihn zuerst verstört an, dann brüllte er: »Utta, bring mir noch einen Krug Met. Kerek, sag, daß dieser Rorik lügt.«

Rorik schüttelte resigniert den Kopf und verließ das Langhaus. Im Vorbeigehen klopfte er Entti auf die Schulter, die über dem Trog gebeugt stand und leise vor sich hinsummend eine riesige Menge Teig knetete. Gottlob wollte Ragnor am nächsten Tag abreisen. Die Vorräte an Gerste, Roggen und Weizen waren arg geschrumpft. Man ernährte sich mehr und mehr von Fisch. Rorik wäre gerne zum Festland gerudert, um hinter den Salzsümpfen Fasane und Moorhühner, oder vielleicht sogar einen wilden Eber zu jagen. Wegen Ragnors

Unberechenbarkeit wagte er jedoch nicht, die Insel zu verlassen. Sowohl seine als auch Merriks Gefolgsmänner ließen Ragnor und dessen Soldaten nicht aus den Augen. Allmählich waren die Bewohner es leid, Tag um Tag Fisch zu essen, nicht einmal Uttas gebratene Heringe und Seebrassen stellten noch eine Verlockung dar.

An den Palisadentoren begegnete er seinem Bruder. »Wo willst du hin, Merrik?«

»Ich gehe mit Aslak und Hafter und einem Dutzend meiner Männer zur Jagd. Ich weiß, daß du wegen Ragnor auf dem Hof bleiben willst. Ich lasse genügend Männer hier. Wir wechseln uns in seiner Bewachung ab – das hätten wir gestern schon tun sollen. Ich kann Fisch nicht mehr riechen, und wenn er noch so schmackhaft zubereitet ist.«

Rorik schmunzelte. Wie ähnlich er und sein Bruder einander doch waren. »Daran habe ich auch gerade gedacht. Wo ist Cleve?«

»Wenn es nach Chessa geht, ist er bei ihr.«

Rorik brummte: »Gehorcht sie ihm? Hat sie ihre Monatsblutung?«

»Ich weiß nicht. Sie ist eine eigensinnige Frau.«

Im Fichtenwald auf einer Anhöhe der Habichtsinsel sagte Cleve: »Hast du Bauchschmerzen?«

»Wieso sollte ich Bauchschmerzen haben? Utta kocht den besten Haferbrei, den ich je gegessen habe. Auch ihr Fisch ist ausgezeichnet, obwohl ich den bald nicht mehr sehen kann.«

»Deine Monatsblutung, Chessa. Hast du keine Bauchschmerzen, wenn deine Monatsblutung beginnt?«

»Cleve, es wäre das Beste, Herzog Rollo und diesem Wilhelm eine Nachricht zu senden, in der du die Herren wissen läßt, daß ich keine artige, unbefleckte, junge Prinzessin bin. Ich bin zwar noch immer artig und jung, aber nicht mehr unbefleckt. Wilhelm soll wissen, daß ich ihn mit einem anderen Mann vergleichen könnte, wenn er mich heiratet. Männer scheinen das nicht gern zu haben, deshalb verlangen sie von ihren Frauen, unberührt von anderen Männerhänden und deren Lustteilen in die Ehe zu gehen.«

»So schäbig sind Männer nicht.«

»Da habe ich andere Erfahrungen gemacht. Ragnor war anfangs reizend zu mir und stellte sich dann als gemeiner Lügner heraus. Du fragst dich zu Recht, wie ich so blind sein konnte, nicht sofort zu erkennen, welch ein Schafskopf er ist. Dann beschloß mein Vater, mich mit einem Mann zu vermählen, den ich noch nie gesehen habe, und der viele Jahre mit einer anderen Frau verheiratet war, ein Mann, von dem du behauptest, er sei erfahren und reif. Und dann entführt mich dieser Ragnor und tut mir mehrmals Gewalt an. Hab ich denn nicht schon genug gelitten?« Sie warf die Hände vors Gesicht und begann zu schluchzen.

»Verzeih mir, Chessa«, murmelte er und zog sie an sich. »Bei den Göttern, ich komme mir vor wie ein elender Schurke.« Seine Arme legten sich um ihren Rücken, und er drückte sie an sich. Auch ihre Arme schlangen sich um seinen Rücken. Er spürte ihre Brüste, den warmen Hauch ihres Atems an seinem Hals. Er beugte sich vor und küßte ihren Scheitel. »Es tut mir so leid. Es war nicht deine Schuld. Ich wollte, ich hätte diesen gemeinen Kerl umgebracht. Hat er dir sehr weh getan?«

Sie nickte an seiner Schulter, weiterhin bitterlich schluchzend.

»Denkst du, er hat dich innerlich verletzt?«

»Ich weiß nicht. Er hat mir einen Fußtritt in die Rippen versetzt. Er sagte, es gefiele ihm, mich zu seinen Füßen liegen zu sehen. Er hatte Spaß an meinen Schmerzen. Dann warf er sich auf mich.«

Er küßte sie wieder, dieses bezaubernde Geschöpf, das ihn für schöner hielt als einen Gott, diese anbetungswürdige junge Frau, die eine Prinzessin und daher unerreichbar für ihn war. Sie war so tief verletzt worden. Er würde dafür sorgen, daß sie nicht noch mehr leiden mußte.

»Du mußt Wilhelm heiraten.« Er küßte ihr Ohr. »Chessa, du bist eine Prinzessin. Du mußt Wilhelm heiraten.«

»Ich werde darüber nachdenken, wenn du ihm eine Botschaft schickst und ihm sagst, was geschehen ist.«

»Es würde Tage dauern, bis die Nachricht ihn erreicht und

»Nicht mehr lange, Chessa. Sobald deine Monatsblutung einsetzt, müssen wir nach Rouen segeln.«

Sie schwieg und hielt immer noch ihre Arme um ihn geschlungen. Die Sonne brannte heiß vom Himmel. Austernfischer flogen dicht über die gelbbraunen Gerstenfelder. Ein Schnepfenschwarm flatterte auf. Seemöwen kreischten über ihren Köpfen.

»Du klingst, als wäre dir gar nicht viel daran gelegen, daß ich Wilhelm heirate. Du hältst mich im Arm. Willst du mich etwa heiraten?«

»Nein«, antwortete er. »Das will ich nicht.« Sie hob ihm ihr Gesicht entgegen, er küßte sie auf den Mund. Wie weich, wie hingebungsvoll sie war. Er zwang sich zur Beherrschung. Er hätte sie nicht berühren, schon gar nicht küssen dürfen, als habe er ein Recht auf sie. »Nein«, stieß er hervor und riß sich von ihr los. »Nein, ich will dich nicht. Ich will nie wieder im Leben eine Frau; keine Geliebte, keine Ehefrau. Ich habe Kiri und bemühe mich, sie zu einer aufrechten, starken Frau zu erziehen. Ich sorge dafür, daß sie die Männer nicht mit List und Tücke an der Nase herumführt.«

Sie stand keuchend vor ihm. Sein Blick wurde magnetisch von ihren wogenden Brüsten angezogen, er sehnte sich verzweifelt danach, ihre pralle Fülle zu umfangen, ihre Knopsen zu küssen. »Geh weg, Chessa. Wenn du nicht gehst, gehe ich. Ich weiß nicht, welches Spiel du treibst. Alle Frauen treiben Spiele, um Männer an ihrer Angel zappeln zu lassen. Aber mich kümmert das nicht. Du bekommst bald deine Monatsblutung und dann bin ich vor dir sicher. Und du vor dir selbst! Du wirst mich sehen, wie ich wirklich bin. Du wirst meine Häßlichkeit erkennen. Du wirst Wilhelm heiraten.«

Damit drehte er sich um und eilte im Laufschritt ins Haus zurück.

»Er will mich«, trällerte sie dem Windrädchen zu, das sich schnurrend über ihrem Kopf drehte. »Ja, er will mich.«

Mirana wandte sich an Chessa: »Kiri wollte von mir wissen, wieso du eine Prinzessin sein kannst, obwohl du kein schönes, goldblondes Haar und keine blauen Augen hast wie sie.

Sie findet nicht, daß du wie eine Prinzessin aussiehst. Und außerdem«, fügte sie belustigt hinzu, »paßt es ihr nicht, wie du ihren Papa anschaust.«

»Hast du ihr gesagt, daß ich nichts dafür kann? Cleve ist eigensinnig. Er hat mich gern. Ich weiß es, er weiß es, aber er läßt mich nicht an sich heran. Manche seiner Gründe sind mir völlig unverständlich, andere sind ziemlich töricht und wieder andere sind einfach falsch. Warum kannst du ihm nicht sagen, daß ich ebensowenig Prinzessin bin, wie Sira Königin ist?«

»Dazu habe ich kein Recht. Das mußt du einsehen, Chessa. Mögen Cleves Gründe unverständlich oder töricht sein, er wird sich nicht davon abbringen lassen. Und Kiri habe ich erklärt, daß du ihren Vater bewunderst. Und wenn eine Prinzessin ihren Vater bewundert, dann ist dieser Vater von besonders edler Herkunft.«

»Stimmt das denn?«

»Ich kenne nicht die ganze Wahrheit, nur Cleves Träume, die alte Erinnerungen in ihm geweckt haben. Er erinnert sich, daß sein Vater der Herr von Kinloch war, einem Anwesen am Westufer von Loch Ness in Schottland, unweit der Handelsstadt Inverness. Er erinnert sich auch an seinen Stiefvater und an die Kälte und Grausamkeit, mit der dieser Mann seine Mutter behandelte. Ich weiß nicht, ob sich das alles so zugetragen hat, wie es ihm im Traum erschienen ist. Wenn du verheiratet bist, begleiten Merrik und Laren ihn nach Schottland, um ihm zu seinem Recht zu verhelfen, falls es dort überhaupt noch Rechte zu holen gibt.«

»Liegt das sehr lange zurück?«

»Ja, zwanzig Jahre. Ich weiß nicht, was Cleve erwartet, aber er hat den dringenden Wunsch, seine alte Heimat aufzusuchen, um zu erfahren, ob seine Mutter, sein älterer Bruder und seine beiden Schwestern noch am Leben sind. Möglicherweise sind alle längst tot.«

»Wenn ich verheiratet bin«, wiederholte Chessa gedehnt. Dann lächelte sie Mirana, die Frau, die ihr so ähnlich sah wie eine Schwester, an. Sie wußte, wen sie heiraten wollte, und sie wußte auch, was sie dazu tun mußte. Die Mittel, die sie zu diesem Ziel führen sollten, waren nicht gerade ehrenvoll, doch das kümmerte sie wenig. Sie kämpfte schließlich um ihre Zukunft.

Chessa nahm noch einen Löffel von Uttas Haferbrei, trank einen Schluck Ziegenmilch und sagte: »Wie sah Kiris Mutter aus?«

»Sarla? Ach das ist eine seltsame Geschichte. Sarla wirkte immer sanft, einfühlsam und herzensgut, ihre Stimme war leise und weich. Selbst ihr Haar hatte einen warmen, weichen Braunton, ebenso ihre Augen. Eigentlich war sie recht hübsch. Doch meist bemerkte man sie nicht, so still war sie. Nach dem Tod ihres Ehemannes Erik wurden Cleve und sie ein Liebespaar. Sie wurde schwanger. Und dann tauchte Larens Vater Hallad in Malverne auf und begehrte sie. Hallad ist der Bruder von Herzog Rollo. Ein reicher Mann, der ihr die Welt zu Füßen legen konnte. Und Sarla nahm sich vor, ihn zu heiraten. Cleve gab ihr zu verstehen, sie könne tun, was sie wollte unter der Bedingung, ihm sein Kind zu überlassen. Daraufhin versuchte sie, ihn umzubringen, doch ihr Anschlag mißlang zum Glück. Sarla blieb in Malverne und brachte Kiri zur Welt. Bald darauf starb sie.«

»Hat Cleve sie geliebt?«

»Anfangs gewiß. Würdest du jemanden lieben können, der versucht hat, dich umzubringen?«

Chessa lächelte und nahm noch einen Löffel Haferbrei. »Ich kann verstehen, daß Ragnor Utta haben will. Sie ist eine wunderbare Köchin.«

»Als ich auf die Habichtsinsel kam, war sie erst elf Jahre alt und konnte schon kochen. Ihr Essen hat mir das Leben gerettet.«

»Das Leben gerettet? Wie meinst du das?«

Doch Mirana tätschelte ihre Hand. »Das ist eine Geschichte für einen langen Winterabend. Ich muß an die Arbeit, wir haben so viele hungrige Mäuler zu stopfen. Ach übrigens, hast du deine Monatsblutung?«

Chessa rollte die Augen himmelwärts und stöhnte.

An diesem Abend rückte Chessa dichter an Cleve heran, als Laren, die nicht nur Herrin auf Malverne war, sondern auch ein Skalde, sich erhob, um eine Geschichte zu erzählen.

»Sie ist ein Weib«, sagte Ragnor und wischte sich den Met vom Mund. »Wie kann sie Skalde sein? Lächerlich. Wo ist der richtige Skalde?«

»Schweigt still, *Mylord*«, sagte Kerek. »Die Leute waren freundlich genug, uns hier aufzunehmen, also haltet den Mund.« Mit diesen Worten schenkte er ihm noch einen Becher Met nach. Ragnor, dem der dreiste Ton nicht entging, zog es vor zu schweigen und nahm stattdessen einen tiefen Schluck.

Laren begann langsam: »Ich erzähle euch von dem großen König Tarokamin, der in einem Land weit im Süden, in Ägypten lebte; ein Land, das der Länge nach von einem Fluß durchzogen wird, den sie Nil nennen. Es besteht größtenteils aus Wüste, und man sieht, soweit das Auge reicht, nur gelben Sand. Allein die Ufer des Nils sind fruchtbares Ackerland. Dieser lange Fluß ist die Lebensader Ägyptens. Vor tausenden von Jahren haben die Könige dieses Landes riesige Steinmonumente als Grabstätten erbaut, in die sie sich nach ihrem Tod mit unschätzbaren Reichtümern einmauern ließen. Das Fundament eines solchen Steinmonuments hat die Form eines gleichschenkligen Dreiecks, und auf ihm erheben sich dreieckige Seitenmauern, die zu einer Spitze zusammenlaufen. Man nennt solch ein Monument eine Pyramide.«

»Ein solches Land gibt es nicht«, unterbrach Ragnor. »Kein Land heißt Ägypten. Und gar diese Pyramiden! Wer sollte sich sinnlose Steinmonumente als ein Grabmal errichten? Lächerlich. Ich habe viel studiert und weiß, daß so etwas nicht existiert.«

»Es ist nur eine Geschichte, Herr, mehr nicht«, versicherte Laren und lächelte gequält. »Hört zu und erfahrt Tarokamins Geschichte. Er wollte sich ein Denkmal bauen lassen, das größer war als je ein König vor ihm hat eines errichten lassen, ja noch größer als das seines Vaters und das seines Großvaters, dessen Grabmal als das größte im ganzen Land galt. Einem Baumeister aus Babylon erteilte er den Auftrag, die

Bauarbeiten zu überwachen. Er heuerte hunderte von Aufsehern an. Hunderttausend Sklaven schlugen die Quader aus Steinbrüchen und schafften sie an den Ort, wo das riesige Bauwerk entstehen sollte.

König Tarokamin vermählte sich, und seine Frau schenkte ihm einen Sohn, der ihm mehr am Herzen lag als seine Gemahlin, als seine Armee, als all seine Juwelen und Reichtümer. Nur sein Grabmal bedeutete ihm noch mehr. Nach dem Tode würde er ins ewige Leben eingehen und unsterblich sein, denn alle Menschen nach ihm würden dieses Monument sehen und wissen, daß er ein mächtiger und reicher König war.

Die Jahre verstrichen. Sein Sohn wuchs zu einem schönen, kraftvollen jungen Mann heran. Jeden Tag seines Lebens blickte er auf das Monument seines Vaters, das bereits größer war als jedes Bauwerk, das er bisher gesehen hatte. Zweitausend sich an den Händen haltende Männer konnten das Fundament der riesigen Steinpyramide nicht umspannen. Bald würde es fertig sein, dieses Mausoleum, das einst die sterblichen Überreste seines Vaters in kostbar ausgestatteten Totenkammern tief im Kern des Monuments beherbergen sollten.

Der Tag kam, an dem der König seinem Sohn eröffnete, er müsse seine Schwester heiraten. So war es Brauch im alten Ägypten, eine Sitte, die uns befremdlich erscheint. König Tarokamin, der keine Schwester hatte, war seinerzeit mit einer Prinzessin aus einem benachbarten Königreich verheiratet worden.

Sein Sohn jedoch haßte seine Schwester aus tiefstem Herzen und eröffnete dem Vater, er werde sie nicht heiraten. Er versicherte ihm, es sei ihm unmöglich, Kinder mit ihr in die Welt zu setzen, da er sie abgrundtief hasse. Er sagte, sie sei böse, habe schon viele Liebhaber gehabt, und sie sei eitel und habgierig. Nein, er wollte sie um keinen Preis heiraten.

Sein Vater drohte, wenn er sich weigerte, würde er sie seinem jüngeren Bruder geben. Und er, der Lieblingssohn, würde aus dem Land verbannt werden. Der Sohn verneigte sich tief. Er wußte, daß sein Vater sich nicht von seinem Vorhaben abbringen lassen würde. Er wußte, daß er sich dem väterlichen Wunsch beugen mußte. Außerdem hatte er Mitleid mit seinem Bruder, der ein sanfter, willensschwacher Prinz war und der nicht das Zeug zum König hatte.

Am nächsten Tag war er verschwunden und mit ihm zwei Diener und sechs Soldaten des Königs. Tarokamin war tief betrübt. Er schickte Suchtrupps nach ihm aus. Doch sein Lieblingssohn blieb spurlos verschwunden. Erst drei Tage nach dem Tod des alten Königs tauchte er wieder auf.«

Laren hatte die Stimme gedämpft, und ihre letzten Worte waren kaum mehr als ein Flüstern.

Es herrschte absolute Stille, die Menschen hingen gespannt an ihren Lippen. Laren lächelte: »Und nun sagt mir, was aus dem Königssohn geworden ist.«

Merrik lachte. »Sie schafft es immer wieder, eine Spannung zum Zerreißen zu erzeugen.«

»Augenblick«, sagte Cleve. »Der Sohn wurde erst wieder nach dem Tod des Vaters gesehen, sagst du?«

»Ja, richtig. Drei Tage nach dem Tod des alten Königs wurde er wieder gesehen.«

»Aha. Dann kam er mit einer Armee zurück und stürzte seinen jüngeren Bruder vom Thron«, erklärte Chessa. »Er übernahm seine rechtmäßige Position als Herrscher.« Cleve nickte, wie die meisten anderen Zuhörer auch.

Laren schüttelte den Kopf.

Rorik machte einen Vorschlag: »Vielleicht begab der jüngere Sohn sich auf die Suche nach ihm und fand ihn in einem benachbarten Land.«

Laren schüttelte erneut den Kopf. Sie blickte von Hafter zu Entti, deren Kind auf ihrem Schoß eingeschlafen war, dann zu Mirana und der Reihe nach von einem zum anderen.

»Nun sag es uns, Laren«, schrie Aslak. »Spann uns nicht länger auf die Folter. Was geschah mit dem Sohn?«

Ragnor lachte auf, erhob sich, rülpste und lachte wieder. »Ihr seid Dummköpfe. Jeder aus königlichem Geblüt weiß die Antwort auf ihr einfältiges Rätsel.«

Aller Augen hefteten sich auf Ragnor, und manche Faust ballte sich in seine Richtung. Er nahm einen tiefen Schluck Met. Laren fragte sich, wie er es schaffte, sich noch aufrecht zu halten. Sie sah den Zorn in Merriks Gesicht und fragte rasch: »Nun, Herr? Ihr kennt die Antwort?«

»Gewiß«, prahlte Ragnor. »Soll ich sie euch sagen?«

»Probiert es getrost«, meinte Rorik verächtlich.

Merrik nickte, in der Hoffnung, Ragnor würde sich wieder einmal blamieren.

Ragnor wandte sich an Laren: »Du sagst, er haßte seine Schwester und weigerte sich, sie zu heiraten und mußte deshalb das Land verlassen. Und sein jüngerer Bruder sollte dem alten König nach seinem Tod auf den Thron folgen?«

»Ja, das ist richtig.«

Ragnor rülpste abermals. »Ihr seid lauter Narren. Hört die Antwort. Seine Schwester haßte ihn genauso wie er sie. Wie könnte es auch anders sein? Daher verließ er das Land, und niemand hörte je wieder von ihm. Drei Tage nach dem Tod des Vaters tauchte er wieder auf und zwar in dem Mausoleum, das du Pyramide nennst. Dort fand man ihn und erkannte ihn nur an seinen Kleidern und dem Schmuck, den er trug, ansonsten war er schon zu Staub zerfallen. Die Schwester hatte ihn aus Rache für die Demütigung, die er ihr antat, getötet und die Leiche in die verborgene Grabkammer des alten Königs geschafft. Vermutlich hat ihr der babylonische Baumeister dabei geholfen, denn er wußte als einziger den Weg in die verborgene Grabkammer. Er war ihr Geliebter. Hab' ich recht?«

»Bei den Göttern«, entfuhr es Laren erstaunt. »Ihr habt vollkommen recht, Mylord.«

Ragnor warf sich stolz in die Brust. »Und noch etwas: Auf die Schwester fiel kein Verdacht, den Bruder umgebracht zu haben. Alle waren der Meinung, der König habe seinen Sohn getötet und ihn in die Grabkammer gebracht. Da er ihn abgöttisch liebte, hoffte der Vater, mit seinem Sohn in alle Ewigkeit verbunden zu bleiben.«

»Auch das ist richtig, Lord Ragnor.«

»Das halt' ich nicht aus.« Rorik stand auf und verließ das Haus.

Ragnor lachte hämisch und schüttete noch einen Becher Met in sich hinein. »Ich bin ein Prinz. Natürlich weiß ich die Antwort.« Herablassend wandte er sich an Laren. »Das war eine nette Geschichte. Deine Frage am Schluß hat mir gefallen. So etwas interessiert einen klugen Mann. Vielleicht taugen manche Frauen doch zu Skalden.« Damit zog er einen Silberreif vom Arm und reichte ihn ihr.

»Danke, Mylord«, sagte sie völlig verdattert.

Cleve wandte sich an Chessa: »Ich muß auch an die frische Luft. Ich ertrage es nicht. Ich könnte den Kerl erwürgen.«

Kerek entfernte sich von Ragnor, der weiter vor seinen Soldaten prahlte. Er gesellte sich zu Chessa, die Kiri beobachtete, wie sie mit einem Lederball spielte. »Seht Ihr, er ist nicht immer dumm, obwohl er schon wieder herumstolziert wie ein Gockel auf dem Mist.«

»Das Rätsel hat er klug gelöst«, räumte sie ein, ohne Kerek anzusehen.

»Könntet Ihr Euch nicht vorstellen, daß ein kluger Mann wie Ragnor etwas dazulernt?«

»Sprichst du von Dingen wie Güte, Urteilsvermögen, Großzügigkeit, Vernunft? Und Bescheidenheit? Eine Eigenschaft, die über allen anderen steht. Soll ich fortfahren, Kerek?«

Kerek knirschte mit den Zähnen. »Kein Mann ist perfekt. Jeder Mensch hat Fehler.«

»Gib auf, Kerek!« Sie tätschelte seinen Arm. »Gib es auf. Ich heirate ihn nicht.«

Er sagte nichts. Chessa seufzte und begab sich an den Herd, um Mirana und Entti zu helfen, Schalen und Schüsseln zu säubern.

## KAPITEL 10

Chessa träumte von Ägypten, dem Land im fernen Süden, mit seinen endlosen Sanddünen und der Hitze, die flimmernd über der Wüste lag. Sie erinnerte sich an die süßen Früchte der Dattelpalmen. Sie erinnerte sich an feine weiße Leinengewänder und luftige Sandalen.

Und sie erinnerte sich an eine Frau, an ihre Stimme und

an ihre Sanftheit. Ihre Mutter Naphta. Chessa erwachte mit leisem Stöhnen. Und blickte verstört in das Gesicht eines Mannes. Im nächsten Augenblick traf eine Faust ihren Unterkiefer, und sie versank in ein schwarzes Nichts.

Als sie wieder erwachte, lag sie nicht mehr in Miranas Kastenbett. Ihre Hände waren gebunden und in ihrem Kopf pochte ein stechender Schmerz.

Sie lag an einen Heuballen gelehnt in einem winzigen Schuppen. Durch die Ritzen der Bretter drang nur wenig Licht. Auch ihre Füße waren gebunden. Bekleidet war sie nur mit ihrem knielangen Leinenhemd.

Als wenig später der Holzverschlag knarzend geöffnet wurde, hörte sie auf, an den Verschnürungen ihrer Hände zu zerren. Kerek betrat gebückt die Hütte. In der Hand hielt er eine Schale und einen Kanten Brot.

»Guten Morgen, Prinzessin«, begrüßte er sie. »Ich hoffe, es geht Euch gut. Euer Gesicht ist geschwollen. Dabei habe ich dem Rohling eingeschärft, Euch nicht zu schlagen. Es hätte genügt, Euch den Mund zuzuhalten.«

»Wer war der Mann?«

»Einer von Ragnors Leuten. Ich selbst konnte Euch nicht holen, da ich zu gut bewacht werde. Dafür wird Ottar mir büßen, der Grobian. Habt Ihr Schmerzen?«

»Natürlich hab ich Schmerzen. Warum hältst du mich gefangen?«

»Ihr kennt den Grund.«

Sie seufzte. »Löse mir die Fesseln, Kerek und bring mich zurück ins Haus.«

»Nein. Wenn Ihr gegessen habt, bring ich Euch aufs Schiff. Ragnor sammelt die Leute zum Aufbruch.«

»Aha? Gibt es denn noch genügend Leute, die mit ihm nach York wollen? Ich dachte, du seist der einzige, der ihm die Treue hält.«

»Er verspricht ihnen, sie in Silber zu entlohnen, wenn sie mit ihm gehen.«

»Und sie durchschauen nicht, daß er sie belügt?«

»Sprecht nicht so schlecht von Eurem zukünftigen Gemahl. Bald bist du mit ihm verheiratet. Dafür sorge ich.«

»Sorgst du auch dafür, daß Ragnor Wort hält und seinen Männern das versprochene Silber gibt?«

»Nein, ich sorge dafür, daß Ihr ihn heiratet.«

»Hör mal, Kerek. Deine hündische Treue ist ... ich weiß nicht, was sie ist. Laß mich frei! Wenn du mich gewaltsam nach York schleppst, werde ich mich bitter rächen.«

»Das klären wir später. Warum habt Ihr allen erzählt, daß Ragnor Euch vergewaltigt hat? Darin sieht er ein Zeichen, daß Ihr ihn haben wollt. Das ist natürlich Unsinn, aber warum habt Ihr es getan?«

Sie sagte nichts und blickte nur auf die Schale Haferbrei in Kereks Hand. Er löste ihr die Handfesseln und rieb ihre Gelenke, um die Durchblutung anzuregen. Sie begann, Uttas honigsüßen Haferbrei zu löffeln.

»Es war Ragnor, der behauptete, mich vergewaltigt zu haben«, sagte sie schließlich. »Ich habe seine Aussage lediglich bestätigt.«

»Und warum?«

»Weil ich Wilhelm der Normandie genauso wenig heiraten will. Es scheint mir eine ausgezeichnete Idee, ihn auf diese Weise zur Lösung des Ehevertrags zu bewegen.«

»Da steckt mehr dahinter«, sagte Kerek. »Ich wollte es nicht wahrhaben, aber mir ist nicht entgangen, wie Ihr Cleve anseht. Sein Gesicht ist entstellt. Warum macht Ihr ihm schöne Augen?«

»Er ist nicht entstellt. Er ist schön. Ich habe meinen Brei gegessen. Laß mich jetzt gehen, Kerek.«

»Ich kann nicht, Prinzessin.« Er beugte sich vor und steckte ihr blitzschnell einen Knebel in den Mund. Bevor sie ihn ausspucken konnte, band er ihr einen Streifen Stoff um den Mund und verknotete ihn am Hinterkopf. Dann fesselte er ihre Hände, packte sie in eine Wolldecke und verschnürte sie.

Während er sie sich über die Schulter warf, entschuldigte er sich: »Tut mir leid, Euch Unannehmlichkeiten zu bereiten, Prinzessin. Aber es war nicht möglich, Euch früher aufs Schiff zu bringen. Die Palisadentore sind gut bewacht. Man hätte mich mit einem Bündel über der Schulter nicht passieren lassen. Jetzt bringen Ragnors Männer ihr Gepäck zum Schiff, und ich falle niemandem auf.«

Er öffnete den Verschlag, blickte sich nach allen Seiten sichernd um, und strebte dann er mit seinem gut verschnürten Paket auf die Palisadentore zu, vorbei an geschäftigen Männern und Frauen, spielenden Kindern, Ziegen, Kühen und gackernden Hühnern.

Kerek schlenderte unbehelligt den Weg zur Mole hinunter, wo rege Betriebsamkeit herrschte. Männer kamen ihm entgegen, andere brachten Proviant und ihre Habseligkeiten zum Schiff. Anscheinend glaubten einige von Ragnors Leuten tatsächlich, er entlohne sie in Silber. Doch Kerek hatte andere Sorgen.

»Hast du sie?« fragte Ragnor mit Blick auf das Bündel über Kereks Schulter.

»Ja. Ich habe sie geknebelt und gefesselt. Ich muß mit Ottar sprechen. Er hatte kein Recht sie zu schlagen. Er hat sie verletzt.«

»Ich gab ihm Anweisung, sie nötigenfalls zu schlagen. Laß ihn zufrieden, Kerek!« entgegnete Ragnor und entfernte sich. »Ich muß noch mal ins Haus«, rief er über die Schulter. »Die Männer sollen schon ihre Plätze an den Rudern einnehmen.«

Kerek blickte Ragnor mißtrauisch nach. Was hatte er denn noch im Haus vergessen? Er brachte Chessa unter eine Lederplane im Heck, wo die wenigen vom Unwetter verschont gebliebenen Dinge verstaut waren. Behutsam legte er sie ab und befreite sie von der Verschnürung und der Decke. In ihren Augen stand tödlicher Haß. Kerek prüfte ihre Handfesseln und zog sie fester. »Tut mir leid, Prinzessin, es muß sein.« Sie gab einen wütenden Gurgellaut von sich. Er schüttelte seufzend den Kopf und ließ sie allein. Dreizehn Männer hatten sich bereit erklärt, mit nach York zu kommen. Auch er würde sich an ein Ruder setzen und hoffte, auch Ragnor würde sich in die Riemen legen. Sie mußten zügig vorankommen, da niemand wissen konnte, wie lange es dauerte, bis Chessas Verschwinden entdeckt wurde und die Verfolgungsjagd begann.

Eile war geboten. Er wandte sich an Torric, der an seinem

Steuerruder saß, das gebrochene Bein gestreckt vor sich auf einer Kiste ruhend. »Wieso ist Ragnor nochmal ins Haus zurück?«

Torric rollte mit den Augen. »Du wirst es nicht glauben, Kerek.«

»Was?«

Da hörten sie einen wilden Schrei, hoben die Köpfe und sahen Ragnor den Weg zur Mole herunterlaufen, und über seiner Schulter hing die bewußtlose Utta. Kerek war fassungslos. Er hatte Ottar angewiesen, Kissen und Decken in Chessas Bett zu packen, um den Eindruck zu erwecken, die Prinzessin schlafe noch. Damit hätten sie Zeit gewonnen. Und nun hatte dieser Trottel alles verdorben.

Kerek versuchte zu retten, was zu retten war. Er brüllte: »Alle Mann an die Ruder! Sobald Lord Ragnor an Bord ist, legt ihr euch in die Riemen, bis euch der Brustkasten zerspringt, sonst landet ihr als Fischfutter im Meer.«

Ragnor erreichte das Schiff, und Kerek brüllte ihm entgegen: »Laßt sie fallen, Ragnor. Sie verfolgen uns und bringen uns alle um.«

»Nein. Sie braut mir Met und läßt sich von mir beschlafen. Ich habe die Blicke gesehen, die sie mir zuwirft. Sie will mich. Es ist ihr unwichtig, daß ich sie nicht heiraten kann. Du wirst sehen. Wenn ich sie besteige, wird sie meinen Namen schreien. Was meinst du, soll sie Prinz Ragnor oder Lord Ragnor schreien?«

»Du Vollidiot, laß sie fallen!«

Ragnor hörte nicht auf ihn, ließ das Mädchen von der Schulter gleiten und warf sie einem seiner Männer, dem riesigen Olya zu, der sie wie einen Ball auffing. Ragnor schwang sich über den Bootsrand und schrie aus Leibeskräften: »Legt euch in die Ruder, Hundesöhne! Rudert!«

Doch es war schon zu spät. Kerek mußte hilflos zusehen, wie die Männer laut schreiend den Pfad herunterliefen, Schwerter, Streitäxte und Messer schwingend. Manche hatten Steine vom Wegrand aufgehoben. Angeführt wurde der Zug von Uttas Ehemann Haakon.

Dahinter rannten Rorik, Merrik und Cleve. Kerek wußte,

sein letztes Stündlein hatte geschlagen. Nun würden alle Männer auf dem Schiff für diesen Narren sterben, ausnahmslos.

»Befehlt Olya, Utta zurück auf die Mole werfen, sonst werden wir alle abgeschlachtet!«

Ragnor brüllte unbeirrt: »Los, rudert!«

Die Männer gehorchten Ragnors Befehl und legten sich mächtig in die Riemen. Doch Haakon und zwei Dutzend Krieger rannten durch das aufspritzende Wasser, klammerten sich am Bootsrand fest und kletterten an Bord. Ein erbitterter Kampf entbrannte.

Torric versuchte aufzustehen. Rorik zog ihm die flache Schwertklinge über den Schädel. Torric sackte neben seinem Steuerruder zusammen. Olya legte Utta nicht eben sanft auf den Schiffsplanken ab, zog sein Schwert und leistete erbitterten Widerstand. Eine Klinge durchbohrte ihm den Bauch, eine andere die Brust. Die tapferen Wikingerkrieger kämpften bis zum Umfallen. Keiner dachte daran, sich zu ergeben. Nur drei überlebten das Abschlachten mit schweren Verletzungen.

Kerek hatte seinen Prinz verteidigt. Nun stand er im Bug in Erwartung des letzten tödlichen Schlages. Ragnor, der Feigling, hatte hinter ihm Deckung gesucht. Plötzlich schnellte er hinter Kereks Rücken hervor, griff sich Utta, hielt sie wie einen Schild vor sich und zog sein Messer aus dem Gürtel. »Ruf deine Leute zurück, sonst stirbt sie.«

Es herrschte lähmende Stille. Das Boot schwankte auf den Wellen, nicht weit vom Land entfernt. Zögernd ließen die Männer die Waffen sinken und starrten Ragnor an, der die besinnungslose Utta schützend vor sich hielt.

Cleve ergriff das Wort. »Ragnor, es ist aus mit dir«, begann er beschwörend mit geschulter Diplomatenstimme. »Laß Utta sofort los und leg sie behutsam zu Boden. Wage nicht, ihr auch nur ein Haar zu krümmen. Hast du verstanden?«

Ragnor wurde unsicher. Es war nur Kereks Schuld, daß er in diese mißliche Lage geraten war. »Haakon, ich kauf sie dir ab«, rief er.

Kerek sah, wie Cleve behutsam Haakons Arm berührte.

»Nein, rühr dich nicht.« Und zu Ragnor gewandt, setzte er beschwörend hinzu: »Laß Utta los. Wir verschonen dich, Kerek und Torric, wenn du tust, was ich verlange.«

»Du bist ein nichtswürdiger Sklave, Cleve. Und du bist häßlich mit dieser Narbe. Du hast kein Recht, so mit mir zu reden.«

Plötzlich war ein Laut zu vernehmen, das gurgelnde Stöhnen einer Frauenstimme. Alle Blicke wandten sich zum Verschlag im Schiffsheck. Chessa versuchte auf dem Bauch liegend, unter der Lederplane hervorzurobben, ihr Mund war mit einem Knebel verstopft.

»Du dreckiger Schweinehund«, brüllte Cleve und stürzte sich auf Ragnor. »Jetzt bist du des Todes, du elender Wurm!« Er vergaß sich in seinem rasenden Zorn. Das Boot schaukelte bedenklich, und Ragnor verlor das Gleichgewicht. In diesem Augenblick erwachte Utta, schüttelte sich, sah Haakons bleiches Gesicht und stieß, ohne nachzudenken ihren spitzen Ellbogen nach hinten in weiches Fleisch.

Ragnor jaulte auf. Sie war frei. Im selben Moment sprang Cleve ihn an und riß ihn zu Boden. Beinahe wären beide über Bord gegangen. Er hämmerte Ragnors Kopf krachend auf die Mittelplanke.

»Bring den widerlichen Hund um«, schrie Haakon heiser und hielt seine Arme schützend um Utta.

»Dreh ihm den Hals um«, brachte Hafter zwischen den Zähnen hervor. »Schneid ihm den Schwanz ab.«

»Bitte Cleve«, flehte Kerek. Doch diesmal ergriff Rorik Cleves Partei: »Wenn Cleve ihn umbringen will, ist es sein gutes Recht. Er hat den Tod all dieser tapferen Männer verschuldet.«

Cleves Gesicht war dunkelrot vor Zorn. Seine Faust traf Ragnors Kinn, dann zog er blitzschnell das Messer aus der Scheide an seinem Gürtel.

»Nein, Cleve.«

Er hielt im Schwung inne. Die zwei geflüsterten Worte wirkten wie ein Bann. Cleve drehte den Kopf nach der immer noch auf dem Bauch liegenden Chessa um, der es gelungen war, den Knebel auszuspucken. »Nein«, wiederholte sie und kroch weiter auf ihn zu. »Bring ihn nicht um. Ich will nicht, daß König Olric dich töten läßt oder für vogelfrei erklärt. Der Kerl ist es nicht wert. Bring ihn nicht um, Cleve.«

Langsam ließ er das Messer sinken. Ragnor starrte ihn in tödlichem Entsetzen an.

»Hat er dich verletzt, Chessa?«

»Nein, mir fehlt nichts. Löse mir bitte die Fesseln.«

Cleve erhob sich langsam, blickte verächtlich auf Ragnor hinunter und versetzte ihm einen Tritt in die Rippen. Ragnor schrie vor Schmerz auf. Dann kreischte er: »Kerek, dafür lasse ich dich vierteilen. Es ist alles deine Schuld.«

Kerek wandte sich an Utta, die sich an ihren Haakon schmiegte. »Tut mir leid, daß er dir das angetan hat. Er ist gelegentlich zügellos. Wirst du ihn töten, Haakon?«

Rorik blickte seinen Gefolgsmann stumm an.

Utta schlang ihre Arme um ihn. »Nein, Haakon, laß ihn. Es ist wie Chessa sagt. Du wirst zum Vogelfreien erklärt, und ich möchte nicht, daß unsere Kinder groß werden mit einem Vater, der ständig auf der Flucht ist.«

»Unsere Kinder?« fragte Haakon verdutzt.

»Ja«, lächelte sie zu ihm auf. »Das erste bekommen wir in sieben Monaten.«

Merrik rief zu Chessa hinüber: »Hast du eigentlich schon deine Monatsblutung?«

Man würde Lord Ragnor, Kerek und Torric in York abliefern, sobald Chessa nach Rouen zu ihrem Bräutigam gebracht worden war. Das hatten die Männer beschlossen, und das teilten sie den Frauen mit.

»Verstehe«, nickte Mirana, nachdem Rorik den Beschluß mitgeteilt hatte. »Ihr Männer habt das alles bei reichlich Bier genau durchgesprochen, nicht wahr? Wie freundlich, uns in eure Pläne einzuweihen. Ihr müßt erschöpft sein von all der geistigen Anstrengung. Willst du noch einen Krug Bier, Gebieter? Schmerzen deine Füße? Ich könnte mich auf Händen und Füßen vor dich hinlegen, damit du deine müden Füße auf meinem Rücken ausruhen kannst.«

Rorik machte ein betretenes Gesicht. »Laß deinen Spott,

Mirana! Deine Worte sind ätzend, auch wenn du dabei lächelst. Jemand mußte doch eine Entscheidung treffen. Ihr Frauen ...«

Er stockte. Laren und Chessa waren herangetreten, hinter ihnen Entti, Amma, Erna, die alte Alna und sämtliche Frauen der Habichtsinsel, sie alle standen hinter ihrer Herrin, bereit, sie mit ihrem Leben zu verteidigen. Die Treue galt ihrer Herrin, nicht ihm. Er geriet in Verlegenheit und wandte sich an seinen Bruder. »Merrik, sprich mit Laren, bevor sie daraus eine Skaldengeschichte reimt und uns alle zu Teufeln stempelt. Bring ihr Vernunft bei! Und du, Cleve bring Chessa weg und sag ihr, sie soll endlich ihre Monatsblutung bekommen. Sie hat in dieser Sache keine Stimme. Ihr Vater hat die Entscheidung für sie getroffen.«

»Laren!« Merriks Stimme war die eines Befehlshabers. »Du teilst sicher nicht Miranas Meinung. Du machst dich nicht über mich lustig wie sie sich über Rorik. Und du hast nicht die Absicht, aus diesem lächerlichen Aufstand eine Skaldenmär zu reimen, stimmt's?«

»Teufel wäre eine zu milde Bezeichnung für dich, Merrik.« Seine Frau bot ihm frech die Stirn, obgleich sie ihm nur bis zum Kinn reichte.

Die alte Alna kicherte hämisch: »Wir kochen einfach nicht mehr für die Männer. Schluß mit Uttas Haferbrei. Kein Bier, kein gebratener Bärenschlegel. Was meinst du, Amma?« Die kräftige, hochgewachsene Amma grinste ihren hünenhaften Gatten Sculla an. »Was hältst du davon, Mann? Willst du zum Skelett abmagern, nur weil du blöde warst wie ein Ochse?«

Cleve unterbrach den Disput mit seiner sachlichen Diplomatenstimme: »Wir schweifen vom Thema ab. Ich werde euch Frauen nur eine Frage stellen. Ihr wählt die unter euch aus, die mir antworten soll.«

»Wie lautet die Frage?« rief Utta.

»Wen soll die Prinzessin heiraten?«

Die Frauen bildeten einen engen Kreis, und alle redeten durcheinander, bis Mirana die Hand hob. »Gehen wir vors Haus. Ich will nicht, daß die Mäner uns belauschen. Sie haben gewiß gestritten, sich beschimpft und gegenseitig angeschrien, was sie aber niemals eingestehen würden. Auch wir wollen eine Geheimabstimmung treffen.«

Nachdem die Frauen das Haus verlassen hatten, schlug Rorik dem Freund anerkennend auf die Schulter. »Gut gemacht, Cleve.«

»Ja.« Merrik grinste stolz wie ein Wikinger, der eine reiche Stadt gebrandschatzt hatte. »Sie werden dieselbe Entscheidung treffen wie wir. Eine andere Lösung gibt es nicht.«

»Frauen sind anders als Männer«, gab Cleve zu bedenken. Er saß vorgebeugt auf der Bank, die Hände zwischen den Knien verschränkt und betrachtete aufmerksam sein Schuhwerk.

Die anderen Männer sprachen dem Bier zu, schärften ihre Äxte, polierten die Schwerter, spielten mit den Kindern oder zogen Kerzog an den Ohren. Die drei Verwundeten lagen in einer Ecke und verfolgten die Szene stumm und überlegten, was mit Lord Ragnor geschehen würde. Alle drei hofften, der Kerl möge tot umfallen, bevor er es schaffte, daß sie alle einen Kopf kürzer gemacht wurden.

»Papa, was ist da los?«

Aglida kletterte auf den Schoß ihres Vaters. »Mama ist böse mit dir. Was hast du angestellt?«

»Nichts, Liebling. Sowas kommt manchmal zwischen Männern und Frauen vor. Wo ist Kiri?«

»Sie ist mit Tante Laren und den Frauen nach draußen gegangen.«

»Das geht nicht gut«, brummte Cleve und schüttelte den Kopf. »Es war dumm von mir, diesen Vorschlag zu machen.«

»Sie können keine andere Entscheidung treffen«, beharrte Merrik.

»Was passiert, wenn sie ihre Monatsblutung nicht bekommt?« fragte Rorik.

»Oder sie uns verschweigt?« fügte Hafter hinzu. »Ich befehle Entti, mir die Wahrheit zu sagen.«

Die Männer gafften Hafter an, als sei ihm ein zweiter Kopf gewachsen. »Du willst Entti *befehlen*, für dich zu spionieren?« fragte Rorik. Und dann lachte er, verhalten zunächst, doch dann stimmten alle schallend in sein Gelächter ein und hoben die Bierkrüge.

Die Frauen, mit Mirana an der Spitze, kamen ins Haus zurück. »Wir haben uns geeinigt, was geschehen soll.« Langsam erhoben sich die Männer.

Mirana lächelte ihren Ehemann an. »Mein Gebieter, wir sind uns darin einig, daß Ragnor, Kerek und Torric nach York zurückgebracht werden. Auch die anderen drei Männer werden zurückgebracht.«

»Siehst du«, raunte Rorik Cleve zu. »Hab' ich doch gleich gesagt, es gibt keine bessere Lösung.«

»Was Chessa betrifft, schließen wir uns ihrer Meinung an. Sie will Wilhelm nicht heiraten. Sie will Cleve heiraten.«

Cleve starrte Mirana fassungslos an und spürte, wie die Farbe aus seinem Gesicht wich. Was war er für ein Narr, den Frauen ein Mitspracherecht einzuräumen.

Nach langem, lastenden Schweigen sagte er mit belegter Stimme: »Ich werde die Prinzessin nicht heiraten. Aus gutem Grund. Sie ist eine Prinzessin. Und ich bin ein Nichts.«

»Du bist der Sohn des Herrn von Kinloch«, rief Laren. »Das hast du uns selbst gesagt.«

»Ich weiß ja nicht einmal, wo und was dieses Kinloch ist. Vielleicht nur ein blanker Felsen in den Fluten von Loch Ness. Die Schotten, die Pikten oder Briten haben vermutlich alles geplündert und dem Erdboden gleichgemacht. Vielleicht war alles nur ein Traum. Vielleicht habe ich euch nur ein Lügenmärchen aufgetischt.«

Laren räusperte sich.

»Cleve, du hast Lord Ragnor zweimal wutentbrannt angegriffen, als er Chessa bedrohte. Es ist uns allen klar, daß du sie begehrst.«

»Ja, ich begehre sie. Sie ist schön und jung, und ich habe wochenlang keine Frau gehabt. Was hat das zu bedeuten? Ich bin schließlich ein Mann.«

»Ich finde, wir schweifen vom Thema ab«, unterbrach Merrik und beobachtete die Frauen beklommen. »Laren, ihr Frauen denkt mit dem Herzen, nicht mit dem Verstand. Cleve hat den Hochzeitsvertrag ausgehandelt. Er muß die Prinzessin nach Rouen zu Wilhelm bringen. Er hat sein Wort gegeben. Seine Ehre steht auf dem Spiel.«

Nun bahnte Chessa sich einen Weg durch die Frauen und stellte sich an ihre Spitze. »Cleves Ehre steht also auf dem Spiel. Aber mein Leben steht auch auf dem Spiel. Ich habe euch geduldig zugehört. Nun ist es an der Zeit, die Wahrheit zu sagen – die Wahrheit, die einige unter euch bereits wissen, vielleicht ist sie sogar allen bekannt.«

»Chessa, nein«, unterbrach Mirana und hielt sie am Ärmel fest.

»Laß mich, Mirana. Es geht um meine Zukunft. Ich bitte alle Versammelten, mir zu schwören, über das, was ich jetzt sage, Schweigen zu bewahren, da ich meinem Vater nicht schaden möchte. Zuvor schafft bitte Ragnor, Kerek und die drei Verwundeten aus dem Haus. Torric kann bleiben. Er ist von Alnas Arznei so berauscht, daß er gar nicht weiß, wo er ist.«

»Tu es nicht, Chessa!« warnte Rorik.

Die drei Verwundeten wurden hinausgetragen. Ragnor machte ein gelangweiltes Gesicht. Kerek öffnete den Mund, um etwas zu sagen, aber beim Anblick von Roriks entschlossener Miene klappte er ihn wieder zu und zuckte resigniert die Achseln. Schließlich wurden auch Ragnor und Kerek aus dem Haus bugsiert.

Chessa blickte Cleve unverwandt in die Augen. Er war völlig verwirrt und wütend. »Was hast du zu sagen, Prinzessin? Heraus mit der Sprache! Es wird Zeit, daß ich dich nach Rouen bringe – zu deinem Bräutigam, dem Mann, den du heiraten mußt, und daran wird niemand etwas ändern, am wenigsten du selbst. Ich bin überzeugt, daß deine Monatsblutung auf der Reise einsetzt.«

Sie blickte ihm weiterhin unverwandt in die Augen. »Cleve, hör mir gut zu, denn ich spreche die Wahrheit. Ich bin keine Prinzessin.«

# KAPITEL 11

In dem großen Raum war es mucksmäuschenstill. Die Kinder wagten kaum zu atmen. Nur Kerzog lag auf dem Bauch, den Kopf auf die Pfoten gebettet und schlief selig.

»Habt ihr gehört, was ich sagte?« Chessa schaute die Männer und Frauen der Reihe nach an. »Ich bin keine Prinzessin. Bevor mein Vater König Sitric von Irland tötete, war er der Zauberer Hormuze. Ich bin seine Tochter.« Sie begriff nicht, warum die Menschen nicht entsetzt zurückwichen, nicht aufschrien.

Weil jeder die Wahrheit bereits kannte. Sie wußten es alle von Anfang an. Erstaunlich war nur die Tatsache, daß sie ihnen das Geständnis machte.

Mirana brach das Schweigen. »Chessa, jeder hier kennt die Wahrheit. Nachdem dein Vater Hormuze sich mit Sira vermählte und König von Irland wurde – verjüngt und im Besitz seiner Manneskraft –, schickte er im folgenden Winter einen Skalden auf die Habichtsinsel, der uns die unglaubliche Geschichte vom geheimnisvollen Hormuze erzählte, der den König durch Magie in einen jungen Mann verwandelte und ihm eine junge Gemahlin zur Seite gab, die ihm viele Söhne gebären sollte. Alle glaubten die Geschichte. Und alle, die daran zweifelten, erkannten, daß dein Vater ein gerechter und guter König sein würde und bewahrten Schweigen. Dein Vater wollte uns wissen lassen, daß alles seiner Weissagung gemäß eintraf. Wenn ich mich recht erinnere, war Sira damals bereits mit ihrem ersten Sohn schwanger.«

Cleve wandte sich an Merrik. »Ich habe dich nach dieser Geschichte gefragt, und du hast getan, als wüßtest du nichts davon.«

»Richtig. Darüber wurde auch nie gesprochen. Den Göttern sei Dank, daß Kerek und Ragnor nicht anwesend sind. Ich würde Ragnor nicht über den Weg trauen.«

»Stimmt es wirklich«, fragte Cleve, ohne Chessa anzusehen, »daß sie keine Prinzessin ist?«

»Ja«, antwortete Chessa, nachdem sie sich laut geräuspert hatte. »Ich stamme aus jenem weit im Süden gelegenen Land namens Ägypten, dem Land, von dem Laren gestern abend erzählt hat. Mein Vater wollte Mirana zur Frau, weil sie meiner Mutter ähnlich sieht; doch sie war schon mit Rorik verheiratet.« Sie seufzte. »Also nahm er Sira. Papa war davon überzeugt, daß er aus ihr einen besseren Menschen machen könnte. Sie ist machthungrig, habgierig und listig, für einen König sind das ausgezeichnete Eigenschaften, nicht aber für eine Königin.« Jetzt erst hob sie den Blick zu Cleve. »Ich bin keine Prinzessin. Ich bin nicht von königlichem Geblüt, also bin ich für Wilhelm von der Normandie völlig ungeeignet. Mein Vater gab mir sogar einen anderen Namen, damit nichts an Hormuze erinnert, dessen Tochter ich einst war. Damit niemand auf den Gedanken kommt, König Sitric habe eine gewisse Ähnlichkeit mit dem Magier Hormuze.«

»Eine ausgezeichnete Geschichte«, entgegnete Cleve. »Und ich glaube sie. Aber so wie in deinen Adern kein königliches Blut fließt, ist Wilhelm nicht von edler Herkunft. Sein Vater, Herzog Rollo, war nicht von Stand, bis er den Vertrag mit König Karl III. aushandelte. Erst dieses Abkommen hat ihn zum Edelmann gemacht, so wie du zur Prinzessin wurdest, als dein Vater sich die Königskrone aufsetzte. Ich gab Herzog Rollo mein Wort, dich nach Rouen zu bringen. Und ich werde mein Wort halten. Und du bekommst deine Monatsblutung.«

Sie blickte ihn unverwandt an. »Ich werde nur dich heiraten, keinen anderen.«

Cleve ging mit langen Schritten auf das große Eingangstor zu.

»Wohin gehst du?«

Er drehte sich nach ihr um. In ihr loses, schwarzes Haar waren gelbe Bänder geflochten, das safranfarbene Leinenkleid verlieh ihrer Haut einen Goldschimmer. Ihre Augen wirkten grüner denn je. Sie hatte es laut vor allen Leuten ausgesprochen. Sie würde niemand anderen als ihn heiraten. Sie war mehr als närrisch. Sie war blind. Ein Blick in sein Gesicht müßte sie von ihrem Vorhaben abbringen. Irgendwann würde sie aus ihrer Verblendung aufwachen.

»Ich muß nachdenken.« Mit diesen Worten floh er aus dem Haus. Niemand sprach, bis seine Schritte verklungen waren.

Chessa nahm das einsetzende Stimmengewirr nur mit halbem Ohr wahr. Alle redeten durcheinander, jeder hatte eine Meinung, alle wollten ihrem Herzen Luft machen.

Rorik wandte sich an Mirana: »Du hättest ihr sagen müssen, daß sie das nicht tun darf. Einen Mann einfach so für sich zu beanspruchen, noch dazu einen wie Cleve, der keine Ehefrau haben will, was in seinem Fall völlig verständlich ist, nach allem, was ihm angetan wurde.«

»Warum will Papa keine Frau?«

»Ach Liebling«, Laren hob Kiri hoch. »Dein Papa ... also, es ist nicht so, daß er keine Frau will, er ist nur ...«

Sie stockte, und Merrik streichelte Kiris Blondhaar. »Dein Papa ist ein vielbeschäftigter Mann, Kiri. Bald segeln wir nach Schottland, wo er geboren ist. So vieles ist ungeklärt, deshalb denkt er noch nicht daran, sich eine Frau zu nehmen.«

»Warum nicht? Sie könnte ihm helfen, wie Tante Laren dir hilft. Sie könnte ihm sagen, was richtig ist, so wie Tante Lar ...«

»Ich weiß, Kiri«, unterbrach Merrik, der sich das Lachen verbeißen mußte. »Im Augenblick sind die Dinge nur recht schwierig.«

»Kiri hat recht«, meldete sich Chessa zu Wort. »Warum kann er mich nicht heiraten?«

»Chessa«, mahnte Rorik. »Sei still.«

»Nein. Kiri, dein Papa kann mich auf der Stelle haben, noch heute nachmittag, wenn er will. Ich würde deinem Papa helfen herauszufinden, woher er kommt, warum man ihn als kleinen Jungen töten wollte und ihn später wie Tante Laren in die Sklaverei verkaufte.«

»Ich weiß nicht, ob du die Richtige für meinen Papa bist«, sagte Kiri und sah Chessa mit seitlich geneigtem Kopf an. »Du siehst Tante Mirana so ähnlich. Vielleicht will mein Papa keine neue Frau, weil er meine Mama so gern hatte. Vielleicht mag mein Papa dich gar nicht.«

Sie entwand sich Larens Armen und rannte zur Tür.

»Liebling«, rief Laren ihr nach. »Spielt im Hof und bleibt innerhalb der Umzäunung.«

Cleve kehrte am frühen Abend mit der schlafenden Kiri im Arm zurück. »Wir verbrachten den Nachmittag auf dem

Ostfelsen und haben Strandläufer und Austernfischer beobachtet.« Mehr sagte er nicht. Chessa würdigte er keines Blickes. Erst spät am Abend, als alle Vorbereitungen trafen, sich schlafen zu legen, trat er auf sie zu und schaute sie lange schweigend an. Ein Fettfleck zierte ihr Kleid, ihr Haar war aufgelöst, und ihr Gesicht vom Herdfeuer gerötet.

»Schau mir ins Gesicht«, befahl er. »Was siehst du?«

Sie lächelte zu ihm auf, hob langsam die Hand und fuhr mit dem Finger über seinen Mund, seine Nase, glättete seine Augenbrauen. Schließlich glitten ihre Fingerkuppen die gezackte Narbe entlang. »Ich sehe dich«, sagte sie. »Ich sehe den Mann, den ich begehre, den einzigen Mann, den ich je begehren werde. Und wenn ich dich sehe, wird mir leicht ums Herz, und ich möchte lachen und tanzen. Ich möchte dich küssen und dich berühren. Ich sehe den Mann, den die Götter für mich erschaffen haben. Und nun Cleve, schau du mir ins Gesicht. Was siehst du?«

Er berührte sie nicht, wie sie es getan hatte. »Ich habe noch nie Augen von solcher Farbe gesehen. Das Grün wirkt im Fackelschein beinahe schwarz. Deine Augen leuchten geheimnisvoll, als wüßtest du Dinge, die andere nicht wissen. Stimmt das, Chessa?«

»Nein.«

Sie hatte den dringenden Wunsch, ihn zu küssen. Sie hatte Ragnor ein paar Mal geküßt und fand diese Berührung der Lippen seltsam.

»Cleve.« Sie stellte sich auf Zehenspitzen. Ihr Herz pochte so laut, daß er das Hämmern mit Sicherheit hören mußte. Sie legte ihre Hände flach auf seine Brust, spürte die Hitze seines Körpers und den regelmäßigen Schlag seines Herzens.

»Siehst du noch etwas Cleve?«

»Ich sehe eine Frau, die nicht das tut, was man von ihr verlangt.«

»Ist das alles? Seltsame Augen und eine Frau, die sich nicht am Nasenring führen läßt? Ich spüre dein Herz, Cleve. Es schlägt sehr schnell.«

»Wenn du näher kämst, würdest du auch die Härte meines Geschlechts spüren. Das bedeutet nichts, Prinzessin. Ich bin ein Mann, und jeder Mann hat Lust, mit einer ansehnlichen jungen Frau zu schlafen. Mehr ist es nicht.«

Seine Hände umfingen ihre Handgelenke, und er schob sie sanft von sich. »Merrik, seine Männer und ich bringen Ragnor, Kerek und Torric nach York. Das dürfte nicht länger als fünf, höchstens acht Tage dauern, je nach Wetterlage und anderen Unwägbarkeiten, an die ich gar nicht denken mag. Anschließend bringen wir dich nach Rouen. Während unserer Abwesenheit bekommst du deine Monatsblutung. Ich glaube nicht, daß du schwanger bist, weil du Ragnors Kind nicht haben willst. Nein, du bist nur eigensinnig. Du weigerst dich, deinem Vater zu gehorchen und widersetzt dich ihm auf diese Weise. Solltest du dich weigern, Wilhelm zu heiraten, bringe ich dich zu König Sitric zurück.«

»Aber hast du denn nicht gehört? Ich bin keine Prinzessin.«

Er zuckte die Schultern. »Du bist die Tochter des Königs von Irland, folglich bist du eine Prinzessin. Du hättest dein Geständnis getrost in Ragnors Gegenwart machen können. Wir brechen morgen auf. Ich wünsche dir eine gute Nacht, Prinzessin.«

Sie blickte ihm wehmütig nach. Er glaubte, er müsse ihrem Vater und Herzog Rollo gegenüber Wort halten. Aber da war noch mehr. Die Frau, die er einst liebte, hatte versucht, ihn umzubringen. Das machte ihn natürlich mißtrauisch Frauen gegenüber. Sie mußte ihm beweisen, daß er ihr vertrauen konnte, daß er von ihr nie etwas befürchten mußte, und daß sie ihm bis an ihr Lebensende treu war.

Und wenn er sie nicht haben wollte? Aber er hatte sich zweimal vor den Augen aller in rasendem Zorn auf ihren Angreifer gestürzt. Sie mußte ihm die Wahrheit sagen. Sie war nicht nur keine Prinzessin, sie war auch nicht vergewaltigt worden. Sie stellte sich sein Gesicht vor, wenn sie ihm das eröffnete und erkannte, daß sie sich sozusagen ihr eigenes Grab geschaufelt hatte. Vor wenigen Tagen noch war ihr der Einfall glänzend erschienen. Keine Jungfrau zu sein bedeutete, daß Wilhelm sie abwies, und daß sie für Cleve frei wäre, der über ihre Unberührtheit beglückt wäre, wenn sie endlich zueinander fanden.

Nun würde es ganz anders kommen. Wenn er herausfand, daß sie gelogen hatte, würde er sie für ebenso schlecht und verlogen halten wie Sarla, und er würde sie verachten.

Merrik, Cleve und alle zwanzig Männer von Malverne stachen im Morgengrauen in See. Die Männer der Habichtsinsel und alle Frauen versammelten sich zum Abschied auf der Mole. Chessa, Laren und Mirana standen zusammen, als die Männer das Kriegsschiff mit Proviant beluden. Entti reichte Merrik einen großen Lederbeutel mit Bier. »Gib Ragnor nichts davon ab. Es ist für den ersten Abend gedacht, nachdem ihr die drei Kerle losgeworden seid und York den Rücken gekehrt habt.«

Die alte Alna verabschiedete sich von ihrem Schiffsführer Torric, tätschelte seine Hände und krächzte: »Ja, mein hübscher Junge. Du hättest um mich gekämpft. Ich war schöner als all die schnatternden Gänschen.«

Torric entgegnete: »Aber Alna, wenn du je so schön warst, dann hätte mein Großvater um dich gekämpft, und ich wäre vielleicht dein Enkel.«

Sie zog ihm das Ohr lang und krächzte: »Halt das Bein schön gestreckt, dann heilt es schneller. Und nimm diesen Trunk.« Sie reichte ihm ein Fläschchen. »Wenn du nicht fort müßtest, mein hübscher Junge, gäbe ich dir ein zweites Fläschchen mit einem Liebestrank. Ein Schluck davon, und du verliebst dich in deine eigene Großmutter.« Sie konnte sich vor Lachen kaum halten, und Torric warf Merrik einen verzweifelten Blick zu, der nur grinste: »Die alte Alna ist ein Geschenk der Götter, Torric.«

Laren lächelte ihren Gemahl still an. Sie hatte ihn bereits zehnmal ermahnt, Ragnor sorgsam zu bewachen, da sie dem Schurken nicht über den Weg traute. Kerek stellte eine noch größere Gefahr dar, da er von dem Gedanken besessen war, Chessa mit Ragnor verheiraten zu müssen, um das Danelagh zu retten.

Cleve stand ein wenig abseits und redete mit seiner Tochter. Er küßte sie und sagte ihr, sie solle zu ihrer Tante Laren gehen.

Dann gingen die Männer an Bord. Kurze Zeit später war das blauweiß gestreifte viereckige Segel nur noch ein Punkt am Horizont. Die Männer der Habichtsinsel holten ihre Waffen und Gerätschaften und gingen zur Jagd.

»Seht euch die Möwen an«, sagte Mirana. »Sie kämpfen gegen die Windräder. Sie steigen hoch und schießen senkrecht in die Tiefe und machen alle anderen Vögel damit verrückt.«

Chessa schaute sie an, als zweifle sie ihrem Verstand.

»Verzeih, Chessa, ich habe schon als Kind eine Vorliebe für Vögel gehabt. Das heißt nicht, daß ich deine Gefühle nicht respektiere.«

»Du bist keine Prinzessin wie ich«, antwortete Chessa. »Wie kannst du wissen, was ich fühle?«

Mirana lachte. »So gefällst du mir besser. Cleve wird zurückkommen. Und dann werden wir weitersehen.«

Chessa schaute in die Gesichter der Frauen und seufzte. »Da gibt es leider noch etwas.«

Mirana beobachtete aufmerksam zwei Brachvögel, die flink vor einer Brandungswelle flohen. »Ich glaube, ich will es gar nicht hören.«

»Ich bin nicht schwanger.«

»Hattest du deine Monatsblutung?«

»Ja. Aber es kommt noch schlimmer.«

»Was gibt's?« fragte Laren und trat auf die beiden zu.

»Sie hatte ihre Monatsblutung«, erklärte Mirana. »Sie ist nicht von Ragnor schwanger.«

»Darum geht es nicht.«

»Natürlich geht es darum«, wiedersprach Laren. »Wenn du einmal mit Cleve verheiratet bist, mußt du dir keine Sorgen machen, daß du ein Kind von Ragnor bekommst.«

Chessa blickte von Mirana zu Laren und dann zu den anderen Frauen, die in einem Grüppchen in der Nähe standen. Mit einem tiefen Seufzer brachte sie heraus: »Ich bin unberührt. Ich habe gelogen. Ich hoffte, Wilhelm nicht heiraten zu müssen, wenn ich behaupte, nicht mehr unschuldig zu sein. Das war wohl ein Irrtum.«

»Aber das ist doch wunderbar«, sagte Utta, und dann

weiteten sich ihre Augen vor Entsetzen. »Ach du meine Güte«, flüsterte sie.

»Ja, das gibt ein neues Problem«, sagte Entti. »Wenn Cleve weiß, daß du noch Jungfrau bist, bringt er dich nach Rouen und du wirst Wilhelms Braut, eh du weißt, wie dir geschieht. Was meinst du dazu, Amma?«

Die große Frau mit der Kraft eines Mannes blickte nachdenklich in die Ferne. »Ich meine«, sagte sie bedächtig, »du mußt mit Cleve schlafen, sobald er aus York zurück ist.«

Die Frauen standen noch lange auf der Mole zusammen und diskutierten lautstark und heftig. Keiner war nach Scherzen zumute.

»Hört mir alle zu«, sagte Laren schließlich. »Ich habe Chessa von Sarla erzählt, aber nicht alle Einzelheiten. Wenn sie und ihr die ganze Geschichte kennt, wißt ihr, warum Cleve vor ihr davonläuft.«

»Sarla versuchte ihn zu töten«, krächzte die alte Alna und spuckte über die Mole. Als Ältester stand ihr das Recht zu, das Wort an sich zu reißen. Laren nickte ihr zu, fortzufahren. »Soviel weißt du, Chessa. Du weißt aber nicht, daß sie ihn mit Schmeicheleien auf den Rabengipfel lockte und ihn dort verführte. Und als er erschöpft vom Liebesakt dalag, schlug sie ihm einen Felsbrocken über den Schädel und warf ihn in den Abgrund. Die Götter retteten ihn, denn er landete auf einem Felsvorsprung. Larens kleiner Buder Taby war Zeuge dieses Verbrechens. Sarla drohte ihm, Laren und Merrik zu töten, wenn er einer Menschenseele erzählte, was er gesehen hatte. Taby überwand seine Angst und gestand Merrik, was er gesehen hatte, und Cleve konnte in letzter Sekunde gerettet werden. Das reicht, um einem Mann bei dem Gedanken an eine Frau die Eingeweide zu einem Knoten zu verschnüren. Ich habe mir sagen lassen, neben seinem Lager brennt immer eine Öllampe, wenn er eine Frau beschläft. Wenn er sich erleichtert hat, schickt er sie weg und schläft allein. Er traut keiner Frau mehr über den Weg.«

»Woher weißt du das alles, Alna?« fragte Laren. »Du warst auf der Habichtsinsel, als es passierte, weit weg von Norwegen.«

»Ich gab deinem Gemahl ein Tränklein, das ihm die Zunge löste. Er erzählte mir alles und lächelte die ganze Zeit dabei. Er sagte mir sogar, wie schön ich aussehe.«

»Ich glaube ihr«, sagte Laren zu Mirana. »Bis auf den letzten Satz.«

»Das wußte ich alles, nur die Einzelheiten nicht, wie Alna sagte«, meinte Chessa ungeduldig. »Sarla war doch nur eine einzelne Frau. Cleve ist ein kluger Mann; er würde nicht alle Frauen über einen Kamm scheren.«

»Ja, das stimmt«, nickte Laren. »Aber du mußt verstehen, Chessa. Sie war die erste Frau, die Cleve als freier Mann kannte. Er vertraute ihr. Er liebte sie. Und sie versuchte, ihn zu töten.«

»Aber Chessa ist anders«, warf Mirana ein. »Ich kann nicht glauben, daß Cleve so blind ist, um das nicht zu erkennen.«

»Männer«, stieß Amma verächtlich hervor. »Sogar mein wunderbarer Sculla verliert manchmal den Verstand. Genauso ergeht es Cleve. Er denkt, alle Frauen seien wie Sarla. Und außerdem hat er sich eingeredet, er sei häßlich, seine Narbe entstelle ihn vollkommen. Es wird schwer sein, ihn vom Gegenteil zu überzeugen. Außerdem glaubt er, er müsse Chessa an Herzog Rollo ausliefern, um sein heiliges Ehrenwort zu halten.«

»Männer und ihr heiliges Ehrenwort«, sagte Mirana verächtlich. »Wieviele grausame Kriege wurden wegen eines Ehrenwortes geführt.«

Chessa sagte nachdenklich: »Meinem Vater liegt mein Glück mehr am Herzen. Er wünscht auch das Bündnis mit der Normandie, daran gibt es keinen Zweifel. Aber er könnte doch einen von mir unabhängigen Vertrag mit Herzog Rollo schließen. Wie kann ich Cleve beibringen, daß mein Vater ihn nicht verflucht, wenn er mich zur Frau nimmt? Sein Vater ist schließlich der Herr von Kinloch.«

Gegen Ende der Woche wurden die Frauen unruhig. Die Männer redeten mit aufreizender Zuversicht vom Wetter. Ein Sturm sei schuld an der Verspätung und habe das Boot vermutlich vom Kurs abgebracht. Warum aber hatte der

Sturm die Insel nicht erreicht? Wieder verging ein Tag. Nach einer köstlichen Abendmahlzeit aus gebratenem Bärenfleisch mit Wacholderbeeren gewürzt, sagte Mirana: »Da stimmt etwas nicht. Ich spüre es.«

Rorik nahm ihr die kleine Aglita ab: »Wir geben ihnen noch zwei Tage. Wenn sie dann nicht zurück sind, werden wir nach York fahren und herausfinden, was passiert ist.«

Alle waren dankbar für diese Entscheidung, noch zumal Kiri an diesem Morgen aufgehört hatte zu essen und nicht mehr mit den anderen Kindern spielte. Sie war nur noch ein Häufchen Elend. Chessa war sehr besorgt.

»So reagiert sie immer, wenn ihr Vater Malverne verläßt«, erklärte Laren. »Er kann eine Woche zur Jagd oder auf Handelsfahrt fortbleiben, aber nicht länger. Seit er Herzog Rollos Gesandter ist, sagt er ihr auf den Tag genau, wie lange er wegbleibt. Einige Male verspätete er sich, und die Kleine war bei seiner Ankunft in Malverne bleich und abgemagert, lustlos und schwach. Wir machten uns jedesmal große Sorgen. Niemand konnte ihr helfen, obwohl wir alles versucht haben.

Einmal sagte er ihr, er komme am achten Tag zurück, und sie zählte die Tage. Bei ihren Spielsachen bewahrt sie Holzstöckchen auf. Als sie das achte Stöckchen beiseite gelegt hatte, und er nicht zurückkam, verfiel sie in tiefe Trauer. Ich versuchte sie zu trösten, doch sie war davon überzeugt, daß er nie wieder zurückkommen würde. Ich nahm heimlich ein Stöckchen weg, doch sie bemerkte es und legte es wieder dazu.«

»Du wirst dich gewundert haben, warum er die Kleine auf Reisen mitnimmt. Die Fahrt nach Schottland ist kein ungefährliches Unternehmen. Keiner von uns würde ein Kind mitnehmen. Aber Kiri würde sterben, wenn er sie zurückließe. Niemand von uns weiß, wie wir sie trösten können.«

»Was hat Sarla noch getan, Laren, außer daß sie versucht hat, Cleve umzubringen?«

»Sie blieb bis nach Kiris Geburt in Malverne. Danach beabsichtigte Merrik, sie auf den Hof ihrer Eltern im Bergental zurückzubringen. Ihr Vater schickte ein Dutzend Männer zu ihrer Begleitung. Sarla wollte Cleve das Kind nicht überlassen und raubte es. Als Cleve sie verfolgte, schrie sie, er wolle sie und ihr Kind umbringen, weil er sie hasse und beschwor die Männer, sie zu beschützen. Plötzlich rannte sie mit Kiri los und drohte, sich von einem Felsen zu stürzen. Cleve gelang es im letzten Augenblick, das Kind an sich zu reißen, bevor Sarla sich in den Tod stürzte. Es war eine furchtbare Tragödie. Nach Sarlas Tod hofften wir alle, daß er irgendwann darüber hinwegkommen würde. Er liebt Kiri über alles. Sollte etwas in York schiefgegangen sein, wird er alles daransetzen, um zurückzukommen, da er weiß, daß Kiri ohne ihn stirbt.«

Chessa blickte zu dem kleinen Mädchen hinüber, das neben Erna am Webstuhl saß. Erna mit ihrem verkümmerten linken Arm redete auf das Kind ein, lachte und scherzte mit ihr, als bemerke sie nicht, daß Kiri ihr keine Antwort gab und überhaupt nicht reagierte. Auch Gunleik, Ernas Ehemann, bemühte sich redlich, das Interesse des Kindes zu wecken. Er schnitzte ein Messer für sie, das sie wortlos entgegennahm. Die Frauen schmeichelten ihr, steckten ihr Leckereien zu, die sie aber kopfschüttelnd ablehnte. Die Männer schaukelten sie auf den Knien und erzählten ihr Geschichten. Kerzog zupfte sie am Rock und versuchte sie zum Herd zu ziehen. Nichts hatte Erfolg.

Ein weiterer Tag verging ohne ein Zeichen von Merriks Kriegsschiff. Die Abfahrt nach York war für den nächsten Tag geplant. Spät nachts wütete jedoch ein starkes Unwetter, und so war kein Drandenken, die Reise am Morgen anzutreten.

Kiri hielt den Blick starr auf den gestampften Lehmboden gesenkt. Sie nahm eines ihrer Holzstäbchen und zerbrach es in kleine Stücke.

Am nächsten Abend hatte Chessa genug. Sie ging in die Kammer, in der zehn Kinder wie die Heringe aneinander geschmiegt in einem Bett schliefen, und zog Kiri heraus, worauf die anderen die entstehende Lücke sofort schlossen. Sie trug das schlafende Kind in den großen Raum, legte sich mit ihr auf ihr Lager und breitete die große Decke über beide.

Mitten in der Nacht spürte Chessa im Halbschlaf einen großen, warmen Körper, der sich an ihren Rücken schmiegte. Sie erstarrte, doch dann schlabberte ihr eine große Zunge ins

Gesicht. Sie seufzte erleichtert. Kerzog hatte es sich bei ihr gemütlich gemacht.

»Warum bin ich bei dir, Chessa?«

Sie öffnete die Augen. Es wurde gerade langsam hell. Noch schliefen alle.

»Ich finde, du hast jetzt genug gehungert. Alle sind halb wahnsinnig vor Sorgen um dich. So kann das nicht weitergehen. Ich habe beschlossen, daß du mich von nun an als deinen zweiten Vater betrachtest. Immer wenn dein Papa nicht bei dir sein kann, bin ich bei dir. Heute ißt du Uttas Haferbrei. Danach machen wir beide einen Spaziergang. Wir spielen Fangen, und ich werde dir ein Lied beibringen, das die Bauern in Irland singen. Es handelt von einem Schwein, das seinem Herrn das Leben gerettet hat und deshalb bei ihm in der Kammer schlafen durfte. Wir nehmen uns etwas zu essen mit und lassen es uns an der Ostklippe schmecken.«

»Du bist nicht mein Papa. Du bist ein Mädchen.«

»Das macht nichts. Du kannst mich trotzdem Papa nennen, wenn du willst.«

Das kleine Mädchen versuchte, sich ihr zu entziehen, aber Chessa hielt sie an sich gedrückt. Sie war so erschreckend mager, und ihr goldblondes Haar hatte jeden Glanz verloren. Chessa stand Todesängste um das Kind aus. Sie durfte gar nicht daran denken, wie Cleve zumute war. Sie flehte zu den Göttern, daß er noch am Leben war.

»Ich will dich nicht zum Papa haben.«

»Doch, du willst. Ich sage dir noch etwas, Kiri. Wenn dein Papa nach dem Sturm nicht zurückkommt, werden wir zwei die Männer nach York begleiten. Da ich dein zweiter Papa bin, werde ich mit Onkel Rorik darüber sprechen, er wird ja sagen, aber nur ...«

»Nur was?«

»Nur wenn du tust, was ich dir sage.«

»Mein Papa gibt mir nie Befehle.«

»Doch das tut er. Du merkst es bloß nicht. Höchste Zeit, daß du einen zweiten Papa bekommst, der die Dinge tut, die dein erster Papa nicht tut.«

»Muß ich?«

»Ja. Und nun leg dich wieder neben mich. Ich erzähle dir eine Gesichte von einem kleinen Mädchen, das mit einer Stiefmutter aufwuchs, die ebenso schön wie böse war. Die Stiefmutter hieß Sira und das kleine Mädchen war ich.«

»Papa fühlt sich nicht so weich an wie du. Du siehst nicht aus wie ein Papa, nicht einmal wie ein zweiter Papa.«

»Das kommt nur daher, weil du dich noch nicht daran gewöhnt hast.«

## KAPITEL 12

Die Wellen klatschten gegen die Bootswand. Die Nacht war stockfinster, die Luft regenschwer. Mond und Sterne hielten sich hinter schweren Wolken verborgen.

Hafter brummte: »Hoffentlich setzt der Sturm erst ein, wenn wir die Sache hinter uns haben.«

Gunleik hatte das Kriegsschiff dem Hafen von York so geschickt genähert, daß keine der Wachen aufmerksam geworden war.

Die Besatzung flehte in stummen Gebeten, daß ihre Freunde aus Malverne noch am Leben waren. Die erfahrenen Krieger wußten freilich, daß ihre Gebete vermutlich unerhört blieben. Ein Krieger kämpft solange, bis er zu erschöpft ist, um sein Schwert zu heben. Dann zieht er das Messer und kämpft bis zum letzten Blutstropfen weiter. Keiner sprach es aus, doch kaum einer glaubte, daß die Freunde noch lebten. Was mochte aus Merrik und Cleve geworden sein? Rorik schwieg sich auch darüber aus und ging stur seiner Arbeit nach, mit gesenktem Kopf und verschlossener Miene.

Gunleik steuerte das Schiff langsam nordwärts. Im Hafen lagen etwa drei Dutzend Handels- und Kriegsschiffe an den Molen vertäut, und die Masten ragten leise schwankend gespenstisch in den Nachthimmel. Eine halbe Meile nördlich zogen sie das Schiff an einen steinigen Küstenstreifen, der mit Treibholz und Felsbrocken übersät war. Nirgends war das Licht einer Ansiedlung zu sehen.

Sie versteckten das Schiff unter dicht belaubten Eichen- und Ahornästen. Dann flüsterte Rorik: »Kiri, du bleibst immer dicht bei deinem zweiten Papa. Ich würde dich gerne hier lassen, aber es ist zu gefährlich. Bei den Göttern, das ganze Unternehmen ist gefährlich.« Er war sehr beunruhigt, aber es gab keine andere Lösung. Chessa, die geschickt mit dem Messer umzugehen wußte, hatte unter ihrem Wollumhang zwei Dolche im Ledergürtel stecken.

Das Kind ließ sich von Chessa bei der Hand nehmen.

Rorik ging kopfschüttelnd neben Hafter her und murrte: »Wir sind Wikinger und Krieger, machen uns nach York auf, um unsere Freunde zu suchen und nehmen eine Frau und ein kleines Mädchen mit.«

Hafter hob die Schultern. »Hör auf mit der alten Leier, Rorik. Das führt zu nichts. Die Kleine wäre verhungert, wenn wir sie nicht mitgenommen hätten.«

»Behauptet Chessa«, brummte Rorik. Allerdings hatte Kiri auf der drei Tage dauernden Fahrt nach York brav gegessen. Schon bevor sie losgefahren waren, hatte sie die Nahrung nicht mehr verweigert. »Weil sie weiß, daß sie Cleve bald wiedersehen wird«, hatte Chessa erklärt und Rorik dabei fest in die Augen gesehen. »Hätten wir sie auf der Habichtsinsel zurückgelassen, würde sie sterben. Bei uns hat sie eine bessere Überlebenschance.«

Rorik war beeindruckt von dieser Frau, die so dreist und überzeugend lügen konnte. Zweiundzwanzig Krieger, Chessa und Kiri waren nach York aufgebrochen. Die Männer, bewaffnet mit Schwertern, Messern und Streitäxten, hielten ihre Schilde an der Seite und trugen Helme auf dem Kopf. Sie waren sich ihres furchterregenden Aussehens bewußt, wenn sie plötzlich aus dem Dunkel der Nacht oder aus einer Nebelbank auftauchten, mit gezückten Schwertern wilde Schreie ausstoßend und die grimmigen Gesichter unter Helmen verborgen.

Nun schlichen sie lautlos durch die Nacht. Gunleik hatte zehn Jahre als Leibwächter von König Guntrum, dem Bruder des jetzigen Königs Olric in York gedient. Er wußte, wo die Gefangenen untergebracht waren und hoffte inständig, daß sich daran nichts geändert hatte. Vier Stunden bis zum Morgengrauen. Genügend Zeit, um Merrik und seine Kameraden zu finden, genügend Zeit auch, um zu fliehen – oder um festzustellen, ob die Freunde abgeschlachtet waren, um dann erbitterte Rache zu nehmen.

Sie gingen einer hinter dem anderen, immer ausreichend Abstand haltend, und umrundeten die Stadt weitläufig, in deren engen, stinkenden Gassen es vor Gesindel wimmelte. Der Königspalast stand auf einem Hügel landeinwärts, und dahinter befanden sich die Baracken der Wachen und die Gefängnishütte. Das unbemerkte Anschleichen wurde immer schwieriger.

Gunleik hatte die Männer von den Standorten der Wachen unterrichtet. Sie schlichen sich von hinten um den Hügel des Palastes an, hinter jedem Baum Deckung suchend. Vier Wachtposten wurden lautlos ausgeschaltet. Schließlich rannten sie in gebückter Haltung auf die ebenerdigen Holzbaracken zu, in denen die Soldaten untergebracht waren. An deren Ende, inmitten von Schmutz und Abfall, befand sich ein weiterer Holzbau. Die Männer flehten zu Thor, die Kameraden in dieser Hütte vorzufinden, doch zweifelten sie, daß Thor ihre Gebete erhörte.

Nicht mehr als zwanzig Wachen hielten sich an den Toren zum Palast auf oder lungerten vor den Baracken herum, keine Patrouille war unterwegs. Die Soldaten standen gelangweilt herum, manche schienen im Stehen zu schlafen.

Die Männer der Habichtsinsel stürzten sich jeder auf einen Wachtposten. Nach kurzer Zeit lagen die Soldaten leblos im Matsch.

Gunleik winkte den Männern, ihm zu folgen. Vor der Gefängnisbaracke hockten ein halbes Dutzend Soldaten, die leise miteinander redeten.

Einer von ihnen konnte gerade noch einen Warnruf ausstoßen, bevor Hafter ihm die Kehle durchschnitt. Die Angreifer standen wie angewurzelt und warteten darauf, daß weitere Soldaten aus den Baracken stürmten, doch nichts geschah.

Rorik versuchte, die Tür zu öffnen. Sie war verriegelt.

Sculla, dessen Arme so dick wie die Äste einer alten Eiche waren, spaltete das Holz mit einem Axthieb.

»Wir brauchen Licht«, raunte Rorik Aslak zu, der auf die kleine noch nicht erloschene Feuerstelle zukroch und den Docht einer Öllampe daran entfachte. Ein schwacher Lichtschein erhellte die Baracke. Chessa hätte vor Erleichterung beinahe aufgeschrien. Alle Männer waren da, alle lebten. Und im nächsten Moment hätte sie beinahe vor Zorn losgebrüllt.

Die völlig ausgezehrten Männer waren mit dicken Stricken an riesige Holzblöcke gebunden, sie waren zerlumpt und verdreckt. Der Gestank in der Baracke war überwältigend.

»Papa!«

Chessa hielt Kiri schnell die Hand vor den Mund und raunte ihr ins Ohr: »Still, Kiri. Das ist gefährlich. Wir wollen deinen ersten Papa befreien, aber nicht selber gefangen werden. Du darfst keinen Laut von dir geben.«

»Aber Papa ...«

»Ich weiß«, antwortete Chessa mit belegter Stimme, denn der Zorn schnürte ihr die Kehle zu. Sie nahm Kiri auf den Arm und rannte zu Cleve, der sie wie ein Gespenst anstarrte. Trotz der Dunkelheit glaubte sie, Angst in seinen Augen zu lesen.

Die Männer wechselten ein paar Worte im Flüsterton, die Wiedersehensfreude schien ihnen neue Kräfte zu verleihen. Chessa fiel neben Cleve auf die Knie, zog ihr Messer und begann, an dem dicken Strick zu säbeln, mit dem er an dem Holzblock gefesselt war.

»Bei allen Göttern«, raunte er heiser. »Bist du es wirklich, Kiri, Liebling?«

»Ja, Papa. Ich komme, um dich zu befreien.«

Er lachte hohl, und woher dieses Lachen kam, wußte er selbst nicht zu sagen. Er wagte nicht, Kiri zu umarmen, weil er so verdreckt war. Er war völlig benommen, glaubte zu träumen. Zu oft hatte er die Befreiung ersehnt. Aber warum hatte Rorik Chessa und Kiri auf diese gefährliche Mission mitgenommen? Er blickte seine Tochter kopfschüttelnd an. Nein, es war kein Traum. Und ihm wurde klar, daß sie verhungert wäre, wenn Rorik sie zurückgelassen hätte. Der arme Rorik. »Beeil dich«, flüsterte er Chessa zu.

Gunleik kniete neben ihr nieder, setzte sein Messer an, und mit vereinten Kräften war Cleve bald frei.

»Kannst du stehen?« fragte Gunleik.

Cleve schob sich mit dem Rücken an der Holzwand nach oben, bis er endlich auf wackeligen Beinen stand.

»Hast du dich wieder halb zu Tode gehungert?« raunte er seiner Tochter zu.

Sie hob ihm schweigend ihr ernstes Gesicht entgegen. Erstaunlicherweise sah sie gar nicht ausgehungert aus.

Chessa reichte ihm einen Beutel Wasser. Er trank in tiefen Schlucken, bis der Beutel leer war. Dann reichte sie ihm einen Streifen Trockenfleisch, den er gierig verschlang. Er war noch nie so hungrig gewesen. Vor Jahren, als er noch ein kleiner Junge war und seinem Herrn einen Becher Wein nicht schnell genug brachte, hatte man ihn auch hungern lassen. Er setzte einen zweiten Wasserbeutel an. Chessa gab ihm noch einen Streifen Trockenfleisch.

Sie schaute sich um. Die Männer aßen und tranken gierig. Sie waren zu schwach, um alleine gehen zu können. Jeder von Roriks Männern mußte einen Gefangenen stützen oder tragen. Sie entdeckte Merrik. Wäre er nicht mehr am Leben, hätte Rorik die Stadt York dem Erdboden gleichgemacht.

Keine Woche länger, und alle wären verhungert. Sie verspürte große Lust, Ragnor zu töten. Und Kerek. Sogar Torric, den Schiffsführer.

»Warum knurrst du, Papa? Du klingst sehr wütend.«

»Ich knurre nicht. Ich kaue nur an diesem köstlichen Fleisch.«

»Nein, nicht du Papa. Mein zweiter Papa ist sehr wütend.«

Cleve hatte keine Ahnung, wovon Kiri redete. Vielleicht war er schon dem Wahnsinn nahe. Die Tage und Nächte waren in endloser Finsternis ineinander geflossen. Die von Hunger und Durst gequälten Männer hatten auf den Tod als Erlösung gewartet. Als Kerek Essen und Wasser brachte, hatten sie geglaubt, er wolle ihre Qualen nur noch steigern, um die Stunde ihres Todes hinauszögern. Aber er war immer wieder gekommen; nicht oft genug, aber er hatte sie vor dem Verhungern gerettet. Dennoch faßten die Männer kein Vertrauen zu ihm. Er war Teil von Ragnors bösem Spiel und von seiner niederträchtigen Grausamkeit. Alle wußten, daß sie sterben mußten. Nur Merrik wiederholte unermüdlich: »Rorik holt uns hier raus.« Und nun war Rorik tatsächlich gekommen.

Jeder der Befreier half einem Gefangenen. Vorsichtig schlichen sie aus der Gefängnisbaracke, gebückt und lautlos. Cleve sog die frische Nachtluft tief in seine Lungen. »Wir haben alle schon aufgegeben«, flüsterte er. »Nur Merrik glaubte an unsere Rettung. Danke.«

Gunleik grinste. »Noch haben wir es nicht geschafft, Cleve. Spar dir deine Dankesworte, bis unser Schiff dieses verdammte Danelagh hinter sich hat.«

Es geschah blitzschnell. Plötzlich tauchten zwei Männer aus dem Dunkel auf. Einer packte Chessa, der zweite griff sich Kiri und hielt die Kleine vor sich, die Hände um ihren Hals gelegt. Er schrie: »Keine Bewegung! Sonst dreh ich der Kleinen den Hals um.«

Cleve starrte in hilflosem Entsetzen auf seine Tochter. Jemand hatte von ihrer Flucht gewußt. Aber warum Kiri? Warum Chessa? Wo waren die anderen bewaffneten Soldaten, um die Männer zu töten?

Als der Kerl sich auf Chessa stürzte, war sie einen Moment ebenso gelähmt vor Schreck wie die Männer. Im nächsten Augenblick umfing ihre Hand den Griff des Messers, ohne es aus der Scheide zu ziehen. Ohne einen Laut von sich zu geben sackte sie leblos in sich zusammen.

»Sie hat das Bewußtsein verloren«, brummte der Mann und versuchte, sie auf die Beine zu ziehen.

»Schau sie dir genau an, Erek. Sie soll ein ganz durchtriebenes Luder sein. Ich denke nicht ...«

Mitten im Satz wurde er von Ereks Schrei unterbrochen. Chessa hatte ihm einen gezielten Faustschlag an den Hals versetzt. Sein Griff löste sich, er sackte in die Knie, und seine Hände griffen an den Hals. Blitzschnell hatte sie das Messer gezogen, packte Erek an den Haaren, riß ihm den Kopf zurück und hielt ihm die Schneide an den Kehlkopf. Mit ruhiger Stimme befahl sie: »Sag ihm, er soll das Kind loslassen, oder du bist ein toter Mann.« Sie drückte ihm die Schneide ein wenig ins Fleisch, nur so tief, daß er die Nässe seines Blutes spüren konnte.

»Laß das Kind los, Olaf! Ich will nicht sterben.«

»Laß sie los!« Cleve trat drohend einen Schritt näher. »Gib mir das Kind.«

»Verzeih, Cleve, aber ich muß sie behalten, wenigstens noch eine Weile.« Es war Kerek, der aus dem Schatten trat.

Die Männer waren wie Sklaven über eine Woche in Ketten gelegen und nun saßen sie wieder in der Falle und mußten dem Geschehen hilflos zusehen. Langsam bildeten sie einen Kreis.

»Kerek«, rief Rorik. »Was soll das?«

»Du hast uns Essen und Wasser gebracht«, sagte Merrik. Du hast uns am Leben erhalten. Warum, elender Hund? Was hat das zu bedeuten? Spielst du nur den Handlanger in Ragnors grausamen Spielen?«

Kerek hob beschwichtigend die Hand und wandte sich an Chessa. »Wenn Ihr freiwillig mit mir kommt, Prinzessin, wird Olaf das Kind seinem Vater aushändigen. Es ist ein einfacher Tausch.«

»Papa.«

»Schon gut, Liebling. Sei still.«

»Er soll mich loslassen, Papa.«

»Gleich, mein Schatz.« Cleve blickte zu Chessa. Ihr Gesicht leuchtete sehr bleich im Schein des ersten Morgengrauens, und ihre Hand umklammerte immer noch den Griff des Messers. Kerek hatte beinahe ehrfürchtig von Chessa gesprochen, von ihrer Kraft, ihrem Willen, der großen Zukunft, die sie dem Danelagh bescheren würde.

Cleve wandte sich an Kerek. »Du wolltest, daß es so kommt, soviel ist klar. Aber du konntest nicht wissen, daß Chessa Kiri mitbringt. Gib mir eine Erklärung, Kerek.«

»Auf unserer Fahrt nach York schmiedeten Torric und ich einen Plan. Torric unterrichtete König Olric von unserem Vorhaben, dich zu betäuben. Ich habe euch am Leben gelassen, da ich euch trotz aller Widrigkeiten als Freunde betrachte. Ragnor vergißt, daß du uns das Leben gerettet hast, Rorik. Ich habe es nie vergessen. Der König schickte eine Abordnung seiner Männer zur Habichtsinsel mit einem Angebot, wonach alle Gefangenen im Austausch für die Prinzessin freigelassen werden.«

»Es ist nie eine Abordnung des Königs auf der Habichtsinsel angekommen«, entgegnete Rorik.

Kerek hob die Schultern. »Anscheinend haben sie die Insel verfehlt, obwohl sie genaue Anweisungen von Torric hatten.«

»Der Sturm«, sagte Rorik gedehnt. »Ein furchtbares Unwetter, das fast vier Tage dauerte. Vermutlich sind sie gekentert und ertrunken.«

»Daran habe ich auch gedacht. Oder sie sind vom Kurs abgekommen. Ich wußte aber auch, daß du kommen würdest, um Merrik zu befreien. Ragnor wollte alle Gefangenen umbringen, hätte sein Vater es ihm nicht untersagt. Ich ließ Posten aufstellen, die auf euch warteten. Und ihr seid gekommen, Rorik. Einer meiner Männer gab mir Bescheid. Ich konnte mein Glück kaum fassen, als ich die Prinzessin und das kleine Mädchen sah und wußte, daß die Götter meinen Plan gutheißen. Die Götter segnen mein Vorhaben zur Rettung des Danelagh. Sie führten mir die Prinzessin und das kleine Mädchen zu.«

»Du bist wahnsinnig, Kerek«, stieß Cleve hervor. »Chessa ist eine einfache Frau, mehr nicht. Du machst dir ein falsches Bild von ihr.«

Kerek schüttelte lächelnd den Kopf. »Es tut mir leid, wenn du sie liebst, Cleve. Doch sie ist zu Höherem bestimmt. Prinzessin, kommt zu mir und Kiri kann zu ihrem Vater.«

Merrik lachte bitter. »Chessa bleib, wo du bist. Kerek wird Kiri nicht töten. Das ist alles nur ein schlechter Scherz. Das Spiel kannst du nicht gewinnen, Kerek.«

»Ich habe bereits gewonnen«, entgegnete Kerek seelenruhig. Hafter trat einen Schritt vor. Der Kreis wurde enger. »Halt! Stehenbleiben! Keine Bewegung! Sonst stirbt das Kind. Ihr zwingt mich, das Mädchen zu töten. Es hängt alles von der Prinzessin ab. Kommt Ihr zu mir, Prinzessin? Erst dann läßt Olaf die Kleine zu ihrem Vater.«

»Wenn sie stirbt, bist du ein toter Mann, Kerek.«

»Das weiß ich, Cleve. Und es kümmert mich nicht. Alles, was ich will, ist die Prinzessin. Ich muß sie haben.«

»Abgemacht«, sagte Chessa, die das scharfe Messer immer noch gegen Ereks Kehle drückte. »Ich stimme dem Tausch zu.«

»Chessa«, entfuhr es Cleve dumpf. »Ich kann dich nicht für Kiri eintauschen.«

»Ich weiß«, sagte sie. »Es ist meine Entscheidung.«

Kerek lächelte ihr zu und wandte sich an Olaf: »Laß die Kleine zu ihrem Vater.«

»Aber die Frau drückt Erek immer noch das Messer an die Kehle.«

»Sie gibt ihn frei, sobald das Mädchen in Sicherheit ist. Tu, was ich dir sage!«

Olaf war völlig verdattert, ließ aber Kiri los. Die Kleine stand einen Moment reglos da, blickte unschlüssig von Cleve zu Chessa.

»Geh, Kiri, geh zu deinem Papa! Ich komm schon zurecht. Geh!«

»Aber du hast mir selbst gesagt, ein Papa ist nicht genug ...«

»Ich weiß, Liebling. Aber die Dinge haben sich geändert. Dein Papa paßt gut auf dich auf. Geh jetzt.«

Cleve ließ Chessa nicht aus den Augen, als Kiri in seine Arme flog. Er hielt seine Tochter an sich gedrückt, doch sein Blick war weiterhin an Chessas bleiches, gefaßtes Gesicht geheftet. Langsam ließ sie das Messer sinken und trat einen Schritt zurück. Dann händigte sie die Waffe mit dem Griff zuerst an Kerek aus.

»Danke, Prinzessin«, sagte Kerek und wandte sich an die Männer. »Merrik, Cleve, ich bedauere, daß Ragnor nicht auf mich gehört und euch gequält hat. Doch jetzt seid ihr frei und könnt in die Heimat zurückkehren und euer Leben wie gewohnt fortführen. Cleve, du wirst Herzog Rollo von der Vermählung der Prinzessin mit dem Thronfolger des Danelagh in Kenntnis setzen. Merrik, den *Silberraben* findest du an der letzten Mole vertäut. Meine Männer holten das Boot aus seinem Versteck, sobald ich von Roriks Ankunft erfuhr. Es ist euer Schiff, auch wenn Ragnor es für sich beansprucht. Ihr findet Proviant und saubere Kleidung im Lagerraum.«

Kerek winkte seine beiden Gefolgsleute zu sich, wandte sich um und verschwand mit Chessa an seiner Seite unter den Bäumen.

Cleve achtete nicht auf die Warnungen der Freunde und wollte ihnen nach. »Nein, Cleve, noch nicht!» Merriks Worte hielten ihn zurück.

»Aber es muß einen Weg geben, sie zu befreien.«

»Wir finden eine Lösung«, beschwichtigte Hafter. »Merrik hat recht. Es ist der falsche Zeitpunkt. Ihr müßt erst wieder zu Kräften kommen. Es bedarf eines wohlüberlegten Planes. Wir holen sie zurück, Cleve.«

Gunleik legte seine große Hand auf Cleves Schulter. »Sie hat getan, was sie tun mußte. Sie ist Mirana sehr ähnlich. Sie paßt auf sich auf.«

Doch Cleve fragte sich wie. Sie neigte dazu, unüberlegt zu reden. Sie haßte und verachtete Ragnor und würde nicht zögern, ihm das ins Gesicht zu schleudern. Wenn der König sie nicht schützte, würde Ragnor sie umbringen. Cleve hatte Todesangst und unbeschreibliche Schuldgefühle.

Außerdem verspürte er einen namenlosen Verlust. Leere und eisige Kälte breiteten sich in seinem Innern aus. Kerek hatte ihn bedauert, weil er sie liebte. Wie lächerlich. Er hatte sich einmal zum Narren gemacht, als er Sarla glaubte. Immerhin hatte er ihr Kiri zu verdanken. Keine Frau würde es je schaffen, ihn an der Wahrheit zweifeln zu lassen. Sein Gesicht war entstellt, er hatte so gut wie keinen Besitz vorzuweisen. Was Chessa von ihm wollte, war ihm unerklärlich. Nein, sie konnte ihn nicht lieben. Das wußte er so sicher, wie er sich Sarlas Haß bewußt war.

Cleve ging in die Hocke und betrachtete seine Tochter forschend. »Diesmal bist du wohl nicht in Hungerstreik getreten.«

»Du bist an dem Tag nicht gekommen, an dem ich das achte Stäbchen zu den anderen legte.«

»Du weißt, daß ich verhindert war. Du darfst mich nicht für tot halten, wenn ich mich um ein paar Tage verspäte.«

Sie nickte. »Das hat Papa auch gesagt.«

»Ja, das hab ich eben gesagt. Wir sprechen später darüber. Jetzt müssen wir schleunigst von hier wegkommen. Hafter, bitte trag sie. Ich bin zu verdreckt.«

Auf dem Rückweg am Meer entlang sagte Cleve: »Ich darf Chessa nicht hier lassen. Sie hat sich für Kiri geopfert. Ich muß mir eine Lösung ausdenken, wie ich sie zurückhole.«

»Ja«, sagte Rorik über die Schulter. »Hör auf, dir Vorwürfe zu machen, Cleve. Wir holen sie zurück.«

»Ich bring' den räudigen Hund um«, versicherte Merrik zähneknirschend. »Aber zuvor brauche ich ein Bad und eine Menge zu essen, damit ich wieder Fleisch auf die Rippen kriege.«

Gunleik mischte sich ein: »Ich habe euch gesagt, sie ist wie Mirana. Stark und eigensinnig. Und sie ist listig, genau wie Mirana.«

»Wie oft hast du schon geflucht, Mirana trage Schuld an deinen grauen Haaren,« schmunzelte Rorik.

»Das stimmt. Und dir verschafft sie auch graue Haare.«

Cleve hörte den Männern zu. Die Leere in seinem Innern wuchs.

An diesem Abend schlugen die Männer ihr Lager an einem schmalen, felsigen Meereseinschnitt auf. Sie waren gewaschen, sauber gekleidet und konnten nicht aufhören zu essen.

Zu Cleves Erstaunen verweigerte Kiri die Nahrung. Er hielt ihr ein saftiges Stück gebratenen Fasan hin. Sie schüttelte den Kopf.

»Was ist los? Ich bin wieder bei dir. Mir ist nichts geschehen. Ich bin hier. Iß.«

»Papa ist nicht da.«

»Was redest du da, Kiri?«

Rorik setzte sich neben Kiri und zog sie auf seinen Schoß. Das Feuer verströmte eine wohltuende Wärme, und der Duft des Fasans war köstlicher als der Kuß einer Jungfrau, wie Hafter schmatzend feststellte.

»Ich versteh' das nicht«, sagte Cleve. »Kiri ist wohlgenährt. Wie habt ihr sie dazu gekriegt, wieder zu essen, nachdem sie am achten Tag die Nahrung verweigerte?«

»Also die Sache ist die, Cleve«, fing Rorik an. »Kiri hat jetzt nämlich zwei Papas.«

»Was?«

»Keiner von uns konnte sie überreden, etwas zu essen. Sie magerte ab, lachte nicht mehr, redete kaum noch. Wir haben alles versucht.«

»Ja«, setzte Gunleik hinzu. »Ich habe ein Messer für sie geschnitzt, aber sie hat es nicht mal angeschaut.«

»Schließlich konnte Chessa das Elend nicht länger mitansehen. Sie eröffnete Kiri, sie sei ihr zweiter Papa, wenn du nicht da bist. Ich weiß nicht, was sie ihr noch alles einredete, jedenfalls aß Kiri am nächsten Morgen eine ganze Schüssel von Uttas Haferbrei.«

Rorik seufzte. »Ich ließ mich von Chessa beschwatzen, sie mitzunehmen, weil Kiri sonst wieder die Nahrung verweigert hätte und dahingewelkt wäre wie ein Blatt im Herbst. Ich hatte keine andere Wahl, Cleve.«

Cleve starrte ins Feuer, in das der Saft der beiden aufgespießten Fasane tropfte. Einer der Spieße begann anzubrennen. Um zu verhindern, daß der köstliche Braten in den Flammen verkohlte, zog Cleve ihn weg.

»Papa, was tust du jetzt?«

»Vielleicht entschließt sich Chessa doch noch, Ragnor zu heiraten.«

Seine Tochter bedachte ihn mit einem angewiderten Blick.

»Du hast recht«, nickte er, zog den Vogel am Flügel und verbrannte sich die Finger dabei.

Merrik nahm den Fasan und legte ihn ehrfuchtsvoll auf einen Felsen, um ihn abkühlen zu lassen. »Ich hätte dir das Nasenbein gebrochen, wenn du ihn in den Sand hättest fallen lassen«, bemerkte er beiläufig.

»Kiri, versprich mir«, beschwor Cleve sie, »jetzt auf der Stelle etwas zu essen, wenn ich sie zurückhole. Ein paar Happen von dem Fasan, den dein Onkel anstarrt wie ein ausgehungerter Geier.«

Das kleine Mädchen studierte das Gesicht des Vaters und strich ihm durch den goldenen Bart. Mit zwei Fingern zog sie dann einen Streifen Fleisch von dem gebratenen Vogel.

»Papas Braten schmeckt auch gut«, sagte sie, nachdem sie hinuntergeschluckt hatte.

»Aber ich koche gar nicht ...«

»Sie meint ihren zweiten Papa.«

Cleve blickte über den Kopf seiner Tochter hinweg. Nichts stimmte mehr, seit ihm diese Chessa über den Weg gelaufen war.

Kiri kaute an einem weiteren Stück Fleisch, das ihr Onkel Rorik gereicht hatte. »Zwei Papas sind gut«, sagte sie und leckte sich die Finger.

»Ja, dann wirst du von zwei Seiten verwöhnt, bis du so unausstehlich und verzogen bist wie Ragnor«, sagte Cleve und küßte ihr zärtlich den Scheitel. Zu Rorik gewandt sagte er: »Kerek erwartet, daß wir handeln. Wir brauchen einen Plan, den nicht einmal er durchschaut.«

»Ja«, nickte Hafter, der mit verschränkten Beinen neben Cleve saß. »Er ist sehr klug. Eine beängstigende Eigenschaft bei einem Feind.«

Plötzlich lächelte Cleve und wirkte gefährlich und grausam. Das Lächeln verzerrte sein narbiges Gesicht zu einer satanischen Fratze. »Ich habe eine Idee. Kerek wird uns nicht auf die Schliche kommen«, feixte er und rieb sich die Hände.

## KAPITEL 13

An der langen Tafel in der fensterlosen Halle saß Chessa Ragnor gegenüber. Ölkännchen, in denen flackernde Dochte steckten, waren auf dem Eichentisch verteilt. In schweren Eisenhaltern an den Wänden steckten Pechfackeln. Je zwei Wachen flankierten die Eingänge an den Giebelseiten. Der Raum war niedrig, die Holzbalken rauchgeschwärzt. Früher mußte hier einmal eine Kochstelle gewesen sein. Der reich geschnitzte Lehnstuhl des Königs war noch leer. Kerek saß neben ihr. Ragnor lächelte träge wie ein Luchs in der Sonne.

»Ich habe nicht daran geglaubt, daß Kerek dich doch noch herbeischafft.« Ragnor biß in einen Kanten Brot und kaute schmatzend mit offenem Mund. »Utta wäre mir lieber gewesen.«

»Utta ist verheiratet, du Narr«, entgegnete sie, biß ihrerseits vom Brot und kaute gleichermaßen laut schmatzend.

»Hör auf!« Ragnor warf sein Brot wütend auf den Tisch. »Du stößt mich ab. Du siehst häßlich aus.«

»Glaubst du, dein Schmatzen stößt mich nicht ab, und du siehst nicht häßlich dabei aus?«

»Prinzessin«, mahnte Kerek. »Bitte reizt ihn nicht. Er versteht Euren Humor nicht.«

»Halt den Mund, Kerek. Du verstehst überhaupt nichts. Hör zu, Chessa, ich verprügle dich.« Damit beugte er sich über den Tisch. »Ich hole eine Peitsche aus den Ställen und peitsche dir den nackten Rücken. Das wird dich lehren, dich über mich lustig zu machen.«

»Dein Ärmel hängt in den Erbsen, Ragnor, wie unappetitlich.«

»Prinzessin! Hoheit! Ich muß doch bitten!« mahnte Kerek erneut. »Hier kommt der König. Ich bitte euch beide dringend um Mäßigung.«

König Olric trat an die Tafel, gefolgt von zwei sehr jungen, sehr schönen Dienerinnen, die einander zum Verwechseln ähnlich sahen. Kerek nahm das höfliche Gespräch wieder auf: »Ich nehme an, das Gemach ist zu Eurer Zufriedenheit, Prinzessin?«

»Nein«, entgegnete sie. »Es ist zu klein, das Kastenbett zu schmal, die Kissen zu hart …«

»Und Eure Dienerin Ingurd? Ist sie dumm und ungehorsam? Ich habe sie selbst ausgesucht«, unterbrach Kerek spöttisch.

»Die Diener brachten kaltes Badewasser. Ich bin an größeren Luxus gewöhnt, Kerek.« Ihr Blick traf den des Königs. »Dieser Palast entspricht nicht meinen Erwartungen. Die Räume sind dunkel und ungelüftet. Ich vermisse die Eleganz des Palastes meines Vaters in Dublin.«

»Du hast überhaupt nichts zu erwarten«, schrie Ragnor sie an. »Hör bloß auf, die verwöhnte Prinzessin zu spielen. Kein Mensch glaubt dir.«

»Ich bin König Olric.«

Sie lächelte dem alten Mann zu, der kurzbeinig und kugelrund war und nur einen Zahn im Mund hatte. Er wirkte verdrießlich und eitel. Und er sah aus, als habe seine Vergreisung bereits bedenkliche Formen angenommen.

»Und dies sind meine Gespielinnen.« Das blonde Haar der Frauen schimmerte wie Silber. Sie hielten die Augen sittsam gesenkt. »Sie sind Zwillinge, nicht einmal ich kann sie auseinanderhalten. Ich habe sie ihrem Vater abgekauft. Und du bist Prinzessin Chessa, König Sitrics Tochter. Nun bist du hier, wie Kerek es versprochen hat. Gut gemacht, Kerek.«

»Hättest du mir den Auftrag gegeben, hätte ich sie früher herbeigeschafft als Kerek.«

»Was du nicht sagst, Ragnor. Vielleicht erzählst du mir später, wie du das angestellt hättest.«

Chessa erkannte die Gefährlichkeit des Königs, er schien keine leeren Drohungen auszusprechen. »Eure Gespielinnen sind sehr schön, Majestät.«

Ein Sklave schob dem König den Stuhl zurecht. Eine der Gespielinnen entfaltete ein weißes Tuch und legte es dem König wie einen Latz vor die Brust, um die vielen mit Diamanten und Rubinen besetzten Goldketten zu schützen.

König Olric wandte sich an Kerek: »Sie ist recht hübsch. Ihr Haar ist zwar schwarz, aber die eingeflochtenen Bänder mildern die vulgäre Wirkung. Ihre Haut hat eine seltsame Farbe – einen Goldschimmer, ungewöhnlich, aber nicht häßlich. Sie sieht fremdländisch aus. Ihre Augen sind interessant. Steh auf, Prinzessin. Ich möchte sehen, ob du ein gebärfreudiges Becken hast.«

Sie hörte, wie Kerek den Atem anhielt, und wußte, daß er ihre Reaktion fürchtete. Ragnor beugte sich gespannt vor. Betont langsam, mit einem gewinnenden Lächeln auf den Lippen, erhob Chessa sich, trat an den Stuhl des Königs und berührte seinen Ärmel. »Haltet Ihr mich für gebärfreudig?«

Er legte seine flachen Hände auf ihren Bauch und umfing ihre Hüftknochen. Sie ließ ihn gewähren, und immer noch umspielte das Lächeln ihre Lippen. Seine Hände umfingen ihre Hinterbacken. Sie wehrte sich auch nicht, als er sie an sich zog, und sein Mund über ihre Brüste strich. »Ja«, sagte der König endlich und ließ sie los. »Sie wird eine angenehme Bettgenossin sein.«

»Ich dachte, du wolltest nur prüfen, ob sie gebärfreudig ist«, entgegnete Ragnor bissig. Der König trank von einem Kelch, den ihm eine seiner Gespielinnen an die Lippen setzte. Chessa begab sich an ihren Platz zurück und schluckte ihre Ekelgefühle tapfer hinunter.

Sie sah zu, wie eine der Dienerinnen ein großes Stück gebratenes Rindfleisch abschnitt und es sorgfältig kaute. Mit schierer Verblüffung beobachtete sie, wie die junge Frau den zerkauten Brei aus dem Mund nahm und ihn dem König sanft zwischen die Lippen schob. Chessa senkte den Blick, um nicht würgen zu müssen.

Kerek sagte sehr leise neben ihr: »Ihr seid klug, Prinzessin. Es blieb keine Zeit, Euch darüber aufzuklären. Das Temperament des Königs ist weniger vorhersehbar als das seines Sohnes.«

»Was flüsterst du da, Kerek?«

»Nichts, Mylord. Ich bat die Prinzessin nur, mir den gedünsteten Kohl zu reichen. Ich glaube, er ist mit Preiselbeeren zubereitet. Köstlich.«

»Du bist ein dummer Mann, Kerek. Nur wegen dir wurden wir von diesem Tölpel Rorik festgehalten. Nur wegen dir sind wir auf dieser Insel gestrandet. Du und Torric, ihr seid Versager.«

Der König hob die Hand, einen jeden Finger zierte ein goldener Ring. Zu Chessas Erstaunen klappte Ragnor sofort den Mund zu und schwieg. »Die Gesandten kehrten heute zurück, Kerek. Sie konnten diese Habichtsinsel nicht finden. Sie sind in einen Sturm geraten, der sie von der Fahrtroute abgetrieben hat. Sie sagten, sie hätten nur durch Zufall nach York zurückgefunden. Ich hätte sie töten lassen können, da die Prinzessin jedoch ohne ihr Zutun zu uns gekommen ist, erscheint mir diese Maßnahme unnötig. Einer der Männer ist ein ausgezeichneter Seefahrer, es wäre ein Verlust.«

»Ich würde den Schiffsführer Torric töten lassen. Er hat den Männern die Fahrtroute angegeben. Außerdem hat er ein lahmes Bein. Er ist uns nicht mehr von Nutzen.«

»Torric und Kerek haben geplant, wie wir die Wikinger und die Prinzessin in die Hände bekommen. Ich habe ihn belohnt.«

»Das ist absurd. Ich war es, der Kerek vorschlug, die Männer zu betäuben. Ich wollte sie nicht im Kampf besiegen. Ich wollte sie foltern. Ich wollte Cleve langsam töten oder ihn als Sklaven verkaufen. Wußtest du, daß er ein ehemaliger Sklave ist? Ja, es war mein Plan. Kerek und Torric haben mir die Idee gestohlen.«

Nachdem eine Dienerin dem König sorgfältig den Mund mit dem weißen Tuch abgetupft hatte, sagte er ungerührt: »Lüg nicht, Ragnor. Erinnerst du dich an das Sklavenmädchen Mora? Du hast sie vergewaltigt, als du dreizehn warst und dann mit deiner Männlichkeit geprahlt, welch große Lust du ihr dabei verschafft hast.« Der König bedachte seinen Sohn mit einem milden Lächeln. Chessa lief ein Kälteschauer über den Rücken. »Wie sich herausstellte, war es natürlich der Anführer deiner Wachleute, der das Mädchen nahm, und du hast ihm dabei zugesehen. Hinterher hast du der Frau gedroht, sie zu töten, wenn sie je die Wahrheit ausplaudern würde.«

Chessa wußte genau, was in Ragnors Kopf vorging. Er konnte es kaum erwarten, seinen Vater auf dem Totenbett zu sehen. Am liebsten würde er Olric eigenhändig umbringen. »Das Mädchen hat gelogen«, gab er matt zur Antwort.

»Es war nicht das Mädchen, das mir die Wahrheit sagte. Es war deine Mutter. Sie ist meine Gefangene, ein unterwürfiges Geschöpf. Sie sieht alles, und sie erzählt mir alles.«

Ragnor stopfte sich einen großen Bissen Fisch in den Mund, der Saft tropfte ihm vom Kinn. »Das ist lange her. Aber Kerek ließ die Wikinger entkommen. Er hätte alle festnehmen können, auch Rorik und seine Männer. Er hat es nicht getan. Er ist ein Versager.«

Der König nahm einen Schluck aus einem zweiten mit Edelsteinen verzierten Kelch, den ihm die andere Dienerin an die Lippen setzte.

»Diese Utta wollte mich haben. Sie begehrte mich. Sie gab mir von ihrem köstlichen Met zu trinken. Sie wäre mit mir gekommen, wenn die Männer sie nicht zurückgeholt hätten.«

Chessa widersprach mit heller, klarer Stimme: »Utta hielt dich für einen Narren und einen Dummkopf. Sie schüttete dich mit Met voll, damit du nicht zudringlich wirst und keine Schwierigkeiten machst. Das ist ihr leider nicht gelungen, aber immerhin hat sie es versucht.«

Im Speisesaal herrschte völlige Stille. Die Sklaven und Dienerinnen erstarrten. Ein vorgekautes Stück Rindfleisch wurde dem König vergeblich an die Lippen gehalten. Er blickte Chessa unverwandt an.

Ragnor sprang auf die Füße, sein Gesicht hatte rote Flecken. Er drohte ihr mit der Faust. »Verfluchtes Miststück. Du hast hier nichts zu sagen. Du bist in meiner Gewalt, und ich tu mit dir, was mir beliebt. Ich prügle dich, wenn mir danach ist. Du hast mir gefälligst Respekt und Gehorsam zu erweisen.«

»Das habe ich bisher nicht getan. Wieso sollte ich jetzt damit anfangen? Du verdienst Respekt und Gehorsam ebenso wenig wie ich es verdiene, mit einem erbärmlichen Wicht wie du einer bist, verheiratet zu werden.«

Kerek stöhnte hörbar auf. Sie wußte, welch gefährliches Spiel sie trieb, doch sie mußte es riskieren.

Ragnor warf sich über den Tisch auf Chessa. Sein Angriff kam so unerwartet, daß der Gespielin des Königs ein kehliger Laut entfuhr, und sie das vorgekaute Stück Fleisch fallen ließ. Kerek sprang auf, riß Chessa zurück und stellte sich zwischen sie und Ragnor.

Ragnor ging nun wütend auf ihn los, seine Finger krallten sich um seinen Hals. Kerek packte Ragnors Oberarme, doch Ragnor hatte die größere Hebelwirkung. Chessa griff nach einem kunstvoll ziseliertes Tafelmesser und stieß es in Ragnors Handrücken. Er schrie auf, taumelte zurück und stürzte zu Boden. Eine Platte mit Wildschweinbraten hing schräg über der Tischkante. Saft und Fleischbrocken ergossen sich über Ragnor, der nun über und über mit fettiger Soße und Essen besudelt war.

Er rappelte sich auf die Knie, seine Hand brannte höllisch. Er fühlte sich so gedemütigt, daß er kaum einen klaren Gedanken fassen konnte. Mordlust flackerte in seinem wilden Blick.

Dann hörte er ein heiseres Krächzen. Entsetzt hob er den Kopf und sah seinen Vater, der mit zurückgelegten Kopf lachte. Der König hatte nicht gelacht, seit er denken konnte. Und jetzt wieherte er vor Lachen, den zahnlosen Mund weit aufgerissen, die Hände um den fetten Bauch gekrallt. Die Gespielinnen umflatterten ihn aufgeregt. Die Wachen rückten näher, die Hände an den Schwertern, blieben jedoch unschlüssig stehen. Weder Chessa noch Kerek rührten sich von der Stelle. Alle blickten den König völlig verdattert an.

»Was ist los, Olric? Du siehst albern aus. Warum lachst du?«

»Die Königin«, raunte Kerek und verbeugte sich tief vor der Dame, die eingetreten war und zwischen ihrem Sohn und ihrem Gemahl hin und her blickte. Sie trug ein kostbar mit Blütenkelchen und Vogelmotiven besticktes, weißes Kleid. Das blonde, von grauen Strähnen durchzogene Haar hatte sie zu schweren Zöpfen geflochten und hochgesteckt. Ihr fein geschnittenes Gesicht war sehr schön. Ragnor hatte ihr Aussehen geerbt. Sie wirkte nicht unterwürfig und machte keineswegs den Eindruck, die Gefangene des fetten, alten Mannes zu sein.

»Hoheit«, sagte Kerek ehrerbietig. »Darf ich Euch die Prinzessin von Irland vorstellen, die Prinz Ragnor heiraten wird.«

Chessa straffte die Schultern und war ebenso groß wie die Königin.

»Na, zumindest ist sie keine zimperliche, dumme Gans«, bemerkte Turella. »Ich stamme aus dem Hause Tur in Bulgarien. Ein mächtiges Königreich. Verglichen mit meiner Heimat ist das Danelagh ein Abfallhaufen. Küß mir die Hand.«

Chessa hob die schöne weiße Hand der Königin ein wenig und küßte sie.

»Steh auf, Ragnor«, befahl die Königin. »Dein Vater hat aufgehört zu lachen, und du hörst auf zu wimmern. Versuche, dich wie ein Mann zu benehmen. Steh auf!«

»Sie hat mich angegriffen, Mutter. Sieh dir meine Hand an, sie hat mir ein Messer in die Hand gestochen. Das soll sie mir büßen. Zwei meiner Leute werden sie festhalten, und ich peitsche sie aus.«

»Du bist ein Mann. Wenn du sie auspeitschen willst, tu es ohne die Hilfe anderer.« Sie wandte sich an Chessa: »Er hat mein Aussehen, deshalb kann ich nicht behaupten, er wurde mir bei der Geburt untergeschoben. Gib mir einen Kelch Wein, Kerek.«

Die Königin nahm an der entfernten Stirnseite der Tafel Platz. Der König hatte noch kein einziges Wort von sich gegeben.

»Ich hörte, daß du endlich angekommen bist und wollte dich kennenlernen. Wie hast du es geschafft, den König zum Lachen zu bringen? Ich habe ihn seit zwanzig Jahren nicht lachen gehört. Ich hatte gehofft, ihr seid mit dem Essen fertig. Wie ich sehe, landete ein Großteil des Mahls auf der Erde.« Sie schnippte mit den Fingern, woraufhin drei Männer an ihre Seite eilten. Sie sprach leise mit ihnen.

Ihre Leibwächter? Mit lauter Stimme fragte Chessa: »Warum habt Ihr nicht mit uns gespeist, Majestät?«

Die Königin ließ ein melodisches, durchaus angenehmes Lachen hören. »Seit der König seine Zähne verlor, habe ich nicht an einem Tisch mit ihm gegessen. Ich weigere mich, ihm das Essen vorzukauen.«

»Oh«, entgegnete Chessa. »Das kann ich gut verstehen.«

»Wie ich höre, war dein Vater einst ein alter Mann wie Olric. Alle Skalden singen von seiner wunderbaren Verwandlung durch einen Zauberer namens Hormuze. Was weißt du davon? Bist du nicht die Tochter dieses Hormuze?«

»Ja, Hoheit. Wie Ihr seht, bin ich gar keine richtige Prinzessin. König Sitric nahm mich in seiner Güte zu sich und behandelte mich wie eine Tochter. Mein eigener Vater Hormuze verschwand, löste sich wie Nebel in seinem eigenen Zauber auf und verschwand in ein Königreich, das keiner von uns kennt.«

»Rede keinen Unsinn«, wies die Königin sie zurecht. »Olric, du weißt, daß sie keine echte Prinzessin ist. Warum ist sie hier?«

Der König schwieg.

»Ich wünschte, Ragnor und Kerek wären dabei gewesen«, fuhr Chessa fort, »als ich den Bewohnern der Habichtsinsel gestand, daß ich keine Prinzessin bin. In meinen Adern fließt kein königliches Blut. Hörst du, Ragnor? Kerek? Ich bin nur eine einfache Frau. Laßt mich frei!«

»In den Augen der Welt ist sie eine Prinzessin, königliche Hoheit«, entgegnete Kerek. »Wußtet Ihr, daß Herzog Rollo sie mit seinem Sohn Wilhelm Langschwert vermählen will?«

»Er will mich nicht mehr, Kerek.«

»Ihr irrt, Prinzessin. Ihr seid die Tochter des Königs von Irland.«

»Darüber sollte man nachdenken.« Die Königin nahm einen tiefen Schluck aus dem Kelch, den einer der drei Männer ihr reichte. »Du hast diesen Wein hoffentlich nicht vergiftet«, wandte sie sich an den König, der mit zufriedener Miene eine Schale süßes Birnenkompott schlürfte.

»Nein, er ist nicht vergiftet. Ich habe dich nicht erwartet«, entgegnete der König trocken und fügte hinzu: »Sie hat ein gebärfreudiges Becken.«

»Er hat sie gestreichelt, Mutter, ihre Hüften und ihren Bauch. Er hat seinen Mund auf ihre Brüste gedrückt. Sie heiratet mich, nicht ihn. Und sie ließ es geschehen. Wenn ich sie so anfassen wollte, würde sie mich umbringen.«

»Ach, Ragnor, halt endlich deinen Mund.« Der König wies mit dem Finger auf eine Fleischplatte. »Ich will noch davon«, befahl er, und die Dienerin beeilte sich, ein Stück Fleisch abzuschneiden und es sorgfältig vorzukauen. Chessa wandte rasch den Blick, um nicht ansehen zu müssen, wie sie ihm den vorgekauten Brei in den Mund schob.

Die Königin tat es ihr gleich und erhob sich. »Laß dir die Hand verbinden, Ragnor. Prinzessin, ich sehe dich morgen früh. Versuche nicht, den Palast zu verlassen.«

Sie rauschte aus dem Speisesaal, und die drei Wächter folgten ihr auf den Fuß. Der König grunzte und schmatzte weiter.

»Ich bringe Euch in Euer Gemach«, wandte sich Kerek an sie.

Der König rief ihnen nach: »Bevor du zur Königin gehst, kommst du zu mir. Vergiß nicht, ich bin der König. Ich bin der Herrscher. Ragnor, laß dir die Hand verbinden.«

Chessa holte tief Luft, sobald sie den Speisesaal verlassen hatten. »Das ist alles höchst sonderbar, Kerek.«

»Ja«, pflichtete er ihr bei. »Ihr seht, wie dringend Ihr gebraucht werdet. Die Sachsenkönige werden das Danelagh überrumpeln, wenn Ragnor auf den Thron kommt.«

»Ich hoffe, die Sachsen tragen Ragnors Kopf auf einer Silberplatte im Triumphzug durch die Stadt.«

Kerek verzog das Gesicht schmerzlich und schwieg. Vor ihrem Gemach wünschte er ihr eine gute Nacht, dann redete er leise mit den zwei an der Tür postierten Wachen.

Chessa legte sich in das Kastenbett und zog die weiche Fuchsdecke bis ans Kinn. »Ingurd? Bist du noch da? Du kannst jetzt gehen.«

Das junge Mädchen stand händeringend in einer Ecke. »Aber Herr Kerek sagte, ich darf Euch nicht alleine lassen. Ich soll Euch wie ein Schatten folgen ...«

»Na schön. Wo willst du schlafen? Doch nicht auf dem Fußboden. Einer der Wachleute soll dir eine Pritsche bringen.«

Ingurd blickte erstaunt. Eine weiche Pritsche, das erste weiche Lager in ihrem Leben. Ihre neue Herrin war eine Prinzessin. Und jemand, der von den Göttern so sehr gesegnet war, konnte jeden Befehl erteilen. Als sie sich auf der Pritsche ausstreckte, wußte sie, daß die Prinzessin kein Miststück war, wie Prinz Ragnor sie brüllend genannt hatte.

Chessas Hand glitt unter das Kissen und befühlte das Tuch, in das sie ihren Dolch gewickelt hatte. Am nächsten Morgen würde sie ihn irgendwie an ihrem Bein befestigen.

Sie dachte an Cleve, sah ihn verdreckt und abgerissen vor sich, sein goldblondes Haar glanzlos, und seinen zerzausten blonden Bart, der das hohlwangige Gesicht bedeckte. Er hatte fürchterlich gestunken. Dennoch war er ihr schöner erschienen als das letzte Mal auf der Habichtsinsel.

Auf der Fahrt nach York hatte sie den festen Entschluß gefaßt, wenn sie ihn lebend vorfand, alles zu tun, was in ihrer Macht stand, um ihn zu ihrem Ehemann zu machen.

Nun war sie selber eine Gefangene. Sie mußte aufhören, an Cleve zu denken. Sie mußte sich einen Fluchtplan ausdenken.

Immer noch in Gedanken bei ihm schlief sie ein. Wenigstens konnte Kiri sich freuen, ihren ersten Papa wiederzuhaben.

# KAPITEL 14

Drei Wachmänner standen vor dem Gemach der Königin. Chessa nickte ihnen zu und wartete, bis einer die Tür aufsperrte. Sobald sie eingetreten war, drehte sich der Schlüssel wieder im Schloß.

Die Königin hatte nach ihr geschickt. Und Chessa war gerne gekommen. Der Auftritt der Königin am Vorabend hatte sie fasziniert. Nun stand sie allein in dem großen, hellen Gemach. Nie zuvor hatte sie ein so sauberes Zimmer gesehen. Die Wände waren schneeweiß gekalkt, nirgends ein Fleck, nirgends ein Stäubchen. Die Einrichtung bestand aus einem schmalen Kastenbett, einem Stuhl, einer Kohlenwanne und einer großen Truhe am Fußende des Bettes. Der Raum hatte drei Fenster und eine schmale Tür an der gegenüberliegenden Wand. Chessa durchquerte den Raum und öffnete die Tür, die in einen kleinen, von hohen Mauern umgebenen Garten führte. Sie blickte auf eine makellos gepflegte Blütenpracht. Sie erkannte Lilien, Margeriten, Fingerhut und Rittersporn. Einen kleinen Weiher in der Mitte des Gärtleins säumten die schönsten Wasserlilien, die Chessa je gesehen hatte. Die hohen Steinmauern waren mit Efeu und wildem Wein bewachsen.

Sie hatte ein wahres Refugium betreten. Chessa atmete die milde, würzige Morgenluft tief ein.

»Hast du gut geschlafen?«

Chessa wandte sich um. Vor ihr stand die Königin und hielt eine leuchtend rote Rose in der Hand.

»Nein. Wie könnte ich? Ich bin nicht freiwillig hier.«

»Willst du nach Dublin zurückkehren?«

Sie schüttelte den Kopf. »Mein Zuhause ist bei einem Mann namens Cleve. Wo er ist, will auch ich sein.«

Die Königin blinzelte in die Sonne und winkte Chessa, ihr zu folgen. In einer schattigen Ecke des Gartens stand eine Steinbank unter einem alten knorrigen Birnbaum.

Die Königin hielt ihr die Rose hin. »Rieche daran. Duftet sie nicht herrlich?«

Chessa steckte ihre Nase in den Blütenkelch. »Sie duftet wie süßer Honig. Ich habe nie ein leuchtenderes Rot gesehen.«

Die Königin lächelte. »Ich habe sie selbst gezüchtet. Ich kreuze immer wieder verschiedene Sorten miteinander und erziele damit manch erstaunliches Ergebnis, wie du an diesem Exemplar sehen kannst.«

»Ich habe noch nie davon gehört.«

»Da bist du nicht die einzige. Nun sieh mich nicht an, als seien mir zwei Köpfe gewachsen.«

»Ich frage mich nur, wo die Frau geblieben ist, die ich gestern kennengelernt habe. Ihr seid völlig verändert.«

»Ich bin eine vielschichtige Persönlichkeit, Prinzessin. Das muß so sein, sonst könnte ich nicht überleben.«

»Bitte nennt mich Chessa. Ich bin keine Prinzessin. Ich wünschte, der König würde das begreifen und mich gehen lassen.«

»Er wird dich nicht gehen lassen, Chessa. Hast du mir die Rolle geglaubt, die ich gestern abend spielte?«

Chessa nickte.

»Gut. Manchmal vergesse ich mich, und der König wird mißtrauisch. Wie ich sehe, begreifst du nichts von dem, was hier vorgeht. Hat Kerek dich nicht aufgeklärt?«

»Nein. Gestern habt Ihr so getan, als sei der König schwachsinnig und Ragnor ein Narr, der er tatsächlich ist. Ich hatte den Eindruck, Ihr wollt mit beiden nichts zu tun haben. Ich hielt auch Euch nicht recht bei Verstand, um ehrlich zu sein.«

Die Königin tätschelte ihre Hand. »Kerek hat mich davon überzeugt, daß du die Rettung des Danelagh bist. Dabei bist du nur ein junges Mädchen. Und als ich dich gestern sah, hielt ich dich zunächst für töricht in deiner sinnlosen Tapferkeit. Du hast dir Frechheiten herausgenommen, die ich im Traum nicht wagen würde, nur um zu sehen, wie die Menschen, in deren Gewalt du dich befindest, reagieren. Und du hast dich für Kerek eingesetzt, einen Mann, den du eigentlich zutiefst hassen müßtest. Er hat dich zweimal überlistet, und dennoch hast du Ragnor in die Hand gestochen, damit er Kerek freigibt. Der König durfte dich berühren. Du bist nicht zurückgewichen und hast dich nicht vor Abscheu geschüttelt, als dieser Lustgreis dich begrapscht hat. Du wolltest herausfinden, was er denkt und wie er sich verhält. Du hast sehr klug gehandelt. Du hast erkannt, daß der König der Gefährliche ist. Mit zunehmendem Alter vergißt er seinen Haß gegen die Menschen, und das ist ein Segen für alle in seiner Umgebung. Ragnor ist ein verwöhnter Junge, der ständig schmollt. Seltsamerweise legt er gelegentlich auch Züge von Charme und Klugheit an den Tag.«

»Ihr habt mich gesehen, wie Ihr mich sehen wollt, Hoheit. Ich bin nur ein einfaches, junges Mädchen, weiter nichts. Ich liebe einen anderen Mann. Ich will nicht hier sein. Ich will Ragnor nicht heiraten. Ich habe diese Züge an Ragnor bemerkt, doch sie währen nur kurz wie ein Blitz, der über den Himmel zuckt.«

Die Königin lächelte.

»Hoheit«, fuhr Chessa bedächtig fort. »Wer ist der wahre Herrscher über das Danelagh?«

»Du hast ihn gestern kennengelernt. Ein zahnloser, übelriechender, gewissenloser, alter Mann.«

»Warum stehen Wachen vor Eurer Tür? Warum sind diese Mauern so hoch? Ich habe nach einem Gartentor Ausschau gehalten, kann aber keines sehen.«

»Ich bin eine Gefangene.«

Chessa blickte sie ungläubig an.

»Ich stamme wirklich aus dem Geschlecht der Tur in Bulgarien. Als mein Vater mich an König Guntrum verschacherte, der mich mit seinem Bruder Olric vermählen wollte, wehrte ich mich mit allen Kräften dagegen, leider ohne Erfolg. Als Olric erkannte, daß ich ihn haßte und daß ich mich ihm niemals unterwerfen werde, geriet er in Zorn und vergewaltigte mich mehrmals. Nachdem ich Ragnor zur Welt gebracht hatte, setzte er mich gefangen und nahm mir das Kind weg. Seit einundzwanzig Jahren bin ich nun in diesem Gemach und diesem Garten eingesperrt. Damals glich das hier einer übelriechenden Kloake. Im Lauf der Jahre habe ich einen Garten und einen schönen Raum gestaltet. Zeit genug hatte ich ja. Ich erhielt mehr und mehr Freiheiten, doch die Wachen folgen mir nach wie vor auf Schritt und Tritt.«

»Gestern abend seid Ihr in den Speisesaal gerauscht wie

eine wahre Königin. Ihr habt den König und Euren Sohn beleidigt, Ihr habt das große Wort geführt. Irgendwie habt Ihr Euch ziemlich verrückt aufgeführt.«

Turella lachte leise. »Olric läßt sich leicht von jemandem lenken, der stärker ist als er. Ich bin stärker. Zu den Mahlzeiten darf ich mich im Palast frei bewegen, selbstredend jedoch nicht ohne die Wachen. Kerek hält für mich Augen und Ohren offen. Der König vertraut ihm und ist völlig von ihm abhängig. Kerek sagte mir, daß du im Wesen große Ähnlichkeit mit mir hast, und daß es dir ein leichtes sein wird, Ragnor zu beherrschen. Ich bin eine Gefangene, mein Gemach ist verschlossen. Ich werde Tag und Nacht bewacht.«

Chessa blickte in den Garten. Die Sonne strahlte, die Luft war mild und duftete süß. Bienen tauchten in die Blütenkelche. Sie wandte sich an Turella: »Ich glaube Euch nicht. Die Wachen sind zu Eurem Begleitschutz, um Euch vor zudringlichen Menschen zu schützen, die Ihr nicht sehen wollt, und um Euch vor dem König zu schützen. Die Wachen würden ihr Leben für Euch geben. Ihr seid die Herrscherin hier, nicht dieser abstoßende, alte Mann.«

»Bei den Göttern«, entfuhr es Turella lachend. »Kerek hat wirklich recht.«

»Gut. Ich habe mich geirrt. Ihr seid tatsächlich eine Gefangene und interessiert Euch nur für Eure Blumen.«

Die Königin lachte lauter. »Du kannst einen Irrtum nicht mit dem nächsten Atemzug einsehen und zurücknehmen. Ja, ich beherrsche das Danelagh, aber ich beherrsche es heimlich und mit List. Das ist schwer, und viele Dinge entgehen mir. Wenn der König einmal tot ist, hast du es leichter. Ragnor will umschmeichelt werden, dann ist er zufrieden. Du wirst deine Sache gut machen. Ich werde dir helfen, und Kerek wird dir helfen. Du mußt mit Ragnor schlafen und ein Kind zur Welt bringen, dann kannst du ihn mit Bettgefährtinnen versorgen, wie ich es mit dem König gemacht habe. Sind die beiden jungen Mädchen von gestern abend nicht bezaubernd? Sie sind von Geburt an stumm, und sie sind zufrieden und glücklich, dem alten Mann jeden Wunsch zu erfüllen. Beide lieben schöne Kleider, und ich sorge dafür, daß ihre

Gewänder von sämtlichen Hofdamen bewundert werden. Ja, auch auf ihre Loyalität kann ich zählen. Ah, da kommt Kerek. Sie weiß Bescheid, mein Freund.«

»Prinzessin«, verneigte Kerek sich. »Ich konnte Euch nicht einweihen, dafür habt Ihr gewiß Verständnis. Es wäre zu gefährlich gewesen.«

»Ich werde Ragnor trotzdem nicht heiraten. Ihr, Hoheit, werdet durch Euren Sohn regieren, sobald der König stirbt. Sucht ihm eine Frau, die ihn umschmeichelt und ihm einen Sohn zur Welt bringt. Ich bin nicht die Richtige.«

»Ich werde nicht ewig leben. Ich muß eine Nachfolgerin ausbilden. Das Danelagh darf nicht an die Sachsen fallen.«

»Was mich betrifft, Hoheit, kann das Danelagh meinethalben verrotten. Wenn Ihr nicht fähig seid, Euer Land zu regieren, verdient Ihr es nicht anders, als die Herrschaft abzugeben.«

»Wenn ich Zwang anwenden muß«, entgegnete Turella gelassen, »um dich gefügig zu machen, werde ich es tun.«

Chessa lächelte. »Und was werdet Ihr mit meinem ersten Kind tun?«

»Ich werde mich darüber freuen, wie alle anderen auch.«

»Aber mein erstes Kind ist nicht von Ragnor.«

Kerek erschrak, doch dann schüttelte er unwirsch den Kopf. »Mit dieser List habt Ihr es schon einmal versucht. Ein zweites Mal kommt Ihr damit nicht durch.«

»Ich bin von Cleve schwanger. Zweifelst du daran, Kerek?«

»Ich glaube Euch nicht. Er hat sich von Euch ferngehalten. Ständig schrie er Euch an, Eure Monatslbutung endlich zu bekommen, damit Ihr Wilhelm der Normandie heiraten könnt.«

»Du weißt genau, daß ich weder Ragnor noch Wilhelm heirate, sondern nur Cleve will. Deshalb habe ich gelogen und behauptet, Ragnor habe mich geschwängert. Das haben alle geglaubt. Und man ließ mich vorübergehend in Ruhe. Cleve hielt sich von mir fern, das stimmt vollkommen. Und ich war der Verzweiflung nah. Eines Nachts legte ich mich heimlich zu ihm, und im Halbschlaf nahm er mich. Nach seinem Höhepunkt erwachte er und erkannte, daß ich ihn verführt hatte. Wütend nahm er mich erneut mehrmals, da der Schaden bereits angerichtet war. Du sagtest selbst zu ihm, daß du ihn bedauerst, weil er mich liebt.«

Kerek sah aus, als würde er gleich in Tränen ausbrechen. Er strich sich mit dem Handrücken über die Stirn. »Ich bin verflucht«, sagte er tonlos und starrte dumpf vor sich hin. »Von dem Augenblick, als ich Euch beim Fischen am Fluß sah, bin ich verflucht. Ihr denkt Euch Geschichten aus, und dann setzt Ihr alles daran, daß sie wahr werden. Das habe ich nicht verdient. Erst verunglimpft Ihr mich, dann beschützt Ihr mich. Sagt, daß Ihr lügt, Prinzessin. Sagt, daß diese Schwangerschaftsgeschichte nicht wahr ist.«

»Aber sie ist wahr. Schick mich zu Cleve zurück. Laß uns in Frieden. Hoheit, Ihr könnt regieren, sobald der König tot ist. Tötet ihn! Oder wollt Ihr, daß ich ihn für Euch vergifte?«

»Er hat Vorkoster«, entgegnete die Königin zerstreut. »Ich habe es einmal versucht. Leider starb nur der Vorkoster. Daraufhin verdoppelte der König die Vorkoster. Auch seine Gespielinnen kosten alles, bevor es in seinem zahnlosen Maul verschwindet.« Sie blickte Chessa forschend an. »Wenn Kerek dir glaubt, muß ich dir wohl auch glauben. Also mache ich dir das Kind weg. Kerek, bring sie ins Haus, ich tue es auf der Stelle.«

Chessa entgegnete sehr ruhig: »Wenn Ihr mich anrührt, Hoheit, bringe ich Euch um.«

»Vielleicht wird es ein Mädchen, Hoheit«, wandte Kerek ein und sah dabei aus wie ein geprügelter Hund.

Die Königin seufzte. Sie pflückte eine rosafarbene Rose und sog ihren Duft tief ein. »Wenn meine Blumen nicht gedeihen wollen, weiß ich, was ich dagegen tun muß. Aber mit diesem Mädchen? Vielleicht sollten wir sie an den Sachsenhof schicken und sie mit einem von Alfreds Enkeln verheiraten. Soll sie dort Unruhe stiften. Soll sie die ganze Sachsenbrut vergiften.«

Ich hab doch nichts verbrochen, dachte Chessa. Sie hatte die Königin nur durchschaut, war aber dumm genug gewesen, ihr das ins Gesicht zu sagen. Dann hatte sie gelogen. Sie war nicht sehr geschickt in letzter Zeit. Wenigstens hatte die

Königin nun ein anderes Bild von ihr. Vielleicht würde sie sie doch noch zurückschicken.

»Hoheit, ich bin gekommen, um Euch zu sagen, daß der König die Prinzessin sehen will.«

»Jemand muß ihn an sie erinnert haben«, erwiderte Turella. »Oder der alte Narr erinnert sich, sie berührt zu haben und will es wieder tun. Mal sehen, Kind, wie du dich verhältst, wenn du allein mit ihm bist, wenn keiner da ist, der ihm Zurückhaltung auferlegt.«

»Ich bleibe bei ihr. Er darf sich nicht gehenlassen.«

Die Königin blickte sie an. »Bring ihn nicht in der Öffentlichkeit um, sonst kann ich dir nicht helfen.«

»Das tue ich nicht. Ragnor ist weit schwieriger.«

»Ja, das war er immer.« Mit diesen Worten erhob sich Turella. »Sein Vater nahm ihn mir gleich nach der Geburt weg und hat ihn völlig verdorben. Kerek, bring sie zum König und bleib bei ihr, auch wenn er dich fortschickt. Ich trau ihm nicht.«

Während sie den schmalen Flur zum Gemach des Königs entlanggingen, sagte Kerek: »Bitte Prinzessin, Ihr müßt Eure Monatsblutung bekommen.«

Sie lachte nur. »Nein, Kerek. Ich freue mich sehr auf Cleves Kind. Ich weiß, es wird ein Junge. Meine Stiefmutter hat vier Söhne. Sie sagte immer, bei Söhnen wird einem ständig übel, und man kotzt sich die Eingeweide aus dem Leib. Mir ist schon schlecht.«

Kerek blieb stehen und blickte auf sie herab. »Vielleicht hat Turella recht. Vielleicht sollten wir Euch an den Sachsenhof schicken.«

Sie lachte nur. »Schick mich zurück auf die Habichtsinsel.«

»Ihr werdet meine Pläne nicht noch einmal durchkreuzen«, knirschte er. »Es sind gute Pläne für eine bessere Zukunft. Ich habe alle Möglichkeiten bedacht, nur nicht Euer kämpferisches Wesen, Prinzessin. Euer Naturell bringt meine Pläne durcheinander.«

»Wie schön«, antwortete Chessa.

## Habichtsinsel

Cleve gab seiner Tochter einen Kuß auf die Nase und steckte ihr ein Stück Seebrasse in den Mund. »Schön brav essen. Ich reise morgen nach Danelagh, und du darfst nicht mitkommen. Wenn du dich diesmal weigerst zu essen, verhungerst du, und dein erster und dein zweiter Papa müssen sich neben deinem abgemagerten kleinen toten Körper ausstrecken und auch sterben. Willst du das?«

»Nein, Papa.«

»Gut. Dann iß brav und sprich mit deinen Onkeln und Tanten, damit sie sich keine Sorgen machen. Und spiel mit den anderen Kindern. Wenn Gunleik ein Messer für dich schnitzt, nimm es und bedanke dich dafür. Ich komme zurück, sobald ich kann. Die Anzahl der Tage kann ich dir nicht nennen. Glaubst du mir, daß ich mit Chessa zurückkomme?«

»Es fällt mir schwer, Papa. Du läßt sie nicht im Danelagh? Auch wenn du dich sehr über sie ärgern mußt?«

»Nein, ich verspreche dir, daß ich sie nach Hause bringe.«

Kiri schluckte den Fisch hinunter und lächelte.

»Da kommen Tante Mirana und Tante Laren. Versprich es mir vor ihnen.«

»Ich verspreche«, gelobte Kiri mit großem Eifer, »zu essen und nicht tot zu sein, wenn Papa mit meinem zweiten Papa zurückkommt. Trotzdem will ich noch ein paar Stöckchen zum Zählen, Papa.«

Er strich ihr durchs Haar. »Keine Stöckchen! Iß, Liebling.«

## York, Hauptstadt von Danelagh
## Im Königspalast
## Eine Woche später

Chessa kaute an einem Apfel. Ragnor saß vor ihr und mühte sich mit Hingabe, die Harfe zu spielen. Dazu sang er ein Liebeslied, das der Hofskalde Baric ihm beigebracht hatte. Ragnor schaffte es leider nicht, die Verse mit der Musik in Einklang zu bringen.

Chessa nahm sich einen zweiten Apfel. Sie hatte noch nichts gegessen, da sie beide Mahlzeiten in Gegenwart des Königs hätte einnehmen müssen. Ihr Ekel und ihre Furcht vor ihm verschlugen ihr allerdings den Appetit. Der Greis hatte ihr eröffnet, das Lager mit ihr zu teilen und sie vor Lust zum Schreien zu bringen, wenn Ragnor ihr nicht gefalle. Und wenn sie ihm großes Vergnügen bereite, würde er ihr sogar gestatten, das Essen für ihn vorzukauen.

Sie schauderte bei dem Gedanken. Ragnor blickte sie mit trotziger und zugleich flehender Miene an. »Hat es dir gefallen?«

»Ja. Ich liebe Musik. Dein Eifer ist rührend, Ragnor. Ich habe Baric gebeten, mir Wiegenlieder beizubringen, die ich Cleves Söhnchen dann vorsingen werde.«

Ragnor hob drohend die Harfe, dann warf er das Instrument zu Boden und trampelte drauf herum. »Verfluchtes Luder«, schrie er. »Halt den Mund! Du wirst dieses Kind nicht bekommen. Ich verbiete es dir. Hätte ich diesen verdammten Cleve nur umgebracht. Ich hätte wissen müssen, daß er dich verführt, dieser Dreckskerl, nur um mich zu ärgern. Die Geschichte, daß du Wilhelm von der Normandie heiraten sollst, war gelogen. Er wollte dich nur für sich selbst.«

»Er war sehr erleichtert, daß ich nicht von dir schwanger war«, sagte sie und biß kräftig in den Apfel. »Er war froh, daß ich unberührt war. Er verlor beinahe den Verstand, als er feststellte, daß er der Erste war. Dann konnte er sich nicht mehr zurückhalten. Der Liebesakt war sehr schön.«

»Mein Vater ist nicht erfreut. Du hättest es ihm nicht ins Gesicht sagen sollen, nur weil er dir eröffnete, daß er dich besteigen und dich vor Lust schreien hören will. Er hätte es sowieso gleich wieder vergessen. Er vergißt sogar, daß er wütend auf mich ist. Aber du mußtest ihn reizen. Er war so wütend, daß er vergaß, das Essen von der Dienerin vorkosten zu lassen. Er hätte sterben können.«

»Vielleicht«, meinte Chessa, »kann ich die Dienerin bestechen.«

»Hör auf damit, du böse Hexe. Du willst mich nur ärgern.

Das tust du alles absichtlich. Meine Mutter hat mich vor dir gewarnt. Sie sagte, ich soll mich von dir nicht herausfordern lassen, da du nur sticheln willst. Meine Mutter ist sehr klug, aber du machst es mir schwer, ihren Rat zu befolgen.«

»Ja, deine Mutter ist sehr klug.«

»Ah, da kommt Baric. Wenn er dich fragt, wie dir mein Spiel und mein Gesang gefallen hat, sagst du ihm, daß deine Seele davon angerührt war – falls du überhaupt eine hast. Sonst verprügele ich dich.«

Baric war sehr klein und mager. Er hatte einen prächtigen dunkelbraunen Bart, der ihm bis zur Brust reichte. Zum Ausgleich wuchs ihm kein einziges Haar auf dem Kopf. Er hatte ein freundliches Gesicht und lustige, kluge Augen. Chessa hatte ihn gern und vermutete, daß es ihm Vergnügen bereitete, wenn Ragnor vor Wut mit den Zähnen knirschte. An seiner Seite schritt eine hochgewachsene Frau, die den Kopf gesenkt hielt. In ihrer weiß behandschuhten Hand trug sie Barics wertvolle Harfe; ihr Haar war unter der Kapuze ihres Umhangs verborgen.

Ragnor beäugte sie lüstern wie jede Frau. »Wer ist sie, Baric? Sie ist doppelt so groß wie du. Brauchst du eine Leiter, um sie zu besteigen?«

»Ja, Herr. Ihre Größe bringt mir großes Vergnügen. Sie ist eine starke Frau und sehr ausdauernd. Ihr Name ist Isla, und sie kommt aus Island. Ich habe für sie auf dem Marktplatz gesungen, und sie geriet sofort in Verzückung. Nun ist sie mir bis in den Tod treu. Solche Macht übt die Musik aus, Majestät.«

Ragnor knurrte.

»Habt Ihr die Prinzessin mit Eurem lieblichen Gesang erfreut?«

»Ragnors Gesellschaft ist mir stets eine Freude«, entgegnete Chessa und kaute an ihrem Fingernagel.

»Ich meinte mit seiner Musik, Prinzessin.«

»Nun, das ist etwas anderes. Er wollte so fehlerlos spielen, daß er seine Harfe zertrat, als ihm das nicht gelang.«

Baric blickte traurig auf das zerbrochene Instrument, hielt aber wohlweislich den Mund. Er murmelte etwas in sich hinein und zupfte an seinem prächtigen Bart.

Die Frau hob ihr Gesicht. Sie war schön. Und sie war angemalt wie eine Hure. Ihre Brauen waren mit Kohle nachgezogen, ein Auge war ebenfalls mit Kohle schwarz umrandet; das andere war von einer weißen Leinenbinde verdeckt. Das unbedeckte Auge war blau. Ihre Lippen waren zinnoberrot und ihre Wangen mit weißem Puder dick zugekleistert. Chessa blickte die Erscheinung fassungslos an.

Auch Ragnor machte ein erstauntes Gesicht. »Isla«, sagte er schmeichelnd.

Die Frau hauchte seinen Namen. »Prinz Ragnor, ich warte seit langem darauf, Euch kennenzulernen. Baric sagt, Ihr spielt ausgezeichnet. Ich würde gerne Euren Gesang hören. Oh, die arme Harfe. Hat das Luder sie zerbrochen? Und Ihr seid so edel, sie zu beschützen?«

*Das Luder*. Chessa musterte die Frau genauer.

»Isla«, wies Baric sie zurecht und zupfte sie am Arm. »Sie ist eine Prinzessin, kein Luder.«

»Sie ist, was sie ist«, entgegnete Isla schnippisch. »Eine schändliche Prinzessin hat mich am Auge verletzt, und deshalb muß ich diese Binde tragen. Ich wirke damit zwar interessant und geheimnisvoll, aber lieber würde ich mit beiden Augen sehen können. Diese Prinzessin ist ein Luder. Das weiß ich.«

*Das Luder*. Ragnor platzte beinahe vor Vergnügen. Diese Isla war klug und groß, und große Frauen hatte er gern. Vor allem, wenn sie Chessa beleidigten. Auch die Augenbinde gefiel ihm, und er fragte sich neugierig, wie das Auge darunter aussah.

»Was hast du auf dem Markt verkauft, als Baric dir begegnete?« fragte Chessa.

Die Frau zuckte die Achseln, mied Chessas Blick, und heftete ihr gesundes Auge auf Ragnor. »Ich braue den besten Met in ganz York. Den habe ich auf dem Markt verkauft, als Baric kam und einen Becher nahm, um seine Kehle zu befeuchten. Er trank und war begeistert. Er bat mich, bei ihm zu bleiben. Ich mag Männer mit langen Bärten. Es wachsen ihm auch büschelweise Haare auf dem Rücken. Daß sein Kopf kahl ist, stört mich nicht.«

»Ich singe ihr vor, und sie braut mir Met und krault mir die Haare auf dem Rücken«, schmunzelte Baric genießerisch.

»Met«, rief Ragnor mit leuchtenden Augen. »Braut sie wirklich guten Met?«

»Sie braut den besten Met der Welt«, versicherte Baric. »Sie ist ein Engel. Nun, Hoheit, ich bin gekommen, um Euch wieder ein Liebeslied zu lehren.«

»Ich habe keine Haare auf dem Rücken. Ob sie mich deshalb weniger gern hat?«

»Nein, Herr. Sobald Ihr Isla vorsingt, wird Sie Euch lieben.«

Chessa glaubte an ihrem Lachen zu ersticken. Sie preßte hervor: »Mir wird schlecht. Ich glaube, ich muß mich übergeben.«

Ragnor blickte Isla wie ein Verdurstender an. Zu Baric sagte er: »Ja, lehre mich ein Liebeslied, das ich Isla vorsingen kann.«

»Eure süße Stimme wird leiden, Majestät«, sagte Isla. »Erlaubt mir, Euch von meinem Met zu geben, um die Stimmbänder zu ölen.«

Chessa verließ eilends den Raum und rannte direkt in die Arme eines Wachtpostens an der Tür. Er hielt sie fest. Plötzlich hörte sie Ragnors Stimme: »Sieh zu, daß du deine Monatsblutung bekommst, Chessa!«

Sie hörte Islas Lachen. »Ihre Monatsblutung, Herr? Was ist das?«

## KAPITEL 15

Im Zimmer war es dunkel. Chessa war allein mit ihren sorgenvollen Gedanken. Sie würde Ragnor niemals heiraten, und sie würde sich auch von der Königin durch nichts zu diesem Schritt zwingen lassen. Sie brauchte einen konkreten Fluchtplan. Es verging kein Tag, an dem sie sich nicht mit Turella zankte und Ragnor beleidigte, bis ihm die Augen vor Zorn aus den Höhlen quollen. Dem König ging sie möglichst aus dem Weg. Er hatte sie zwar kein zweites Mal belästigt, aber er war unberechenbar und konnte plötzlich zudringlich werden. Kerek bewachte sie ständig. Sie war ratlos.

Soeben hatten etwa zwei Dutzend Höflinge an der Tafel des Königs gespeist. Baric hatte die Harfe gespielt und dazu gesungen, während Isla artig auf einem Schemel zu seinen Füßen gesessen hatte. Es wurde gebratenes Wildschwein, Fasan und vier verschiedene Sorten Fisch aufgetragen. Süßer Wein und Bier flossen in Strömen. Bald waren die Gespräche der Gäste angeheitert und laut, und es wurde viel gelacht und gescherzt. Baric erhielt begeisterten Beifall und Ermunterung, weiterzuspielen. Die Männer machten Isla anzügliche Anträge, die sie gar nicht zu hören schien, so verliebt strahlte sie Baric an.

Nachdem Diener die Reste des Mahls abgetragen hatten, blickte der König seinen Gästen in die von Wein und Bier geröteten Gesichter und hielt eine Rede: »Ihr habt Prinzessin Chessa von Irland kennengelernt. In drei Tagen wird Prinz Ragnor sie heiraten. Sie trägt bereits sein Kind unter dem Herzen, also ist für einen Erben bereits gesorgt.«

Chessa glaubte, in Ohnmacht zu sinken.

Ragnor stockte der Atem. Sie hörte, wie er Kerek anfuhr: »Das ist alles deine Schuld. Ich will sie nicht. Ich wollte Utta. Und jetzt will ich Isla. Ihr Met schmeckt so gut wie Uttas. Sie ließ mich aus ihrem Ziegenbeutel trinken, und sie will mich haben. Hast du gesehen, wie sie mir zulächelt? Wie sie mit mir spricht? Sogar Baric hat es bemerkt. Es macht ihr nichts aus, daß ich keine Haare auf dem Rücken und keinen langen Bart habe. Die Männer sollen gefälligst aufhören, ihr Anträge machen. Viele von ihnen sind behaart wie Baric. Chessa braut mir keinen Met. Sie trinkt nicht mal Met mit mir. Sie will mich auch nicht glücklich machen.«

Dem König war es also völlig gleichgültig, daß sie mit dem Kind eines anderen Mannes schwanger war. Turella hatte ihm gewiß nichts vorgemacht, sondern ihm gesagt, daß sie nicht Ragnors Kind unter dem Herzen trug. Aber die Ankündigung des Königs hatte hocherfreut geklungen. Chessa erhob sich benommen. Kerek zerrte heftig an ihrem Kleid und flüsterte: »Nein, Prinzessin. Haltet bitte diesmal den Mund.

Bitte, es ist nicht klug, dem König in Gegenwart seiner Edlen zu widersprechen. Hört auf mich, setzt Euch und lächelt. Trinkt Met mit Ragnor, das wird ihm gefallen.«

Sie setzte sich wieder mit gesenktem Kopf, und die Edlen ließen sie hochleben und gaben Ragnor obszöne Ratschläge. Der setzte ein strahlendes Gesicht auf, obwohl er sie noch vor ein paar Minuten abgelehnt hatte.

»Das ist noch nicht das Ende, Kerek«, stieß sie zwischen den Zähnen hervor. »Ich heirate diesen Trottel nicht.«

»Wie Ihr wünscht, Prinzessin«, entgegnete Kerek und neigte den Kopf. Er machte sich über sie lustig.

»Turella und du, ihr beide habt den König angelogen, oder ist es ihm gleichgültig, daß ich das Kind eines anderen erwarte?«

Kerek hob nur die Schultern.

Was sollte sie tun? Was es auch sei, sie mußte schnell handeln. Ihr blieben nur noch drei Tage.

Sie zog die Wolldecke enger um sich. Plötzlich hörte sie ein Geräusch. Sah Ingurd noch einmal nach ihr? Sie rührte sich nicht, als sie hörte, wie der Türriegel beiseite geschoben wurde. War es einer der Wachen? Die Königin?

Ein schmaler Lichtstreifen verschwand schnell, als die Tür wieder geschlossen wurde. Sie tastete nach dem Messer unter ihrem Kopfkissen. Vielleicht war es Ragnor, der versuchte, sie zu vergewaltigen? Sollte der elende Wicht nur kommen.

Sie hielt das Messer mit ruhiger Hand. Sie war bereit.

»Hattest du schon deine Monatsblutung?«

Die Worte wurden leise, spöttisch gesprochen. Es war Islas Stimme.

»Nein, und ich werde sie nicht bekommen. Obwohl sich niemand wirklich darum schert. Ich dachte immer, Männer wollen eine unberührte Braut. Ich begreife das nicht.«

»Männer sind seltsame Geschöpfe«, flüsterte Isla und setzte sich auf die Bettkante. »Ach, könnte ich dich nur sehen. Aber es ist zu gefährlich, Licht zu machen.«

»Was willst du?«

»Zunächst will ich wissen, ob du wirklich ein Kind von einem anderen Mann erwartest.«

»Hat Ragnor sich bei dir und Baric ausgeflennt, nachdem ich euch alleingelassen habe?«

»Ja. Er ist wütend. Er sagt, diesen Trick hast du schon einmal angewendet. Er glaubt dir nicht mehr. Wer ist diesmal der Glückliche?«

Chessa seufzte. Seltsam, daß sie in dieser dunklen Schlafkammer eine Frau ins Vertrauen zog, die sie erst heute kennengelernt hatte, und die sich noch dazu abfällig über sie geäußert hatte. »Er heißt Cleve«, begann Chessa leise. »Er ist ein schöner Mann, ein tapferer Krieger, und der einzige Mann, den ich in meinem ganzen Leben haben will. Er ist manchmal schwierig, aber seine Seele ist gut und wertvoll. Er weiß noch nicht, daß er mich braucht, aber er wird es bald einsehen. Er hat einmal eine Frau geliebt, die ihn schändlich betrogen hat. Ich würde ihn nie betrügen, und eines Tages wird er mir glauben. Er hält sich für häßlich und entstellt, weil er eine Narbe im Gesicht hat. Ich werde ihm das Leben bis zu meinem letzten Atemzug versüßen. Ich weiß nicht, wo er jetzt ist, aber ich hoffe, er ist in Sicherheit.«

»Hat er mit dir das Lager geteilt?«

»Nein, aber ich habe allen gesagt, er habe es getan.«

»Deine Geschichte ist lächerlich. Hör mal, du kleine Närrin, für wen hältst du mich?«

»Du bist eine geschminkte Hure, die Baric auf dem Markt aufgelesen hat. Ich hoffe, du verführst Ragnor und hältst ihn mir vom Leib. Seit ein paar Tagen ist der Kerl sogar höflich zu mir, vermutlich auf Anweisung seiner Mutter oder seines Vaters. Ragnor sang mir ein Liebeslied vor, als du mit Baric heute hereinkamst und wollte dafür gelobt werden. Er ist ein elender Wurm.«

»Wieso willst du nicht Königin des Danelagh sein? Du bist eine Prinzessin, wenn auch keine echte. Ich bemale mir das Gesicht und braue Met, um den Männern zu gefallen. Aber du, Prinzessin, kannst jeden Edlen haben, den du dir in den Kopf setzt. Warum versteifst du dich so eigensinnig auf diesen Cleve?«

»Ich liebe ihn. Das wird er eines Tages einsehen. Aber das geht dich nichts an, Isla. Ich will nur weg von hier. Der König ist ein gefährlicher Mann, seine Launen sind unberechenbar. Die Königin ist seit einundzwanzig Jahren seine Gefangene, doch heimlich regiert sie das Land, und Ragnor wird von beiden für ihre Ränke benutzt. Der König glaubt, er könne mich zwingen, Ragnor zu heiraten, das heißt, die Königin könne mich dazu überreden. Der alte Narr kann nur rülpsen und saufen und seine Dienerinnen begrapschen, die zu ihrem Glück stumm sind. Borgst du mir deine Schminktöpfe, damit ich aussehe wie eine Hure und diesen gräßlichen Ort verlassen kann?«

Isla lachte. »Wenn du mir genügend Silberstücke gibst, könnte ich dir helfen. Aber du hast nicht einmal einen wertvollen Armreif. Erzähl mir von Kerek. Welche Rolle spielt er?«

»Er verehrt die Königin und würde alles für sie tun. Der König vertraut ihm. Kerek hat es sich in den Kopf gesetzt, ich könne das Danelagh vor den Sachsen retten. Das bildet er sich ein, obwohl ich nur ein einfaches Mädchen bin.«

»Ja, du bist nur ein einfaches Mädchen.«

»Das sage ich doch. Aber wie kommst du dazu, mir zuzustimmen? Du kennst mich doch gar nicht. Vielleicht bin ich gar nicht so einfach. Vielleicht hat Kerek recht, und ich bin so etwas wie eine Kriegsgöttin. Dann könnte ich in einem prunkvollen Streitwagen durch die Gegend fahren, und meine Untertanen würden mir zujubeln, mich verehren und mir folgen …«

»Sei still. Mir wird ganz übel. Du bist ein einfaches Mädchen, mehr nicht. Und du redest Blödsinn.«

Sie schlug Isla die Faust gegen den Arm.

Isla brummte. »Was hast du vor? Nein, schlag mich nicht. Es ist eine ganz harmlose Frage.«

Chessa seufzte. Da lag sie in dieser dunklen Kammer und redete mit einer angemalten Hure, weil sie sonst niemand hatte. Bedächtig sagte sie: »Ich bleibe noch eine Weile schwanger, bis ich fliehen kann. Ich weiß nur nicht, wohin. Die Habichtsinsel ist weit entfernt. Selbst wenn ich genügend Silber hätte, dich zu bezahlen, wohin könntest du mich bringen? Die Königin drohte bereits, mich an den Hof der Sachsen zu schicken, um dort Unruhe zu stiften.«

Isla lachte. »Ich stimme der Königin völlig zu. Wohin du auch kommst, du bringst Unruhe und Verwirrung. Männer knirschen mit den Zähnen und wollen dich erwürgen, weil du sie mit deinen Lügengeschichten an der Nase herumführst. Du nimmst keinen Rat von anderen an. Du widersetzt dich den Wünschen deines Vaters. Du hast es dir in deinen törichten Kopf gesetzt, diesen einen Mann zu bekommen. Du behauptest, seine Seele sei wertvoll und weißt gar nicht, was das bedeutet. Du kennst den Mann doch gar nicht richtig. Du bist wie der Köter Kerzog, der seinen Stock nicht hergeben will. Und noch etwas: Dieser Cleve ist häßlich. Mit der Narbe im Gesicht sieht er aus wie ein Teufel. Du bist blind, nicht er. Du weigerst dich aus lauter Eigensinn, ihn so zu sehen, wie er ist. Er will keine Ehefrau, weil er schon einmal auf die Lügen einer Frau hereingefallen ist. Er hat sich geschworen, daß ihm so etwas nicht wieder passiert. Er will keine Frau, die nur Unruhe und Chaos stiftet.«

»Wie kannst du es wagen, so mit mir zu reden, Isla!« Sie richtete sich kampfbereit auf. »Ich stifte keine Unruhe. Ich versuche, Dinge zu ändern. Wenigstens schmiere ich mir nicht daumendick Farbe ins Gesicht. Moment mal, woher weißt du das eigentlich alles? Woher kennst du Kerzog? Was weißt du von Cleve? Wer bist du eigentlich?«

»Wer soll ich schon sein, Prinzessin? Ich bin der Mann, der dich verführt und geschwängert haben soll.«

»Cleve?«

»Ja.«

»Oh, wie sehr habe ich dich herbeigesehnt«, seufzte sie und sank an seine Brust. »Endlich bist du bei mir. Ich habe gebetet, daß du kommst, Cleve.« Sie schmiegte sich an ihn. Er unterdrückte einen Schmerzensschrei.

»Was ist los? Oh, tut mir leid.«

»Du stichst mir ein Messer in die Brust. Ich komme, um dich zu befreien, und du erstichst mich.«

»Das wollte ich nicht.« Sie untersuchte ihn fieberhaft, wo ihn ihr Messer verletzt hatte, doch er schob ihre Hände weg.

»Rühr mich nicht an, du verschmierst meine Schminke. Nimm das verdammte Messer weg und leg dich hin.«

Sie versteckte das Messer wieder unter dem Kissen. Ihr Herz schlug wild. Noch nie war sie im Leben so glücklich. Alles würde in Ordnung kommen, das wußte sie. Cleve war gekommen. Er würde über ihre Worte nachdenken. Und sie sagte: »Es macht dir doch nichts aus, daß ich behauptet habe, ein Kind von dir zu bekommen, oder?«

»Nicht das Geringste. Wenn ich dir damit helfen kann, bitte, nur zu!«

»Ich mußte mir etwas einfallen lassen. Der König verkündete heute abend, daß ich Ragnor in drei Tagen heiraten soll.«

»Ich weiß, ich war dabei. Und ich war froh, daß du vernünftig genug warst, nicht zu widersprechen.«

»Ich hätte beinahe alles hinausgeschrien. Aber Kerek hielt mich zurück.«

»Was hättest du hinausgeschrien, wenn Kerek dich nicht zurückgehalten hätte?«

»Daß der König lügt, daß ich nicht Ragnors Kind erwarte. Ich hätte die ganze Brut beschimpft, keine Ehre im Leib zu haben, mich mit Ragnor zu verheiraten, obwohl ich das Kind von einem andern erwarte. Ich hätte die ganze Männerwelt beschimpft, so etwas in der Art.«

»Du hättest also wie üblich Unruhe und Verwirrung gestiftet. Bist du dir eigentlich darüber im klaren, was hätte passieren können, wenn du das getan hättest?«

»Möglicherweise hätte der König sich eines Besseren besonnen, oder Ragnor hätte sich an deinem Met verschluckt und wäre erstickt.«

Sie spürte förmlich, wie er ihr einen ärgerlichen Blick zuwarf, den sie in der Finsternis jedoch nicht sehen konnte. »Sei keine Närrin. Mir stockt das Blut in den Adern, wenn ich daran denke, was hätte geschehen können. Willst du hören, warum du Ragnor in drei Tagen heiraten sollst? Noch bevor dein schwangerer Bauch anzuschwellen beginnt?«

»Du bist noch keinen Tag hier. Woher weißt du so viel?«

Er lächelte in die Dunkelheit und spürte, wie die dicke Schminke spannte und zu bröckeln begann. »Die Königin ist der Überzeugung, das Kind in deinem Bauch sei zum künftigen Herrscher geeignet, weil es nicht Ragnors Lenden entsprungen ist. Sie fragte Kerek über mich aus. Es ist ihr völlig gleichgültig, daß du keine echte Prinzessin bist, und ich ein ehemaliger Sklave ohne Zukunft und Vergangenheit. Sie scheint uns für geeignet zu halten, dem Danelagh einen künftigen Herrscher zu bescheren.«

»Was für eine kalte, berechnende Frau!«

»Und obendrein ist sie sehr klug. Du hast ihr gedroht, die Wahrheit auszuposaunen, wenn man dich zwingt, Ragnor zu heiraten. Die Königin wünscht diese Ehe um jeden Preis. Sie hat einen Plan, ich weiß nur nicht welchen.«

»Ich finde es heraus.«

Er mußte lachen.

»Ach Cleve, du bist hier. Aber das bedeutet, daß Kiri wieder in Hungerstreik getreten ist. Oder hast du sie mitgebracht?«

»Nein, sie ist auf der Habichtsinsel. Sie ißt, weil ich ihr hoch und heilig versprochen habe, dich zurückzubringen. Sie zählt nicht einmal Holzstöckchen.«

Sie sank abermals an seine Brust und spürte enorm große Brüste. Er lachte und schob sie von sich. »Verschmier mir nicht die Schminke. Ragnor ist verschossen in meine Schönheit. Laß die Umarmung. Du verschiebst meine Brüste.«

»Wenn du mich befreit hast, Cleve, machst du mich dann schwanger? Ich meine *wirklich* schwanger? Ich bin schon nahe dran, die Väter dieses nicht vorhandenen Kindes durcheinanderzubringen.«

»Ich muß wohl. Die Götter wissen, welch armen Kerl du dir sonst als nächstes Opfer aussuchst.« Er wünschte, ihr Gesicht sehen zu können. Sie spürte seine Finger, wie sie ihren Mund berührten, ihre Wange, ihre Nase. Sie wünschte sich sehnlichst, ihn küssen zu dürfen. Sie spürte seinen warmen Atem an ihrem Ohr, als er flüsterte: »Ich bin froh, daß Ragnor dir keine Gewalt angetan hat. Eine Frau, die von einem Mann mit Gewalt genommen wurde, ist beim nächsten Mann im Bett gehemmt, auch wenn sie glaubt, ihn zu begehren.«

»Woher weißt du das?«

»Ich habe es gesehen. Vergiß nicht, ich war fünfzehn Jahre Sklave. Ich habe viel Leid gesehen.«

»Aber jetzt wird alles anders. Jetzt hast du mich.«

»Scheint so«, lachte er, tätschelte ihre Wange und erhob sich. »Schlaf jetzt und unternimm nichts auf eigene Faust. Ich habe keine Lust, Brandherde hinter dir löschen, die du entfacht hast. Ich entscheide, was wir tun. Gehorche mir, Chessa, oder du stürzt dich ins Unglück.«

Alle behandelten sie mit großer Ehrerbietung, auch der Wachtposten, der ihr auf Schritt und Tritt folgte. In zwei Tagen sollte sie Ragnor heiraten. Isla flirtete heftig mit Ragnor und gab ihm reichlich Met zu trinken.

Cleve hatte befohlen, alle weiteren Schritte ihm zu überlassen. Warum? Sie war weder dumm noch zimperlich. Ein ganzer Tag verstrich und nichts passierte. Sie mußte etwas unternehmen. Wenn sie sich retten konnte, würde es ihr auch gelingen, Cleve zu retten. Trällernd begab sie sich zum Gemach der Königin, die sie gerufen hatte.

Es war kurz vor Einbruch der Nacht, im letzten Licht der Abenddämmerung. Der Garten hatte seinen Glanz, seine bunte Pracht verloren. Tiefe Schatten krochen aus den Winkeln. Sträucher und Stauden wirkten wie bedrohliche dunkle Gestalten.

Die Stimme der Königin holte sie aus ihrer Beklommenheit. »Du bist du ja endlich, Chessa. Komm und setz dich. Wir wollen die Abendstille genießen. Später werde ich gemeinsam mit dem König, dir und Ragnor speisen. Der König soll sich unzufrieden über die Dienerin zu seiner Linken geäußert haben, die versäumte, eine Speise vorzukosten. Man hätte ihn vergiften können. Ich möchte verhindern, daß er sie bestraft. Nun setz dich, mein Kind.«

»Ich bin kein Kind, und ich gehöre nicht Euch.«

»Bald gehörst du mir. Du wirst lernen, daß das Leben dir nicht immer das gibt, was du erwartest. Sieh mich an.«

»Majestät, Ihr seid eine Frau, die alles hat, was sie sich wünschen kann; eine Herrscherin, die ihre Macht nach Herzenslust ausspielt; eine Mutter, die ihren einzigen Sohn so wenig liebt, daß sie ihn kaltblütig mit einer Frau verheiratet, die ihn haßt, die sich niemals von ihm berühren läßt, und die das Kind eines anderen erwartet. Da ist mir meine Stiefmutter lieber, und sie ist wahrlich sündig und verdorben. Aber sie steht wenigstens zu ihrer Verdorbenheit.«

Turella verspürte einen zornigen Stich, wußte jedoch, daß das Mädchen sie bewußt mit der gnadenlosen Wahrheit reizte. Sie seufzte. »Hier trink etwas von der köstlichen Zitronenlimonade.« Turella schenkte sich ebenfalls einen Becher ein und trank durstig.

Erst danach sagte Chessa: »Ja, gern«, und leerte einen Becher.

Sie saßen nebeneinander auf der Steinbank. Turella erzählte ihr von Bulgarien, von endlosen Steppen, Dörfern mit strohgedeckten Häusern, von schwer bewachten Handelsstraßen. Sie erzählte von Kiew, das die Schweden eingenommen hatten, die ihre Herrschaft nach Süden und Osten ausdehnten.

Chessa hörte entspannt zu. Die Worte der Königin klangen weich und leise, wie aus weiter Ferne. Sie horchte auf das leise Brummen der Nachtfalter. Betörender Rosenduft lag über dem Garten. Wie schön, dachte sie, daß Blumen auch nachts dufteten. Mit der Dunkelheit hüllte sie die Süße und samtige Schwere der lauen Nachtluft ein. Lächelnd sank sie von der Bank ins weiche Gras.

Turella erhob sich. »In deinem Alter, Prinzessin, wäre ich auch darauf hereingefallen. Du wirst dich für dumm halten, zuzulassen, daß ich dich betäubte. Doch du bist nicht dumm. Ich durfte nicht bis zum letzten Augenblick warten, um zu handeln. Sonst hättest du die Limonade nicht angerührt, selbst wenn ich vorher davon getrunken hätte.«

Die Königin rief die Wachen. Einer hüllte Chessa in eine warme Decke und schwang sie sich über die Schulter.

»Folgt mir«, befahl die Königin.

Am nächsten Nachmittag erteilte Baric dem Prinzen Unterricht an einer neuen Harfe und lehrte ihn ein Liebesgedicht. Isla kauerte demütig zu Barics Füßen.

»Ich will kein Liebesgedicht lernen«, schmollte Ragnor. »Morgen heirate ich die Prinzessin. Dann brauche ich ihr nichts mehr vorzumachen und keine dummen Gedichte vorzutragen. Außerdem werde ich sie erst wieder zur Hochzeitsfeier sehen. Meine Mutter hat sie eingesperrt, damit sie keine Dummheiten macht. Am liebsten wäre mir, sie würde vergessen, wo sie die dumme Gans versteckt hat, aber meine Mutter vergißt nie etwas.«

Isla warf Ragnor verführerische Blicke zu: »Hoheit, wie schade, daß Ihr diese Schlampe heiraten müßt. Sie weiß nicht zu schätzen, was sie an Euch hat. Ihr fehlt jedes Verständnis für Eure Kunst. Das ist mir unerklärlich.«

Baric schlug die Harfe lauter und blickte angestrengt auf seine Füße.

Ragnor zuckte die Achseln. »Mir auch. Angeblich liebt sie einen anderen, obwohl sie mich kennt. Früher mochte sie mich gern, doch dann änderte sie sich. Dabei habe ich nur versucht, sie zu beschlafen. Sie ist sehr eigensinnig.« Er seufzte tief. »Sie ist wie meine Mutter.«

»Aber die Königin ist dem König völlig untertan. Auch Ihr werdet die Prinzessin unterwerfen.«

»Pah!« entfuhr es Ragnor. »Du kennst meine Mutter nicht, Isla. Du hast keine Ahnung.«

»Noch einen Becher Met, Hoheit? Ich habe an Euch gedacht, als ich ihn braute. Er schmeckt voll und dunkel, so wie eine Frau schmecken sollte – wie ich schmecke. Die Dirne schmeckt vermutlich schal wie Ziegenpisse.«

Ragnor lief das Wasser im Mund zusammen. Isla zog einen vollen Ziegenbeutel unter ihrem Gewand hervor. Sein Blick heftete sich lüstern auf ihre prallen Brüste. Für seinen Geschmack trug sie zuviel Schminke auf. Die Augenklappe störte ihn nicht, das alles war unwichtig. Der gute Met war wichtig, und daß sie ihn anbetete.

Er trank gierig und spürte ihr Lächeln. Er wischte sich mit dem Handrücken über den Mund. »Dein Met ist noch besser als Uttas. Teilst du mit mir das Lager, wenn ich mit Chessa verheiratet bin? Und braust mir köstlichen Met?«

»Ich denke darüber nach. Wißt Ihr, Prinz Ragnor, eine andere Frau müßte dieser dummen Prinzessin sagen, welches Glück sie hat. Vielleicht sollte ich mit ihr reden. Ich würde ihr die Augen öffnen und ihr verständlich machen, welche Ehre es für sie ist, Eure Gemahlin zu sein. Möglicherweise ist sie von diesem anderen Mann gar nicht schwanger. Vielleicht ist es nur wieder eine Lüge. Ich könnte sie dazu bringen, mir die Wahrheit zu sagen.«

»Wenn meine Mutter keinen Erfolg bei ihr hatte, ist alles hoffnungslos. Die Königin war sogar gezwungen, sie zu betäuben. Ich glaube, sie ist immer noch besinnungslos.«

Isla zuckte gleichgültig die Achseln und schenkte Ragnor mehr Met ein. »Es wäre einen Versuch wert. Schaden kann es doch nicht.«

»Ich denke darüber nach. Baric, ich will Met trinken und keine blöden Gedichte auswendig lernen. Ich will Isla ansehen. Sie wird mir die Stirn kühlen. Spiel für uns.«

»Ja, Hoheit«, antwortete Baric, den Blick immer noch auf seine Schuhe gerichtet, froh, sein Gesicht unter dem Bart verdeckt zu wissen.

»Schmeckst du wirklich süß und dunkel, Isla?«

»Keine Frau schmeckt dunkler und süßer als ich, Hoheit.«

»Das verstehe ich nicht.«

»Ich auch nicht, Hoheit. Aber es klingt hübsch.«

Baric sang lauter, und seine melodische Stimme erfüllte den Raum.

»Noch etwas Met, Hoheit?«

»Ich bin sehr müde, Isla. Sehr müde.«

»Dann bettet Euer königliches Haupt in meinen Schoß und ruht Euch aus. So ist es gut.«

Ragnor begann zu schnarchen. Isla blickte zu den Wachen hinüber, die mit gelangweilten Gesichtern den Eingang flankierten.

»Dein Lied ist wunderschön, Baric. Damit hast du den Prinz in den Schlaf gesungen.«

»Ja. Ich muß mich erleichtern. Willst du, daß ich Ragnor trage?«

»Es sähe wohl merkwürdig aus, wenn ich ihn tragen würde.«

»Nimm meine Harfe. Und paß auf, daß dir deine Brüste nicht aus dem Mieder kullern.«

# KAPITEL 16

Cleve erhob sich, als Kerek in Barics Kammer trat.

»Was soll das heißen, du willst die Prinzessin sprechen, Baric? Was macht die Frau hier?«

»Ich grüße dich, Kerek.«

Kerek fixierte das Gesicht unter der dicken Schminke und der Binde über dem rechten Auge, die enormen Brüste.

»Komm Kerek, einen Gruß bin ich dir doch wert.«

»Nein«, entfuhr es Kerek, er wich einen Schritt zurück. »Du bist gar keine Hure. Bist du das, Cleve?«

»Ja.«

»Die meisten Männer wollen mit dir ins Bett gehen, allen voran Ragnor. Du hast dich gut verkleidet. Doch jetzt ist die Maskerade vorbei. Du mußt fort. Die Königin hat Chessa versteckt. Nicht einmal ich kenne das Versteck. Du mußt den Palast verlassen, bevor jemand entdeckt, wer du wirklich bist. Ich will dir nichts tun, aber wenn Ragnor dir auf die Schliche kommt, läßt er dich vierteilen.«

»Soweit kommt es nicht, Kerek. Deshalb bist du hier. Baric, mach die Tür zu. Und nun schlag ich dir einen Handel vor, Kerek. Ich habe Ragnor. Du hast Chessa. Er stirbt, wenn du mir Chessa nicht auslieferst. Ich gebe dir Bedenkzeit bis zur Flut in drei Stunden.«

Kerek schüttelte immer wieder seufzend den Kopf. »Nichts hat bisher geklappt. Nichts. Es begann als einfache Entführung, und von diesem Moment ging alles schief. Ich dachte, nur die Prinzessin könne mich täuschen. Und dann tauchst du als Frau verkleidet auf, angemalt wie eine Hure, und umschmeichelst Ragnor, bis er brünftig die Augen verdreht. Niemand hat bemerkt, daß du ein Mann bist, nicht einmal ich.«

»Sag nur nicht, du wolltest auch mit mir schlafen, Kerek.«

»Ich habe den Kopf mit anderen Dingen voll.«

»Freut mich zu hören. Ragnors Kopf ist nur von meinem Met voll. Meiner schmeckt ihm besser als Uttas, sagt er.«

»Du hast ihm Uttas Met eingeflößt. Ich hätte wissen müssen, daß etwas nicht stimmt.«

»Meine einzige Sorge ist nur, daß die Königin sich weigert, Chessa herauszugeben, weil sie ihr wertvoller erscheint als Ragnor.«

»Sie wird sie herausgeben. Die Dänen würden es nicht hinnehmen, offiziell von einer Frau regiert zu werden. Wieso läßt du die Finger nicht von ihr? Du kannst eine andere Frau haben. Warum muß es ausgerechnet Chessa sein?«

»Hast du nicht selbst gesagt, ich sei zu bedauern, weil ich sie liebe?«

»Das hier hat nichts mit Liebe zu tun. Sieh dich doch an. Kiris Mutter versuchte, dich umzubringen. Vergiß die Liebe, Cleve, und geh fort. Chessa wird hier glücklich sein.«

»Deshalb hat Turella sie betäubt und versteckt, wie? Weil sie genau weiß, wie glücklich sie sein wird. Gib auf, Kerek. Zum letzten Mal, gib auf.«

»Ich muß mit der Königin sprechen.«

»Wieso sprechen wir nicht beide mit ihr?«

Sie fanden Turella im Garten auf Knien beim Unkraut jäten. Sie summte leise vor sich hin.

»Hoheit«, sprach Kerek sie an und berührte sanft ihre Schulter. Sie verharrte einen Augenblick ganz still, dann hob sie den Kopf und blickte Kerek mit solcher Zärtlichkeit an, wie man sie einem Untertan normalerweise nicht entgegen bringt, dachte Cleve erstaunt.

»Ach, Kerek. Warum bringst du mir Barics Hure?«

»Ich bin keine Hure, Hoheit«, entgegnete Cleve. »Ich bin auch keine Frau. Ich heiße Cleve und bin der Vater von Chessas Kind. Ich bin gekommen, um sie mitzunehmen.«

Die Königin wischte sich die Hände an der Gartenschürze ab und erhob sich langsam. Sie blickte Cleve lange an, dann sagte sie gereizt: »Zeig dich mir als Mann. Ich möchte wissen, wie mein Enkelsohn einmal aussehen wird.«

»Vielleicht wird das Kind Chessas Abbild«, entgegnete Cleve.

»Du bekommst sie nicht, Cleve. Entweder du gehst freiwillig, oder ich überlasse dich meinem Sohn. Er hat dir schon einmal übel mitgespielt. Nicht auszudenken, was er jetzt mit dir macht.«

»Ragnor macht gar nichts mit mir, Hoheit. Euer Sohn liegt schnarchend in einem Versteck, betäubt, so wie Ihr die Prinzessin betäubt habt.«

Die Königin wich erschrocken zurück. Kerek hielt ihren Arm. »Sagt er die Wahrheit, Kerek?«

»Ja. Ich weiß nicht, wo er Ragnor versteckt hält. Er will Ragnor gegen die Prinzessin tauschen.«

»Und zwar jetzt sofort«, fügte Cleve hinzu. »Bringt mich zu Chessa.«

Die Königin schüttelte den Kopf. »Ich kann nicht. Sie muß Ragnor heiraten. Eines Tages muß sie das Danelagh regieren.«

Cleve lächelte kalt. Plötzlich hatte er ein kleines, sehr scharfes Messer unter seinem Umhang hervorgeholt, packte Kerek und hielt ihm die Messerspitze an den Kehlkopf.

»Zuerst schlitze ich Kereks Kehle auf, dann töte ich Ragnor. Ihr könnt Chessa behalten, nur weiß ich nicht, was Ihr mit ihr anfangen wollt. Wie ich das Mädchen kenne, werdet Ihr Eure Entscheidung bald bedauern. Gebt auf, Majestät.« Er drückte die Messerspitze an Kereks Hals. Ein Blutstropfen lief die glatte Klinge hinab.

Turella trat vor. »Nein, tu ihm nicht weh! Kerek, ich bin ratlos.«

»Soll er mich getrost töten, Turella, das stört mich nicht. Aber er wird auch Ragnor töten und was dann? Cleve hat recht. Das Spiel ist aus.«

Die Königin blickte stirnrunzelnd auf ihre mit Erde verschmutzten Hände. »Wir finden eine dumme, kleine Frau für Ragnor. Aber das bedeutet, daß ich das bleiben muß, was ich bin, Kerek. Ich darf nicht sterben.«

»Ihr werdet nicht sterben«, tröstete sie Kerek.

»Welch rührende Szene«, unterbrach Cleve. »Nun, was ist mit dem Tausch?«

Die Königin nickte. »Laß Kerek los.«

Cleve gab ihn frei und wischte die Messerspitze an seinem Ärmel ab. »Bring mich zur Prinzessin.«

Die Königin wollte Einspruch erheben, doch Kerek legte ihr sanft die Hand auf den Arm. »Ihr könnt ihm glauben. Er hält sein Wort und wird Ragnor freilassen.«

Chessa ruhte auf einem Lager aus weichen Pelzen in einer Vorratskammer. Zwei Wachen hockten neben ihr, die sich beim Eintreten der Königin eilig erhoben.

»Laßt uns allein!« befahl sie.

Cleve sank neben Chessa in die Knie und rüttelte sie sanft. »Sie ist noch immer ohne Bewußtsein. Ihr habt sie doch schon gestern betäubt.«

»Die Wirkung der Droge wird erst morgen früh nachlassen. Sie sollte das Bewußtsein nur so weit wiedererlangen, daß sie während der Hochzeitsfeier tut, was man ihr sagt.«

Chessa stöhnte, ohne die Augen aufzuschlagen.

»Kerek, du kommst mit mir. Wenn Chessa wohlbehalten an Bord des Schiffes ist, verrate ich dir, wo du Ragnor findest.«

Es ging alles sehr schnell. Der letzte Blick, den Cleve auf die Königin warf, ließ ihn schmunzeln. Ihre Finger trommelten gegen die Schläfen. Die Frau war schon wieder am Pläneschmieden. Bald würde wohl ein unwissendes, junges Mädchen in Ragnors Bett liegen.

Nach einer Stunde hatten sie den Hafen von York hinter sich gelassen.

»Ist die Prinzessin immer noch nicht wach, Cleve?« rief Hafter herüber.

»Nein. Ich fange an, mir Sorgen zu machen. Sie ist so bleich, und ihre Haut fühlt sich trocken an. Hätte ich nur die Königin gefragt, mit welcher Droge sie betäubt wurde.«

Gunleik riet: »Mach ein Tuch naß und wisch ihr damit übers Gesicht. Vielleicht weckt der Schock sie auf.«

Er betupfte ihr mit einem nassen Lappen Gesicht und Hals. Zum ersten Mal bemerkte er ihre langen Wimpern. Ihre Lippen waren trocken und rissig.

Seine Besorgnis stieg. Zerstreut aß er, was Hafter ihm hinhielt, getrockneten Hering und etwas Brot. Sie rührte sich immer noch nicht. Cleve rüttelte sie und tätschelte ihr Gesicht. Aber sie wachte nicht auf. Gunleik riet, sie weiterhin mit dem nassen Tuch abzuwischen.

Er trug sie in den überdachten Laderaum, legte sie sanft auf ein paar Decken und streckte sich neben ihr aus. Er nahm ihre schmale Hand, die sich so trocken und heiß anfühlte.

Dann streifte er ihr die Kleider ab und wusch ihren Körper mit dem nassen Tuch. Sie wollte immer noch nicht aufwachen.

Kurz nach Tagesanbruch sagte Gunleik: »Die Königin hat ihr wohl etwas zu viel gegeben. Sie muß aufwachen, sonst stirbt sie.«

Es war nicht das erste Mal in seinem Leben, daß Cleve sich hilflos und ohnmächtig fühlte. Sie durfte nicht sterben. Sie war Kiris zweiter Papa. Und auch er brauchte sie. Eine furchtbare Angst bemächtigte sich seiner. »Was sollen wir tun?«

Gunleik machte ein ratloses Gesicht.

»Sie muß aufwachen. Sie ist seit fast zwei Tagen bewußtlos.«

Rorik war herangetreten. »Wir müssen sie ins Wasser tauchen. Wir rudern nahe an den Strand, dann springst du mit ihr ins kalte Wasser. Vielleicht wird sie durch den Schock wach. Mirana hat das einmal mit unserem kleinen Ivar gemacht, und es hat geholfen.«

Cleve hielt den Vorschlag für verrückt, aber es schien die letzte Hoffnung.

Als das Boot wenige Meter vom Ufer entfernt war, hob Cleve die bewußtlose Chessa hoch und sprang mit ihr über Bord. Beide gingen sie unter. Das Wasser war so kalt, daß ihm die Luft wegblieb. Er tauchte prustend auf, fand Grund unter den Füßen und hielt Chessas Kopf über Wasser. So hielt er sie einige Zeit, bis sie plötzlich tief Luft holte, schauderte und ihn japsend von sich schieben wollte.

»Du bringst mich um«, schrie sie gurgelnd. »Ich sterbe vor Kälte. Bitte, Cleve, bring mich nicht um. Ich sag' auch nie mehr, daß ich ein Kind von dir bekomme.«

Erleichtert und unendlich glücklich hob er sie hoch und küßte sie mitten auf den Mund. »Ich hätte mir denken können, daß du beim Aufwachen als erstes von meinem Kind sprichst. Komm, wir wollen ins Trockene.«

Sie blickte zum Schiff und zu den Männern, die lachend über den Bootsrand hingen. »Du bist nicht mehr Isla. Was ist passiert? Wo ist die Königin?«

Cleve lachte und hob sie Hafter entgegen, der sie ins Boot zog. »Ich wollte sie schon den Fischen vorwerfen, aber sie hat mich nicht losgelassen.«

»Was ist los? Wo sind wir?«

Cleve kletterte ins Boot, schüttelte sich wie Kerzog und grinste. »Wir haben dich befreit. Die Königin gab dir einen Schlaftrunk. Im Gegenzug gab ich Ragnor einen Schlaftrunk. Dann haben wir einen Tausch gemacht. Die Königin war zwar nicht einverstanden, begriff aber, daß du ohne Ragnor als formellen König das Danelagh nicht regieren kannst. Leider erwachte der reizende Prinz nicht, als wir ihn Kerek und der Königin übergaben. Es hätte mir großen Spaß bereitet, ihm zu sagen, daß seine Isla, in die er so vernarrt ist, sein schlimmster Alptraum ist – nämlich ich – und daß ich ihm Uttas Met zu trinken gab. Du bist in Sicherheit, Chessa. Nun wollen wir uns beide trockene Sachen anziehen.«

»Ich habe großen Hunger, Cleve. Ich hab' seit gestern nichts gegessen.«

»Du hast seit zwei Tagen nichts zwischen die Zähne bekommen«, sagte Rorik und reichte ihr eine Decke. »Wie fühlst du dich?«

»Mir ist kalt und ich bin am Verhungern.«

»Dann komm«, sagte Cleve. »Möchtest du an meinen Brüsten saugen? Ich habe sie mitgenommen. Der arme Baric wollte sie nicht behalten. Ihr Anblick hätte ihn wohl zu traurig gestimmt, wir hatten großen Spaß miteinander.«

»Diesmal hättest du mich Stöckchen zählen lassen sollen, Papa. Sie wären mir nicht ausgegangen.«

Cleve küßte Kiri. »Schluß mit Stöckchenzählen. Ich habe mein Versprechen gehalten. Hier ist Chessa.«

»Papa!« Kiri warf sich an Chessas Brust und schlang ihre dünnen Ärmchen um ihren Hals.

Chessa lachte und küßte das Gesicht der Kleinen. »Dein Papa – dein erster Papa – war ein großer Held. In York hielt man ihn für Thor, der mit Blitz und Donner vom Himmel fuhr, um dem König und der Königin Angst zu machen, bis sie mich freiließen. Und du warst sehr brav, Kiri. Ich bin stolz auf dich, daß du nicht wieder in Hungerstreik getreten bist.«

»Tante Laren sagt, seit ich zwei Papas habe, bin ich etwas Besonderes. Meine Papas wären furchtbar traurig, wenn mir etwas zustoßen würde. Also habe ich brav gegessen.« Damit entwand sich Kiri Chessas Armen und rannte nach draußen, um mit Aglida zu spielen.

Cleve wandte sich an Mirana. »Chessa und ich werden heiraten, damit sie nicht noch mehr Dummheiten anstellt. Ich habe jetzt schon graue Haare. Ich schicke Boten zu Herzog Rollo und König Sitric.«

»Morgen«, krächzte die alte Alna. »Morgen ist Hochzeit. Und dann wird sie endlich richtig schwanger. Rorik, warum hast du Torric nicht mitgebracht? Er ist ein so schöner Mann.«

Während des Nachtmahls und danach erzählte Cleve von seinen Abenteuern in York. Er zeigte seine Verkleidung und alle baten ihn, sich nur noch ein einziges Mal in Isla zu verwandeln. Er weigerte sich standhaft mit der Begründung, Kiri würde an ihrem Papa verzweifeln.

Laren stellte viele Fragen über die Höflinge und den Palast in York, die Cleve und Chessa ausführlich beantworteten. Bald würde Laren eine Skaldengeschichte daraus spinnen. »Ich bitte dich inständig, Laren«, flehte Cleve, »laß mich ein Mann bleiben. Mir graut vor dem Gedanken, wie die Leute mich ansehen und hinter meinem Rücken tuscheln, wenn in deiner Geschichte vorkommt, Cleve von Malverne hat sich als Hure mit Riesenbrüsten verkleidet und sich das Gesicht mit dicker Schminke zugekleistert, um die junge, eigensinnige Prinzessin zu befreien.«

Laren versetzte ihm einen scherzhaften Schubs. »Das muß ich mir noch überlegen. Ein paar Tage nach der Hochzeit werde ich Chessa fragen. Wenn sie glücklich ist, darfst du der allmächtige Thor bleiben.«

Cleve grinste Laren zufrieden an, die er liebte wie seine Schwester. »Ich werde mein Bestes tun, Laren.«

Kurz vor der Hochzeitsfeier am folgenden Nachmittag fragte Kiri: »Willst du Chessa wirklich heiraten, Papa? Du wolltest doch nie eine andere Frau seit Mama.«

»Ich glaube, sie ist nicht nur ein guter zweiter Papa, sondern auch eine gute Frau. Ich muß sie heiraten, Kiri.«

»Und warum?« fragte Kiri stirnrunzelnd.

»Wenn ich sie nicht heirate, fängt sie an, Stöckchen zu zählen und wird bald so mager sein, daß der nächste Windstoß sie von den Felsklippen weht. Sie will nicht von uns beiden getrennt sein, deshalb muß ich sie heiraten.«

»Ich rede mit ihr, Papa.« Damit rannte Kiri zu Chessa, die bei Tante Mirana und Tante Laren stand.

»Na, meine kleine Schönheit«, empfing Chessa sie und hob sie hoch. »Du bist ein großes Mädchen geworden. Bald kann ich dich nicht mehr tragen.«

»Aber du bist mein zweiter Papa. Papas sind stark.«

»Dann muß ich mir mehr Muskeln zulegen.« Sie setzte Kiri wieder ab. »Nun, Liebling, wie gefällt dir mein Kleid?«

Kiri umrundete sie mit kritischen Blicken. Chessa hob eine Augenbraue. »Na?«

»Ich weiß nicht, wie ich dich jetzt nennen soll.«

Mirana meldete sich zu Wort. »Wie wär's mit Mama?«

»Das kannst du dir ja noch überlegen, Kiri«, sagte Chessa. »Sag, wie gefällt dir mein gelbes Kleid?«

Kiri nickte bedächtig. »Papa sagt, er muß dich heiraten, weil du sonst Stöckchen zählst und nichts mehr ißt.«

»Das stimmt.«

Kiri nickte und lief weg.

»Kinder«, meinte Entti kopfschüttelnd.

»Und Männer«, ergänzte Laren.

## KAPITEL 17

Der Nachmittagshimmel über der Habichtsinsel strahlte blau, und es duftete nach Heidekraut und Ginster. Die Gischt wehte feuchten Tanggeruch vom Meer herauf.

Wie es der Brauch war, hatten die Männer hinter Cleve und die Frauen hinter Chessa Aufstellung genommen. Auch die Kinder standen in einer Gruppe, wobei sich die größeren darum kümmerten, daß die Kleinen einigermaßen Ruhe bewahrten. Die Haustiere hatten sich zu den Kindern gesellt, nur Kerzog lag bei Chessa und hatte den Kopf auf ihre Füße gebettet.

»Da Sira deine Stiefmutter ist«, krächzte die alte Alna, »brauchst du keine Angst zu haben, daß sie dir Cleve ausspannt, wie sie es mit Rorik versucht hat. Sie wollte Rorik verführen und hätte meine kleine Mirana beinahe getötet. Aber ich habe sie gerettet.«

Rorik, der Herr der Habichtsinsel, verschaffte sich mit lauter Stimme Gehör. »Die Götter bescheren uns einen strahlend schönen Sommertag zur Vermählung von Cleve von Malverne mit Chessa, der Tochter des König Sitric von Irland. Nun vernehmt alle den Treueschwur des Brautpaars.«

Cleve trat vor, nahm Chessas Hände in seine und zog sie sanft in die Mitte des Kreises. »Kerzog, mach Platz!« brummte er und schob den Hund beiseite. »Du kannst sie wieder in Beschlag nehmen, wenn ich mit ihr fertig bin.«

Die Hochzeitsgäste lachten.

Cleve spürte die Kälte ihrer Hände. »Hab keine Angst«, murmelte er. »Ein Papa darf keine Angst haben.«

»Ich hab' keine Angst, ich fürchte mich zu Tode. Ich war noch nie verheiratet, Cleve.«

Er lächelte ihr aufmunternd zu und sprach mit lauter Stimme: »Ich lege dir mein Leben zu Füßen, alles was ich besitze und alles, was ich je besitzen werde.« Er hob ihren Arm hoch. »Unsere Zukunft liegt im ungewissen, doch bald werde ich erfahren, wer ich bin, und woher ich komme. Du, Chessa, wirst stets an meiner Seite sein. Ich gelobe, dich stets in Ehren zu halten und täglich zu Freya um reichen Kindersegen zu beten.«

Chessa umfing Cleves Handgelenk und hob seinen Arm in die Höhe. »Du bist mein Gefährte, du wirst mir immer zur Seite stehen. Ich gelobe dir Treue. Ich beschütze dich mit meinem Leben. Gemeinsam werden wir Schottland erobern. Ich liebe deine Tochter wie mein eigenes Kind. Ich liebe dich mit aller Kraft, die in mir ist. Ich habe dich vom ersten Augenblick an geliebt, als ich dir im Schloßgarten in Dublin begegnet bin. Du bist mein Gemahl jetzt und in alle Ewigkeit.«

Gewöhnlich wurde bei einer Wikingerhochzeit nicht von Liebe geredet. Die Schwüre handelten von Treue, Ehre und Wahrhaftigkeit. Treue zur Sippe, zum Häuptling, zum König.

Tiefe Stille war eingetreten. Cleve blickte ihr mit seitlich geneigtem Kopf tief in die Augen. »Schon damals hast du mich geliebt?« fragte er leise, war aber in der Stille von allen zu hören.

»Ja«, antwortete sie. »Ich habe nie einen schöneren Mann gesehen. Goldblond und stark. Es ging ein Leuchten von dir aus, als du vor mir im Garten standest.«

Er beugte sich vor und küßte ihren Mund. Die Stille barst, und alle brachen in Jubel und Hochrufe aus. Cleve nahm sie in die Arme und bettete ihr Gesicht an seine Schulter.

»Papa!«

»Welcher?« fragte sie und wandte sich ihrer neuen Tochter zu.

»Mein einziger Papa«, entgegnete Kiri.

Lachen mischte sich in die Hochrufe.

Cleve hob seine Tochter hoch. »Nun hast du eine neue Mama, die obendrein dein zweiter Papa ist.«

Kiri schaute Chessa stirnrunzelnd an. Langsam streckte sie die Hand aus und berührte Chessas Wange. »Ich weiß nicht recht«, sagte Kiri.

»Ich auch nicht«, antwortete Chessa. »Wir finden es gemeinsam heraus.«

Trotz der späten Stunde war das Hochzeitsmahl noch in vollem Gange. Die Gespräche der Gäste waren lauter und derber geworden. Es wurde viel gelacht und gescherzt. Es gab auch einige gutmütige Raufereien zwischen den Männer von Malverne und der Habichtsinsel, doch Cleve achtete darauf, daß es zu keiner ernsthaften Schlägerei kam.

»Ein wunderbares Fest«, sagte Chessa zu ihrem frischgebackenen Ehemann.

»Wirst du mir wirklich immer treu sein, Chessa? Wirst du immer bei mir bleiben, bis ich aufhöre zu atmen?«

»Ja«, antwortete sie, stellte sich auf die Zehenspitzen und küßte ihn auf den Mund. Von allen Seiten gab es Zurufe, Ratschläge, Jubel. Sie spürte seine Zunge auf ihrer Unterlippe und erbebte leicht. Er hob den Kopf und grinste.

Die alte Alna kreischte: »Sie wird williger, wenn du ihr noch einen Becher von Uttas Met in die Gurgel gießt.«

Cleves Finger strichen sanft über ihre Kehle. Chessas Magen knurrte, und er lachte. »Komm Frau, ich füttere dich lieber mit saftigem Wildschweinbraten. Wie wunderbar er duftet!«

Die Tische bogen sich unter der Last der Schüsseln und Platten. Die Schöpfkellen an den Fässern mit Wein und Bier kamen nicht zur Ruhe. Laren erzählte drei Geschichten, bis sie vom reichlichen Metgenuß kichernd vom Tisch fiel, in Merriks Armen landete und beide eng umschlungen lachend auf der Erde kugelten. Kerzog war zu vollgefressen, um an der Balgerei teilzunehmen. Er vermochte nur gelegentlich den Kopf mit fragendem Blick zu heben, ob ihm noch jemand einen saftigen Fleischhappen hinhielt.

Die Kinder waren längst ins Haus gebracht worden und schliefen.

Chessa hatte nicht einen Schluck Bier getrunken, ja nicht einmal an Uttas berühmtem Met gerochen. Sie war zu aufgeregt. Und Cleve wußte das. Er sah sie immer wieder an, und ein feines, geheimnisvolles Lächeln umspielte seine Mundwinkel, ein Lächeln, das ihr Dinge versprach, von denen sie noch nichts wußte.

Rorik, dessen Magen rebellierte, wenn er mehr als einen Becher Met trank, war ebenso nüchtern wie Chessa. Gegen Mitternacht sagte er zu ihr: »Du hast Cleves Leben völlig verändert. Merrik und ich, wir haben uns Sorgen um ihn gemacht. Er hat unendlich viel Leid erduldet, ein Leben voll Schmerz und Erniedrigung. Es grenzt an ein Wunder, daß er noch lachen kann, und daß er die Schönheit eines Sonnenuntergangs genießen kann. All das zeugt von einer inneren Kraft, wie sie nur ein Wikinger besitzt.«

»Ich werde ihn beschützen, Rorik, ich schwöre es«, versprach Chessa ernsthaft. »Ich werde ihm alles geben, was in meiner Macht steht.«

»Das hast du auch schon bei der Zeremonie gesagt. Die Frauen waren bewegt, die Männer ungläubig.«

»Männer sind immer ungläubig. Ich werde trotzdem immer für ihn da sein. Er weiß, daß ich ebenso geschickt mit dem Messer umgehe wie er.«

»Nicht ganz«, widersprach Cleve, der hinter sie getreten war, ihr Haar im Nacken hob und ihre feuchte Haut küßte. Sie erschauerte. Er stellte sich neben sie und strich mit den Fingern durch ihre schwere Haarfülle. »Schwarz wie die Sünde, genau wie Miranas Haar. Vergiß nicht, ich habe fünf Jahre auf Malverne gelebt. Merrik ist mir wie ein Bruder. Er ist ein tapferer Kämpfer, er hat mir alles beigebracht, was ich kann. Und er hat mich gelehrt, Vertrauen zu haben. Ja, ich hatte großes Glück, Rorik. Nun möchte ich meine Frau an ein verschwiegenes Plätzchen führen und sie in die Geheimnisse der Lust zwischen Mann und Frau einweihen. Freya mahnt mich den ganzen Abend an meine Pflichten. Wir sind bald wieder zurück.« Damit zog er seine Braut mit sich durch die Palisadentore in die Nacht.

»Ihr könnt Miranas und meine Kammer haben«, rief Rorik den beiden nach.

»Vorsicht, der Weg ist gefährlich«, warnte Cleve und zog sie näher, drehte sie sanft zu sich und hob ihr Kinn. Seine Finger glitten über ihre Schultern und umfingen ihre linke Brust. »Dein Herz schlägt aufgeregt, wie schön«, raunte er. Chessa wagte kaum zu atmen. Er beugte sich vor und küßte sie auf den Mund. »Öffne deine Lippen, Chessa.«

Sie gehorchte, stellte sich auf Zehenspitzen und preßte ihren Busen gegen seine gewölbte Hand. Seine Zunge glitt ihre Unterlippe entlang. »Cleve, mir ist so seltsam zumute. Ich möchte schreien.«

»Schrei doch.« Nun drängte seine Zunge in ihren Mund. Chessa stöhnte auf.

»Beiß mir nicht die Zunge ab«, warnte er und knabberte an ihrem Ohrläppchen.

»Tut mir leid, aber das kam so überraschend. Und ich stehe einfach da wie eine dumme Gans.«

Er ließ sie los und verschränkte die Arme vor der Brust. »Eine herrliche Vollmondnacht, findest du nicht auch?«

Ihr Herz schlug rasend schnell. Ihr Bauch verkrampfte sich. Sie wollte ihn küssen, ihn berühren, von ihm berührt werden. Sie wollte an seinem Ohrläppchen knabbern.

»Ja«, hauchte sie. »Das Mondlicht ist so hell, daß ich die

beiden Regenpfeifer in ihrem Nest im Ginster dort drüben sehen kann.«

Er nahm sie wieder in die Arme, seine Hand glitt über ihren Bauch und umfing ihre Scham. Sie spürte die Wärme seiner Hand wie Feuer durch den Stoff ihres Rockes.

»Da hat mich noch niemand angefaßt«, flüsterte sie atemlos.

Seine Finger bewegten sich leise und sie erbebte. »Chessa, du machst ein trauriges Gesicht. Was ist los? Spürst du meine Hand nicht gern?«

Sie schaute zu ihm hoch, und ihre Gefühle spiegelten sich deutlich in ihrem Gesicht. »Ich weiß nicht, ob ich es gern habe. Es ist so ungewohnt. Ich will dir nur sagen, Cleve, daß ich dich liebe. Und es macht nichts, wenn du mich nicht liebst. Das wollte ich dir nur sagen.«

Er drückte sie stöhnend an sich. Sie spürte die Hitze seines Körpers und die Härte seines Glieds an ihrem Bauch. Er atmete schwer und wollte sie jetzt auf der Stelle, hier mitten im Ginster und Heidekraut haben. »Chessa«, raunte er heiser in ihren Mund. »Ich will dich. Ich kann nicht mehr warten. Ich wollte mit dir spielen und dich streicheln, bis du vor Lust wimmerst. Aber ich kann nicht warten.«

Er wäre beinahe hintenüber gekippt, so leidenschaftlich warf sie sich in seine Arme. Er taumelte, lachte, küßte sie wieder. Dann legte er sie behutsam auf die Erde, nur um festzustellen, daß der Abhang zu steil, der Boden zu steinig war. Es war schließlich ihr erstes Mal. Leise fluchend richtete er sich wieder auf. »Hier können wir nicht bleiben. Der Boden ist zu hart. Komm, Chessa, schnell.«

Er hielt ihre Hand fest umklammert und eilte zum Haus zurück. Nicht nach rechts und links blickend stürmte er mit ihr im Schlepptau an den Tischen der lachenden Zecher vorbei ins Haus. Es trat ein kurzes Schweigen ein, die geröteten Gesichter wandten sich dem Paar zu, bevor die beiden mit Gelächter und obszönen Bemerkungen überschüttet wurden. Die alte Alna krächzte: »Mach es ihr mit der Zunge, Cleve. Das haben Frauen besonders gern.«

»Pah!« gröhlte Hafter. »Du kannst dich doch an sowas schon lang nicht mehr erinnern.«

»Hör nicht auf Hafter, Alna. Trink lieber noch einen Becher Met«, tröstete Utta und kicherte, als Haakon ihren Hintern tätschelte.

Kerzog lief bellend hinter dem Brautpaar her, blieb dann aber am Haustor mit seitlich geneigtem Kopf stehen, machte kehrt und trottete zu den Zechern zurück.

»Endlich«, keuchte Cleve, sein Brustkorb hob und senkte sich. Hastig zog er das Bärenfell vor den Eingang der Schlafkammer, in der eine Öllampe einen matten Schein verbreitete.

Er legte Chessa auf das Kastenbett, nur um sie gleich wieder hochzuzerren. »Deine Kleider«, krächzte er und nestelte an ihrer Schulterspange.

Chessa mußte lachen. »Ich zieh mich lieber selber aus, Cleve. Sonst muß ich morgen mit einem zerrissenen Kleid rumlaufen.«

Er ließ von ihr ab und riß sich selbst die Kleider vom Leib. Dann stand er nackt und schweratmend vor ihr. Sie trug immer noch ihr Leinenhemd.

»Oh«, hauchte Chessa und schluckte. »Oh«, wiederholte sie, und ihr Blick wanderte vom blonden Kraushaar auf seiner Brust über seinen flachen Bauch bis zum goldenen Nest seiner Lenden, aus dem sich sein Lustglied reckte. Sie schluckte abermals.

»Chessa, mach schnell. Hab keine Angst. Es wird dir gefallen. Ich schwöre es. Beeil dich. Bitte.«

Dann stand sie vor ihm, das Leinenhemd zu ihren Füßen, und er konnte den Blick nicht wenden.

»Ich wollte ganz behutsam sein. Ich habe den ganzen Abend Scherze darüber gemacht. Und jetzt halte ich es kaum mehr aus. Komm, Chessa, komm.«

Er hob sie hoch, grub sein Gesicht in ihre Brüste und saugte an ihren Knospen. Sie bäumte sich auf, ihr Körper angespannt wie eine Bogensehne. Dann lag sie auf dem Rücken, er kniete zwischen ihren Schenkeln und seine Hände streichelten sie überall, zitternd, als wisse er nicht, wo er beginnen und was er als erstes tun sollte. Er hob sie seinem Mund entgegen, und sein heißer Atem berührte ihr weibliches Fleisch.

Sie wand sich. Cleve hob den Kopf, sein Mund glänzte von

ihrer Nässe. Er wirkte gepeinigt. Er schob ihre Knie an ihren Körper und betrachtete ihre Weiblichkeit. »Ich kann nicht warten«, preßte er mit geschlossenen Augen zwischen den Zähnen hervor, den Kopf zurückgeworfen.

Im nächsten Augenblick schob er sich in sie. Sie blieb ratlos liegen, wußte nicht, was und ob sie etwas tun, ob sie sich bewegen sollte. Ihre Gefühle schienen erloschen. Die schmerzliche Sehnsucht in ihr war verschwunden. Sie spürte überhaupt nichts mehr.

Aber sie liebte ihn und würde ihn immer lieben, was auch geschah. Sie war sich aber auch bewußt, daß er sehr groß und sie sehr eng war.

Vor Schmerz legte sie ihm die Handflächen gegen die Brust. »Cleve, bitte hör einen Augenblick auf. Bitte.«

»Ich kann nicht, Chessa. Ich kann nicht. Versuch dich zu entspannen. Du bist so eng, zu eng, aber ich muß tiefer in dich kommen, ich kann nicht warten. Bitte laß locker, Chessa.«

»Ich versuch es.« Seine Hände spreizten ihre Schenkel, er schob sich langsam tiefer in sie. Der Schmerz wuchs. Der Geschlechtsakt war nötig, um Kinder zu kriegen. Sollte er aber nicht auch Spaß machen? Er stieß heftig, nochmal und nochmal. Ihr war, als reiße er sie in der Mitte auseinander. Ihre Bauchhöhle brannte schmerzhaft, sie schrie, und ihre Fäuste trommelten gegen seine Brust – irgend etwas zerfetzte in ihr. Er bäumte sich über ihr auf, zitternd und stöhnend, sein golden behaarter Körper glänzte schweißnaß. Sie wußte nicht, was mit ihm geschah, doch was immer es war, es schien ihm Vergnügen zu bereiten. Also würde es auch ihr Vergnügen bereiten. Aber es tat so weh. Er war nun in seiner vollen Größe in ihr, und sie genoß dieses neuartige Gefühl völliger Vereinigung. Heiß und prall füllte er sie aus, stöhnte tief auf und zog sich zurück, um erneut bebend in sie zu stoßen. Sie rührte sich nicht. Sie hatte große Schmerzen, aber sie rührte sich nicht.

Sie liebte ihn. Wenn er das von ihr wollte, sollte er es haben. Sie biß sich auf die Lippen. Es dauerte sicher nicht mehr lang, war bald ausgestanden. Er bäumte sich über ihr auf, und sie sah, wie er heftig schluckte. Dann schrie er wie ein waidwundes Tier, und sie spürte seinen zuckendheißen Erguß. Sie lag ganz still. Der Schmerz ließ mit dem Abschwellen seines Gliedes nach.

Er lag nun über ihr auf die Ellbogen gestützt, heftig keuchend und schwitzend. Und er roch wunderbar. Sie küßte seine Schulter – schmeckte den salzigen Schweiß und seinen animalischen Duft. Sie leckte seine Haut.

Er holte tief und stockend Luft. »Bei den Göttern, das habe ich nicht gut gemacht. Hab' ich dir weh getan, Chessa? Es tut mir leid, aber ich kann nichts dafür. Verstehst du das? Verzeihst du mir? Ich war ungeschickt wie ein Bauernlümmel, und das tut mir leid. So wollte ich dich nicht nehmen, schon gar nicht beim ersten Mal. Haßt du mich? Haßt du mich, weil ich dir wehgetan habe?«

Sie war benommen und ließ sich in dem Gefühl treiben, ihn in sich und auf sich zu spüren, von ihm geküßt, von seinen Worten eingelullt zu werden. »Du willst soviel auf einmal wissen, Cleve. Nicht jetzt.«

Er legte sich wieder auf sie, und sie genoß die Wärme und Schwere seines Körpers, sein Geschlecht, das immer noch in ihr war. »Du fühlst dich wunderbar an. Du warst unberührt, und ich habe dir wehgetan.« Er zog sich vorsichtig aus ihr und rollte zur Seite.

»Kommst du bitte wieder, Cleve?«

Er stützte sich auf den Ellbogen. »Ich bin da. Und ich bin beschämt. Verzeih mir, Chessa.«

»Ist es immer so?«

»Wie?«

Ihre Finger strichen zärtlich über seine Wange, seine Nase, seine Lippen. »Wirst du mich immer so berühren? Als gehöre ich dir, und du machst mit mir, was du willst? Du machst mit mir, was dir Spaß macht und tust mir dabei weh?«

Er schnappte nach ihrem Finger. »Aber es ist gegenseitig, Chessa. Auch du kannst mit mir machen, was du willst und was dir Spaß macht. Und ich werde dir nie wieder wehtun.«

Das bezweifelte sie zwar, aber sie schwieg. »Aber ich weiß nichts, ich stelle mich so dumm an«, jammerte sie, packte seine Ohren mit beiden Händen, zog sein Gesicht zu sich herunter und küßte ihn. Er lachte. Sie schob ihm die Zunge in den Mund, ohne eigentlich zu wissen, was sie tat und welche Wonnen sie in ihm auslöste.

Er stöhnte in ihren Mund. Seine Zunge betastete die ihre, und eine Welle der Erregung durchflutete sie. »Das ist schön.«

Er küßte sie, und sie schmiegte sich eng an ihn, ihre Hände streichelten seinen Rücken, seine Brust, überall, nur nicht seine Lenden. Er leckte ihr Ohrläppchen und flüsterte: »Berühr mich, Chessa. Berühr mich.«

Sie wußte, wo er ihre Hand haben wollte, ja sie wußte es. Und als sie ihn berührte, spürte sie seine Hitze, seine Nässe, die auch ihre war. Sie ließ ihn los. Er stöhnte.

Erneut schlossen ihre Finger sich um ihn. Sie küßte ihn. Er schmeckte nach ihr und nach sich selbst. Er war hart und fest in ihren Fingern. Das faszinierte sie. Nun wuchs dieses Sehnen in ihr wieder an, tief in ihrem Bauch und in ihren Brüsten. Als er ihre Brüste küßte, durchbebte sie ein lustvoller Schauer. Sie wollte ihn wieder in sich haben.

»Cleve?«

Er küßte ihren Mundwinkel. Seine Hand lag flach auf ihrem Hüftknochen.

»Cleve?«

Er stöhnte leise, rollte von ihr und lag auf dem Rücken. Sie beugte sich über ihn und blickte ihm forschend ins Gesicht. Er war eingeschlafen. Sie hätte ihn gern wachgerüttelt, küßte ihn jedoch nur sanft auf den Mund und löschte die Lampe.

Der erste Schein der Morgendämmerung kroch in die Kammer. Chessa schrie plötzlich auf und fuhr hoch. Sie hatte Schmerzen zwischen den Beinen und fühlte sich klebrig an. Außerdem spürte sie einen schmerzhaften Stich in den Rippen.

Da wurde ihr klar, daß Kiri zwischen ihr und Cleve lag. Die Kleine hatte ihr zweimal den Ellbogen in die Rippen gestoßen.

Kiri beanspruchte den Großteil des Bettes, und Cleve und sie lagen an den äußeren Kanten. Die Kleine träumte, und der spitze Ellbogen stieß wieder zu.

»Jetzt reicht's«, murmelte Chessa und hielt ihren Arm sanft fest. »Cleve, wach auf, wir haben Besuch.«

Cleve war sofort wach, eine Gewohntheit, die ihm in sehr jungen Jahren von seinem ersten Herrn beigebracht worden war, der mit Pelzen und ansehnlichen Knaben handelte. Glücklicherweise hielt er Cleve als Lustknaben für zu jung, deshalb ließ er ihn im Lager Felle sortieren und zählen. Cleve blickte in Chessas verschlafenes Gesicht und dann seufzend auf seine Tochter.

»Papa«, meldete Kiri sich gähnend. »Du hast sie ganz fest gehalten. Es dauerte lange, bis ich mich zwischen euch legen konnte.«

Cleve seufzte erneut und fiel seitlich aus dem Bett. Als er die Augen aufschlug, blickte er in die lachenden Gesichter seiner frischgebackenen Frau und seiner Tochter über sich.

»Du hast keine Kleider an, Papa.«

Chessa warf ihm eine Wolldecke zu und zog Kiri in die Mitte des Bettes. »Nun sag mal, Schatz, was tust du hier? Konntest du nicht schlafen?«

Kiri lächelte und rief: »Kerzog! Du hattest recht. Kerzog, komm! Nein, bleib, ich geh mit dir spielen.«

»Womit sollte der verdammte Köter rechthaben?« brummte Cleve und kroch wieder ins Bett.

»Ich glaube, ich weiß es«, schmunzelte Chessa und kuschelte sich an ihren Ehemann.

»Nein«, entgegnete er mit fester Stimme. »Rühr mich nicht an, Chessa. Du bist wund, und ich faß dich erst wieder an, wenn du nicht mehr entzündet bist.«

Sie schmollte, und er lachte.

## KAPITEL 18

Cleve blickte mürrisch auf Uttas Haferbrei, nicht einmal den Anblick des köstlich zubereiteten Morgenmahls konnte er ertragen. Angewidert schob er die Schale von sich. Er hörte Chessas Lachen und hob den Kopf.

Wie konnte sie lachen, nach alldem, was er ihr angetan hatte? Sie war eine starke Frau und gehörte nicht zu denen, die jammerten und sich beklagten. Aber mußte sie gar so zufrieden tun? So glücklich? Begriff sie denn nicht, was er *nicht* mit ihr getan hatte? Sie hatte ihn angelächelt, wollte, daß er ihr nochmal weh tue, nachdem Kiri gegangen war. Wenigstens war er vernünftig genug gewesen, sich nicht hinreißen zu lassen.

Er erhob sich mißmutig. Hafter, Rorik und Gunleik schlugen ihm einer nach dem anderen derb auf die Schulter.

»Sie sieht recht zufrieden aus«, stellte Hafter fest. »Nicht so zufrieden wie meine Entti nach unserer Hochzeitsnacht, aber immerhin, sie lacht und scherzt.«

»Anscheinend hast du sie mit deiner Lust nicht überfordert«, setzte Gunleik einen drauf. »Das ist auch gut so, man weiß ja nie, wie ein unschuldiges Mädchen reagiert.«

»Ich bin froh, daß sie noch gehen kann«, feixte Merrik, der zur Gruppe trat. »Du hast lange Zeit keine Frau mehr gehabt. Ich hatte schon Befürchtungen, daß du zu leidenschaftlich mit ihr umgehst.«

»Mirana sagt, Kiri kam nachts zu euch.« Nicht einmal diese Bemerkung konnte Rorik sich verkneifen.

Cleve nickte. »Sie gab mir einen Fußtritt, daß ich aus dem Bett flog, rief Kerzog und hielt alles für einen Riesenspaß.«

Gunleik furchte die Stirn: »Du siehst aber gar nicht aus wie einer, der eine leidenschaftliche Nacht mit seiner jungen Braut verbracht hat.«

»Gunleik hat recht«, stimmte Hafter besorgt mit ein. »Du siehst aus, als hättest du Bauchschmerzen und als hättest du etwas furchtbar Dummes mit deiner Braut angestellt.«

Das reichte. Was sollte die blöde Fragerei und diese durchdringenden Blicke? »Verfluchte Scheiße«, schrie Cleve gereizt. »Ich hab keine Bauchschmerzen. Wollt ihr die Wahrheit hören, ihr neugierigen Blödiane? Ich hab' sie nicht befriedigt. Ich bin eingeschlafen wie ein besoffener Flegel.«

Roriks Faust traf Cleves Oberarm. »Das glaub' ich nicht. Wirklich? Du bist eingeschlafen? Gleich danach? Aber Cleve, du beschämst uns alle.«

»Ich gehe in die Badehütte«, knurrte Cleve, ließ die Freunde stehen und rieb sich den Arm im Gehen. Seine frischgebackene Frau würdigte er keines Blickes, die Frau, die ihn vom ersten Augenblick an, als er ihr begegnete, verfolgte, die sich tapfer und stur geweigert hatte, eine Ehe mit dem künftigen König des Danelagh oder dem künftigen Herzog der Normandie einzugehen. Niemand begriff, wieso sie ausgerechnet ihn haben wollte. Nun bereute sie ihre Wahl sicherlich und verachtete ihn. Aber warum lachte sie mit Laren? Warum machte sie ein glückliches Gesicht?

Chessa beobachtete aus den Augenwinkeln jede Bewegung, die er machte, seit er Uttas Haferbrei mürrisch von sich geschoben hatte. Sie sah auch, wie die Männer mit ihm scherzten und ihn zweifellos über die Hochzeitsnacht ausfragten. Sie konnte es kaum erwarten, ihn wieder zu küssen und zu streicheln. Und dann ließ er die Freunde stehen und stapfte aus dem Haus, ohne ihr auch nur einen Blick zuzuwerfen. Was war los mit ihm?

Rorik trat heran, küßte seine Frau und wandte sich an Chessa, ein breites Grinsen erhellte sein gut geschnittenes Gesicht. »Cleve mußte gestehen, daß er in der Hochzeitsnacht versagt hat. Die Männer haben ihm mit ihrem Spott ziemlich zugesetzt. Sag, Chessa, ist er wirklich eingeschlafen?«

Aha, darum ging es also. Chessa senkte den Blick scheu zu Boden. Ihre Stimme war so leise, daß Rorik sich vorbeugen mußte, um sie zu hören. »Ja, kurz vor Morgengrauen ist er endlich eingeschlafen. Ich muß aber gestehen, ich war erleichtert. Niemand sagte mir, wie eine Hochzeitsnacht ist.« Dabei bedachte sie Laren und Mirana mit einem vorwurfsvollen Blick.

»Du warst erleichtert, daß er eingeschlafen ist?« fragte Rorik erstaunt. »Das begreife ich nicht. Wieso zum Teufel warst du froh darüber?«

»Ich war so müde, Rorik«, antwortete sie mit dünner Stimme, den Blick wieder sittsam gesenkt. »Nicht, daß es mir keinen Spaß gemacht hätte, denn Cleve versteht es, die Leidenschaft einer Frau zu entfachen.« Sie erbebte leicht in der Erinnerung. »Aber mal ehrlich, reicht es nicht, wenn ein

Mann eine Frau fünfmal beglückt? Muß er noch mehr wollen? Wird er denn nie müde?«

Rorik blickte sie fassungslos an. »Fünfmal?«

Sie nickte scheu und stumm mit gesenktem Blick.

»Chessa, bist du sicher, daß du richtig gezählt hast?« fragte Rorik streng. »War es wirklich fünfmal, fünfmal *hintereinander, also mit Pausen dazwischen ...« Mirana zupfte ihn am Ärmel. Rorik schüttelte den Kopf. »Bei den Göttern, er schwängert dich heute noch, wenn er so weitermacht. Fünfmal? Bist du sicher, fünfmal hintereinander*?«

Sie nickte, ohne den Kopf zu heben. Ihre Stimme stockte vor Verlegenheit. »Ja, hintereinander. Das fünfte Mal war schwierig, weil ich so müde war, aber Cleve lachte nur, küßte mich und wollte nicht aufhören. Er machte mich sehr glücklich, ich verlor beinahe die Besinnung. Doch dann schlief ich ein, das muß ich zugeben. Ich war froh, daß er mich schlafen ließ. Dann muß er wohl auch eingeschlafen sein.«

Rorik entfernte sich kopfschüttelnd. Mirana bemerkte das belustigte Funkeln in Chessas Augen und begann leise zu lachen. »Das hast du gut gemacht. Du stichst sogar Laren als Geschichtenerzählerin aus. Nun hält sich mein armer Ehemann für einen Versager. Heute nacht wird er sich beweisen wollen. Die Männer werden plötzlich alle an ihrer Männlichkeit zweifeln. Und die Frauen freuen sich.«

»Ich schau mal in die Badehütte«, sagte Chessa und feixte übers ganze Gesicht. Im Gehen fragte sie: »Ist fünfmal mehr als ein Mann in einer Nacht schafft?«

»Ehrlich gesagt, ich weiß es nicht. Vermutlich werde ich es heute nacht herausfinden. Rorik und alle anderen werden sich bemühen, dieser neuen Norm zu entsprechen. Fünfmal *hintereinander*.«

Als Chessa den Vorraum der Badehütte betrat, war Cleve bereits wieder angezogen. Sie trat auf ihn zu, nahm sein Gesicht in beide Hände und küßte ihn. »Guten Morgen, Ehemann,« lächelte sie und küßte ihn wieder. Sein nasses goldblondes Haar hing ihm bis zu den Schultern. Er war voller Lebenskraft, vital und stark.

»Ich geh mit Merrik und Oleg auf die Jagd«, knurrte er

und schob sie von sich. »Hilf du den Frauen, Fleisch und Fische zu trocknen. Wir brauchen eine Menge Proviant, wenn wir nach Schottland aufbrechen. In vier Tagen stechen wir in See. Ich habe schon mit Kiri gesprochen.«

»Gut. Hast du Zeit für ein zweites Bad, Cleve?«

Er spürte ihr Verlangen, und er kam sich vor wie Abfall auf dem Misthaufen. Er hatte versagt, hatte sie mit ihrem Verlangen unerfüllt zurückgelassen, er hatte sich wie ein eigensüchtiger, geiler Bock verhalten. Und jetzt hatte er wieder große Lust, sie auf den Boden zu werfen, ihr die Kleider vom Leib zu reißen und sie zu stoßen. Er mußte sich zusammenreißen. Nicht auszudenken, was Merrik von ihm hielt, wenn er wüßte, wie er seine jungfräuliche Braut behandelt hatte. Sie wollte mit ihm baden? Er erbebte bei dem Gedanken, ihren nackten Körper einzuseifen, sie zu streicheln, sie auf sein hochgerecktes Glied zu setzen. Nein, es war zu viel. Er durfte sie nicht wieder erniedrigen.

»Nein, ich kann nicht, Chessa.« Er drückte ihr einen Kuß auf die Wange und drehte sich um. An der Tür sagte er über die Schulter: »Tut mir leid wegen heute nacht. Ich weiß nicht, was über mich gekommen ist. Ich mußte dich einfach haben und ...« In seinem Gesicht spiegelten sich Zorn, Verlegenheit und Ratlosigkeit.

Sie blickte ihm direkt in die Augen. »Ich will dich wieder berühren, Cleve, meine Finger um dich schließen, ich möchte dein Stöhnen hören, dein Zucken spüren. Es macht mich sehr glücklich, dich zu spüren. Gefällt es dir nicht, wenn ich dich dort anfasse?«

Er schaute sie an, als habe sie ihm einen Pfeil ins Herz gebohrt und im nächsten Moment hatte er auch schon die Flucht ergriffen.

Chessa lächelte still in sich hinein. Männer waren doch seltsame Geschöpfe. Es war faszinierend. Sie sehnte die Nacht herbei.

Was sollte sie mit Kiri tun? Für die Kleine war es ein Riesenspaß, die beiden nackt im Bett zu wissen. Heute morgen, nachdem Kiri ihren Haferbrei gegessen hatte, hatte sie die Kleine auf den Arm genommen und ihr scherzhaft angedroht, sie an Kerzogs Halsband festzumachen, wenn sie ihren armen Papa noch einmal mitten in der Nacht wecken würde.

»Welchen Papa?« hatte Kiri gelacht und sich aus Chessas Armen gewunden.

Chessa hatte nicht gewußt, was sie beim Erwachen erwartete, hatte sich aber Hoffnungen gemacht. Doch Cleve war verlegen, ja beschämt aus der Kammer geflüchtet und hatte kaum mit ihr geredet. Jetzt kannte sie den Grund und fragte sich, was die Männer zu ihm gesagt hatten.

Cleve hatte ein rotes Gesicht, und die Adern an seinem Hals pulsierten heftig. »Du hast Rorik erzählt, ich habe dich fünfmal genommen. *Fünfmal*? Fünfmal *hintereinander*? Und du hast ihn gefragt, ob das ausreicht? Du hast ihn gefragt, ob Männer nie müde werden?«

Sie senkte den Blick auf ihre Schuhe, wagte es aber doch noch, ihm einen heimlichen Blick zuzuwerfen, ehe sie eingeschüchtert antwortete. »Ja.« Ihre Stimme klang sehr dünn, und ihre Schuhspitze bohrte sich in den Sand.

»Verdammt, Chessa, hör auf damit. Ich glaube dir dein Theater nicht. Schau mir in die Augen und hör auf, dich über mich lustig zu machen.«

»Nun gut«, grinste sie und blickte ihm offen ins Gesicht. »Rorik ist die Kinnlade heruntergefallen. Er dachte, ich weiß nicht, was fünfmal bedeutet. Ständig hakte er nach, ob es auch wirklich fünfmal *hintereinander* war. Darauf legte er besonderen Wert.«

Cleve sah Roriks ungläubig staunendes Gesicht wieder vor sich, ob dieser unerhörten Manneskraft. »Die Kerle haben den ganzen Tag von nichts anderem geredet. Du hast dir ja wohl kaum gedacht, daß Rorik das für sich behält. Nein, natürlich nicht«, seufzte Cleve und fuhr sich durch seine goldene Mähne. »Ich habe dich gerammelt und bin hinterher eingeschlafen. Das ist die Wahrheit und ...«

»Und was, Cleve? Es macht mich glücklich, daß du mich so sehr begehrtest, daß du dich nicht beherrschen konntest. Ich begreife nicht, wieso du behaupten konntest, du hättest versagt. Das ist lächerlich. Du hast mir nicht sehr weh getan, und ich freue mich schon auf heute nacht.«

Er knurrte wie Kerzog es tat, wenn jemand versuchte, ihm seinen Stock aus dem Maul zu nehmen, drehte auf dem Absatz um und ließ sie stehen.

Laren hielt ihr einen Apfel hin. »Hier, iß. Ich erzähl' dir etwas über die Männer.«

Chessa biß in den saftigen Apfel.

»Männer.« Laren blickte Cleve nach, der im Laufschritt aus den Palisadentoren stürmte. »Sie können es nicht ertragen, wenn Frauen ihnen etwas wegnehmen, was ihrer Meinung nach ihnen zusteht.«

»Betrachten denn Männer die Paarung als etwas, das ihnen zusteht?«

»Aber ja. Es geht schließlich um ihre Männlichkeit. Und die wiederum ist der Kern ihrer Persönlichkeit. Sie müssen sich auch hier als Meister beweisen. Sie bestimmen, wie der Akt vollzogen wird und zwar nach Regeln, die vom Vater auf den Sohn übertragen werden. Frauen dürfen über solche Dinge nicht sprechen.«

»Welche Regeln?«

»Cleve ist ein umsichtiger, rücksichtsvoller, verläßlicher Mann. Doch nach dieser Nacht sieht er sich nicht nur als Versager, sondern er hat dich, sich und die gesamte Männerwelt enttäuscht. Er schämt sich. Was du Rorik gesagt hast, war ausgezeichnet. Nun sehen die Männer in Cleve so etwas wie einen Halbgott. So oft wie heute habe ich die Worte *fünfmal hintereinander* in meinem ganzen Leben nicht gehört. Was in seinen Augen noch peinlicher ist, ist die Tatsache, daß du, Chessa, sein vermeintliches Versagen vertuschen willst. Du, eine Frau, versucht ihn zu schützen, ihn vor Demütigung zu bewahren. Das kann er nicht ertragen.«

»Das ist doch lächerlich«, entgegnete Chessa und warf das Kernhaus ihres Apfels auf den Abfallhaufen. »Zum Liebesakt gehören doch zwei. Nicht nur Cleve tut etwas nach bestimmten Regeln. Ich gehöre doch auch dazu, oder nicht?«

Laren umarmte sie. »Ja. Die Frauen sind begeistert, wie

mühelos es dir gelungen ist, die Männer um den Finger zu wickeln. Vielleicht hatte Kerek recht.«

»Womit soll er recht haben?«

»Ich sehe dich vor mir in einem offenen Prunkwagen, begleitet von Hunderten von Männern, die deinen Befehlen Folge leisten. Ich sehe dich als Boadicea, die kriegerische Königin des sagenhaften Reiches Iceni. Du denkst klar, Chessa, und du handelst unverzagt. Ob du immer recht hast, wie du die Dinge siehst, ist zweitrangig. Du zauderst jedenfalls nicht, sondern handelst. Das gefällt mir. Cleves männlicher Stolz ist tief verletzt, und er ist völlig verwirrt. Wirst du heute nacht mit ihm reden?«

»Aber ja«, antwortete Chessa. »Heute nachmittag gehe ich mit Kiri Kiebitzeier sammeln. Wir müssen uns darüber einig werden, wie wir ihren ersten Papa nachts zwischen uns aufteilen. Sie ist ein kluges Kind, und es ist nicht leicht, ihr einen Schritt voraus zu sein.«

Cleve stand auf der Rampe der Palisaden. Aus dem Haus drangen unverständliche Gesprächsfetzen vermischt mit lautem Gelächter. Worüber redeten sie nun schon wieder? Daß er ein unersättlicher Rammler war? Oder ein elender Aufschneider? Den ganzen Tag hatten die Männer sich über ihn lustig gemacht, bis er es nicht mehr ausgehalten hatte, die Zielscheibe ihres Spotts zu sein. Und alles nur weil Chessa solchen Unsinn daherreden mußte.

»Cleve?«

Er drehte sich um. Sie stand dicht vor ihm, und Tränen kullerten ihr die Wangen hinunter. Sein Zorn war verflogen. »Haben sie dich beleidigt, Chessa? Was haben sie gesagt, das dich zum Weinen brachte?«

Das war ein gutes Zeichen, dachte sie. Sie versuchte ein kleines Lächeln. Und mit stockender Stimme brachte sie schniefend hervor: »Mir geht es gut. Ich mache mir Sorgen um dich. Du weichst mir aus, sprichst nicht mit mir. Ich habe doch nichts Böses getan. Komm mit mir, Cleve. Wir schlafen auf einem Boot. Es gibt Decken dort. Wir sind allein und machen es uns gemütlich.«

»Nein. Ich muß an Kiri denken.«

»Kiri schläft bei den anderen Kindern. Ich habe heute mit ihr Kiebitzeier gesammelt. Wir haben ein Abkommen getroffen. Sie schläft nur bei uns, wenn wir sie dazu einladen. Sie sagte, wenn wir sie zu selten einladen, würde sie wieder anfangen, Stöckchen zu zählen.«

Cleve lachte verlegen. »Warum auf dem Boot?«

»Die Männer sind nicht gut auf dich zu sprechen. Sie drohten, dich nackt auszuziehen, um zu prüfen, wie du gebaut bist.«

»Warum sollten sie das tun?«

»Nun, ich sagte ihnen, daß ich gelogen habe. Ich habe gestanden, daß du mich nicht fünfmal sondern nur dreimal genommen hast, weil du so groß bist. Es hat sehr weh getan, aber du warst sanft und zärtlich mit mir, und aus Rücksicht auf mich hast du mich nicht öfter genommen, obwohl du es wolltest. Rorik meinte, auf die Größe eines Mannes käme es gar nicht an, sondern auf seine Ausdauer.«

»Chessa«, sagte er langsam und blickte ihr forschend in die Augen. »Hast du ihnen gesagt, daß ich ein großes Geschlecht habe?«

»Das stimmt ja auch. Ich wäre beinahe in Ohnmacht gefallen, als ich es zum ersten Mal sah. Und das habe ich ihnen gesagt, Cleve. Gehen wir jetzt aufs Boot? Das ewige Gerede, wie oft und wie groß und wie lang macht mich neugierig zu erfahren, was an der Paarung nun wirklich dran ist.«

Er fuhr sich erneut mit der Hand durchs Haar. »Ich habe dich enttäuscht, Chessa. Aber heute nacht enttäusche ich dich nicht. Ich bin dir nicht mehr böse. Wir gehen aufs Boot, und ich zeige dir, daß ich kein Held bin, sondern nur ein normaler Mann mit normalen Begierden.« Er seufzte. »Ich will gar nicht wissen, womit du mich verglichen hast. Das werden mir die Männer zweifellos morgen erzählen. Komm jetzt.«

»Wie schön«, lächelte sie und schob ihre Hand in seine Armbeuge. »Ist es nicht eine herrliche Nacht? Ich liebe den Geruch des Salzwassers, das Schlagen der Wellen gegen die Felsen. Das Schaukeln auf dem Boot wird schön sein.«

Er schaute sie an, als sei sie verrückt geworden. Dann packte er ihre Hand und rannte mit ihr durch die Palisadentore. Olgar schaute ihnen kopfschüttelnd und grinsend nach, seine zwei verbliebenen Zähne leuchteten im Mondlicht.

»Nun sieh dir das an, wie er sie hinter sich herzerrt«, sagte Hafter zu Gunleik. »Er bringt sie weg, weil er uns nicht traut, ob wir vielleicht horchen oder in die Kammer spähen, um zu sehen, was er mit ihr macht, und wie groß er ist. Er ist ein Heimlichtuer, und ich dachte immer, er sei mein Freund.«

»Laß die beiden, Hafter«, beschwichtigte Rorik. »Wenn Chessa morgen kaum noch gehen kann, verpassen wir ihm einen Dämpfer.«

»Ja«, nickte Gunleik. »Genauso war mir damals zumute, als Rorik die süße, kleine Mirana heiratete, die ich großgezogen hatte. Ich hätte ihn umgebracht, wenn er ihr etwas angetan hätte.«

»Süß?« Rorik verschluckte sich beinahe. »Mirana? Süß?«

»Halt den Mund, Bürschchen«, wies Gunleik ihn zurecht. »Du weißt gar nicht, welches Glück du hast.«

Rorik brummte gutmütig und schlenderte zum Haus zurück. Bisher hatte er eine gute Zeit mit Mirana verlebt. Es hatte nur zwei Überfälle von dänischen Banditen gegeben. Im Verteidigungskampf hatte er zwei Männer verloren, aber zwei Kriegsschiffe gekapert. Es gab genügend Wild in der Gegend, und jeder Herbst brachte reiche Ernten. Sie hatten zwei kräftige Buben und ein hübsches, kleines Mädchen. Wer weiß, dachte er und betrat pfeifend das Haus, vielleicht schwängerte er Mirana heute nacht ein viertes Mal. Er würde sein Bestes tun. Fünfmal. Fünfmal *hintereinander*.

»Ich glaub es nicht.« Cleve kauerte auf den Fersen und schaute auf seine Frau hinunter. »Das ist die Strafe der Götter, weil ich dich geheiratet habe. Wie oft habe ich dich gefragt, ob du deine Monatsblutung bekommen hast? Nein, ich halt es nicht aus.«

»Ich habe Bauchschmerzen, Cleve.«

Er schüttelte den Kopf und fuhr sich mit der Hand durch die dichten Locken. Im fahlen Mondlicht, das durch die Öffnung des Frachtraums drang, sah er ihre Blässe und den angespannten Zug um ihren Mund.

»Soll ich Mirana fragen, ob sie etwas gegen Bauchkrämpfe hat?«

»Sie ist mit Rorik zusammen, der versucht, sie glücklich zu machen. Ich hoffe nur, die Schmerzen werden nicht schlimmer.«

»Soll ich dir den Bauch massieren?«

»Nein, halt mich nur im Arm.«

Am nächsten Morgen fühlte Chessa sich müde und zerschlagen, sie hatte wenig geschlafen. Auch Cleve hatte schlecht geschlafen, weil er sie von ihren Schmerzen ablenken wollte. Als sie im Morgengrauen das Schiff verließen, fragte er: »Hast du jedesmal solche Krämpfe?«

Sie senkte den Kopf und schaute angestrengt auf den Pfad, der sich vom Ufer bis zur Hügelkuppe und zum Haus wand. Ein Kiebitz stakste eilig über den Weg.

»Du brauchst dich nicht zu schämen«, sagte er gereizt. »Nachdem du bei allen mit meiner Größe geprahlt hast, und wie oft ich dich in der Hochzeitsnacht genommen habe.«

»Das ist etwas anderes«, sagte sie. »Nein, ich hab nicht jedesmal solche Krämpfe. Kann es sein, daß in der Hochzeitsnacht etwas kaputt gegangen ist?«

»Rede kein dummes Zeug. Wie oft muß ich es dir noch sagen? Ich bin ein ganz normaler Mann. Ich möchte, daß du dich heute ausruhst.«

»Aber Mirana will mir zeigen, wie man Fleisch und Fisch räuchert.«

»Das kann warten. Ruh dich aus.«

Er nahm ihr Gesicht in seine Hände und hob es hoch. Er küßte sie sanft, wobei seine Daumen leicht über ihre Augenbrauen strichen, dann küßte er ihre Nasenspitze und streichelte ihren Bauch. »Ruh dich aus«, wiederholte er und ging.

»Es tut mir leid, Cleve.«

»Ich weiß«, feixte er über die Schulter. »Wir werden es überleben.« Seltsam, dachte er, wie die Ehe seinen Verstand, seinen ganzen Körper auf die Sexualität fixierte. Nie zuvor war er derartig von seinem Körper versklavt worden. Wenn er den Drang danach verspürte, schlief er mit einer Frau, hatte

Spaß daran und hoffte, daß sie es gleichermaßen genossen hatte. Und am nächsten Morgen ging das Leben wie gewohnt weiter. Doch seit seiner Ehe war das anders. Er konnte an nichts anderes mehr denken. Lag es an Chessa? Nein. Er mochte sie gern, bewunderte sie, fürchtete ihre Sturheit, manchmal auch ihre Tatkraft, denn das Ergebnis ihrer Handlungen war nicht immer nach seinen Wünschen. Doch nie saß sie da und lamentierte und weinte, es sei denn, es gehörte zu einer ihrer weiblichen Strategien. Er war ständig erregt, verlangte nach ihr, hielt nach ihr Ausschau und konnte an nichts anderes denken. Sie gehörte ihm, und das veränderte alles. Sie gehörte ihm ganz allein. Das einzige Problem dabei war, daß er nicht bekam, was ihm zustand, wenigstens mußte er noch ein paar Tage warten. Er stöhnte auf.

»Hast du nicht gut geschlafen?«

Haakon bedachte ihn mit einem düsteren Blick. »Du siehst aus, als hättest du die ganze Nacht schwer geschuftet. Ich habe heute nacht auch schwer gearbeitet, aber wenigstens kann ich die Augen offen und meine Schultern gerade halten.«

»Ich habe gut geschlafen, Haakon. Ich habe mich nicht überanstrengt.« Mehr sagte er nicht. Verflucht nochmal, es ging niemanden was an, wie er und Chessa die Nacht verbrachten.

Chessa wurde von mitfühlenden Frauen umringt. Die meisten strahlten glücklich, und Chessa kannte den Grund, ihr war freilich die Erfüllung versagt geblieben. Freya strafte sie für all ihre Lügen.

»Trink, das löst deine Bauchkrämpfe«, sagte Mirana und hielt ihr einen Becher hin.

»Arme Chessa«, sagte Entti hinter ihr.

»Armer Cleve«, zischelte die alte Alna. »Er ist ein geiler junger Bursche, und er wird mit jeder Stunde geiler. Vielleicht sollte ich ihm die fiebrige Stirn kühlen und ihm ein Lied vorsingen.«

»Lieber nicht, Alna«, wehrte Mirana ab.

Zu Cleves großer Erleichterung wurde kein Wort gesprochen weder über seine Größe, seine Männlichkeit noch seine

Ausdauer. Die Männer warfen Chessa heimliche Blicke zu. Sie sahen zwar, wie müde sie war und wunderten sich darüber, stellten diesmal jedoch keine Fragen.

Beim Nachtmahl verkündete Merrik: »In zwei Tagen brechen wir nach Schottland auf. Morgen werden die Kriegsschiffe mit Proviant beladen.«

»Ich möchte in York an Land gehen und Ragnor umbringen«, knirschte Hafter. »Der Dreckskerl hat dich soweit getrieben, Cleve, daß du Weiberbrüste umbinden und dich schminken mußtest.«

Cleve lachte nur.

»Er war schön, alle Männer bewunderten ihn«, meldete Chessa stolz. »Als er in meine Kammer kam, durfte ich ihn nicht umarmen, weil er fürchtete, daß seine Brüste verrutschen und die Farbe ihm vom Gesicht bröckelt.«

»Hast du ihn denn nicht gleich an seinen Augen erkannt, Chessa?« fragte Mirana.

»Er trug eine weiße Binde über dem rechten Auge. Ich sah nur eine Hure mit großen Brüsten, die in meine Kammer schlich und mich küßte.«

»Und du hättest mich beinahe erstochen«, fügte Cleve hinzu. »Sie glaubte, einer der Wachen wolle ihr Gewalt antun und versuchte, mir ein Messer zwischen die Rippen zu jagen. Als sie mich erkannte, umarmte sie mich so stürmisch, daß meine Brüste beinahe auf den Fußboden kullerten.«

Es gab viel Gelächter und Scherze, und Chessa bekam rote Ohren.

Kiri durfte bei ihren beiden Papas schlafen. Das eröffnete ihr Cleve und machte dabei ein tieftrauriges Gesicht. Die beiden wickelten sich in ihre Decken in der Nähe des Herdes, Kiri in ihrer Mitte.

»Wir fahren in ein Land namens Schottland«, erklärte Cleve und küßte die Kleine auf die Stirn. »In die Stadt Inverness. Das ist eine Handelsstadt an der Moray Förde. Dort leben viele Wikinger, aber auch andere Volksstämme.«

»Ja, Kiri«, ergänzte Chessa. »Da wohnt das alte Volk der Pikten, über die ich nur wenig weiß, und dann gibt es noch Briten, Sachsen, die Dalriadaschotten ...«

»Ich hörte, wie Onkel Gunleik Erna erzählte, daß die nicht so sauber sind wie wir«, beeilte sich Kiri, ihr Wissen beizusteuern. »Er sagte, die Wolle, die sie spinnt, sei viel zu schade für diese ungewaschenen Ferkel. Dann hat er sie geküßt.«

»Das ist schon möglich«, meinte Chessa.

»Ernas Arm sieht komisch aus, aber sie benützt ihn auch beim Weben«, sagte Kiri.

»Ja, ihr Arm ist verkümmert, aber deshalb ist sie nicht anders als wir. Das darfst du nie vergessen, Kiri«, mahnte Cleve.

»Alle haben sie gern«, ergänzte Chessa. »Der Wert einer Frau hat nichts mit ihrem Aussehen zu tun.«

»Bei einem Mann ist es genauso«, setzte Cleve hinzu.

»Ja«, flüsterte Chessa in sein Ohr. »Dann begreifst du ja endlich, wie sehr ich dich liebe. Nicht nur dein schönes Gesicht und deinen Körper, sondern deinen Geist, deinen großen inneren Reichtum.«

»Du bist verrückt«, entgegnete er und küßte sie.

Kiri drehte sich um, schaute ihrem Vater ins Gesicht und versetzte Chessa dabei einen Fußtritt. »Du meinst, diese komischen Leute haben nicht einmal eine Badehütte?«

»Nein«, antwortete Cleve. »Viele von ihnen waschen sich ihr ganzes Leben lang nicht. Wir werden nicht in ihrer Nähe wohnen, das verspreche ich dir, Liebes.«

Chessa nahm Cleves Hand. »Sie haben auch einen anderen Glauben, Kiri. Wir Wikinger glauben an Allvater Odin, dem mächtigsten aller Götter, dem Schöpfer, dem Krieger, dem Wächter über Himmel und Erde. Dann gibt es noch Thor. In Dublin, wo ich herkomme, nennt man uns das Volk von Thor. Er ist unser Himmelsgott, der Gott des Donners und der Stürme, zu dem die Seefahrer um gutes Wetter beten. Er steht uns näher als Allvater Odin.«

»Kannst du dir das alles merken, Kiri?«

»Ja, Papa. Freya hilft mir dabei.«

Er stöhnte. »Hat dir schon mal jemand gesagt, daß du ziemlich altklug bist? Nein, behalte die Antwort für dich. Wußtest du, daß viele Wikinger den christlichen Glauben angenommen haben? Mönche, Priester und Bischöfe predigen den Christen, was sie glauben sollen, was sie tun müssen, und jeder dieser heiligen Männer sagt etwas anderes. Nur in einem Punkt sind sie sich einig, daß es nur einen allmächtigen Gott gibt. Sie haben auch ein Walhall wie wir, aber dieser eine, einzige Gott muß sich um alles kümmern, um ihre Fortpflanzung, ihre Kriege, ihre Ernten, um alles. Das sind eine Menge Aufgaben für nur einen einzigen Gott.«

»Herzog Rollo der Normandie und die Wikinger, die im Danelagh leben, sind Christen, behaupten sie wenigstens.«

»So ist es, Liebling. Und nun wollen wir schlafen, weil ich deinen zweiten Papa gern küssen würde, aber nicht darf, und das tut mir sehr weh. Gute Nacht, Kiri.«

»Gute Nacht, Papa. Gute Nacht, Papa.«

»Bald fahren wir nach Schottland in ein großes Abenteuer, Kiri«, sagte Chessa und küßte Cleves Finger.

»Warum darfst du Chessa nicht küssen, Papa?«

»Schlaf jetzt, Kiri.«

Cleve konnte lange nicht einschlafen. Es stimmte, ein großes Abenteuer lag vor ihnen. Das machte ihm Angst. Er hatte keine Ahnung, was sie vorfinden würden. Ob sich überhaupt noch irgendein Mensch an ihn erinnerte. In den zwanzig Jahren seiner Abwesenheit hatte sich gewiß alles verändert. Für die Leute war Cleve ein kleiner Junge, den man seit zwei Jahrzehnten für tot hielt. Vielleicht existierte all das, woran er sich erinnerte, gar nicht mehr? Vielleicht war nichts mehr so wie früher?

Als lese sie seine Gedanken, flüsterte Chessa mit unendlich viel Liebe in der Stimme: »Hauptsache, wir sind zusammen. Es wird schon alles gut.«

»Wenn du so neunmalklug bist, warum hast du dann ausgerechnet jetzt deine Blutung?«

Chessa lachte, nahm seine Hand und küßte alle fünf Finger. »Ich schmecke dich so gern«, sagte sie leise, um Kiri nicht zu wecken.

»Warum nimmst du die Finger meines ersten Papas in den Mund, Chessa?«

»Ich küsse sie, so wie ich jetzt deine küsse«, damit nahm sie Kiris Finger und küßte jeden einzelnen.

Der nächste Tag war warm, und in der Räucherhütte herrschte große Hitze. Die Frauen hatten sich das Haar mit Tüchern hochgebunden. »Hoffentlich reichen die Stangen. In diesem Korb liegen die ausgenommenen und gesäuberten Fische. Sie werden an dünnen, durch die Kiemen gesteckte Holzstäben über das Feuer gehängt. Die Flammen werden mit Sägespänen und kurzen Holzscheiten halb erstickt, so daß sich viel Rauch entwickelt, der die Fische dann langsam trocknet und würzig räuchert.«

»Mit Eichenspänen bekommen sie einen besonders würzigen Geschmack. Den mag ich am liebsten«, erklärte die alte Alna.

»Mir ist Fichte und Föhre lieber«, lachte Mirana. »Du mußt ausprobieren, was dir und Cleve am besten schmeckt. Nun werden die Dorsche, Hechte und Lachse allmählich gelb. Siehst du? Morgen legen wir sie mit viel Salz zwischen den einzelnen Lagen in Holzfäßer ein. Auf diese Weise sind sie vielleicht noch eßbar, wenn wir schon gestorben sind.«

»Bei soviel Salz können sich unsere Urenkel noch davon ernähren«, meinte Chessa.

»Da magst du recht haben. Fleisch räuchern wir auf die gleiche Weise. Ich rate euch, siedelt euch in der Nähe eines Sees an. Dann müßt ihr nie Hunger leiden. Dort oben soll es großen Fischreichtum geben. Und jetzt weißt du, wie man sie haltbar macht.«

»Ich erinnere mich, wie du einmal Fische nicht richtig geräuchert hast, Mirana«, petzte die alte Alna. »Der Gestank trieb uns damals alle aus dem Haus.«

Mirana knuffte die alte Frau scherzhaft in die mageren Rippen. »Alna hat recht. Fisch muß ganz langsam und lange geräuchert werden, sonst verdirbt er. Und nichts stinkt erbärmlicher als verdorbener Fisch.« Anschließend unterwies Mirana Chessa in jedem einzelnen Schritt noch einmal. Die alte Alna krähte ihre guten Ratschläge dazu und hielt die Frauen bei Laune.

»Was ist das?« fragte Mirana plötzlich und hob horchend den Kopf. Dann lächelte sie, nahm das Tuch vom Kopf, schüttelte ihre volle, schwarze Haarpracht und wischte sich den Schweiß von der Stirn. »Kerzog bellt sich die Lunge aus dem Leib. Ich nehme an, die Männer haben einen Eber erlegt oder einen Hirsch. Kommt, wir gehen ihnen entgegen. Das gibt ein Festmahl heute abend.«

## KAPITEL 19

### Moray Förde, im Norden Schottlands

Der Tag war kühl, die Sonne vermochte kaum den Nebel zu durchdringen, der vom Wasser aufstieg und das Land mit einem feinen Schleier überzog.

»Kiri, mein Schätzchen, so sieht ein strahlender Sommertag in Schottland aus«, seufzte Merrik.

»Aber die Sonne scheint nicht so hell wie zu Hause.«

»Deshalb sage ich ja, ein strahlender Sommertag in Schottland.«

»Sind wir bald da, Onkel Merrik?«

»Ja. Wir rudern die Moray Förde landeinwärts, bis wir die Stadt Inverness erreichen. Südlich von Inverness mündet das Flüßchen Ness in den Loch Ness. Dein Papa erinnert sich an einen Landvorsprung, der am Westufer weit in den See ragt. Auf dieser Halbinsel soll ein großes Holzhaus stehen, das dem Gehöft von Malverne ähnlich ist.«

»Hat Papa eine Mama, die meine Großmama ist?«

»Ich weiß nicht, Liebling. Es ist lange her. Und es hat sich viel verändert. Aber vielleicht gibt es Vettern und Basen und Tanten. Wir wissen nicht, was uns erwartet.«

»Mein zweiter Papa nennt es ein großes Abenteuer.«

»Bis jetzt habe ich davon noch nicht viel bemerkt«, lachte Merrik. Nicht, daß er darauf erpicht war, mit Laren, Chessa und Kiri an Bord, einem Piratenschiff zu begegnen. Aber es war lange her, seit sein schnittiger *Silberrabe* direkt auf ein angreifendes feindliches Schiff zugehalten hatte. Seine Männer, die besten Bogenschützen weit und breit, würden die Feinde treffsicher durchbohren. Andere in glänzenden Helmen und langen Kriegsmänteln würden auf beiden Plattformen im Bug und im Heck sprungbereit stehen, um das feindliche Schiff zu entern. Dann würde der Kampf erst richtig beginnen. Merriks Hand griff nach seinem Schwert, das einst seinem Vater gehört hatte. Es war drei Fuß lang, die Schneide aus blitzendem Stahl gehämmert, und das Heft aus Bronze, mit Silber und Rubinen eingelegt, die er selbst vor drei Sommern von einem Goldschmied in der kleinen Handelsstadt Radovia südlich von Kiew hatte einfügen lassen.

Merrik schaute zu Eller hinüber. »Riecht deine Nase schon etwas? Wir sind ziemlich dicht unter Land. Ich kann nicht viel durch den Nebel erkennen. Ein sommerlicher Morgennebel, der vermutlich den ganzen Tag anhalten wird. Ein seltsames Land. Ein Land voller Geheimnisse. Chessa hat vermutlich recht. Unsere Reise verspricht abenteuerlich zu werden.«

Eller tippte sich seitlich an die Nase, schüttelte den Kopf, und seine Hand blieb locker auf dem Steuerruder liegen. Er hatte seine Sache bisher gut gemacht, zum Glück hatte er viel vom alten Firren gelernt, der im letzten Winter gestorben war.

»Hoffentlich bekommt Eller keinen Schnupfen, Onkel Merrik«, sagte Kiri.

»Das ist schon mal passiert«, entgegnete Merrik. »Mitten in der Ostsee auf der Heimfahrt von Birka. Seine Nase war verstopft, und er konnte nichts riechen. Damals wären wir beinahe in Schwierigkeiten geraten.«

»Inverness!« rief Eller herüber.

Die Fahrt von der Habichtsinsel hatte nur acht Tage gedauert, dank des guten Wetters und der stetigen westlichen Winde. Es hatte nur einen Regenschauer gegeben, der aber rasch wieder abgezogen war.

Die Besatzung bestand aus dreißig Mann, allesamt tapfere, furchtlose Krieger, die mit der Streitaxt und dem Schwert umzugehen wußten. Sie hatten Handelswaren mitgebracht, um sie in Inverness zu verkaufen. Abgesehen davon, Cleve zu seinen Geburtsrechten zu verhelfen, erhoffte Merrik sich auch einen guten Profit von dieser Reise.

Die Handelsstadt Inverness war kleiner, bäuerlicher als York und seine Befestigungswälle weniger mächtig als die von York, Hedeby oder Kaupang. Die Gehwege waren nicht mit Holzplanken belegt. Und da es hier häufig regnete, waren die Straßen meist aufgeweicht, und man versank bis zu den Knöcheln im Schlick und Matsch. Das Land erinnerte ihn mit seinem saftigen Grün an Irland. Der Nebel hing wie dünnes Spinnwebengespinst in den Bäumen und über den Felsen. Gegen Mittag lichtete sich der Dunst, ohne sich freilich völlig aufzulösen.

Der *Silberrabe* und das begleitende Handelsboot wurden an einer der äußeren Molen neben einem Handelsschiff aus Dublin vertäut. Daneben lag ein Boot von den nördlichen Orkney-Inseln und ein drittes von den Shetland-Inseln.

Die halbe Mannschaft blieb an Bord. Cleve trug Kiri auf dem Arm, Chessa ging an seiner Seite, und so betraten die drei die kleine Stadt. Ebenerdige Holzhäuser standen dichtgedrängt. Es gab Geschäfte, in denen Pelzwerk, Schmuck, Schuhe, Schwerter und Äxte, Pfeil und Bogen verkauft wurden. An Holzbuden wurden Fische, Obst und Gemüse feilgeboten. In den Gassen herrschte lärmende Geschäftigkeit, Männer und Frauen priesen lauthals ihre Waren an, feilschten und fluchten oder rieben sich lachend die Hände.

»Wohin gehen wir, Papa?« fragte Kiri, die das rege Treiben bestaunte.

»Wir suchen eine Badehütte, weil wir alle drei völlig verdreckt sind. Ich möchte, daß du wieder nach Honig duftest, damit ich dich küssen kann, ohne die Nase zu rümpfen.«

Cleve überließ sie und Chessa der Obhut einer alten Frau in einem strohgedeckten Badehaus, in dem brütende Hitze herrschte. In der Mitte des Raumes stand ein großer Holzzuber, der festgestampfte Lehmboden war mit Matten belegt. Chessa kam sich vor wie in Walhall.

Zwei Stunden später holte Cleve sie wieder ab. Auch er war inzwischen frisch gebadet und ging an der Spitze eines guten Dutzends Männer aus Malverne. Er brachte neue Kleider und für Chessa zwei schöne Silberspangen mit gehämmerten Distelornamenten, wie sie nur auf den Shetland-Inseln gefertigt wurden, mit. Er streifte ihr auch einen goldenen Ring von den Orkneys über, der aus fünf ineinander geflochtenen Goldschnüren bestand. Chessa hatte von ihrem Vater in Dublin schönen Schmuck geschenkt bekommen, Armreife, Ringe, Broschen. Doch dieser Ring war das Schönste, was sie je an Goldschmiedekunst gesehen hatte. Sie kam aus dem Staunen nicht heraus. Stürmisch fiel sie Cleve um den Hals und bedankte sich überschwenglich. »So etwas Schönes habe ich noch nie gesehen. Du bist wunderbar Cleve, der beste Mann der Welt ...« Die Männer hinter ihm traten verlegen von einem Fuß auf den anderen. Da senkte sie sittsam den Blick und sagte leise, doch laut genug, damit jeder sie hören konnte: »Und du bist der wunderbarste Liebhaber und Ehemann, den eine Frau sich wünschen kann.«

In verhaltenem Unmut preßte er zwischen den Zähnen hervor: »Sei still, oder ich versohle dir den Hintern. Willst du, daß die Männer vor Eifersucht eine Meuterei anzetteln?«

»Nun gut«, lächelte sie beglückt und küßte ihn auf den Mund. »Ich bin still, aber du bist trotzdem der beste Liebhaber auf der ganzen Welt.«

»Und was hast du mir mitgebracht, Papa?«

Cleve schob Chessa beiseite und reichte seiner Tochter einen schmalen Armreif aus glänzendem Silber, den die Kleine gehörig bestaunte und glücklich um ihr Handgelenk legte und hochschob.

Die Männer machten betretene Gesichter. Chessa wußte, daß sie ihre Frauen und Kinder vermißten. Und es würde wohl noch eine Weile dauern, bevor sie nach Malverne zurückkehrten.

»Sieh mal an, lauter weiße Heiden!«

Die Männer fuhren herum und standen vor einem verhutzelten Greis. Sein schütterer, grauer Bart hing ihm fast bis zum Nabel, dafür war sein Kopf völlig kahl. Er trug eine schwarze Kutte, die mit einer Schnur um die Mitte gebunden war. Er grinste zahnlos.

»In unsere Stadt kommen viele schwarze Heiden, um Handel zu treiben«, krächzte er. Und Chessa dachte, *der wäre ein vorzüglicher Gefährte für die alte Alna.* »Die bleiben alle nicht lang und kehren wieder nach Danelagh zurück, weil sie unser Klima nicht vertragen.«

»Was meint er, Cleve?«

»Wir kommen aus Norwegen und sind weiße Heiden. Schwarze Heiden sind die Dänen. Wir sind größer und haben helleres Haar. Und außerdem haben wir mehr Ehre im Leib als diese Dänen.«

Merrik lächelte den Greis an. »Ich bin Merrik, Lord von Malverne in Norwegen. Wir bringen unseren Freund in seine Heimat zurück. Er hat sie als kleiner Junge verlassen. Seine Familie herrscht auf Kinloch. Vielleicht hast du von ihnen gehört?«

Der alte Mann schien noch mehr zu schrumpfen. Die Falten in seinem Gesicht vertieften sich. Er starrte Cleve an und wich entsetzt zurück. »Och«, ächzte er und kreuzte die Finger, als wehre er einen bösen Geist ab. »Er ist einer von denen, einer der Dämonen, die das Ungeheuer rufen.«

»Welche Dämonen?« fragte Chessa.

»Welches Ungeheuer?« fragte Merrik.

Der Alte zitterte, und seine gichtigen Hände öffneten und schlossen sich. »Kinloch. Er nennt sich der Herr der Finsternis. Er ist grausamer als die Grafen von Orkney. Seine Leute töten und reißen alles an sich, was ihnen gefällt. Er ist ein Dämon, der Lord des Bösen, gemeiner noch als der Teufel der Christen, der mit jedem Tag näherrückt. Niemand weiß, ob der christliche Gott mehr Macht hat als der christliche Teufel. Wir haben unseren Teufel schon, und du bist mit ihm verwandt – mit dem Herrn der Finsternis – dem Lord des Bösen. Geh fort, wenn du zu ihm gehörst. Du bist ein Monster, genau wie er. Ich seh es ganz deutlich.«

»Interessant«, sagte Cleve, nachdem der alte Mann mit erstaunlicher Behendigkeit die Flucht ergriffen hatte. »Ich stamme aus einer Familie von Dämonen? Der Herr der Finsternis? Der Lord des Bösen? Schlimmer als der christliche Teufel? Mein entstelltes Gesicht hat ihm wohl nicht gefallen. Ich komme mir vor wie in einer von Larens Geschichten. Wo ist sie eigentlich?«

»Sie verkauft mit Eller auf dem Markt Specksteingefäße.

Unsere sind die schönsten in der ganzen Stadt. Sarla hat sie gefertigt, bevor sie wahnsinnig wurde.«

Niemand sagte etwas darauf.

Wenige Stunden später verließen sie Inverness und segelten das Flüßchen Ness entlang, dessen Ufer besiedelt waren. Sie suchten eine einsame Bucht, um das Nachtlager aufzuschlagen. An der Mündung in den See zogen sie das Kriegsschiff und das Handelsboot an einem schmalen Nebenarm an Land.

Der Nebel war dichter, die Abendluft frisch geworden. Laren bereitete einen köstlichen Hirscheintopf, den die Männer wohlig schmatzend verzehrten.

»Ich erinnere mich«, sagte Cleve und spießte einen saftigen Fleischbrocken auf sein Messer, »es gab viel Wild, Hasen und Moorhühner. Der See war voller Lachse, und im Meer gab es Heringsschwärme im Überfluß. Niemand mußte Hunger leiden, auch nicht im Winter, denn hier wird es nie so kalt wie in Norwegen.«

»Aber dieser Nebel«, wandte Merrik ein. »Es ist Sommer, und trotzdem dringt der Nebel durch unsere Bärenfelle und legt sich klamm auf die Haut. Morgen werden wir feststellen, was für ein Dämon du wirklich bist.«

Chessa saß mit gekreuzten Beinen am Feuer, Kiri hatte es sich auf ihrem Schoß bequem gemacht. »Cleve, erzähle uns von dem Mann, der deine Mutter heiratete, nachdem dein Vater gestorben war.«

Cleve zuckte unwillkürlich zusammen. »Er heißt Varrick. Am lebhaftesten erinnere ich mich an die Kälte. Selbst wenn ich neben dem Herd in eine Decke gewickelt lag, war mir kalt. Allen im Haus war kalt. Er war es, der die Kälte verbreitete. Ich denke, er ist trotz seiner dunklen Haare ein weißer Heide wie du, Merrik. Meine Mutter war eine Dalriadaschottin. Ich sehe mich als kleiner Junge vor ihm stehen und angstvoll zu ihm aufblicken – er war ein Riese für mich. Und ich wußte, daß er mich haßte, weil mein älterer Bruder und ich die Erben von Kinloch waren. Er wollte unseren Tod. Ich wußte, daß er uns töten würde, es war nur eine Frage der Zeit. Ich hatte furchtbare Angst vor ihm. Er schlug mich nie. Er schaute nur voller Verachtung und gleichgültig auf mich herab. Er war groß und sehr hager. Ich habe ihn einmal nackt im Badehaus gesehen. Er war jung, nicht älter als ich jetzt. Sein Haar war dunkel, und sein Gesicht war so kalt. Er behandelte alle in seiner Umgebung mit dieser Kälte, auch meine Mutter und meine Schwestern, besonders aber meinen älteren Bruder. Jeder hatte Angst vor ihm, warum weiß ich nicht. Oft hob er mich hoch, so daß sein Gesicht in der Höhe meines Gesichts war. Er schüttelte mich, und ich wäre vor Angst beinahe gestorben. Doch dann lächelte er, und ich bekam noch mehr Angst vor ihm. Ich erinnere mich, daß er mir sagte, ich gehöre ihm ganz allein. Das habe ich nie vergessen.

Eines Nachts kam er von draußen herein. Es wütete gerade ein schlimmer Sturm. Er war wie immer schwarz gekleidet, und sein Gesicht war mit seltsamen blauen Zeichen bemalt. Niemand sprach ein Wort. Ich erinnere mich noch genau an diese Kälte, die von ihm ausging.

Ich erinnere mich auch, daß er Schmutz haßte und kein Blut sehen konnte. Wenn die Männer von der Jagd zurückkamen, durften sie ihm erst unter die Augen treten, wenn sie sich gewaschen und frische Kleider angezogen hatten. Er ekelte sich vor Fleisch, auch daran erinnere ich mich deutlich. Meine Mutter setzte ihm einmal versehentlich gebratenes Hirschfleisch vor. Da stellte er den Teller für die Hunde auf den Boden, sah sie kalt an und sagte, das werde sie bereuen.

Seltsam, früher war das Haus voller Lachen, Geschrei und Gezänk von Männern, Frauen und Kindern.« Cleve seufzte. »Aber ich war noch so klein. Vielleicht habe ich nur geträumt, daß vor seiner Zeit alles anders war. Ich erinnere mich, daß sich meine Mutter eines Nachts an mein Bett setzte, mich in die Arme nahm und sagte, eines Tages sei mein Bruder Herr auf Kinloch, und er werde mich beschützen. Sie muß gewußt haben, daß Varrick mich und meinen Bruder beiseite schaffen würde.«

Laren beugte sich vor, ihr rotes Haar glänzte im Schein des Lagerfeuers. »Du hast uns erzählt, daß deine Mutter starb. Hat dieser Varrick sie getötet?«

»Ich weiß nicht. Sie starb, kurz bevor ich verschleppt wurde. Als ich wieder denken konnte, quälten mich immer wieder die Fragen: Warum ich? Warum nicht mein Bruder? Er war doch der Erbe von Kinloch. Aber ich wurde niedergeschlagen, für tot gehalten und liegengelassen. Dann wurde ich gefunden und gesundgepflegt und in die Sklaverei verkauft.« Er machte eine Pause. »Seht euch Loch Ness an. Wie düster und schwarz der See ist. Das liegt am Moorwasser. Selbst bei strahlender Sonne kann man nicht weit unter den Wasserspiegel sehen. Der See soll unendlich tief sein, und jeder, der ins Wasser fällt, ist rettungslos verloren. Es soll viele Höhlen in Ufernähe geben. Dorthin werden die Leichen der Ertrunkenen von der Strömung dann gespült, und das Ungeheuer holt sie sich dann und verschlingt sie.«

»An all das erinnerst du dich?« fragte Merrik, nachdem er den letzten Bissen Hirschfleisch hinuntergeschluckt hatte. »Laren, das Essen war köstlich.«

Cleve grinste. »Nein, ich habe heute mit ein paar alten Männern geredet. Erst vor kurzem ist ein Fischer im See verschwunden. Man hat gar nicht erst nach ihm gesucht, da man wußte, daß es keine Hoffnung gab, seine Leiche zu bergen. Niemand wagt sich nach Sonnenuntergang auf den See.«

»Der Mann, von dem du erzählst«, sagte Laren, »könnte dieser Herr der Finsternis, der Lord des Bösen sein, von dem die Leute heute auf dem Markt sprachen. Auch er trägt schwarz und wandert im Sturm durch die Gegend und malt sich das Gesicht blau an. Weißt du, welche Zeichen er im Gesicht trug, Cleve?«

»Ich erinnere mich an Vierecke und Kreise. Ich war damals erst fünf oder sechs Jahre alt.«

»Obwohl das alles zwanzig Jahre zurückliegt«, sagte Chessa, »scheint dein Stiefvater noch recht lebendig zu sein. Ich bin neugierig, ihn kennenzulernen. Der Mann interessiert mich.«

»Nein«, entfuhr es Cleve. »Du wirst diesmal nicht wieder ein Chaos heraufbeschwören. Du hältst dich still und bescheiden im Hintergrund.«

»Morgen werden wir die Wahrheit erfahren«, sagte Merrik

und wandte sich seiner Frau zu, die den Kopf an seine Schulter gelehnt hatte und verträumt ins Feuer blickte. »Hast du bereits begonnen, eine Geschichte zu erfinden?«

»Ja, Liebster. Nur das Ende ist mir noch nicht klar. Ich möchte mehr über dieses Ungeheuer wissen.«

»Es existiert wirklich«, sagte Cleve, und die Männer beugten sich aufmerksam vor. »Das Ungeheuer treibt schon seit Tausenden von Jahren sein Unwesen in Loch Ness. Niemand weiß, ob es gut oder böse ist. Die Männer auf dem Markt sagten, man könne es nicht nur in hellen Mondnächten sehen sondern auch bei Tage. Im Sturm taucht es nur auf, wenn man es ruft. Vielleicht ist mein Stiefvater deshalb ein Dämon. Die Leute glauben, er könne das Ungeheuer rufen.«

»Das alles verspricht eine spannende Geschichte zu werden«, sagte Laren und unterdrückte ein Gähnen.

In dieser Nacht wollte Kiri unbedingt bei ihren beiden Papas schlafen. Cleve verlangte so sehr nach Chessa, daß er beinahe laut aufgestöhnt hätte. Chessa blickte ihn wehmütig an und küßte ihn, als Kiri die Augen schon zugefallen waren. Sofort schlug sie die Augen wieder auf und warf ihr einen eifersüchtigen Blick zu. »Ich bin eine Prinzessin, Kiri«, sagte Chessa seufzend. »Ich darf jeden küssen, wenn mir danach ist. Sogar dich.« Damit drückte sie ihr einen lauten Schmatz auf den Mund.

Laren wandte sich an Cleve: »Sie versteht sich mit Kiri. Mit ihr hast du eine gute Wahl getroffen, Cleve.«

»Pah!« entgegnete er. »Ich habe überhaupt keine Wahl getroffen. Sie war es doch, die es auf mein entstelltes Gesicht und meine verschiedenfarbigen Augen abgesehen hatte.«

»Hör auf damit«, wies Laren ihn zurecht und zupfte ihn am Ärmel. »Du bist ein gefährlich aussehender Teufel, das stimmt schon. Und alle Frauen erschauern bei dem Gedanken, was du mit ihnen anstellen könntest. Doch wenn ich mir deine Augen so ansehe, bin ich versucht, mich dir an den Hals zu werfen genauso wie Chessa, stünde Merrik nicht direkt hinter mir.«

»Und Merrik würde mich umbringen«, schmunzelte Cleve. »Hältst du mich wirklich für gefährlich, Laren?«

»O ja«, antwortete sie. »Im übrigen werden dir deine Augen zu deinem Recht verhelfen. Es könnte ja jeder behaupten, er sei Cleve von Kinloch. Dein braunes und dein blaues Auge sind ein unverwechselbares Erkennungszeichen.«

»Sie hat recht«, bestätigte Merrik. »Ich fürchte nur, dieser Lord Varrick sticht dir einfach ein Messer zwischen die Rippen oder vergiftet dich. Komm, Frau, ich bin hundemüde.« Damit führte er Laren zu dem kleinen Zelt, das etwas abseits von den Zelten der Mannschaft lag.

Chessa zog Cleve das Ohr lang. »Du sollst nicht auf andere Frauen hören, auch nicht auf Laren. Wie kann sie sagen, sie würde sich dir an den Hals werfen, wenn Merrik nicht in der Nähe wäre. Pah! Sie setzt dir nur Flausen in den Kopf. Du darfst nur auf mich hören. Ich lüge dich nie an.«

»Und was sagst du mir, Chessa?«

»Wenn du mich so ansiehst, möchte ich immer mit dir zusammen sein.«

Er blickte sie stumm an.

»Und ich werfe mich dir an den Hals, auch wenn Merrik in der Nähe ist ...«

»Papa, ich bin müde.«

»Ja, Liebling. Wir gehen jetzt schlafen.« Er seufzte wieder. Und Chessa seufzte ebenfalls.

## KAPITEL 20

Loch Ness lag gleißend in der Morgensonne. Ausnahmsweise hüllten keine geheimnisvollen, weißen Nebelschleier die bewaldeten Hügel ein. Es war ein einsames und geheimnisvolles Land, wild und abweisend. Vom Schiff aus konnte man das dichte Unterholz aus Haselnußsträuchern und Dornengestrüpp erkennen. Man sah überall Heidekraut, und die kleinen Stauden mit ihren winzigen Blüten bedeckten selbst die Felsen dicht am Ufer. Hoch am Himmel zog ein goldbrauner Adler majestätisch seine Kreise. Flach über dem Wasser schwebte ein Reiher, und aus der Ferne drangen die schrillen Schreie eines Bussards. Es war warm, der See lag still, und die Männer zogen die Ruder gleichmäßig durch das Wasser, das nicht so blau und durchsichtig war wie die Fjorde der Heimat. Knapp unter dem Wasserspiegel wurde es gleich dunkel. Chessa rieselte ein kalter Schauer bei dem Gedanken, sie könne über Bord fallen, über den Rücken.

»Ist der See wirklich unendlich tief, Cleve?« fragte sie und blickte forschend in die schwarzen Fluten.

»Das behaupten jedenfalls die Männer.«

»Vielleicht sehen wir das Ungeheuer. Haben die Männer gesagt, wie es aussieht?«

»Es gibt verschiedene Beschreibungen. Die meisten sagen, es sei eine Seeschlange mit einem langen, schuppigen Hals und einem ziemlich kleinen Kopf. Die Männer sprachen auch von Höckern, aber keiner konnte Genaueres sagen.«

»Dort ist es«, rief Eller. »Kinloch«, und deutete auf einen Landvorsprung am Westufer. Eine felsige, weit in den See ragende Landzunge, auf deren Anhöhe eine Festung thronte, die vom Wasser her schier uneinnehmbar war. Der Zugang vom Land her war jedoch völlig von Bäumen und Strauchwerk gerodet. Ein breiter Weg führte zu dem wehrhaften Langhaus, das die gesamte Hügelkuppe einnahm, und nicht zu vergleichen war mit einem einfachen Gehöft wie etwa Malverne.

Mindestens zwanzig Wirtschaftsgebäude drängten sich am Fuße des Hügels am Seeufer, ebenerdige, schindelgedeckte, Holzbauten. Es gab umzäunte Pferche für Kühe, Schafe und Ziegen; ein geräumiges Räucherhaus, ein Badehaus, ein Abtritt, zwei Sklavenhütten. Dahinter zogen sich weitläufige Felder mit goldgelber Gerste, Roggen und Hafer bis hin zum Waldrand. Das gesamte Land war von hohen Palisaden eingezäunt, und die Pfosten ragten wehrhaft zugespitzt etwa drei Meter hoch.

»Hier braucht niemand Angst zu haben, von Schotten, Pikten oder Briten überfallen zu werden«, sagte Merrik bewundernd. »Auch ich habe mich gestern in Inverness umgehört. Es gab immer wieder Überfälle. Doch seit König McAlpins Regentschaft im letzten Jahrhundert haben die blutrünstigen Kriege zwischen Wikingern, Schotten und Pikten aufgehört.« Er wandte sich an Chessa. »Er vereinte die Skoten und die Pikten und gab ihnen im Westen Scone zur Hauptstadt. Ihr jetziger König heißt Constantine.«

Cleve blickte hinauf zu der dräuenden Holzfestung. »Ich erinnere mich, links von dem riesigen Portal hing ein dicker Ast, der aussah wie eine Seeschlange. In ihn waren tiefe Kerben und Löcher getrieben, um Töpfe und Schöpfkellen daran aufzuhängen. Diese hölzerne Seeschlange jagte mir immer gehörige Angst ein. Meine Mutter lachte mich aus und sagte, das Ungeheuer stehe in ihren Diensten und würde mir nichts tun.«

»Cleve, du sagtest doch, deine Mutter starb, kurz bevor man dir nach dem Leben trachtete. Erinnerst du dich noch an andere Dinge, die deine Mutter betreffen?«

Er schüttelte den Kopf. »Nein. Nur daß ihr Haar fast so rot war wie Larens; sie hatte grüne Augen wie Chessa. Und sie war sehr zierlich.«

»Was tun?« fragte Merrik und strich sich das Kinn. »Ich kann mir nicht vorstellen, daß dein Stiefvater sich sonderlich freut, dein Gesicht zu sehen. Er wähnt sich seit vielen Jahren in Sicherheit, weil er dich für tot hält. Stürmen können wir die Festung nicht, Cleve. Was ist eigentlich mit deinem Bruder? Vermutlich ist auch er ums Leben gekommen.«

»Ja, das ist anzunehmen«, sagte Cleve. »Ich gehe allein zum Tor und bitte die Wachen, zu Lord Varrick vorgelassen zu werden, da ich wichtige Dinge mit ihm zu besprechen hätte.«

»Mit deinem diplomatischen Gehabe kommst du nicht weit, Cleve«, widersprach Chessa. »Dieser Mann scheint mir weniger zivilisiert und höflich als mein Vater oder Herzog Rollo zu sein. Ich lasse dich auf keinen Fall alleine dort hinauf.«

»Und ich fange wieder an, Stöckchen zu zählen, wenn du mich allein läßt«, klagte Kiri.

»Auch wenn du mich beschuldigst, deine Tochter zu beeinflussen«, hakte Chessa nach, »lassen wir dich nicht alleine gehen. Laren und Merrik begleiten dich ebenfalls. Zwei Männer mit Frauen und einem Kind hält niemand für Feinde.

Und außerdem bin ich eine Prinzessin. Vergiß das nicht. Und Larens Onkel ist Herzog Rollo. Dein Stiefvater hat mit Sicherheit von ihm gehört.«

Niemand wußte, was geschehen würde. Eins aber wußten alle, nämlich daß sie nicht ewig warten konnten.

Cleve hätte es vorgezogen, Chessa und Kiri auf dem Schiff zu lassen, doch als er abermals eine diesbezügliche Bemerkung machte, blickte Chessa ihn nur streng an. »Nein. Du bist mein Gemahl. Ich lasse dich auf keinen Fall allein dort hinaufgehen.«

Cleve mußte klein beigeben. Die Gruppe verließ das Schiff und machte sich auf den Weg zu den Palisadentoren.

Von der innen an der Umzäunung entlangführenden Rampe rief ein alter Mann herunter und fragte nach ihrem Begehr. Cleve rief hinauf: »Ich habe Nachrichten für Lord Varrick. Wir sind mit einem Kriegsschiff und einem Handelsschiff gekommen, die an der Mole liegen. Dort warten unsere Leute. Wir kommen in friedlicher Absicht. Wir sind nur zwei Männer, zwei Frauen und ein Kind. Bring uns zu Lord Varrick.«

Der Alte spuckte aus, nickte und öffnete das Tor. Sogleich tauchten vier in rote Hirschfelle gewandete wilde Gestalten auf, die kleiner waren als Cleve und Merrik, dunkelhaarig und schwarzäugig. Ihre Gesichter waren mit blauen Vierecken und Kreisen bemalt. Sie sahen sehr furchterregend aus.

Kiri umklammerte Cleves Bein. »Papa, das sind Ungeheuer.« Sie barg ihr Gesicht in seiner Kniekehle. »Sie schneiden uns die Finger ab und braten sie über dem Feuer.«

Einer der Männer lachte, und auch dieses Lachen klang fürchterlich. »Nein, kleines Mädchen, wir sind keine Ungeheuer, nur für unsere Feinde. Kommt, wir bringen euch zu Lord Varrick. Ob er euch empfängt, ist eine andere Sache.«

Zwei der Kerle gingen voran, die beiden anderen hinter ihnen. Cleves Messer steckte in seinem Gürtel, Schwert und Streitaxt hingen an seiner Seite. Merrik war gleichermaßen bewaffnet. Keiner der Begleiter hatte sie aufgefordert, die Waffen abzulegen, da eine Waffe fester Bestandteil der Kleidung eines Mannes war. Chessa und Laren trugen jede ein Messer am Bein befestigt. Davon wußten ihre Ehemänner nichts, und die Frauen waren sich darin einig, daß es auch besser so sei.

Der Weg stieg stetig an bis zur Festung auf der Hügelkuppe. Chessa fröstelte mit jedem Schritt mehr, obwohl die Sonne vom Himmel brannte. Die Kälte kam aus ihrem Innern.

Der erste Wachtposten wandte sich an der Eingangspforte um: »Wartet hier. Haltet das Kind, sonst wird es von den Hunden angefallen.«

Cleve nahm Kiri auf den Arm. Sie hatte Angst, blieb aber mucksmäuschenstill. Er war stolz auf sie.

Sie warteten vor dem großen, im Lauf der Jahre dunkelgrau verwitterten Eichenportal, dessen schwarze Eisenbeschläge uralt wirkten. Hatte Cleves Vater die Festung gebaut? Oder sein Großvater? Wieder tauchte ein Erinnerungsfetzen vor Cleves innerem Auge auf. Leute strömten herbei, jeder trug etwas, alle redeten, lachten, schrien, dazwischen hörte man Hundegebell und Kindergeschrei. Dann erlosch die Erinnerung. Und er stand wieder vor der unheimlich und kalt wirkenden Festung, von der ein tödliches Schweigen ausging. Auf dem Weg hatten sie Knechte und Mägde auf den Feldern arbeiten gesehen, von denen keiner geredet hatte. Manche der männlichen Sklaven waren blonde, hochgewachsene Wikinger, andere wie ihre vier Begleiter, kurzbeinig und dunkel, und die Gesichter mit blauen Zeichen bemalt. Sie kamen an Frauen vorbei, die über Waschtrögen gebeugt standen, andere fädelten Fische auf lange Stangen, um sie für den kommenden Winter zu trocknen. Es herrschte geschäftige Betriebsamkeit, aber niemand redete. Es war unheimlich. Kiri schauderte auf Cleves Arm.

»Keine Angst, Liebling«, flüsterte er ihr ins Ohr.

Der wilde Kerl öffnete das schwere Eichentor. »Lord Varrick empfängt euch.«

Die Gruppe betrat das riesige Haus des Schweigens. Am Herdfeuer standen Frauen und rührten mit großen Kochlöffeln in Kesseln und Töpfen. An zwei Webstühlen saßen Frauen und bewegten klappernd die Schiffchen. Etwa ein Dutzend Männer putzten die Waffen. Auch hier herrschte völlige Stille. Am Ende der großen Halle flutete durch zwei große geöffnete

Fensterläden Licht ins Dunkel. In diesem grellen Lichtbündel stand ein schwarz gekleideter Mann auf einem Podium. Unbeweglich blickte er ihnen entgegen, eine dunkle Silhouette im gleißenden Sonnenlicht. Er stand reglos, wirkte überirdisch, angsteinflößend wie eine Geisterscheinung. Kiri wimmerte leise und barg ihr Gesicht am Hals ihres Vaters.

Der Mann bewegte sich immer noch nicht. Niemand redete. Alles schien den Atem anzuhalten.

»Kommt näher!« befahl die unheimliche Gestalt nun mit tiefer, vollklingender Stimme, die bis in den letzten Winkel der Halle drang.

Cleve übergab Kiri an Chessa. »Bleib bei deinem zweiten Papa. Hab keine Angst. Er will uns mit seinem Spiel mit Licht und Schatten nur beeindrucken.«

Cleve ging auf den Riesen zu, der breitbeinig auf dem Podium stand. »Welch ein Glück, daß heute kein Nebel vom See aufsteigt. Das würde den Eindruck des Dämons, den Ihr vermittelt, schmälern.«

Der Mann, dessen Antlitz nur als Schatten zu erkennen war, blickte in Cleves hellerleuchtetes Gesicht. »Ja«, entgegnete er. »Ihr habt recht. Doch es gibt noch andere Methoden, um den Leuten das Fürchten zu lehren, sie in die Knie zu zwingen und ihnen Gehorsam beizubringen. Wer seid Ihr?«

»Ich bin Ronin von Kinloch, lebe aber seit vielen Jahren unter dem Namen Cleve, und werde mich weiterhin Cleve von Kinloch nennen.«

Endlich war etwas zu hören. Die Menschen hoben die Köpfe, flüsterten raunend hinter vorgehaltener Hand, verwirrt, unschlüssig. Keiner der Männer verließ seinen Platz. Varrick hatte seine Leute gut geschult. Cleve hatte keine Angst, er verspürte nur Haß gegen diesen Mann, der sich das Aussehen eines Dämons gab, und der vorsätzlich sein Gesicht im Dunkeln ließ. Cleve war schlau, er war ein Diplomat. Er mußte sich eine List einfallen lassen.

Der Mann blickte reglos und starr auf ihn herunter. Plötzlich fegte ein Windstoß durch die große Öffnung in der Wand und blähte den schwarzen Umhang des Unheimlichen, was seinen furchterregenden Eindruck unterstrich.

»Wo sind meine Schwestern?«

»Sie sind hier. Du bist Ronin, sagst du? Wir haben dich lange für tot gehalten. Du bist vor zwanzig Jahren verschwunden. Bist du wirklich der, der du behauptest zu sein?«

»Meine Mutter sagte mir oft, ich sei das Abbild meines Vaters. Seht mich genau an, Lord Varrick. Seht Ihr Ähnlichkeit zwischen mir und dem Mann, dessen Platz Ihr vor so langer Zeit eingenommen habt?«

»Nein«, entgegnete der Mann mit ungerührter, kalter Stimme. »Zwischen dir und dem ersten Gemahl deiner Mutter besteht nicht die geringste Ähnlichkeit. Wie kommst du zu dieser Narbe im Gesicht?«

»Eine Frau, Mylord. Sie schlug mich mit der Peitsche, weil ich mich weigerte, sie zu beschlafen.«

Der Mann lachte. Ein kaltes Lachen, das wie ein verrostetes Eisenscharnier klang. Einige Männer hoben erstaunt die Köpfe.

»Warum?« fragte er. »Eine Frau ist so gut wie jede andere. Warum hast du sie abgewiesen?«

»Sie vergnügte sich mit drei jungen Sklaven und verlangte, daß ich ihr Lust verschaffe, und sie anschließend besteige, um die jungen Männer in der Kunst der Begattung zu unterweisen. Sie hatte mich mit einer anderen Frau gesehen und wollte mich haben. Ich weigerte mich. Das brachte sie in Zorn, und sie zog mir die Peitsche durchs Gesicht. Mein Blut bespritzte sie.«

»Dafür hätte ich sie umgebracht.«

»Ich war Sklave«, entgegnete Cleve. »Und das wißt Ihr genau, Lord Varrick!« fuhr er fort und trat näher. »Glaubt nur nicht, daß Ihr mich zertreten könnt wie damals als Kind. Glaubt nicht, ich sei nur ein Alptraum, der bald wieder von Euch weicht. Ich bin hier, um meine Rechte einzufordern. Dies ist meine Heimat. Ich gehöre hierher. Wo ist mein Bruder? Wahrscheinlich habt Ihr ihn getötet, wie Ihr mich töten wolltet. Antwortet!«

»Hast du denn vor, mich unter deinem Absatz zu zertreten, Cleve?«

»Ich möchte ein Abkommen mit Euch treffen, Mylord. Und

ich lasse mich nicht einschüchtern. Hier ist meine Gemahlin Chessa. Sie ist die Tochter von König Sitric von Irland. Dies ist Lord Merrik von Malverne. Seine Gemahlin ist die Nichte von Herzog Rollo der Normandie. Sollte mir erneut etwas zustoßen, werdet Ihr vernichtet. Euer Podium, mit dem Ihr Euch über andere Menschen erhebt, wird zertrümmert und die Festung in Schutt und Asche gelegt. Euch bleibt nichts mehr, keine großen Löcher in der Wand, um Euch von hinten zu beleuchten und in magisches Licht zu tauchen und Eure Untertanen damit in Angst und Schrecken zu versetzen. Ich warne Euch, nicht überstürzt zu handeln.«

Chessa spürte den forschenden Blick des Fremden auf sich gerichtet, ohne ihn richtig sehen zu können, da sie vom grellen Licht geblendet wurde.

»Du bist die Tochter von Hormuze«, richtete er das Wort an sie. »Bist du wirklich von seinem Blut?«

»Ja. Ich war noch ein Kind, als er König Sitric die Jugend wiederschenkte. Ich liebte ihn sehr, doch er verließ mich, löste sich im Nebel der Zeit auf und überließ mich der Obhut des verjüngten Königs.«

»Er ist der größte Zauberer, der mir je begegnet ist«, sagte Lord Varrick. »War einer von euch zugegen, als Hormuze das Wunder der Verjüngung an König Sitric vollzog?«

»Mein Bruder, Lord Rorik von der Habichtsinsel war dabei«, antwortete Merrik. »Es geschah alles genau wie Hormuze es vorhersagte. König Sitric vermählte sich mit der Jungfrau, die Hormuze für ihn aussuchte. Am Morgen danach trat er vor seine Soldaten und die Bewohner von Clontarf als junger blühender Mann, voller Lebenskraft und Schönheit. Die Habgier des alten Mannes hatte sich in den Edelmut eines jugendlichen Helden verwandelt.«

»Und du bist seine Tochter.«

»Ja. Er hat mich unterrichtet.« Chessa hob das Kinn ein wenig. »Er lehrte mich Tränke zu mischen und Zauberformeln zu sprechen. Aber ich war damals noch ein Kind und habe vieles vergessen.«

Cleve unterbrach sie. »Ich will keinen Streit mit Euch, Lord Varrick. Ich will nur das, was mir zusteht. Ich habe fünfzehn

Jahre meines Lebens in der Sklaverei verbracht. Ich hatte völlig vergessen, wer ich war. Erst als ich vor drei Jahren anfing zu träumen, kam die Erinnerung. Jetzt weiß ich, wer ich bin. Und ich nehme mir, was mein ist. Wenn es sein muß, werde ich Euch töten, um mein Ziel zu erreichen.«

Bei Cleves letzten Worten erhoben sich die Männer und griffen nach den Waffen. Die Gestalt im wehenden schwarzen Umhang auf dem erhöhten Podium sprach: »Du mußt mir nicht drohen. Ich erkenne dich als Sohn deines Vaters. Nun sieh mich an, Ronin von Kinloch.«

»Ich bin Cleve von Kinloch.«

Varrick nickte, trat aus dem grellen Lichtschein und stieg vom Podium. »Bei den Göttern«, murmelte Merrik. »Das kann ich nicht glauben.«

»Ihr seid sein Stiefvater«, brachte Laren hervor. »Seine Mutter hat Euch nach dem Tod seines Vaters geheiratet. Wie ist das möglich?«

Cleve blickte dem Mann in die Augen – in ein goldbraunes und ein blaues Auge. Er erblickte sein eigenes Gesicht wie in einem Spiegel.

»Du bist mein Sohn. Ich hielt dich zwanzig Jahre lang für tot. Jetzt bist du heimgekehrt.« Lord Varricks Hände umfingen Cleves Oberarme. »Du bist mein Sohn«, sagte er. »Du gehörst mir.«

»Papa«, krähte Kiri. »Das gefällt mir nicht. Ich möchte lieber Stöckchen zählen.«

Hinter ihnen wurde eine sanfte Stimme laut. »Sie sieht dir zum Verwechseln ähnlich, Cayman, als du so alt warst wie sie. Sie ist schön. Bruder, willkommen daheim.«

Cleve hatte sich beim Klang der Frauenstimme umgedreht und erkannte seine Schwester. Sie sah ihrem Vater ähnlich, eine echte Wikingerfau, groß, blond und hellhäutig.

»Bist du wirklich Argana?«

»Ja, Cleve.«

Sie war nur seine Halbschwester, dachte er benommen. Er war sich der Nähe seines Vaters bewußt. Der Mann, von dem er all die Jahre geglaubt hatte, er habe ihn als Sklave verkauft, um ihm sein Erbe wegzunehmen. Ein Mann, der über Leichen ging. Dieser Mann in seinen schwarzen Gewändern, der sich seinen Untertanen auf einem Podium präsentierte und der bei Sturm Ungeheuer herbeizurufen vermochte. Cleve konnte kaum einen klaren Gedanken fassen. Er spürte Chessas Nähe, ahnte die Fragen, die ihr auf der Zunge brannten. Fragen über Fragen, die irgendwann beantwortet werden würden. »Argana«, wiederholte er. »So hieß auch unsere Großmutter. Ich bin nur dein Halbbruder.«

»Wir haben dieselbe Mutter.«

»Es ist alles so neu für mich. Ich weiß nicht.«

»Hier sind meine Söhne, Cleve.« Argana wandte sich um und wies auf drei Knaben hinter sich, die in drohender Haltung dastanden, die Hände an den Dolchen im Gurt, der älteste fast schon ein Mann, der jüngste etwa zwölf Jahre alt. Cleve nickte ihnen zu. Beim Jüngsten erstarrte er. Er hatte ein goldbraunes und ein blaues Auge. War sein Vater auch der Vater dieses Knaben? Hatte er sich mit Cleves Schwester gepaart?

Chessa sagte vernehmlich: »Ich bin Chessa, und dies ist meine Stieftochter Kiri. Du sagst, sie sieht aus wie Cayman. Wer ist Cayman?«

»Meine jüngere Schwester. Komm her, Cayman.«

Sie war die schönste Frau, die Chessa je in ihrem Leben gesehen hatte, blond und hellhäutig, mit strahlend blauen Augen. Würde Kiri wirklich so wunderschön werden wie diese Frau?

»Cayman«, begrüßte Cleve sie. »Ich sehe dich als kleines, knochiges Mädchen mit zerzausten Haaren vor mir. Du warst zehn Jahre alt, als ich verschleppt wurde.«

Laren erschien das unglaublich. Sie sah so jung und rein, unschuldig und dennoch verführerisch aus.

»Und jetzt bin ich bald dreißig, kleiner Bruder«, lächelte Cayman. »Ich bin froh, daß du noch lebst. Viele, viele Jahre wurde nicht von dir gesprochen.« Lord Varrick meldete sich plötzlich zu Wort: »Meine Töchter sind alle erwachsen, Kiri. Und du bist mein erstes Enkelkind. Kommst du zu mir?«

Er streckte ihr die Arme entgegen. Kiri musterte ihn forschend, wie es ihre Art war, seinen wallenden, schwarzen

Umhang, die weiten Ärmel, sein Gesicht, das dem ihres Papas glich, nur hagerer und älter war. »Bist du mein Großvater?«

»Ja, ich bin dein Großvater. Ein alter Graubart.«

»Kann ich dort oben im Licht stehen wie du? Ich möchte auch aussehen wie ein Dämon.«

»Ja«, antwortete er und in seiner Stimme, in seiner ganzen Erscheinung lag wieder diese Kälte, vor der Chessa zurückschreckte. »Wenn du willst, kannst du in der Sonne stehen.«

Kiri streckte ihm zögernd die Arme entgegen.

Es herrschte immer noch tiefe Stille in der großen Halle. Viele Männer, Frauen und Kinder standen nun herum, doch niemand sprach ein Wort. Auch Arganas drei Söhne standen reglos und stumm. Lord Varrick trug Kiri die Stufen zum Podium hinauf und trat mit ihr an die hohen, offenen Fensterhöhlen. Dort drehte er sich zu den im Saal Versammelten um. Das grelle, gebündelte Sonnenlicht erfaßte beide, und legte tiefe Schatten über ihre Gesichter. Kiris Kopf war von einem Schein aus gesponnenem Gold umgeben.

## KAPITEL 21

Kurz nach Eintritt der Dunkelheit wurde Cleve von seiner Frau gnadenlos in die Kammer gezerrt, die Lord Varrick ihnen angeboten hatte, und aufs Kastenbett geworfen. Sie küßte sein Kinn, knabberte an seinem Ohrläppchen, leckte seinen Hals. »Bitte Cleve, beeile dich. Ich will dich haben.«

Seine Augen funkelten im matten Schein der Öllampe. »Ich auch. Ich will dich nackt«, raunte er. Seine Hände zerrten in blinder Leidenschaft an ihren Kleidern.

Chessa scherte sich nicht darum, ob sie am nächsten Tag mit einem zerrissenen Kleid herumlaufen mußte. Er wollte sie, und sie würde ihm geben, was er verlangte. »Mach schnell«, keuchte sie mit belegter Stimme und half ihm, die Silberspangen an ihren Schultern zu öffnen und den Umhang abzustreifen. Sie konnte nicht warten. Ihre Hände nestelten an seiner Hose. Nun lag er auf ihr. »Chessa«, flüsterte er und küßte sie. Seine Hände wölbten sich um ihre Brüste und streichelten ihre nackte Haut. Ihre Arme waren um seinen Rücken geschlungen, sie liebkoste ihn und schmiegte sich an ihn, als wolle sie mit ihm verschmelzen.

In der Hochzeitsnacht hatte er sich wie ein Tölpel benommen, hatte sich an ihr befriedigt und nicht an sie gedacht. Dafür mußte sie ihn gehaßt haben, und dennoch hatte sie bei seinen Leuten mit seiner Männlichkeit und Ausdauer geprahlt. Nun war sie die Gierige und schien ihre Lust nicht bezwingen zu können. Und sein eigenes Verlangen raubte ihm schier den Verstand. Er riß ihr die Röcke hoch, spürte ihr nacktes Fleisch unter seinen Händen, und seine Finger spreizten ihre Schenkel. Dann spürte er sie, ihre Nässe, ihre Weichheit, ihre Hingabe. Stöhnend bestieg er sie. »Mach deine Schenkel breiter«, hauchte er in ihren Mund, und sie gehorchte, ihre Hände an seinen Hinterbacken.

»Beeil dich«, raunte sie wieder, und er hob ihre Hüften, blickte auf ihr zartes, weibliches Fleisch und stieß zu. Mit zurückgeworfenem Kopf bohrte er sich tief in sie und genoß die Hitze und Nässe ihrer Scheide.

Seine Lust steigerte sich bis zum Wahnsinn. Er versuchte, sich ihr zu entziehen, doch sie schob ihre Hüften vor und saugte ihn noch tiefer in sich ein. Diesmal bereitete er ihr keine Schmerzen, sie wand sich zuckend unter ihm, wölbte sich ihm entgegen und stöhnte immer wieder: »Beeil dich, komm! Komm!«

Er wollte sich nicht beeilen. Ihr Anblick, wie sie mit geschlossenen Augen, gelöstem Haar und geschlossenen Augen hingegeben unter ihm lag, rührte ihn bis an die Seele.

»Ich will deine Lust spüren«, brachte er hervor. Sie war eng und bewegte sich unter ihm, sie schob ihn immer tiefer in sich, als er versuchte, einen Augenblick zu verharren, nur um wieder zu Verstand zu kommen, um nicht ...

Und da explodierte er. Er ergab sich seiner Lust, ihrer Lust und entlud sich tief in ihr. Sein Samen ergoß sich in ihr, er stöhnte tief und kehlig wie ein wildes Tier.

Er würde sterben. Kein Mann vermochte dieses Maß an Wolllust zu ertragen, kein Sterblicher; es war aus mit ihm. Er lag flach auf ihr, ihre schweißnassen Körper ineinanderverschlungen, atmete er keuchend an ihrer Wange, küßte sie atemlos und bewegte sich immer noch zuckend in ihr.

»Diesmal schlaf' ich nicht ein«, versprach er und schaffte es, sich auf die Ellbogen zu stützen. »Chessa, sag etwas.«

Sie lächelte zu ihm auf. »Du bist sehr tief in mir, Cleve. Ich liebe es, deine Fülle zu spüren. Du bist so glatt und hart, und du machst mich glücklich.«

»Närrische Worte«, widersprach er. »Du weißt nicht, was du sagst, du plapperst nur. Du hast kein Vergnügen gehabt, und es war dir unwichtig. Du wolltest mich aussaugen, mich nehmen und mich glücklich machen und verlangst nichts für dich selbst. So soll es nicht sein. Ich lasse nicht zu, daß du mich beherrschst, so wie du bisher jeden Mann beherrscht hast, der das Pech hatte, dir in die Quere zu kommen. Ich werde nie wieder auf deinen Sirenengesang hören. Ich werde dich dazu bringen, daß du deine Lust hinausschreist.«

»Aber Cleve, dein Vergnügen ist wichtig, deine Lust macht mich glücklich, dein ...« Sie hielt den Atem an, als sie seine heißen Lippen auf ihrem Bauch spürte, seine Hände, die ihre Haut streichelten, ihre Hüften umspannten und sie hochhoben. Er kauerte nun auf Knien zwischen ihren Beinen, Unmutsfalten auf der Stirn. »Du Luder, du wirst für mich schreien.«

Damit beugte er sich über sie, sein Mund berührte sie. Ihr Rücken drückte sich durch, ein Lustschrei entfuhr ihr. Seine Zungenspitze liebkoste sie und raubte ihr die Besinnung. Das durfte er gewiß nicht tun, er mußte aufhören, er trieb sie zum Wahnsinn. »Cleve, bitte nicht!« versuchte sie ihm mit dünner Stimme Einhalt zu gebieten. Seine Zunge, seine Finger glitten in sie, sie spürte ihre Nässe und seinen Samen und dieses unendliche Verlangen, dem sie wehrlos ausgeliefert war.

»Schrei, Chessa, schrei!« drängte er sie und hob den Kopf, um ihr Gesicht zu sehen. Seine Narbe leuchtete bleich im Zwielicht, er sah aus wie ein Dämon, hart und kalt, und sie wußte, er würde bekommen, was er wollte. Er war schöner als die Bildnisse, die sie von christlichen Heiligen oder Wikinger-Göttern gesehen hatte. »Ja«, lächelte er, als er die

Veränderung ihrer Gesichtszüge wahrnahm und senkte den Kopf wieder. Er hob ihre Hüften, und sie wußte, es gab kein Zurück mehr für sie. Er hatte von weiblicher Wollust gesprochen, doch sie hatte nicht eigentlich geglaubt, daß sie der Begierde eines Mannes glich, die ihn zum Tier machte und ihm den Verstand raubte, bis er in wilder Gier keuchend, hilflos stöhnend und zuckend zusammenbrach.

Nein, es würde anders sein. Nein, seine Lust war wichtig, nicht ihre. Nicht, daß die Lust einer Frau nichts bedeutete, aber …

Sie schrie. Von einem Augenblick zum nächsten war es um sie geschehen. Sie verlor die Besinnung, schrie wie ein Tier, und alles drehte sich schwindelnd im Rausch der Sinne. Und sie wollte, daß es nie aufhörte. Ihre Finger zerwühlten sein Haar, krallten sich in seine Schultern, sie stieß kleine Wehlaute aus. Und dann war ihr, als riesle ein warmer Regenguß auf sie herunter, der sie liebkoste und beruhigte und sie wieder zur Besinnung brachte.

»Cleve«, sagte sie matt. »Ich werde bestimmt sterben.«

»Ja, jede Nacht«, sagte er und grinste auf sie herab, triumphierend, zufrieden und satt, in seiner Männlichkeit bestärkt, ein Held, ein Sieger. »Du schreist wunderbar, Chessa. Es gefällt mir. Du reagierst gut auf mich. Auch das gefällt mir. Ich wußte, daß es so zwischen uns wird. Und du wirst mich nie wieder belügen, Chessa. Ich brauche deine Lust und deine Befriedigung so sehr wie meine eigene. Verstehst du mich?«

Mit dünner Stimme antwortete sie: »Wenn du so lieb zu mir bist, muß ich dich wohl verstehen.«

Er nahm sie in die Arme und drückte sie an sich. »In ein paar Minuten tun wir es wieder. Du bist schon zu lange mit mir verheiratet und darfst nicht länger vernachlässigt werden.«

»Kann man das denn wiederholen?«

Er lächelte über das kindliche Staunen in ihrer Stimme, über ihre plötzliche Scheu, und er streichelte sie mit seinem Mund und bewegte seine Finger in ihr. Er küßte ihre Nase. »Du hast dich für sehr schlau gehalten, hast gedacht, du kannst mich beherrschen.« Er küßte ihr Ohr. »Du machst es so oft ich es wünsche. In unserem Bett hast du nichts mehr zu melden. Wenn ich sage: ›Chessa, ich nehme dich mit meinem Mund bis du schreist‹, dann wirst du schreien.« Er küßte ihre Wange.

Sie schwieg lange, dann flüsterte sie an seiner Schulter: »Versprichst du mir das, Geliebter?«

Seine Hand, die ihre Hinterbacken liebkoste, hielt inne. Seine Finger drängten sich zwischen ihre Schenkel. Sie war naß von ihm, von ihren eigenen Säften, von ihrer beider Leidenschaft. Sie erschauerte, als seine Finger sie sanft streichelten. »Ja«, antwortete er. »Ich verspreche es.«

Wenige Augenblicke später war Chessa eingeschlafen. Cleve lag selig lächelnd da und blickte in das Mondlicht, das durch die offene Fensterhöhle fiel. Die frische Nachtluft war ungewohnt und wunderbar. In Norwegen waren die Sommernächte zu kalt, um frische Luft ins Haus zu lassen. Deshalb gab es keine Fenster.

Er schloß die Augen und sah seinen Vater, der ihn mit einem goldbraunen und einem blauen Auge ansah. Es war sein Vater, nicht sein Stiefvater, den er als kleiner Junge so sehr gefürchtet hatte, und von dem er glaubte, er habe seinen Tod befohlen. Es gab soviel Unerforschtes in Kinloch, soviel Verwirrendes. Zwischen den Malverneleuten und Lord Varricks Männern würden hoffentlich keine Streitereien ausbrechen. Den ganzen Abend hatte feindseliges Schweigen geherrscht. Eine tödliche, furchteinflößende Stille. Auch die Malverneleute, samt Eller mit seiner empfindsamen Nase, hatten den langen Abend nicht mehr als drei Worte gesprochen.

Seine Schwester Argana war die Gemahlin seines Vaters und Mutter von drei Knaben. Er sah sie als junges Mädchen vor sich, lachend und quirlig, immer in Bewegung, wie sie ihn hochhob und ihm schmatzende Küsse aufdrückte. Doch gestern abend hatte sie kein einziges Wort gesprochen. Und Cayman, dreißig Jahre alt und unverheiratet, war so schön, daß jeder Mann bei ihrem bloßen Anblick der Atem stockte. Wieso war sie nicht verheiratet? Auch sie hatte kaum gesprochen, obgleich Laren ihr ständig Fragen stellte, um mehr über sie und Kinloch zu erfahren.

Auf Kinloch lastete eine unheimliche Stille, und kalte Dunkelheit schien aus jeder Ecke der riesigen Halle hervorzukriechen und alles zu überschatten. Wieder sah er Varrick vor sich, die kleine Kiri auf dem Arm, und beide in das grelle Lichtbündel getaucht, das sie vereinte und ihnen eine überirdisch leuchtende Aura verlieh.

Chessa murmelte im Schlaf, ihre Hand glitt über Cleves Bauch zu seinen Lenden. Er stöhnte, als ihre Finger sein Schamhaar kraulten. Er küßte ihren Scheitel und drückte sie näher an sich. Sie war ihm so nahe. Und er hatte sich tapfer dagegen gewehrt, das wußten die Götter, aber es hatte ihm nichts genützt. Sie hatte sich zu Kiris zweitem Papa gemacht. Chessa war sehr schlau. Er mußte sich vor ihr hüten. Sie hatte viel von ihrem Vater, diesem König Sitric.

Ragnor von York hatte Glück, ihr entkommen zu sein. Cleve schmunzelte. Ob Turella den alten König wohl endgültig entmachtet und Ragnor auf den Thron gesetzt hatte, natürlich nur der Form halber, um selber das Land ungestört regieren zu können?

Chessas Hand legte sich um seine Männlichkeit, Cleve flüsterte an ihrer Schläfe: »Hör mir gut zu, Chessa. Du bist meine Frau, aber ich lasse mich nicht von dir beherrschen. Ich bin, wer ich bin. Du wirst mich nicht dominieren. Vergiß deine Machenschaften.« Er glaubte, ihr Gähnen zu hören. Er mußte ein waches Auge auf sein Weib haben, das schlau und ebenso findig war wie er. Eine lästige Aufgabe, aber er hatte sich darauf eingelassen. Kiri schlief bei Laren und Merrik. Eine gerechte Strafe, wie er Merrik gegenüber betont hatte, weil er sich laut darüber gewundert hatte, wann Cleve seine junge Frau je wieder beglücken würde. Und die schöne, rothaarige Laren, die ihm näher stand als seine beiden Schwestern, nahm Kiri bei der Hand und fragte sie unschuldig, ob sie ihrem dritten Papa nicht eine Geschichte erzählen wolle. Merrik hatte den Blick zu den Dachbalken gehoben und hörbar geseufzt.

Cleve mußte noch viel lernen. Und nun lag seine Frau neben ihm, ihre Hand umspannte ihn, und er wußte, daß sie wach war, denn ihre Atemzüge hatten sich beschleunigt. Er rollte sich auf sie.

»Ich habe es dir versprochen«, sagte er und küßte sie. Sie war warm und hingebungsvoll, wie nicht anders erwartet. Und als sie schließlich verhalten in seinen Mund schrie, während seine Finger ihr zuckendes Fleisch liebkosten, wurde ihm weit und frei ums Herz – ein beängstigendes und zugleich unendlich beglückendes Gefühl. Wieder sagte er an ihren leicht geöffneten Lippen: »Du wirst nie wieder versuchen, mich zu beherrschen, Chessa. Vergiß nicht, was ich dir sage. Vergiß nicht, ich bin mit keinem anderen Mann zu vergleichen, dem du je in deinem Leben begegnet bist.«

Sie schmiegte sich an ihn. Diese Hexe schlang ihre Arme um ihn. Er mußte sich vor ihr hüten, doch das Leben mit ihr versprach, interessant zu werden.

Diesen Ragnor von York hätte sie getötet, wäre er ihr zu nahe gekommen.

Und was Wilhelm von der Normandie anlangte, so war Cleve froh, daß er sie nie zu Gesicht bekommen hatte. Wilhelm war nicht so dumm wie Ragnor.

Argana schaute Cleve forschend in die Augen. »Seltsam«, sagte sie verwundert, »als du ein kleiner Junge warst, ist mir nicht aufgefallen, daß du Augen wie Varrick hast, ein goldenes und ein blaues. Vielleicht haben sie sich später erst so gefärbt.«

»Ich weiß nicht«, entgegnete Cleve. »Ich erinnere mich nicht, je mein Spiegelbild gesehen zu haben.«

»Ich glaubte unserer Mutter, als sie sagte, du seist der Sohn meines Vaters. Doch dann starb er eines gewaltsamen Todes wie die meisten Männer. Varrick hat ihn getötet. Daran habe ich nie gezweifelt. Und dann heiratete Varrick unsere Mutter.«

»Ja, ich weiß«, bestätigte Cleve. »Mich wundert nur, daß mein Vater später die Tochter seiner Gemahlin geheiratet hat. Das ist nicht üblich. Ich glaube, die Christen verbieten eine solche Verbindung.«

Argana, die beinahe so groß war wie Cleve, mit langen Gliedmaßen, Augen so blau wie der Sommerhimmel und Grübchen in den Wangen, entgegnete ernst und sachlich:

»Unsere Mutter starb, als ich dreizehn und bald alt genug für einen Ehemann war. Varrick faßte mich nicht an, bevor ich vierzehn war. Dann eröffnete er mir, daß er mich beschlafen werde, um zu prüfen, wie ich auf die Berührung eines Mannes reagiere. Und er sagte, wenn ich mich zu seiner Zufriedenheit verhalte, werde er mich heiraten. Ich erkundigte mich bei einer der Frauen, und sie gab mir genaue Anweisungen, wie ich mich zu verhalten habe. Varrick war zufrieden mit mir. Du darfst nicht vergessen, wir leben hier in völliger Abgeschiedenheit. Abgesehen von unseren Geschäften in Inverness und dem Handel mit den Inseln im Norden haben wir keine Verbindung zur Außenwelt. Gut, die Männer fahren nach Süden bis in die Gegend von York, und plündern hier die Siedlungen der Pikten und Briten. Mein ältester Sohn Athol sollte nach Varricks Tod Herr von Kinloch werden. Aber nun bist du zurückgekommen, und Varrick ist glücklich wie noch nie. Ich habe lange Zeit um dich getrauert, Cleve. Und ich bin froh, daß du lebst, auch wenn mein Sohn nun nicht der Erbe von Kinloch ist.«

Enttäuschung und Bedauern schwangen in ihrer leisen, melodischen Stimme.

»Ich habe fünfzehn Jahre in der Hölle zugebracht, Argana,« entgegnete Cleve kühl. »Ein Schicksal, das ich nicht verdient habe. Ich wurde als fünfjähriges Kind in die Sklaverei verschleppt. Ich werde meine Rechte einfordern. Athol ist ein gesunder, junger Mann. Und er ist mein Halbbruder. Ich hoffe, er hegt keinen Haß gegen mich und sieht ein, daß ich mir nur nehme, was mir zusteht. Ich verzichte jedenfalls nicht auf meine Rechte, das wirst du sicher verstehen.«

»Ja, ich verstehe. Aber Athol ist bald erwachsen und steht nun vor dem Nichts. Du erinnerst dich nicht an meinen Vater, ich sehr wohl. Er war ein jähzorniger, leidenschaftlicher Mann. Seine Familie, seine Söhne standen ihm sehr nah. Dann starb er im Kampf gegen Gesetzlose, wie es hieß. Ich aber glaube, Varrick hat ihn umgebracht.«

»Athol wird seiner eigenen Wege gehen wie die meisten Söhne. Wäre mein Bruder noch am Leben, hätte ich keinerlei Ansprüche. Varrick sagte gestern abend, Ethar wurde bald nach meinem Verschwinden ebenfalls vermißt. Man glaubt, er sei in den See gefallen und von dem Ungeheuer in die Tiefe gezogen und verschlungen worden.«

»Wahrscheinlicher ist, daß er von der Strömung in eine der Höhlen unter Wasser getrieben wurde. Niemand weiß es. Zuerst starb unsere Mutter, dann bist du verschwunden und schließlich Ethar. Und immer hatte Varrick seine Hände im Spiel, immer war es Varrick. Ich erkannte bald, daß unsere Mutter ihn begehrte, aber sie fürchtete ihn. Er war manchmal sehr schroff zu ihr. Wir alle haben Angst vor ihm, aber genau das bezweckt er, das gefällt ihm. Er ist ein seltsamer Mann, seine Herkunft liegt im Dunkeln und ist von finsteren Gerüchten umwoben, doch meine Mutter nahm ihn zum Gemahl.«

»Hast du immer noch Angst vor ihm?«

Nun lächelte sie und zeigte ihre weißen, ebenmäßigen Zähne. Sie war immer noch eine hübsche Frau, nicht von der überirdischen Schönheit Caymans, doch sie wirkte lebensnaher als Cayman, sie besaß mehr Bodenständigkeit, mehr Willenskraft. Das Leben mit all seinem Leid und seinem Glück hatte Falten in ihre Gesichtszüge gezogen. Das machte sie menschlicher aber damit auch gefährlicher. Cleve beschloß, sich vor ihr in acht zu nehmen. Er bedeutete ihr nichts. Er war als kleiner Junge vor vielen Jahren für tot erklärt worden.

»Ob ich Varrick fürchte? Selbstverständlich fürchte ich ihn. Jeder hier tut das. Es gefällt ihm, Angst zu verbreiten und wenn alle Welt ehrfürchtig vor dem Schleier der Finsternis und des Schweigens erschauert, den er um sich breitet.«

»Du sprichst in wohlgewählten Worten, Argana«, sagte Varrick, der herangetreten war.

Sie erschrak, ohne zu erbleichen oder vor ihm zurückzuweichen. »Ich bin seit langer Zeit mit dir verheiratet, Varrick. Du hast mich gelehrt, in wohlgewählten Worten zu sprechen.«

Varrick legte ihr seine Hand auf den Arm, eine bleiche Hand mit schmalen Fingern, wie von einem Runenmeister gemeißelt, und eine gepflegte Hand ohne Schwielen, ohne

Zeichen körperlicher Arbeit. »Bald achtzehn Jahre«, sagte er. »Das ist eine lange Zeit, Argana, eine sehr lange Zeit. Athol ist jetzt sechzehn und bald erwachsen. Er wird seinen Bruder Cleve ehren, der wunderbarerweise nach Hause gefunden hat. Cleve wird mein Nachfolger sein, nicht Athol. Ich hoffe, du hast dafür Verständnis, Argana.«

Ja, Varrick war sein Vater, dachte Cleve. Ihn anzusehen war, als blicke er in sein Spiegelbild. Das erstaunte ihn und machte ihm zugleich Angst.

»Bis zur Wintersonnenwende wird die Geschichte deiner Flucht aus Kiew gemeinsam mit Lord Merrik und seiner Laren die Talente der Skalden beflügeln«, sagte Varrick. »Aber warum bist du nicht umgehend zurückgekehrt, als du frei warst?«

»Ich hatte alles vergessen, bis ich anfing zu träumen. Erst mit den Träumen kehrte die Erinnerung zurück. Ich ritt auf meinem Pony am Ostufer des Sees, als ein Mann mich anhielt. Ich sprach mit ihm und wurde von hinten niedergestreckt. Ein Händler fand mich, pflegte mich gesund, gab mir den Namen Cleve und verkaufte mich. Das alles ist mir erst vor drei Jahren in meinen Träumen wieder eingefallen.«

»Bring mir eine Schale Haferbrei, Argana«, sagte Varrick. »Vielleicht habe ich dir die Träume gesandt, Cleve. Ich besitze diese Kraft, die mich überkommt, auch wenn es mir gar nicht bewußt ist.«

»Wenn du daran glaubst, warum nicht?«

Argana warf Cleve einen warnenden Blick zu, bevor sie sich an den großen offenen Herd begab, über dem ein riesiger Kessel hing, der viel größer war als ein Topf auf der Habichtsinsel oder in Malverne.

»Wie viele Menschen leben in Kinloch?«

»An die hundert. Meine Männer haben viele Kinder in die Welt gesetzt, nachdem ich deine Mutter geheiratet hatte. Ja, ich sehe es in deinen Augen. Du bist mein Sohn, und du erinnerst dich an den Mann, den du für deinen Vater gehalten hast. Er war ein Mann ohne Einsicht. Zugegeben, er war ein tapferer Krieger, aber ohne ausreichenden Verstand. Ich zwang deine Mutter, Cleve, ich tat ihr Gewalt an, weil ich sie begehrte. Eines Tages badete sie im See, dort nahm ich sie, und du warst das Ergebnis. Da dein Vater keinen Verdacht schöpfte, sah er in deinen verschiedenfarbenen Augen eine Gabe der Götter. Ah, mein Haferbrei. Komm und setz dich zu mir, Cleve. Es gibt viel zu besprechen. Erzähl mir deine Träume.«

Cleve blickte zu Chessa hinüber, die Kiri einen kleinen Lederball zuwarf. Laren redete mit Cayman und Merrik mit Varricks Soldaten, die mit dem Säubern ihrer Waffen beschäftigt waren.

Plötzlich, ohne jede Vorwarnung, war das Brausen eines mächtigen Sturms zu hören. Die riesige Festung aus Holz erbebte förmlich unter dem Heulen des Sturms. Die Männer, Frauen und Kinder in der Halle erstarrten. Niemand schrie, niemand wagte auch nur eine Bewegung.

Dann hörte man tosendes Wasserrauschen wie von einer Sturmflut, die gegen Felsen brandete und hochschäumte, ohrenbetäubendes Donnern, als würde die Festung von riesigen Brechern erfaßt und fortgespült. Es mußte eine Sinnestäuschung sein, da die Festung auf der hohen Landzunge vom Wasser des Sees niemals erreicht werden konnte.

Varrick erhob sich von seinem geschnitzten Eichenstuhl, dessen Armlehnen Schlangen darstellten, jedoch waren diese Schlangen andere, als die üblichen Seeschlangen, die den Bug der Wikingerschiffe zierten. Ähnliche Schlangensymbole hatte Cleve noch nie gesehen. Es waren Zauberschlangen, weise Schlangen, die den Blick des Betrachters zu erwidern schienen. Varrick betrat das Podium, ging zu den hohen Fensterläden und stieß sie auf. Dabei hielt er einen seltsam geformten Holzstab in den Händen, den er mit gestreckten Armen an die offene Fensterhöhle hielt.

Es war früher Morgen, die Sonne hatte soeben noch vom Himmel gestrahlt. Doch jetzt hatte der Himmel sich verdunkelt. Die Helligkeit im Raum wurde förmlich durch das Fenster nach draußen gezogen und machte einer tiefen Finsternis Platz. Ein heftiger Windstoß fuhr herein, und Varrick mußte sich an dem Holzriegel des Fensterladens festhalten. Cleve hätte geschworen, riesige Wasserfontänen zu sehen, die vor der dunklen Fensteröffnung hochspritzten und brausend zusammenbrachen.

Varrick wandte dem offenen Fenster und dem unheimlichen Dunkel den Rücken zu und hob die Arme. Die weitgeschnittenen Ärmel seines Umhangs blähten sich. Er sprach: »Caldon ruft mich. Ich muß sehen, was geschehen ist. Habt keine Angst. Bleibt im Haus, dann seid ihr in Sicherheit. Niemand wagt sich ins Freie!«

Er verließ das Podium, schritt auf das hohe Portal zu und stieß beide Flügel auf. Er wirkt wie ein junger Mann, dachte Chessa, gewiß nicht wie Cleves Vater. Seine Haltung war aufrecht, sein Gang jugendlich und elastisch.

Kiri preßte ihr Gesicht an Chessas Hals und wisperte in ihr Ohr: »Varrick ist so seltsam, Papa. Was ist ein Caldon?«

»Sehr seltsam«, antwortete Chessa »Ich kann es nicht erklären. Nun geben wir deinem ersten Papa eine Schale Haferbrei, mein Schatz. Alles wird sich bald aufklären. Hab keine Angst.«

»Warum hast du keine Angst?«

Chessa überlegte. »Ich weiß nicht genau. Ich halte das alles für eine gut einstudierte Theatervorstellung, ähnlich wie deine Tante Laren sie gibt, wenn sie uns Geschichten von Drachen und Helden erzählt, die ganz echt wirken, wenn sie ihren Zauber um uns spinnt. Genauso macht es Varrick.«

»Dann ist ja alles gut«, erwiderte Kiri. »Ich habe Hunger, Papa.«

## KAPITEL 22

»Wie hast du das gemacht?«

Varricks Lippen kräuselten sich zu seinem feinen Lächeln. »Frag deine Frau. Ihr Vater ist der mächtigste Zauberer, von dem ich je gehört habe. Sie hat einiges von seiner Kunst geerbt, das sehe ich in ihren Augen ... diese seltsam grünen Augen, voller Geheimnisse und Abgründe. Du hast Glück, Cleve. Sie wird dich vor deinen Feinden beschützen.«

»Wenn sie mich beschützen sollte, so tut sie das mit ihrer Schlauheit und ihrer List, nicht aber weil sie irgendeinen Zauberbann spricht. Ragnor von York begehrte sie. Wilhelm der Normandie begehrte sie. Nun ist sie meine Gemahlin, und ich kann nur hoffen, daß keiner der Verschmähten oder ihr Vater König Sitric mir das Fell über die Ohren zieht. Nun sag mir, Lord Varrick, wie hast du den furchtbaren Sturm hervorgerufen, die schwarze Finsternis und die tobenden Wassermassen?«

Varrick nahm den seltsam geformten Stab zur Hand. Aus der Nähe betrachtet hatte er Ähnlichkeit mit einem geschnitzten Holzspeer, doch dafür war er eigentlich zu kurz, denn er war nicht länger als eine Elle. Er war aber auch kein Dolch, denn er war nicht zugespitzt. Er bestand aus Holz, das aber auch nicht eigentlich wie Holz aussah. Der Stab war mit Mustern bemalt, mit roten und blauen Kreisen und Vierecken. »Er gehörte dem Häuptling eines Piktenstammes, der keine Tagesreise von hier am Ostufer des Sees regierte. Ich wußte von der Macht dieses *Burra*, wie man ihn nennt. Die Druiden benutzten ihn Hunderte von Jahren zu ihren religiösen Riten. Der Stab ist älter als Caldon, vielleicht sogar älter als Thor und Allvater Odin. Ich habe mich jahrelang mit ihm befaßt und seine Geheimnisse erforscht. Ich lege meine Zauberkraft in den Stab und konzentriere mich darauf.«

»Wie bist du an den Stab des Häuptlings gekommen?«

»Ich habe ihn getötet. Hier, halt ihn mal.«

Cleve nahm den *Burra*. Er lag schwer in seiner Hand, so schwer, daß ihm der Arm nach unten gedrückt wurde. Es war unglaublich, daß ein dünner Holzstab so schwer sein konnte, dabei hatte Varrick ihn mühelos gehalten. In Cleve kroch eine kalte Beklemmung hoch.

»Ich nenne ihn Pagan«, sagte Varrick. »Was spürst du?«

»Nichts. Nur, daß er schwer ist. Der Mann, der den Stab angefertigt hat, muß ein Stück Eisen in das Holz gearbeitet haben.« Gern gab er den *Burra* seinem Vater zurück.

»Chessa, komm bitte mal her«, rief Varrick. »Ich möchte dir etwas zeigen.«

Chessa, die sich mit Laren unterhielt, hob den Kopf und kam näher. »Ja, Varrick?«

»Hier, nimm.« Damit reichte Varrick ihr den *Burra.*

Chessa legte den Kopf zur Seite und nahm den mit seltsamen Zeichnungen und Gravuren versehenen Stab. Plötzlich warf sie ihn mit einem kleinen Laut des Erstaunens in die Luft und fing ihn mit drei Fingern wieder auf, so leicht war er. »Das Ding ist heiß«, entfuhr es ihr dann. Sie warf ihn von einer Hand in die andere, als sei er federleicht. »Sehr heiß, und er wiegt fast nichts. Wie kommt das?«

»Sieh dir die Zeichen an, Chessa.«

Plötzlich ließ sie den Stab fallen. »Tut mir leid, aber er ist plötzlich ganz kalt geworden. Ich konnte ihn nicht mehr halten.« Sie blickte Varrick stirnrunzelnd an, bückte sich und berührte den *Burra,* der sich jetzt angenehm warm anfühlte, weder heiß noch kalt. Sie hob ihn wieder auf und studierte die Kreise und Vierecke. »Er ist sehr alt«, sagte sie gedehnt. »Ich spüre, daß er älter ist als die Landzunge, auf der diese Festung steht.« Verwirrt blickte sie ihren Ehemann an. »Cleve, das ist sehr seltsam. Ich berühre diese Kreise und Vierecke, und mir ist, als versinken meine Finger im Holz, obwohl sie es gar nicht tun. Aber ich spüre, wie tief sie geschnitzt sind. Eigentlich sind es gar keine Schnitzereien, sie sind glatt und tief, unermeßlich tief.« Dann verstummte sie und blickte auf ihre Finger, die jedes Muster langsam nachzogen. Plötzlich erbleichte sie, und ihre Augen weiteten sich angstvoll. Cleve sprang auf die Füße, entriß ihr den Heidenstab und stieß ihn Varrick hin. Das war nicht einfach, weil das Ding so schwer war. Dann schloß er Chessa in die Arme. »Schon gut, Chessa. Was ist passiert? Kannst du mir das sagen?«

Ihr Gesicht lag an seiner Schulter. »Ich habe meine Mutter Naphta gesehen. Ganz deutlich, als stünde sie hier vor mir. Sie war so echt, Cleve. Und dann hat sie mir zugelächelt, und ich war ein kleines KInd. Sie war so lebendig, Cleve.«

Cleve rieselte ein kalter Schauer über den Rücken, seine Nackenhaare sträubten sich. Das gefiel ihm alles nicht – nicht diese Finsternis am hellichten Morgen, nicht der Sturm, der die Festung erbeben ließ, ebensowenig das Geräusch der tobenden Wassermassen, die die Festung wegzuspülen drohten. Am wenigsten gefiel ihm dieser *Burra*, der in Chessa eine seltsame Regung hervorgerufen hatte. Er hatte das plötzliche Bedürfnis, so rasch wie möglich von hier fortzukommen.

Doch er gehörte hierher. Kinloch war sein Geburtsrecht. Aber das alles gefiel ihm nicht. Um Chessa zu beschwichtigen, sagte er: »Dein Vater ist ein großer Zauberer. Es ist ganz natürlich, daß du dich zu uralten und heiligen Dingen hingezogen fühlst. Komm, ich möchte mit dir und Kiri die Gegend erforschen, um herauszufinden, ob meine Kindheitserinnerungen mich trügen oder nicht.«

Varrick sagte nichts. Behutsam steckte er den *Burra* in eine bestickte Scheide, die er mit einem Lederriemen an seinem Gürtel festband. Die Scheide war ebenfalls mit roten und blauen Kreisen und Vierecken bemalt und sah genauso alt aus wie der *Burra*. Andererseits wirkte das Leder nicht alt und brüchig. Cleve haßte Dinge, die keinen Sinn ergaben. Die Menschen war ohnehin hilflose Geschöpfe; dieser unerklärliche Zauber, diese Sinnestäuschung schienen ihm unnötig verwirrend. Wieso war dieser komische Stab leicht wie eine Feder, wenn Varrick oder Chessa ihn anfaßten? »Dein Bruder Athol wird euch die Gegend zeigen, Cleve. Der Junge kennt jede Schlucht und jeden Hügel, jeden Baum und jeden Strauch. Er führt euch und paßt auf euch auf. Von den Pikten und Briten gibt es kaum etwas zu befürchten. Die Skoten sind wilder, aber normalerweise lassen sie uns in Ruhe. Dennoch muß man immer auf der Hut vor Gesetzlosen und Dieben sein; vor Banditen, die plündernd und mordend durchs Land ziehen. Der Schottenkönig Constantine bestärkt diese Kerle auch noch in ihren Überfällen gegen uns. Wir wehren uns natürlich. Meine Männer sind grimmige Kämpfer, die keine Gnade kennen. Ich gebe euch ein Dutzend Leute als Begleitschutz mit, wenn ihr nach Süden reitet. Es freut mich, daß du das Land kennenlernen willst, das dir nach meinem Tod gehören wird.«

Varrick gab ihnen Reitpferde. Cleve hatte als Knabe ein Pony geritten und war erst wieder in Malverne auf einem Pferd gesessen. Er machte zwar eine gute Figur auf dem grobknochigen, braunen Hengst, wäre aber lieber zu Fuß gegangen. Doch das Land um Kinloch dehnte sich weit nach Westen und Süden aus. Chessa saß elegant auf einer braunen Stute, die zu Kiris Erheiterung ständig mit dem Kopf nickte. Auch Laren war eine gute Reiterin. Nur Merrik und seine Leute machten keinen besonders glücklichen Eindruck. Voller Argwohn und Unruhe flogen ihre Blicke hin und her, als erwarteten sie jeden Augenblick, daß ein Ungeheuer aus dem Loch Ness auftauche und sie verschlinge.

Ein Dutzend von Varricks Männern, die ihre Gesichter mit blauen Strichen und Kreisen bemalt hatten und in Bärenfelle gewandet waren, übernahmen die Nachhut. Varrick hatte erklärt, sie seien kriegerische Pikten, die ihm den Treueschwur geleistet hatten. Ihr Anführer Igmal sah furchterregend aus, hatte sehr weiße Zähne, ein blau bemaltes Gesicht und grinste ständig. Kiri kommandierte ihn herum, woraufhin er sein grimmiges Lächeln zeigte und die Kleine in die Luft warf. Welch ein Unterschied, dachte Cleve. Im Gegensatz zu der Festung, wo alle schwiegen, sah man hier draußen wenigstens ein gelegentliches Lächeln, das Kiri dem Mann entlockte. Ob Kiri, so fragte er sich, ihr unbeschwertes Lachen verlor, wenn sie hier länger lebten? Das würde er nicht zulassen.

Chessa lenkte ihre Stute neben Cleves Hengst. »Sieh mal die Nebelbank, die direkt auf uns zukommt wie eine Flutwelle. Bald hat der Dunst alles eingehüllt mit seiner grauen Feuchtigkeit. Dieses Land ist wild und unberührt. An den Nebel im Sommer muß ich mich allerdings erst gewöhnen. Dann wieder dieses Grün, ein tiefes, sattes Grün wie in Irland, dort regnet es auch ständig.«

»Gefällt es dir hier, Chessa? Kannst du hier heimisch werden?«

»Ja. Ich finde das Land herrlich ungezähmt und wild. Dann wieder weiden Schafe und Kühe friedlich auf den grünen Hügeln. Und es gibt so viele Vögel, Cleve. Mirana wäre begeistert. Die meisten kenne ich nicht, aber ich werde sie kennenlernen und studieren, damit ich ihr von ihnen erzählen kann. Schottland ist ein wunderschönes Land. Und außerdem ist es jetzt unsere Heimat.« Sie schwieg, dann fügte sie hinzu: »Cayman spricht nicht mit mir. Argana und ihre drei Söhne auch nicht. Sie behandeln mich nicht schlecht, aber ich weiß, daß sie mich nicht hier haben wollen. Alle Frauen sprechen nur übers Kochen, Weben und Färben. Sie haben Angst vor Varrick.«

»Du nicht.«

»Nein, aber schließlich ist mein Vater der größte Zauberer, den die Welt je gesehen hat. Ich wäre feige, würde ich vor ihm Angst haben.«

»Sag mir die Wahrheit, Chessa. Ist dein Vater wirklich ein Zauberer? Hat er König Sitric tatsächlich verjüngt? Ist er einfach verschwunden und hat dich dem König überlassen?«

»Ich hätte es dir längst sagen sollen«, lächelte sie ihn treuherzig an, »aber ich habe es vergessen. Es ist so viel geschehen, seit wir zusammen sind. Außerdem durfte ich sehr lange nicht darüber sprechen. Merrik und Rorik kennen die Wahrheit, ebenso die Bewohner von Malverne und der Habichtsinsel. König Sitric ist mein Vater. Und zugleich ist er der Zauberer Hormuze. Er tötete den alten König und setzte sich an seine Stelle. Der einzige Zauber, auf den mein Vater sich beruft, ist sein scharfer Verstand. Er durchschaut die Menschen. Er wollte Mirana heiraten, weil sie meiner Mutter so ähnlich sieht. Da sie jedoch bereits mit Rorik verheiratet war, mußte mein Vater sich mit Sira begnügen und findet sie wunderbar. Vier Söhne hat sie ihm geschenkt, und dennoch haßt sie mich aus dem einzigen Grund, weil ich sie hasse.«

»Die Ähnlichkeit zwischen Mirana und dir ist erstaunlich, wobei ihr euch eigentlich nicht in euren Gesichtszügen gleicht, aber in der Art, wie ihr beide lächelt oder den Kopf zur Seite neigt.«

»Ja, niemand spricht je darüber. Es bleibt ein Geheimnis, das nur der mächtige Zauberer Hormuze enthüllen könnte. Daß Varrick sich für so großartig hält, finde ich lächerlich. Dein Vater belustigt mich, obwohl er auch gefährlich ist. Man sollte ihn nicht unterschätzen.«

»Nein, das sollte man nicht. Aber du hältst ihn doch für mehr als gefährlich, stimmt's?«

»Ja, aber ich kann es nicht wirklich erklären.«

»Denk an diesen *Burra*, Chessa. Als ich ihn in der Hand hielt, war er so schwer, daß ich ihn kaum hochheben konnte. Als du ihn hieltest, war er leicht wie eine Feder. Und dann war er heiß und kalt. Das hat gewiß mit Zauberei zu tun. Mein Vater war begeistert von deiner Reaktion. Auch in seiner Hand war der Stab leicht. Es ist etwas Seltsames daran, so sehr es mir auch widerstrebt, es einzugestehen.«

Sie runzelte die Stirn, den Blick auf den See gerichtet. Von dem glatten, dunklen Wasser stieg eine wabernde Nebeldecke auf, die das Land einhüllte. Nun war auch der Himmel grau, und nur vereinzelt schimmerte ein Fleckchen Blau hindurch. Der Nebel würde weiter steigen, bis das Land mit hellem Grau eingesponnen war, und dann würde es kälter werden. Dieser Sommernebel regierte das Land. Auf dem See schaukelten nahe am Ufer einige Fischerboote, als fürchteten die Männer, sich ins tiefe Wasser zu wagen. Sie zog fröstelnd ihren Wollumhang um die Schultern. »Was ist wohl vorhin geschehen? Dachte ich gerade an meine Mutter, und mein Geist formte daraufhin ihre Gestalt? Mein Vater ist kein echter Zauberer, warum sollte der *Burra* in mir magische Kräfte wecken? Warum ist mir meine Mutter erschienen?«

»Ich zweifle nicht an deinem scharfen Verstand, Chessa. Aber ich denke, die Erscheinung hatte etwas mit Varrick zu tun – es ist sein Zauber. Vielleicht hat er die Gabe, Einblick in deine Seele zu nehmen, und dabei sah er deine Mutter.«

Sie schauderte, und es hatte nichts mit dem Nebel zu tun, der sie einhüllte. Im Gegenteil, ihr war, als liebkose der Nebel sie. Er war nicht kalt, er streichelte sie leicht wie die zärtlichen Finger eines Geliebten.

Die Gruppe näherte sich der Südspitze von Loch Ness. Sanfte Hügel, auf denen Schafe weideten, zogen sich in die Ferne. Über ihren Köpfen schwebten Bussarde und Falken. Möwen ließen sich im Sturzflug bis knapp zum Wasserspiegel fallen, ehe sie die Schwingen ausbreiteten. Auf den Gerstenfeldern arbeiteten Sklaven. Dahinter zogen sich dichte Wälder bis zum Horizont. Felsbrocken lagen herum wie von Riesenhand aufgeschichtet. »Varricks Land zieht sich endlos hin«, sagte Cleve. »Dort drüben muß die Falkenschlucht sein. Er erzählte mir, er habe sie so genannt, weil dort einmal drei Falken auf seiner ausgesteckten Hand gelandet seien.«

»Und es wird niemals dein Land sein, Bruder.« Athols Stimme holte die beiden jäh aus ihren Gedanken zurück. Der Junge riß die Zügel herum, und sein Hengst stieg. »Dieses Land gehört mir. Scher dich zurück nach Norwegen. Du bist ein Wikinger geworden wie diese Männer, die in Inverness Handel treiben. Wir sind anders hier. Wir sind mehr als Wikinger, mehr als du dir vorstellen kannst. Du hast keine Ahnung von uns. Du bist hier nicht willkommen, auch wenn mein Vater dir etwas anderes sagt. Er verabscheut dich. Geh weg, Cleve von Malverne. Du hast hier nichts verloren.«

Cleve blickte Athol forschend an. Der Junge war fast erwachsen, sehr unbeherrscht und hitzig. »Hoffentlich lernst du etwas Selbstbeherrschung, wenn du erwachsen wirst. Ich weiß, daß du dich verdrängt fühlst, und ich nehme es dir nicht übel. Du kennst mich nicht. Wie alle anderen hast auch du mich für tot gehalten. Aber jetzt bin ich hier, und du wirst dich damit abfinden müssen.«

»Nein«, entgegnete Athol. »Niemals.« Er riß den Hengst nochmals herum und setzte sich wieder an die Spitze der Schar.

»Wenn nur Kiri nicht hier wäre.«

»Warum?«

»Ich habe ein komisches Gefühl. Sei auf der Hut, Chessa. Wir hätten uns nicht von Athol begleiten lassen dürfen.«

Der Angriff kam so überraschend, daß ihr nicht einmal mehr Zeit für eine Antwort blieb. Cleve warf Kiri einen panischen Blick zu, die sich an Merrik schmiegte, während der bereits sein Schwert zog.

Es waren mindestens drei Dutzend wilde Gesellen in Bärenfellen und Wolfspelzen, in verdreckten, zerschlissenen Beinkleidern und die Füße mit Lederlappen umhüllt. Über ihren Köpfen schwangen sie kurze Schwerter. Sie trugen Holzschilde und Helme. Sie sahen furchterregend aus und schrien sich die Lungen aus dem Leib. Ihre Gesichter waren mit blauen und roten Kreisen und Vierecken bemalt. Pikten, dachte Cleve. Und ihm war klar, daß Athol sie gerufen hatte, nachdem er ihn beschimpft hatte.

Cleve ritt gelassen nach vorne, während die Malverneleute und Varricks Männer sich zum Kampf sammelten. Der See lag in ihrem Rücken, die Banditen rückten von vorn näher und trieben sie dem See zu. Es gab keine Fluchtmöglichkeit. Nicht, daß ein Wikinger je einem Kampf ausgewichen wäre oder die Flucht ergriffen hätte.

Cleve beobachtete Athol, der sein Schwert über dem Kopf schwang. Kein Zweifel, er gab den Banditen Zeichen. Im nächsten Augenblick hatte Cleve sich auf ihn gestürzt, sein Arm legte sich wie eine Eisenklammer um Athols Hals, und sein Messer richtete sich auf sein Herz. Mit einem Ruck zerrte er den Halbwüchsigen vom Pferd zu sich herüber. »Ruf deine Leute zurück, Athol.«

Der Junge versuchte sich zu befreien. »Das sind nicht meine Leute, Cleve, das sind Gesetzlose, Diebe. Sie wollen unsere Waffen und unseren Schmuck. Sie wollen die Frauen.«

»Du rufst deine Leute zurück, oder ich steche dir dieses Messer ins Herz. Hast du verstanden?«

»Ich sterbe lieber, ehe du ...«

Das Messer schlitzte Athols Kittel auf, und die kalte Messerspitze drückte sich in sein Fleisch. Der Bursche schrie gellend auf.

»Aha, so einfach ist es mit dem Sterben dann doch nicht. Ruf sie zurück, oder dein letztes Stündlein hat geschlagen.«

Athol schrie: »Sarva! Halt! Kommt nicht näher. Zieh dich mit deinen Männern zurück. Der Kerl bringt mich sonst um.«

Der Mann an der Spitze zügelte sein Pferd und runzelte die Stirn. Es waren tatsächlich Gesetzlose, die auf Athols Befehl hörten. Aber wie hatte er sie so schnell herbeirufen können? Der Anführer schüttelte den Kopf. Athol, den Cleves Messer nun empfindlicher stach, schrie abermals: »Zurück mit euch! Nicht angreifen!«

Sarva hob zögernd die Hand. Die Männer hinter ihm blieben stehen, umringten ihn, berieten sich.

»Warum töten wir sie nicht?« meldete sich Merrik zu Wort. Und während er sprach, wurde ihm bewußt, daß Kiri sich an ihn schmiegte und ihr Gesicht in seiner Achselhöhle barg. »Nein. Es ist alles in Ordnung, Kiri. Dein Papa hat das Problem für uns gelöst.«

»Papa löst alle Probleme«, piepste Kiri und hob das Gesicht. »Papa, wer sind diese Männer?«

»Sie kehren bald um, Liebes, dann werden wir es wissen«, antwortete Cleve. In Athols Ohr flüsterte er: »Die waren erstaunlich schnell hier. Es wäre ratsam, wenn Sarva auf dich hört, Athol. Gefällt dir das?« Die Messerspitze bohrte sich tiefer in sein Fleisch. Athol stöhnte und wagte keine Bewegung.

Die Angreifer verzogen sich hinter die Hügel, hinter die massigen Felsbrocken und verschwanden im Nebel.

Cleve nahm sein Messer von Athols Brust und schob es gelassen in seinen Gürtel. Dann hob er Athol am Kittel hoch, warf ihn zu Boden, sprang vom Pferd und stellte sich über den Jungen. »Steh auf, du wimmernder Feigling.«

»Es war also deine Idee«, sagte Chessa, die ihre Stute neben Athol zügelte. »Du wolltest uns alle umbringen. *Du wolltest Cleve und Kiri töten.*« Ihre Stimme überschlug sich schrill. Sie glitt vom Pferd, zog ihr Messer und warf sich auf Athol. Cleve hielt sie zurück. »Nein, Chessa, nein. Ich will nicht, daß du dich mit dem Blut dieses elenden Feiglings besudelst. Es ist uns ja nichts passiert. Er ist nur ein zweiter Ragnor von York, der arme Narr. Den wolltest du auch nicht umbringen, sondern nur loswerden.«

»Er hat dich und Kiri in tödliche Gefahr gebracht«, keuchte Chessa zornentbrannt. Cleve schüttelte sie. »Chessa, komm zu dir.« Er beugte sich über sie und drückte sie an sich.

Kiri wandte sich an Igmal, dessen Pferd nun neben Merriks stand. »Mein zweiter Papa läßt nicht zu, daß irgendwer mir oder meinem ersten Papa wehtut. Sie bekommt dann rote Augen und schäumt vor Wut. Ich habe schon mal gesehen, wie sie sich auf einen Mann gestürzt hat. Mein zweiter Papa ist wunderbar. Dabei war ich mir nicht sicher, ob ich wollte, daß sie meinen ersten Papa heiratet. Wir lebten in Frieden, bevor sie kam.« Kiri seufzte sorgenvoll. »Aber sie hat Aufregung in unser Leben gebracht, und ich glaube, mein erster Papa findet sie wunderbar. Sie ist nicht meine echte Mama.«

Igmal nickte. »Sie ist eine Wikingerfrau. Sie ist stark und stolz, und sie hat deinen ersten Papa sehr gern, wenn ich mich nicht irre. Du könntest eine schlimmere Stiefmutter haben, Kiri. Du nennst sie deinen zweiten Papa. Das mußt du mir erklären.«

Cleve bückte sich und zog Athol auf die Füße.

»Ich blute, du hast mich gestochen.«

Cleve lächelte über die Empörung des Jungen. »Er erinnert mich wirklich an Ragnor, dieser Wurm.« Cleves Faust landete an Athols Kinnlade.

»Schade«, meinte Merrik. »Sein Knochen hat nicht geknackt. Aber du hast es wenigstens versucht, Cleve«, grinste er. »Fünf Jahre habe ich dich trainiert und es nicht geschafft, dir genügend Mordlust beizubringen, aber wenigstens hast du ihm einen Nasenstüber verpaßt, und es hat dir Spaß gemacht.«

»Ja, das hat es.« Damit landete Cleves Faust in Athols Magengrube, und ein Fußtritt folgte. Athol knickte vornüber und sackte zu Boden. Cleve wandte sich an Igmal: »Wir bringen ihn zur Festung zurück. Soll Varrick entscheiden, was mit ihm geschieht. Was hältst du davon, Igmal?«

Igmal blickte verächtlich auf Athol, der mit angezogenen Knien seitlich auf der Erde lag, die Arme um den Bauch gewunden. »Ich kenne ihn, seit er gesund und schreiend aus dem Bauch seiner Mutter glitt. Ich habe gesehen, wie er heranwuchs. Und in ihm wuchs auch etwas Dunkles heran. Ich beobachte ihn, seit du hier angekommen bist, Cleve. Ich sah seine Angst, alles zu verlieren, ich sah auch seinen Haß und seine Habgier. Er war entschlossen, dich zu töten, sein Fleisch und Blut, die Frauen und das kleine Mädchen, das mich zum Lachen bringt. Er hat Schmach über uns alle gebracht.« Ohne ein weiteres Wort sprang Igmal vom Pferd und zog ein kurzes Messer. Cleve hielt den erhobenen Arm fest, der bereit war, Athol das Messer ins Herz zu stoßen. »Nein, Igmal, nein. Darüber muß Varrick entscheiden. Du sprichst von Schmach. Es ist nicht deine Schmach, sondern die meiner Familie. Wir müssen ihn zu Varrick zurückbringen.«

»Wie du meinst, Cleve«, sagte Igmal und steckte das Messer in den Gürtel zurück. »Eines Tages bist du hier der Herr.« Er spuckte auf Athol. »Er hat dir das Leben gerettet«, stieß er voller Verachtung hervor. »Du wolltest ihn töten, und er hat dir das Leben gerettet.« Igmal spuckte noch einmal aus, drehte sich um und gab seinen Männern das Zeichen zur Umkehr.

»Igmal«, rief Kiri.

Der häßliche Mann sah das Kind an, verzog das Gesicht zu einem Grinsen und zeigte seine weißen Zähne. »Ja, Kleine?«

»Ich reite mit dir zurück zur Festung.«

Kopfschüttelnd hob Merrik sie zu Igmal hinüber, der sie sicher in seine Armbeuge bettete. »Allmählich glaube ich, daß wir nur zu ihrem Vergnügen da sind.«

Cleve nickte schmunzelnd, dann wandte er sich wieder Athol zu. »Wir setzen ihn auf sein Pferd. Ich weiß nicht, was Varrick mit ihm vorhat.«

Athol, der wieder zu sich gekommen war und begriff, daß Cleve ihn nicht töten würde, schaute sich nach den Banditen um. »Mein Vater liebt mich«, stieß er hervor. »Er ist auf meiner Seite. Er wird mir verzeihen.«

»Das wird er nicht«, sagte Chessa. »Wenn er es tut, ist er ebenso töricht wie du.«

»Du bist eine verdammte Hexe. Meine Mutter sagte, du bist eine Hexe, als sie sah, wie du den *Burra* gehalten hast. Da wußte ich, daß es das beste wäre, wenn du stirbst und mit dir dein böser Geist. Du bist nur eine Frau und hast es gewagt, mich mit dem Messer zu bedrohen.«

»Vielleicht bin ich wirklich eine Hexe«, entgegnete sie lächelnd. »Und du bist ein Narr, Athol, wenn du denkst, du könntest mich je besiegen. Dein Vater weiß mich richtig einzuschätzen.« Voller Angst und Haß verfolgte er sie mit seinen Blicken, während sie zu ihrer Stute zurückging und wartete, bis Cleve ihr in den Sattel half.

Plötzlich schrie einer der Männer auf. »Das Ungeheuer. Es ist Caldon! Bei den Göttern, es ist Caldon.«

Chessa wirbelte herum und blickte auf den See. Sie sah nichts als dichten, grauen Nebel, der alles einhüllte.

»Dort drüben am Ostufer!«

Dann sah sie einen Schatten, einen langen Hals, auf dem ein kleiner Kopf saß. Der Kopf fuhr herum in ihre Richtung. Eben noch war ein Teil eines schuppigen Halses zu sehen, doch im nächsten Augenblick hüllten graue Nebelschwaden alles ein.

Die Männer murmelten. Sie glaubten, Caldon, das Ungeheuer von Loch Ness, gesehen zu haben.

Chessa wußte nicht, was sie gesehen hatte. Sie blickte zu Cleve, der Athol auf sein Pferd gesetzt hatte. Er schüttelte nur schweigend den Kopf.

Kiri blickte auf den See, den Kopf seitlich geneigt. »Das Ungeheuer ist nicht gefährlich, Kiri«, sagte Igmal leichthin. »Du brauchst dich nicht vor ihm zu fürchten. Es hat eine Familie und Kinder wie die Menschen.« Chessa wußte, daß er log, um die Kleine zu beruhigen, und sie war froh darüber. Kiri nickte zufrieden und lehnte sich an seine Brust. Dann hob sie den Kopf. »Igmal, dein Fell stinkt. Ich werde es für dich waschen.«

Der häßliche Mann blickte verwundert auf die Kleine herunter. »Du willst es für mich waschen?«

»Ja. Es sei denn, du hast eine Frau. Aber du hast keine Frau, sonst würde das Fell nicht stinken.«

»Du hast ganz recht«, schmunzelte Igmal und blickte zu Chessa hinüber. »Cleve hat mit seinen Frauen Glück.«

»Er ist ein Dreckskerl!« kreischte Athol. »Er ist ein Nichts. Igmal, mein Vater wird dich töten, weil du versucht hast, mir etwas anzutun. Er wird auch Cleve töten und die widerliche Hexe.«

»Da bleibt ja kaum noch jemand am Leben«, entgegnete Igmal ungerührt. »Halt den Mund, Athol, sonst bricht dir Cleve am Ende doch noch den Kiefer. Und ich kann mir vorstellen, daß die Männer großen Spaß daran hätten.«

Ob Argana von Athols Plänen wußte, fragte sich Chessa. Sie hoffte inständig, daß sie nichts damit zu tun hatte. Andererseits liebte Argana ihren Sohn über die Maßen und war ihr feindlich gesinnt. Chessa wollte plötzlich nicht mehr nach Kinloch zurückkehren. Sie wollte auch Varrick nicht wiedersehen.

# KAPITEL 23

Wo nur Kiri steckte? Cleve hatte im Schafstall nachgesehen, in der Badehütte, bei den Kühen. Wo war sie? Er ging zu den Gerstenfeldern hinüber. Er würde sie ordentlich schelten, sich so einfach davonzumachen.

In der Halle der Festung stand Varrick wie gewohnt auf seinem erhöhten Podium vor den etwa fünfzig Menschen, die sich versammelt hatten. Mit lauter Stimme, die von den rußgeschwärzten Dachbalken widerhallte, rief er: »Argana, komm zu mir.«

Chessa blickte sich suchend um. Wo war Cleve? Wieso rief Varrick Argana zu sich? Athol stand neben Igmal und seinen Männern, machte aber keineswegs einen geknickten Eindruck. Im Gegenteil, in seinem schmalen Gesicht spiegelte sich Genugtuung, ja Triumph. Was ging hier vor?

Argana trat hochaufgerichtet und stolz an das Podium, hob den Kopf und blickte zu ihrem Gemahl auf. »Ja, Varrick? Was wünschst du?«

»Das wirst du gleich erfahren. Bist du der Meinung, daß dein Sohn Athol noch nicht erwachsen ist?«

»Er ist erst sechzehn. Aber bald ist er ein Mann. Du selbst suchst bereits nach einer geeigneten Braut für ihn.«

»Aber er ist noch nicht voll für sein Tun verantwortlich. Er ist noch leicht zu beeinflussen von Menschen, die er bewundert, die er liebt und denen er vertraut. Von dir zum Beispiel, Argana.«

»Ich hoffe, das wird auch noch der Fall sein, wenn er in deinem Alter ist, Lord Varrick.«

Varrick blickte sie kalt an. Chessa ließ sich nicht täuschen, die Bemerkung ärgerte ihn. Plötzlich fuhr ein Windstoß durch die weit geöffneten Fensterläden hinter ihm. Er hielt den *Burra* und betastete den Stab mit seinen langen, bleichen Fingern. Leises Raunen erhob sich in Chessas Umgebung. Wo war Cleve? Sie blickte zu Merrik hinüber, neben ihm stand Laren mit Kiri auf dem Arm. Die Kleine machte ein gelangweiltes Gesicht.

Varrick schwieg, bis der Wind sich gelegt hatte und in der

Festung wieder absolute Stille herrschte. Er schob den *Burra* mit einer schnellen, beinahe verstohlenen Geste in die Scheide an seinem Gürtel. »Eine Mutter hat auf ihre Kinder großen Einfluß, besonders auf ihre Söhne.«

»Das ist meist richtig«, erwiderte Argana gelassen. »Nicht aber hier auf Kinloch. Athol richtet sich strikt nach deinen Anweisungen. Er hört auf niemanden sonst. Jeder hier gehorcht nur deinen Befehlen.«

»Hast du Chessa eine Hexe genannt?«

»Ja, sie ist eine Hexe. Hast du uns nicht erzählt, ihr Vater war Hormuze, der größte Magier, den es je gab?«

»Hast du deinem Sohn Athol gesagt, sie sei eine Hexe und besser tot?«

»Nein, das habe ich nicht gesagt.«

»Aber du bist dieser Meinung, nicht wahr?«

Argana drehte sich langsam zu Chessa um. Sie runzelte leicht die Stirn, als verstünde sie etwas nicht, was sie eigentlich verstehen müßte. In ihrem Blick lag keine Abneigung, nur Verwirrung.

»Vielleicht«, antwortete sie, und es war allen klar, daß sie nicht wußte, worauf Varrick hinaus wollte. Chessa spürte eine Gänsehaut ihre Arme entlang kriechen. Sie hatte Angst. Wo war Cleve?

»Athol berichtete mir, du hast ihm befohlen, Cleve und seine Leute zu töten, ebenso auch Chessa und das Kind. Er sagte, es sei nicht seine Schuld gewesen. Er befolgte nur deine Wünsche, führte deine Befehle aus.«

»Nein, das stimmt nicht. Cleve ist dein Sohn. Warum sollte ich den Wunsch haben, daß ein Sohn den anderen tötet?«

»Dann nennst du deinen geliebten Sohn also einen Lügner und wünschst, daß ich ihm mein Messer zwischen die Rippen jage für seinen Verrat?«

Argana lächelte. »Du erschreckst mich, Gemahl. Wieso sollte das mein Wunsch sein?«

Varrick blieb ihr die Antwort schuldig. »Athol wird lernen, was Ehre bedeutet. Er wird sein heutiges Vorgehen bedauern. Er wird keine Mutter mehr haben, die ihn zu Gewalt und Verrat anstiftet.« Er zog ein langes, dünnes Messer aus dem

Gürtel und trat langsam auf Argana zu, die ihm unverwandt ins Gesicht blickte.

Chessa traute ihren Augen und Ohren nicht. Argana wartete gelassen, wie er mit gezücktem Messer auf sie zutrat. Seine Rede sollte alle Versammelten davon überzeugen, daß die Mutter den Sohn zu einer Gewalttat angestiftet hatte. Chessa schrie: »Bei den Göttern, was hast du vor? Wage nicht, sie zu töten, Varrick!«

Sie rannte wie von Sinnen auf Argana zu, stieß sie beiseite und stellte sich Varrick in den Weg, dessen rechter Arm mit dem Dolch erhoben war.

»Ich kann nicht glauben, daß du dazu fähig bist. Varrick, du wirst sie nicht töten. Ich lasse es nicht zu. Erst mußt du mich töten.«

»Töte sie, Vater«, schrie Athol spitz. »Töte beide! Dann sind wir die Hexe und meine heimtückische Mutter los.«

»Was hast du da nur großgezogen?« fragte Chessa mit kühler, leiser Stimme. »Er ist es, der den Tod verdient. Ich wünschte, Cleve hätte mich heute nicht zurückgehalten. Ich hätte mein Messer gern in sein schwarzes Herz gesenkt, und wenn er auch noch so jung ist. Je älter er wird, umso gemeiner und bösartiger wird er, ein Tyrann, ein ehrloser Bösewicht. Und er ist auch dein Sohn, du gibst seiner Mutter alle Schuld. Du solltest lieber dir selbst die Schuld geben, du elender Schurke.«

»Aus dem Weg, Chessa!«

»Deine beschwörende Magierstimme nützt dir nichts, Varrick. Ich rühre mich nicht von der Stelle. Du wirst Argana nicht töten. Sie hat nichts getan. Sie hat mich bloß eine Hexe genannt. Und was ist daran falsch? Du hältst mich doch auch für eine Hexe, du hoffst sogar, daß ich eine Hexe bin. Bestrafe den wirklich Schuldigen.«

»Aus dem Weg, Chessa!«

Es war Argana, die nun versuchte, Chessa beiseite zu schieben. Doch Chessa hielt der größeren und kräftiger gebauten Argana stand. Sie rührte sich nicht vom Fleck. »Nein«, entgegnete sie und blickte Varrick unverwandt an, der ihren Blick erwiderte, sein braunes Auge strahlend wie die goldene

Sonne, das blaue Auge dunkel wie die aufgewühlte stürmische See. Jede Faser seines Körpers war angespannt, und das Messer hatte er immer noch in der Faust. »Schweig, Argana,« gebot Chessa. »Ich lasse nicht zu, daß er dich tötet. Du wirst nicht für deinen Sohn sterben. Ich wunderte mich vorhin, warum Cleve nicht hier ist, Varrick. Nun wird mir klar, daß du ihn weggeschickt hast aus Angst, er könne seine Schwester beschützen. Er brachte dir Athol, damit du ihn bestrafst, doch du willst seine Mutter töten. Warum, Varrick?«

»Geh zur Seite, Chessa. Argana muß für ihren Verrat bezahlen. Ihre Strafe ist der Tod.«

»Warum, Varrick?« Diese Frage kam von Merrik, der vorgetreten war und nun neben Chessa stand. »Wenn du Argana auch nur ein Haar krümmst, werde ich dich auf der Stelle töten. Und danach bringe ich den Satan um, der deinen Lenden entsprang.«

»Du hast hier nichts zu sagen, Merrik von Malverne. Geh mir aus dem Weg und nimm Chessa mit.«

»Nenne uns den Grund, Varrick«, entgegnete Chessa und hielt Argana am Handgelenk fest.

»Denk nach, Chessa und auch du, Merrik. Er will meine Schwester loswerden.«

Chessa fuhr herum. »Cleve, du bist hier, den Göttern sei Dank!« Sie wagte nicht, ihm entgegenzulaufen, wohl wissend, daß Varrick zustieß, sobald sie Argana freigab.

»Varrick sagte, Kiri sei Igmal weggelaufen, und ich suchte überall nach ihr. Dabei war sie die ganze Zeit bei Laren und Merrik. Nicht wahr, Varrick? Wir sind erst seit zwei Tagen hier, und du hast beschlossen, Argana umzubringen, weil du Chessa begehrst, meine Gemahlin, die Tochter von Hormuze, dem Zauberer. Athol hätte Chessa und uns alle mühelos töten lassen können. Er hatte gut zwei Dutzend Banditen an der Hand, die das schmutzige Geschäft für ihn erledigt hätten.«

»Argana wollte ihren Tod, nicht ich«, entgegnete Varrick. »Überzeugt dich das nicht, Cleve?«

»Nein«, entgegnete Cleve und schüttelte bedächtig den Kopf. »Athol wünscht uns allen den Tod.«

»Du irrst, Cleve.«

»Jedenfalls sind Chessa und ich noch am Leben. Was war dein Plan, nachdem du Argana beiseite geschafft hättest? Wäre ich der Nächste gewesen? Dein Sohn? Wolltest du Chessa zwingen, dich zu heiraten? Zu dumm, daß du Chessa nicht kennst. Sie hätte dir das Leben zur Hölle gemacht.«

Langsam ließ Varrick das Messer sinken und steckte es in den Gürtel. Er schwieg lange. »Chessa ist eine Frau, wie jede andere auch«, sagte er dann mit seiner tiefen, beschwörenden Stimme. »Ich will sie nicht. Wieso auch? Sie gehört dir. Sie ist eine Frau und tut, was man ihr sagt. Paß auf, Cleve.« Und zu seiner Gemahlin gewandt: »Argana, hol mir einen Becher Met. Ich habe Durst.«

Argana nickte schweigend und ging zu dem großen Faß Met. Männer, Frauen und Kinder machten ihr den Weg frei und bildeten eine Gasse.

»Antworte mir«, beharrte Cleve. »Was hättest du getan? Mich, deinen Sohn, umgebracht?«

Varrick winkte unwirsch ab und wartete, bis Argana ihm einen Silberbecher Met reichte. Cleve fragte sich, wo er das kostbare Stück wohl erbeutet hatte. Er beobachtete, wie sein Vater einen tiefen Schluck nahm und den Becher dann einem seiner Männer hinhielt. Dann wischte er sich mit dem Rücken seiner makellos gepflegten, weißen Hand den Mund.

»Du bist mir eine Antwort schuldig«, forderte Cleve abermals.

»Was du sagst, Cleve«, entgegnete Varrick leise, »ist sehr schmerzlich für mich. Ich bin dein Vater. Ich will Athol nicht töten, weil auch er mein Sohn ist. Ich halte die Mutter für schuldig, ihn zu der schändlichen Tat angestiftet zu haben. Ich wollte nur die Schuldige bestrafen. Was du sagst, verletzt mich tief. Du mußt mir glauben, daß ich deine Frau nicht begehre. Ich weiß nicht, wie du auf diesen Gedanken verfallen kannst.«

Cleve wischte seine Worte beiseite. »Du hättest sie getötet, wenn Chessa sich nicht dazwischen geworfen hätte.«

»Warum, Prinzessin?« wandte Varrick sich an Chessa. »Warum hast du sie gerettet? Ich halte sie für schuldig. Du hast vermutlich deine Zweifel.«

Chessa schüttelte angewidert den Kopf. »Du warst nicht

dabei, Varrick. Du hast nicht gesehen, was Athol tat. Du hast nicht gehört, wie er uns beschimpfte. Er ist wie ein räudiger Köter, der uns die Schuld daran gibt, daß er Flöhe hat. Er ist dich als Vater und Cleve als Halbbruder nicht wert. Du wirst Argana nichts zuleide tun.«

»Sie hat recht, Lord Varrick«, meldete Igmal sich zu Wort und trat vor. »Es ist, wie ich Euch sagte. Athol verdient Eure Nachsicht nicht.«

»Tu mit Athol, was du willst«, sagte Chessa, »Aber Argana wirst du nichts antun«. Cleve nickte ihr zu, und Chessa nahm seine Hand. Er zog sie an sich.

Varrick lächelte, und dann lachte er ein rauhes, rostiges Lachen, das hohl und gespenstisch klang. Dieser Mann hatte lange nicht gelacht. Alle Leute blickten verblüfft, ja verstört, schwiegen jedoch und wagten keine Bewegung. Chessa konnte ihre Angst förmlich riechen. Da war sie wieder, diese Stille in dem großen Haus, die wie eine drückende Last auf den Bewohnern lag.

»Glaubst du Närrin wirklich, du könntest mich davon abhalten zu tun, was mir gefällt?«

Chessa ließ Cleves Hand los, trat dicht an Varrick heran und blickte ihn kalt an. »Wenn du Argana etwas zuleide tust, töte ich dich, und niemand wird wissen, daß ich es war. Denn ich bin tatsächlich eine Hexe. Ich bin die Tochter von Hormuze, dem größten Zauberer, den es je gab. Du hast es selbst gesagt. Ich bin seine Tochter und beherrsche die Zauberkunst. Und Cleve ist der einzige Mann, dem ich je treu ergeben bin. Ihn und Kiri habe ich tief in mein Herz geschlossen. Niemand wird ihnen etwas antun.« Ohne den Blick von Varrick zu wenden, nur lauter sprechend, fuhr sie fort: »Ich hoffe auch du hast mich verstanden, Athol. Falls du nämlich einen zweiten schändlichen Plan haben solltest, wirst du sterben, bevor die Sonne im Westen im Meer versinkt. Zweifle nicht daran. Es hat Männer gegeben, die mir nicht glaubten, und sie haben teuer dafür bezahlt.«

Sie machte auf dem Absatz kehrt und ging auf ihren Ehemann zu. Als sie nahe bei Cleve war, blickte sie zu ihm auf und zwinkerte ihm unmerklich zu.

Cleve konnte den Blick nicht von ihr wenden. Niemand außer ihm hatte ihr Zwinkern gesehen. Schließlich raunte er ihr zu: »Nun verstehe ich, was Kerek meinte. Aber ich warne dich Chessa, du spielst mit Dingen, von denen du keine Ahnung hast. Das beunruhigt und verärgert mich. Sei vorsichtig und handle nur, wenn es notwendig ist, und nur wenn ich nicht da bin ...«

Er stockte. Denn genau das hatte sie getan. Sie war allein gewesen, und sie hatte gehandelt. Sie hatte genau das getan, was er auch getan hätte. »Wie wird ein Mann nur mit einer Frau fertig, die Soldaten in den Krieg gegen die Römer hätte führen können?«

»Du redest Unsinn wie Kerek.«

»Wenn es nur Unsinn wäre.« Noch leiser setzte er hinzu: »Vermutlich muß ich dich immer in meiner Nähe behalten – ich muß dich einfach lieben. Bist du damit einverstanden?«

Sie blickte zu ihm auf. Sie hatte sich lange danach gesehnt, diese Worte von ihm zu hören und sagte nur: »Ja, damit bin ich einverstanden, Ehemann, so wie ich mit dir einverstanden bin, jetzt und für alle Zeit.«

Die Tage verstrichen ohne weitere Zwischenfälle. Um Athol machten alle einen weiten Bogen. Argana sprach kein Wort mit Chessa, doch da sie vorher nicht mit ihr gesprochen hatte, war daran nichts Neues. Cayman schien mit jedem Tag schöner zu werden. Ihre Haut blühte, ihre Augen strahlten. Doch auch sie schwieg beharrlich.

Varrick hielt sich von allen fern, nur nicht von Cleve. Als wisse er, daß alles verloren wäre, wenn er Cleves Vertrauen nicht gewinnen konnte.

Am vierten Tag sagte Merrik zu Cleve und Chessa, während sie einen schmalen Pfad am Seeufer entlangspazierten: »Laren und ich sind der Meinung, wir sollten nach Malverne zurückkehren. Die Männer sind unruhig. Nein, ich will ehrlich sein. Sie haben Angst vor diesem Ort, vor diesem Ungeheuer, das Lord Varrick Caldon nennt. Sie lassen euch ungern hier zurück, aber sie haben Angst.«

Cleve betrachtete Laren, die über den See blickte und

Ausschau nach dem Ungeheuer hielt. Sie verbrachte die meiste Zeit des Tages am See und wartete auf das Fabeltier.

»Sie will das Monster noch einmal sehen«, sagte Merrik. »Sie erinnert sich lebhaft an den Tag des Überfalls, als sie es kurz zu Gesicht bekommen hat. Aber einmal genügt ihr nicht. Sie möchte, daß es ans Ufer kommt, und will mit ihm sprechen. Sie wird eine Skaldengeschichte spinnen, die man über viele Generationen erzählt. Zahllose Menschen werden glauben, das Ungeheuer existiere wirklich und sich auf die Suche danach begeben. Sie will das Ungeheuer aus den Tiefen des Loch Ness locken.«

»Gestern habe ich das Ungeheuer gesehen«, flötete Kiri. Alle blieben stehen und blickten erstaunt auf sie herunter. Sie hatte einen Strauß Heidekraut gepflückt und roch an den kleinen violetten Blüten. »Caldon ist kein Ungeheuer. Igmal hat recht. Caldon ist eine Mutter und hat viele Kinder, wie meine zwei Papas auch bald haben werden. Sie hat mich angelächelt. Sie hat einen ganz langen Hals, den kann sie so tief herunterbeugen, daß ich ihr Gesicht sehen kann. Ich sagte ihr, daß Lord Varrick anders ist als meine Papas. Ich glaube nicht, daß sie gerne kommt, wenn er sie ruft. Sie machte ein trauriges Gesicht. Ich glaube, er zwingt sie, zu ihm zu kommen. Dann tauchte sie einfach unter und war weg.«

Cleve blickte seine Tochter an, und obwohl er wußte, daß die Geschichte erfunden war, freute er sich darüber, daß sie so fantasiebegabt war. Anscheinend schlummerten auch in ihr Skaldentalente.

»Kiri«, sagte Laren, »Du mußt mir das alles heute abend vor dem Schlafengehen erzählen.«

»Ja, Tante«, antwortete Kiri und entfernte sich hüpfend, um weiter Heidekraut zu pflücken.

»Das ist meine Heimat«, sagte Cleve. »Chessa hat beschlossen, dort zu leben, wo ich lebe. Sie schwört, daß sie dieses wilde Land liebt und daß der Nebel ihr Gesicht liebkost wie die Finger eines Liebhabers.«

»Habe ich das wirklich gesagt, Cleve?«

»Vermutlich weniger poetisch«, entgegnete Cleve. »Wir werden bleiben. Hier ist meine Heimat. Hier habe ich Rechte.

In Malverne gehört mir nichts, Merrik. Du bist der Herr dort, und Laren die Herrin. Chessa, Kiri und ich, wir bleiben hier. Und ich habe einen Plan, den mein Vater, wie ich hoffe, gutheißen wird.«

»Du könntest an den Hof Herzog Rollos nach Rouen zurückkehren«, schlug Laren vor. »Mein Onkel hält dich für den geschicktesten seiner Diplomaten, Cleve.«

»Chessa findet mich als Diplomaten unausstehlich.«

»Ja, dann kommt er mir mit seiner glatten Zunge vor wie eine Schlange. Wäre er nicht so schön, hätte ich ihm im Schloß meines Vaters keinerlei Beachtung geschenkt.«

Merrik lachte und blickte über den See. »Der Nebel drängt schon wieder vom Meer herein. In Norwegen haben wir eiskalte Winter und ertrinken fast im Schnee. Aber in den Sommermonaten, wenn die Sonne nicht untergeht, ist das Leben unendlich heiter und schön.«

»Wir werden uns an das Klima hier gewöhnen«, meinte Chessa zuversichtlich. »Ihr braucht keine Angst zu haben, uns hier alleine zu lassen. Würde Varrick unseren Tod wünschen, hätte er dafür gesorgt, daß wir alle umkommen. Auch ihr und eure Männer. Fahrt heim. Kehrt nach Malverne zu euren Familien zurück. Unsere Heimat ist jetzt Kinloch.«

Merrik nahm die Hand seiner Frau. »Wir verlassen euch in zwei Tagen, wenn alles gutgeht.«

»Ich möchte mit Kiri sprechen«, sagte Laren und rannte hinter der Kleinen her, die versuchte, ein Schaf zu streicheln.

»Sie will nur das verdammte Ungeheuer noch einmal sehen«, sagte Merrik. »Hoffentlich schafft sie es, sonst macht sie mir das Leben schwer.« Er beeilte sich, Laren einzuholen.

## KAPITEL 24

Am folgenden Morgen kratzte Chessa den letzten Haferbrei aus der Schale und leckte sogar den Holzlöffel ab, denn Arganas Honig war süß wie Cleves Küsse. Sie bot Argana an, ihr beim Abwasch zu helfen, doch die schüttelte ablehnend den Kopf. »Wenn du erst hier lebst und nicht mehr Gast in diesem Haus bist, dann übernimmst du Aufgaben im Haushalt, aber nicht vorher. Stimmt es, daß Merrik, Laren und die Malverneleute bald abreisen?«

»Ja«, antwortete Chessa. »Es gibt keinen Grund für sie, länger zu bleiben. Dies ist die Heimat meines Gemahls, nicht Malverne.«

Argana warf ihr einen Blick zu, den sie nicht zu deuten wußte.

»Was wirst du tun, Argana?«

»Was meinst du, Chessa? Was ich mit Varrick tue? Mit dem Mann, mit dem ich seit achtzehn Jahren verheiratet bin und der mich kaltblütig töten wollte? Gar nichts. Was kann eine Frau schon tun? Außer dienen und den Mund halten, auch wenn es ihr schwerfällt, und sie sich auf die Zunge beißt, bis es blutet?«

»Du könntest ihm sagen, daß er ein Schuft ist.«

Argana blickte sie stumm an, dann warf sie den Kopf in den Nacken und lachte, ja sie konnte sich kaum halten vor Lachen. Chessa fiel in das Lachen mit ein. Alle gafften mit offenen Mündern zu den beiden Frauen herüber, und ihre Blicke flogen unruhig suchend durch den Raum nach dem Herrn von Kinloch. »Warum gibt es hier keine Freude?« fragte Chessa. »Kein Lachen? Dein Lachen klingt schön und ansteckend, Argana. Aber schau dir deine Leute an. Sie sind entsetzt über unser Lachen. Entsetzt und voller Angst.«

»Cayman lacht manchmal«, sagte Argana. »Aber sie lacht nur, wenn sie alleine ist. Ich beobachte sie, wenn sie durch die Wiesen spaziert und Blumen pflückt. Sie riecht daran, dann lächelt sie, und manchmal lacht sie laut. Es klingt sehr hübsch. Cayman war ein süßes Kind, aber sie ist nie von hier fortgekommen, hat immer hier gelebt, und das ist nicht gut, Chessa. Du hast mir das Leben gerettet. Ich habe noch nicht mit dir darüber gesprochen, weil ich ...« Sie stockte und blickte auf eine Schnittwunde an ihrer Hand. Der Daumen war rot angeschwollen. »Ich kann mich gar nicht erinnern, mich geschnitten zu haben.«

»Die Wunde ist entzündet und muß behandelt werden. Mirana hat mir eine Salbe mitgegeben.«

Aus der Kiste unter ihrem Bett holte sie die Arznei und brachte sie Argana. »Säubere die Wunde und behandle sie dreimal am Tag damit.«

Als Argana etwas von der weißen Salbe auftrug, legte sich ein Schatten über die beiden Frauen. Chessa erschauerte, blickte über die Schulter und sah Varrick, der seine Frau fixierte. »Was machst du da, Argana?«

»Ich habe mich in den Finger geschnitten. Chessa gab mir eine Heilsalbe.«

Einen Moment lang sah Varrick aus, als wolle er den Salbentopf ins Feuer werfen, doch dann zuckte er gleichgültig die Schultern. »Chessa, ich möchte mit dir reden. Cleve und Igmal wollen Kiri das Reiten auf dem Pony beibringen, das ich Athol aus Inverness habe mitbringen lassen.«

Argana hielt den Kopf gesenkt. Sollte ihr Finger, der die Salbe einstrich, einen winzigen Augenblick lang stocken, so war das nur ein Zeichen dafür, daß sie gehört hatte, was ihr Gemahl gesagt hatte.

»Gut«, sagte Chessa und lächelte Argana zu. »Vergiß nicht, dreimal am Tag. Dann ist die Wunde bald verheilt. Nun Varrick, was willst du mir sagen? Etwas, worüber ich lachen kann? Ihr braucht etwas mehr Freude hier in Kinloch.«

»Ich möchte mit dir über Caldon sprechen. Ich rief ihn heute morgen, aber er kam nicht.«

»Vielleicht ist Caldon weiblich«, entgegnete Chessa sachlich. »Möglicherweise ist sie es leid, sich deinen Befehlen und deiner Herrschsucht unterzuordnen.«

»Möglich«, entgegnete er, und seine Stimme war noch kälter als zuvor. »Wir wollen einen Spaziergang machen, Chessa.«

Sie nickte. Warum nicht? Er war ihr Schwiegervater. Sie würde bis ans Ende seiner Tage mit ihm auskommen müssen. Bedauerlicherweise wirkte er vitaler und stürmischer als der Ziegenbock, vor dem Kiri in Igmals Arme flüchtete. Einen kurzen Moment dachte sie über die Zauberkräfte nach, die er möglicherweise hatte, und sie warf einen Blick auf den

*Burra* an seinem Gürtel. Sie erinnerte sich deutlich an die eisige Kälte und die sengende Hitze, die davon ausgingen, und an das Bild ihrer Mutter. Zu Argana gewandt sagte sie: »Ich mache einen Spaziergang mit meinem Schwiegervater, Argana.« Sie spürte, wie er sich neben ihr versteifte, und wußte, daß er es haßte, so genannt zu werden, und sie empfand Genugtuung darüber. Sie war fest entschlossen, dafür zu sorgen, daß in Kinloch bald wieder gelacht wurde und eine normale Stimmung einzog – mit Scherzen, Lachen und Disputen, Gezänk, Raufereien unter den Männern, und mit spielenden Kindern, die johlend durchs Haus tobten, eben mit allen Facetten, die zum Leben gehörten. Nicht diese kalte, bedrückende Stimmung, die Varrick verbreitete.

»Du möchtest mit mir über Caldon sprechen?«

Er schwieg, bis sie außer Hörweite waren. »Die Sonne strahlt«, sagte er endlich. »Es wird ein schöner Tag.«

Sie lachte. »Nicht lang, wette ich. Jedesmal, wenn ich sicher war, daß die Sonne den ganzen Tag scheint, waberte der Nebel daher, und innerhalb weniger Minuten war alles grau. Wollen wir wetten, Varrick?«

»Warum nennst du mich nicht Herr?«

»Du bist mein Schwiegervater. Wieso sollte ich? Weißt du nicht, daß ich dich achte, weil du der Vater meines Gemahls bist?«

Er warf ihr einen Blick zu, als wolle er ihr an die Gurgel fahren. »Ich wette, daß die Sonne den ganzen Tag scheint«, entgegnete er und seine weißen, schmalen Hände ballten sich zu Fäusten. »Wenn ich recht behalte, will ich etwas von dir.«

»Und das wäre?«

»Ich möchte, daß du mein Kind trägst.«

»Was?« Sie blickte ihn fassungslos an, zu keinem weiteren Wort fähig. »*Was*?« wiederholte sie.

»Ich kann meinen eigenen Sohn nicht töten, um dich zu nehmen. Daher wirst du meine Geliebte und trägst mein Kind. Cleve wird nie etwas davon erfahren. Das Kind, das wir in die Welt setzen, wird größere Gaben in der Zauberkunst haben als ich und dein Vater, Chessa. Du bist es den geheimen Mächten schuldig, ein Kind zur Welt zu bringen, das ein Erbe in sich vereint, das noch kein Mensch vor ihm besaß. Chessa, willst du meine Geliebte sein? Wirst du mein Kind austragen, das der größte Zauberer aller Zeiten zu werden verspricht?«

Sie blickte ihn unverwandt an und antwortete sehr ruhig: »Cleve hatte also recht. Du wolltest Argana töten, um mich zu bekommen. Aber das war ein dummer Plan, Varrick. Und auch da hat Cleve wieder recht. Was hättest du noch getan? Deinen eigenen Sohn getötet?«

»Nein. Er irrt. Ich wollte Argana töten, um sie zu bestrafen. Ich will dich, aber nicht als meine Gemahlin, da du mit Cleve verheiratet bist. Antworte mir, Chessa. Wirst du mein Kind tragen?«

Sie zwang sich zur Ruhe, denn sie brauchte Zeit zum Überlegen. »Vielleicht irgendwann in der Zukunft, Varrick.«

»Nein, wir dürfen nicht warten. Ein Mann kann schnell sterben. Jetzt muß es sein.«

»Ich kann nicht, Varrick«, entgegnete sie, immer noch ruhig lächelnd. »Ich bin mit Cleves Kind schwanger.«

»Du bist *was*?« Cleve blickte fassungslos auf sie hinunter, zu viele Erinnerungen rasten ihm durch den Kopf. Er war dabei, sie zu küssen, ihre Brüste zu liebkosen, als sie mit der Nachricht herausplatzte. »Schon wieder, Chessa? Trägst du wieder einmal mein Kind? Ich hatte gedacht, wir hätten diese Spielchen hinter uns. Zum Glück ist es diesmal nicht Ragnors Kind.«

»Hör mir bitte zu, Cleve, dann begreifst du, wie klug ich bin. Dein Vater hat es sich in den Kopf gesetzt, mich zu beschlafen, damit ich sein Kind austrage.«

»*Was*?« Cleve strich sich mit der flachen Hand über die Stirn. »Du wartest, bis ich vor Verlangen schiele, und dann erzählst du mir, daß mein Vater ein Kind von dir will? Er ist ein alter Mann. Dafür schlitze ich ihm die Gurgel auf. Er ist genauso heimtückisch wie Ragnor, nur noch ausgekochter. Er will mit dir ins Bett? Dafür bring ich ihn um, Chessa. Und du wirst mich nicht davon abhalten.«

»Nein, ich werde dich nicht abhalten, Cleve. Aber hör mir

zu. Varrick will nicht eigentlich *mich*, er glaubt nur felsenfest, daß ein Kind, das er mit mir zeugt, der größte Zauberer der Welt sein wird. Er könnte mein Vater sein. Als er mir eröffnete, unser Kind werde der größte Magier aller Zeiten sein, mußte ich ihm gestehen, daß das leider nicht möglich ist, weil ich dein Kind unter dem Herzen trage. Ich weiß nicht, ob es angebracht wäre, ihn jetzt zu töten.«

Cleves Verlangen war inzwischen wie lauwarme Asche im erkalteten Herd. Er setzte sich nackt an den Bettrand und verschränkte die Hände zwischen den Knien. »Mein eigener Vater begehrt meine Frau. Ich habe es geahnt. Aber nachdem du ihn daran gehindert hast, Argana zu töten, glaubte ich, er sei zur Vernunft gekommen. Er begriff, daß wir alle sein Motiv durchschauten, deshalb glaubte ich dich vor seinen Nachstellungen sicher. Was soll ich nur tun? Ich sollte ihn töten. Dann wäre dieser Spuk ein für allemal vorüber. Aber dann wäre Argana mit ihren Kindern allein.«

Sie kniete hinter ihm, schlang ihre Arme um ihn und küßte seinen Nacken; dabei roch sie seine Haut und sein sonnenwarmes Haar. Sie küßte die Narbe, die sich von der Stirn seitlich bis zum Mundwinkel zog. Zu ihrer Freude zuckte er diesmal nicht zurück. Sie küßte seine Schulter. »Jetzt hast du wohl kein Verlangen mehr nach fleischlicher Lust?« fragte sie kleinlaut.

Er grunzte, ohne sie anzusehen.

»Ich mußte es dir sagen, Cleve, weil du mich nun schwängern mußt. Wir dürfen nicht länger nur an unsere Lust denken. Nun müssen wir ganz stark an ein Kind denken.«

Er wandte sich zu ihr, drückte sie nach hinten und legte sich über sie, auf die Ellbogen gestützt. »Mein Leben hat viele seltsame Wendungen genommen. Du bist die seltsamste, Chessa. Keine Widerrede! Du hast mir große Sorgen bereitet, du hast es geschafft, daß ich alles in Frage stellte, was ich bin, was ich je sein wollte. Du warst nun schon so oft schwanger, ohne es wirklich zu sein. Jedesmal wenn ich dich ansehe, denke ich daran, dich zu lieben, dich mit meinem Mund zu liebkosen und in dich einzudringen. Ein Kind ist das Ergebnis davon, wenn solche Gedanken in die Tat umgesetzt werden.

Ich nehme nicht an, daß du ihm gesagt hast, wie lange du schon schwanger bist.«

»Er hat nicht danach gefragt«, entgegnete sie und küßte Cleves Kinn. »Er war so verblüfft. Mein Geständnis traf ihn so unerwartet, daß er gar nicht auf den Gedanken kam zu fragen.« Sie versuchte, Cleve zu sich herabzuziehen, doch er hielt sich über ihr, auf die Handflächen gestützt und blickte sie streng an. Sie lächelte unschuldig zu ihm auf. »Du fühlst dich gut an«, schnurrte sie und wölbte sich ihm entgegen, doch er blieb abweisend. Ihre Finger tasteten sich zwischen seine Schenkel und liebkosten ihn federleicht.

»Hör auf damit«, befahl er beinahe schroff. »Ich liebe dich, das stimmt. Doch jetzt steht mir der Sinn nicht danach, Chessa. Mein Vater heckt gewiß einen anderen Plan aus. Das macht mir Sorgen, weil er gewissenlos ist. Er will dich haben. Wieso muß eigentlich jeder Mann auf dieser gottverdammten Welt es auf dich abgesehen haben? Muß ich ständig jeden Kerl im Auge behalten, ob er etwas von dir will?«

»Ragnor wollte mich nicht wirklich heiraten. Er wollte lieber Utta oder dich.«

»Ich wünschte, du würdest das nicht so sagen. Nun sei still und hör auf, mich anzufassen. Ich meine es ernst, Chessa. Ich muß nachdenken, ich muß überlegen, was ich tue. Ich kann ihn nicht töten. Morgen wird er sicher wissen wollen, wann das Kind zur Welt kommt. Ach zum Teufel, mach die Beine breit und laß mich zu dir. Vielleicht senkt sich mein Same tief genug in dich, und du nimmst ihn auf.«

Sie spreizte die Beine, er drang tief und hart in sie. Mit geschlossenen Augen genoß er ihr weiches Fleisch, das ihn umfing. Sie nahm ihn bereitwillig auf. Wenn er sich nicht beherrschte, würde sie ihren Höhepunkt nicht erreichen. Er dachte nicht an ein Kind, als seine Zunge sie liebkoste, er dachte auch nicht an ein Kind, als sie sich aufbäumte und ihre Lust hinausschrie. Lächelnd kam er wieder in sie, und sie hielt ihn an sich gedrückt. Ihre Hände streichelten seinen Rücken, als er sich tief in ihr bewegte. »Ich liebe dich«, raunte er, als er zum Höhepunkt kam.

Dann lag er schwer auf ihr, halb besinnungslos, sein Gesicht an ihren Hals geborgen. Und sie flüsterte in sein Ohr: »Was ist das für ein Plan, von dem du mit Merrik und Laren gesprochen hast?«

»Ich möchte ein Haus am Südufer des Sees bauen«, eröffnete Cleve seinem Vater. »Dort gibt es Hügel, Täler und Wiesen und einen Wasserfall. Die Felsen sind mit Moos bewachsen. Nach Osten ist das Land flach genug, um Ackerbau zu betreiben. Vielleicht wollen einige deiner Männer mit mir kommen.«

»Meine Männer sind dir ebenso treu ergeben wie mir. Igmal ist in Kiri vernarrt. Sie ist dein Abbild, bis auf die Narbe in deinem Gesicht. Du hast mir noch nichts über ihre Mutter erzählt. Ist sie im Kindbett gestorben?«

Cleve schüttelte nur den Kopf.

»Als kleiner Junge hast du viel Zeit am Südufer beim Wasserfall verbracht.«

»Ich war sehr klein, als ich niedergeschlagen wurde«, sagte Cleve und blickte ins Feuer. Der süße Duft des Mets stieg ihm in die Nase. Cayman hatte ihn gebraut. Ihr Met war ebenso gut wie Uttas. »Als ich mich wieder an alles erinnert habe, hielt ich dich für den Täter. Heute weiß ich, daß ich mich geirrt habe.«

Varrick streckte seine Beine aus und betrachtete das edle Leder seiner Stiefel, das ebenso schwarz gefärbt war wie seine Hose. Der *Burra* hing an seinem Gürtel. Sein Hemd mit den weit geschnittenen Ärmeln war aus feinster Wolle. Wie immer war er ganz in Schwarz gekleidet. »Ich weiß, wer dich töten wollte«, sagte er nach einer Weile. »Kein anderer wäre fähig gewesen, eine solche Untat zu begehen. Ich hatte gehofft, du würdest nicht danach fragen. Ich wollte dir noch mehr Leid ersparen.«

»Wer war es?«

Varrick blickte seinen Sohn unverwandt an. »Dein Bruder Ethar, so leid es mir tut. Er war vierzehn, als er an deinen Augen erkannte, daß du nicht der Sohn seines Vaters bist. Er wußte, daß du mein Sohn bist. Den Mädchen ist das nie aufgefallen. Von diesem Augenblick haßte er dich, wie er auch mich haßte.«

Cleve schüttelte den Kopf. »Nein«, entgegnete er heiser. »Nicht Ethar. Ich habe ihn verehrt. Er zeigte mir nie seine Abneigung, niemals.«

»Er wollte dich umbringen, bald nachdem er die Wahrheit herausgefunden hatte. Mich hätte er noch lieber tot gesehen, doch die Chance bot sich ihm nicht. Der Mordanschlag an dir mißlang glücklicherweise. Es tut mir unendlich leid, daß du fünfzehn Jahre als Sklave leben mußtest. Unvorstellbar, was du in dieser langen Zeit durchgestanden hast. Du hast viele Narben, Cleve, nicht nur im Gesicht. Narben, die niemand sieht. Aber jetzt ist es vorbei. Du bist wieder daheim. Du bist in Sicherheit.«

Cleve dachte an die fünfzehn bitteren Jahre seines Leidensweges, an die verschiedenen Herren, die ihm das Leben zur Hölle gemacht hatten, und an den einen freundlichen alten Mann, der ihm Geschichten erzählte und ihm gutes Essen gab.

Dann starb der Alte, und Cleve wurde an einen Mann verkauft, der ein ausgemachter Schweinehund war. All die Schreckensjahre lagen nun hinter ihm. Sein Vater hatte ihm versichert, er sei in Sicherheit. Er dachte an Athols Überfall. Er hatte geglaubt, Varrick werde Athol zur Rechenschaft ziehen. »Ethar soll im See ertrunken sein.«

Varrick beobachtete die dünne Rauchfahne, die vom Herd aufstieg. »Ja«, bestätigte er. »So war es.«

Natürlich hatte Varrick ihn getötet für das, was er seinem kleinen Sohn angetan hatte. In all den Jahren hatte Cleve keinen Zweifel daran gehabt, wer versucht hatte, ihn zu töten. Für ihn war sein vermeintlicher Stiefvater Varrick der Täter, und gegen ihn richtete sich all sein Haß. Ethar war vor Jahren von Varrick getötet worden. Vermutlich schuldete er seinem Vater Dank für diesen Vergeltungsakt. Doch er sah sich nicht imstande, ein Gefühl des Dankes aufzubringen. Ethar war sein Halbbruder, und er war so jung. Cleve war ein fünfjähriger Junge, zu jung um als Zielscheibe für Ethars Rache zu dienen. Er versuchte, Ordnung in seine Gedanken zu bringen.

Es war alles so lange her. Er konnte sich nicht mehr an das Gesicht seines Bruders erinnern.

Er blickte seinen Vater an, der schweigend auf seinem hohen Stuhl saß, und dessen lange, weiße Hände reglos auf den geschnitzten Armlehnen ruhten. Er konnte seinem Vater in allem vertrauen, außer in Dingen, die Chessa betrafen. Wenn es um Chessa ging, konnte er keinem Mann vertrauen.

»Du wirst bald wieder Vater«, sagte Varrick endlich.

»Ja«, entgegnete Cleve ohne Zögern.

»Sie leidet nicht unter Übelkeit.«

»Noch nicht. Es sind die ersten Wochen. Kiris Mutter mußte sich ständig übergeben.« Er lächelte seinen Vater an. »Warum hat Chessa es dir gesagt?«

»Ich bin ihr Schwiegervater. Ich freue mich, daß ihr mir einen Enkel schenkt.«

Er war ein Lügner, und er war glatt wie ein vom Wasser ausgewaschener Stein. »Ich würde am liebsten heute mit dem Bau meines Hauses beginnen. Später kann Athol dort leben.«

»Und du, Chessa und eure Kinder zieht nach meinem Tod in die Festung?«

»Das ist der Lauf der Welt.« Cleve hob den Kopf und lächelte Chessa zu, die auf ihn zuschritt, ihm einen Becher Met reichte und ihre Hand auf seine Schulter legte. Er spürte ihre Wärme, ihre Weichheit. Er legte seine Hand auf die ihre und lächelte zu ihr hoch. Sollte sein Vater getrost sehen, daß sie ihm gehörte, ihm allein. Nicht nur, daß er sie begehrte und bewunderte, sie humorvoll und aufreizend fand, er liebte sie. Es war ein Gefühl, das nicht mit seinen Gefühlen für Kiris Mutter Sarla zu vergleichen war. Er hatte geglaubt, sie zu lieben, doch das war ein Irrtum. Seine Gefühle für Sarla, das war ihm mittlerweile klar, waren eine Mischung aus Mitleid und Zorn darüber, wie ihr Ehemann sie behandelt hatte. Und er hatte sie begehrt, weil er den Wunsch hatte, sie zu beschützen und ihr ebenbürtig zu sein. Er wollte sich beweisen, daß er kein Sklave war, sondern ein Mann, der seine Frau beschützen und ernähren konnte. Er verwechselte Fleischeslust mit Zuneigung. Und für Chessa empfand er tiefe Zuneigung. Er liebte sie. Seine Liebe zu ihr wuchs von Stunde zu Stunde. Und sie würde fortdauern, bis sie beide zu Staub zerfielen. Er wußte, daß sie ihn ebenso liebte. Das war ihm anfangs unbegreiflich, denn er war ein durchschnittlicher Mann, nichts Besonderes, sogar ein ehemaliger Sklave, und sie hatte nicht einmal die entstellende Narbe in seinem Gesicht bemerkt, sondern fand ihn von Anfang an schön und begehrenswert. Er hatte geglaubt, sie spiele ihm etwas vor, bis sie ihn vom Gegenteil überzeugt hatte. Er lächelte, und sein goldbraunes Auge strahlte wie die Sonne. »Ich zeige dir die Stelle, wo wir unser Haus bauen.«

»Ja, darauf freue ich mich«, entgegnete Chessa und küßte ihn auf den Mund. Vor Varrick. Er wußte, daß sie ihn küßte, weil sie ihm in die Augen und in die Seele geschaut hatte. Und das wußte auch Varrick.

# KAPITEL 25

Merrik, Laren und die Malverneleute verließen Kinloch an einem klaren Morgen. Chessa war überzeugt, daß der Nebel an diesem Tag nicht siegen würde. Eller schnüffelte in die Luft und brummte: »Kein schlechter Tag.«

Chessa und Cleve mit Kiri auf dem Arm winkten, bis beide Schiffe um eine Biegung verschwunden waren. »Das ist jetzt unser Zuhause«, sagte Chessa.

»Papa, laß mich runter. Ich will Caldon suchen. Ich habe sie seit zwei Tagen nicht gesehen. Sie vermißt mich. Ich sagte ihr, daß ich ihre Kinder kennenlernen möchte.«

Cleve stellte die Kleine auf den schmalen Pfad, der zu der weit in den See ragenden Holzmole führte. »Sie hat eine noch blühendere Fantasie als Laren, die das Ungeheuer leider kein zweites Mal zu sehen bekam. Sie wird tagelang bedrückt sein.«

»Laß uns wieder an die Arbeit gehen«, meinte Chessa energisch. »Ich möchte bald im eigenen Bett schlafen.«

Varrick schaute ihr jeden Tag auf den Bauch und erkundigte sich nach ihrem Wohlbefinden. Sie lächelte jedesmal selig und schwieg.

Auf Kinloch begann sich allmählich eine Veränderung einzustellen. Gelegentlich wurde gelacht, und die Männer trugen beim Essen und Trinken oder bei der Arbeit ihre Meinungsverschiedenheiten aus. Die Kinder, angeführt von Kiri, kämpften mit Holzschwertern, spielten mit Lederbällen, rannten durchs Haus, rauften und kugelten auf der Erde. Die Frauen plauderten beim Spinnen und Weben. Varrick verfolgte das alles mit düsterer Miene, erhob aber keine Einwände. Chessa lachte mehr denn je in ihrem Leben, nicht weil sie alles so lustig fand, sondern weil sie wollte, daß die Bewohner von Kinloch begriffen, daß Lachen etwas Wunderbares ist, und daß man ungestraft lachen durfte. Oft beobachtete sie Cayman, die nach wie vor nur das Nötigste mit Cleve und ihr sprach und nie ungefragt ein Wort, einen Gedanken, eine Meinung von sich gab. Die meiste Zeit streifte sie durch die Wälder. Arganas Söhne nannten Cayman eine Verrückte, die den Ziegen Lieder vorsang und den Felsen seltsame Zaubersprüche zuraunte. Dabei warfen die Knaben ihrem Vater verstohlene Blicke zu.

Der Tag, an dem Chessa Athols Bein brach, begann als eintönig grauer Nebeltag, der sich in einen strahlenden Morgen verwandelte. Es duftete frisch und würzig. Ein Falke ließ sich auf dem hohen gezackten Felsen nieder, der die Ostgrenze ihres neuen Anwesens bildete. Alle Männer arbeiteten am Hausbau. Der Hof sollte Karelia heißen wie die Landenge zwischen dem Ladogasee und dem Finnischen Meerbusen, einen Ort, an den Cleve sich gern erinnerte. Als Chessa Näheres darüber wissen wollte, küßte er ihre Nasenspitze und sagte, dieses Geheimnis werde er mit ins Grab nehmen.

»Karelia«, sinnierte sie. »Klingt hübsch, deshalb soll unser Haus auch so heißen, Gemahl. Obwohl mir klar ist, daß du dort eine Frau kanntest. Wie hieß sie?«

»Tyra«, antwortete er und küßte ihre Nasenspitze ein zweites Mal. »Wenn ich mich recht erinnere. Ach, es waren so viele.«

Sie knuffte ihn. Er grinste. »Trägst du endlich mein Kind?«

Sie machte ein trauriges Gesicht. »Ich habe so oft behauptet, schwanger zu sein, und jetzt, da ich es wirklich sein möchte, passiert nichts. Meinst du, ich bin unfruchtbar, Cleve?«

»Nein, Liebes. Dein Gemahl gibt sich nur zu wenig Mühe. Vielleicht machst du dir zu große Sorgen, und mein Same kann deshalb nicht keimen.«

»Du bist ja auch jede Nacht furchtbar müde nach all der Plackerei.«

Seine Hand legte sich um ihren Hals und drückte leicht zu. Dann küßte er sie auf den geschlossenen Mund und blickte ihr tief in die grünen Augen, die aussahen wie die moosbedeckten Felsen am Wasserfall. »Hat mein Vater dich noch einmal darauf angesprochen? Ist er zudringlich geworden?«

»Er schaut mir nur ständig auf den Bauch.«

»Papa, stimmt das?«

Beide schauten zu Kiri hinunter, die mit gerunzelter Stirn zu ihnen aufschaute, einen Apfel in der Hand hielt und drei Kinder im Schlepptau hatte, die sich um einen Lederball balgten.

»Was denn, Liebes?« fragte Chessa zurück.

»Athol sagte zu seinem Bruder, daß du ein Kind von meinem ersten Papa bekommst.«

»Ja«, sagte Cleve kühn wie der Ziegenbock, der einen Hemdzipfel an der Wäscheleine anknabberte.

»Dann sagte er, es stimmt nicht. Er sagte, Chessa bekommt von Lord Varrick ein Kind. Ich habe ihm gesagt, daß er lügt, und er hat mich ausgelacht. Ich kann Athol nicht leiden.« Kiri senkte schmollend den Kopf. »Athol ist nicht richtig im Kopf.«

»Wie recht du hast, Kiri«, pflichtete Chessa ihr bei. »Geh ihm aus dem Weg. Er ist ein Feigling und ein Unruhestifter.«

Doch Kiri befolgte ihren Rat nicht. Zum Glück war Chessa in der Nähe, als Kiri auf ihn einschimpfte. »Du hast mich angelogen, Athol. Mein zweiter Papa bekommt kein Kind von Lord Varrick. Das Kind ist von meinem ersten Papa.«

»Du bist ein dummes, kleines Mädchen«, sagte Athol. »Du weißt gar nichts. Hau ab! Sie ist nicht dein zweiter Papa, sie ist nur eine einfältige Frau.«

»Gib zu, daß du gelogen hast.«

Athol gab ihr einen Schimpfnamen, und Kiri versetzte ihm einen Tritt gegen das Schienbein. Da hob er sie hoch und schüttelte sie zornig. »Du ekelhafte kleine Kröte«, schrie er ihr ins Gesicht. »Du bist sein Balg und verdienst es nicht, am Leben zu sein.«

Chessa hatte keine Ahnung, was er beabsichtigte, doch sein Gesichtsausdruck erschreckte sie zutiefst. Er zog eine wutverzerrte Grimasse, und in seinen Augen loderte der Wahnsinn. Sie trat näher und befahl ihm mit betonter Ruhe: »Laß sie los, Athol.«

»Du Ratte«, zischte er und schüttelte Kiri wieder. Sie ballte ihre kleine Faust und schlug sie ihm auf die Nase. Er jaulte auf und warf sie von sich.

Im nächsten Augenblick warf Chessa sich auch schon auf ihn und schrie ihm sämtliche Flüche ins Gesicht, die sie in Dublin von den Soldaten ihres Vaters gelernt hatte. Als er die Hand gegen sie erhob, stieß sie ihm ihr Knie in die Lenden. Er sackte mit einem Aufschrei vornüber; sie versetzte ihm noch einen Fußtritt, der ihn zu Boden streckte. Chessa verpaßte ihm noch einige Tritte in die Rippen und gegen sein Schienbein, hörte einen Knochen knacken, ließ jedoch nicht von ihm ab. Sie keuchte schwer, und in ihrem Zorn sah sie rot, nur den dunklen See im Hintergrund nahm sie noch verschwommen wahr.

»Chessa!«

Sie schüttelte Cleve ab und trat weiter nach Athol, der sich inzwischen zu einer Kugel zusammengerollt vor ihren Füßen wand. Endlich gelang es Cleve, sie von ihm wegzuzerren. Keuchend fuhr sie herum. »Er hat Kiri geschüttelt und bedroht. Dann hat er sie zu Boden geschleudert, Cleve!«

»Kiri ist nichts passiert. Ich habe ihr beigebracht, sich bei einem Sturz über die Schulter abzurollen. Beruhige dich, Chessa. Kiri ist unversehrt.«

»Papa, schau. Ich bin nicht so verletzt wie Athol.«

Beim Klang von Kiris Stimme lichtete sich der rote Nebel vor Chessas Gesichtsfeld. Sie holte tief Luft. »Ich frage mich, wieso ich ihm nicht das Messer in sein schwarzes Herz gestoßen habe«, stieß sie zwischen den Zähnen hervor, blickte auf den sich windenden Athol und hob erneut den Fuß – ließ ihn aber wieder sinken. »Nein, er hat genug.«

»Mein Bein«, jammerte Athol und wiegte sich stöhnend hin und her. »Du hast mir das Bein gebrochen.«

»Ja«, bestätigte Chessa mit Genugtuung. »Ich habe gehört, wie der Knochen knackte. Halt still, ich seh nach.«

Athol schrie und wollte von ihr wegkriechen.

»Du elender Feigling, halt still.«

»Sie bringt dich nicht um, Athol«, sagte Cleve. »Tu, was sie sagt, sonst muß ich dir einen Stein über den Schädel schlagen, damit du liegen bleibst, während sie dich untersucht.«

»Was ist hier los?« fragte Igmal im Näherkommen und wischte sich die Hände an der Lederschürze ab. »Hast du ihre Warnung vergessen, Athol? Ein Glück, daß sie dich nicht umgebracht hat.«

Athol stöhnte laut. »Sie darf mich nicht anfassen, Igmal. Ich befehle dir, sie zurückzuhalten.«

»Halte den Mund, Athol. Sie bringt dich nicht um.«

»Mein Vater ...«

Cleve bückte sich und setzte ihm die Faust an den Unterkiefer. Athols Kopf fiel nach hinten. Er war ohnmächtig.

»Papa, bringst du mir das auch bei?«

»Nein«, erklärte Cleve bestimmt und hob seine Tochter auf den Arm. »Ist dir auch wirklich nichts passiert, Liebling?«

»Mir geht es gut. Igmal, darf ich dir bei der Arbeit helfen?«

Igmal grinste, und seine unverschämt weißen Zähne blitzten in der Sonne. »Ja, Kleine. Du darfst im Pechkessel rühren. Da werden sich deine beiden Papas bestimmt freuen.«

Ende September, wenn es in Norwegen am frühen Nachmittag bereits kühl wird, war es in Schottland immer noch warm, und die laue Luft duftete süß nach Heidekraut. Karelia war fertig. Das Holz roch frisch und würzig, und Chessa liebte den Duft. Das Haus bot genug Raum für Chessa, Cleve und Kiri, einem Dutzend Gefolgsleuten und vier Familien, die sich entschlossen hatten, bei ihnen zu leben. Es gab eine Badehütte wie in Malverne, einen Abtritt, eine Scheune für das Korn, einen Heuschober, mehrere Vorratshütten, einen Stall für die Kühe, Ziegen und zwei Pferde, eine Hütte für den Schmied, und eine Unterkunft für die Sklaven. Die Männer waren dabei, eine Palisade zu errichten und den Hof und seine Nebengebäude einzuzäunen.

»Es gehört uns«, sagte Chessa voll Stolz und rieb sich die Hände. Argana hatte ihr Töpfe und Schüsseln, Löffel und Messer geschenkt. Dazu eine schöne Leinendecke für den langen Eßtisch. Cleve entzündete zum ersten Mal das Feuer im Herd, Chessa befestigte die Kette an dem schweren Ast, dessen Ende zu einem Schlangenkopf geschnitzt war, und hängte den schweren Eisentopf ein. Sie klatschte lachend in die Hände, und Argana lachte mit ihr. Varrick bedachte die Frauen mit düsteren Blicken. Cayman hielt sich schweigend im Hintergrund. Auch Athol war da, auf Krücken gestützt. Er machte ein so finsteres Gesicht, daß Cleve ihn am liebsten aus dem Haus geworfen hätte.

In dieser ersten Nacht auf Karelia, in der ersten Nacht in ihrem eigenen Kastenbett, auf dem ein neues, weiches Bärenfell lag, das ein Geschenk Ottars, einem Gefolgsmann von Igmal, war, eröffnete ihm Chessa: »Ich bin schwanger.«

Cleve, der gerade in sie eindringen wollte, stockte, blickte sie verdutzt an, und schob sich genießerisch in sie. Sie nahm ihn lachend tief in sich auf. »Ich fragte mich, wie dir die Neuigkeit gefällt«, flüsterte sie in sein Ohr, knabberte an seinem Ohrläppchen, küßte seine Wange, seinen Mund, kostete seinen Atem, der nach dem süßen Met duftete, den sie zur Feier des Tages getrunken hatten. »Ich liebe dich, Cleve, und ich bin nicht unfruchtbar.«

Er zog sich aus ihr zurück, kniete zwischen ihren Schenkeln, und sein Mund schloß sich um ihr weibliches Fleisch. Als sie sich ihm lustvoll stöhnend entgegenwölbte, lachte er. »Mein Kind wird sich wundern, wie laut seine Mutter schreien kann.« Und dann drang er wieder in sie, spürte, wie ihr Fleisch ihn zuckend umschloß, und sich an ihm festsaugte.

Auf die Ellbogen gestützt, blickte er auf sie herab. »Du kannst mich nicht beherrschen«, sagte er, die Worte sorgfältig betonend. »Du hast wohl geglaubt, ich falle aus dem Bett vor Überraschung, und du kannst mich auslachen. Ah, hör auf, dich so zu bewegen, Chessa, sonst ...«

Er liebte sie ein zweites Mal, wollte ihr zeigen, wie glücklich sie ihn machte, wie sehr er sie liebte, und wie sehr er sie sein Leben lang lieben und achten würde. Als sie leise in seinen Mund stöhnte, berührte ihr Stöhnen seine Seele. »Ich liebe dich, Chessa. Ich habe dich nie für unfruchtbar gehalten«, raunte er, als er wieder fähig war zu sprechen.

Sie stieß ihm den Ellbogen in die Rippen und küßte ihn gleichzeitig. »Liebst du mich wirklich, Cleve? Ich glaube, Männer sprechen nicht gern darüber, weil sie sich blöde vorkommen.«

»Woher hast du das? Sicher nicht von Mirana oder Laren.«

»Nein, aber ich habe so meine Erfahrungen.«

»Aha. Wie die alte Alna, die redet auch ständig von ihrem großen Erfahrungsschatz und sagt, alle Männer sind Versager, sogar ihr geliebter Rorik.«

»Du sagst es mir so selten. Meist schreist du mich nur an, erteilst Befehle oder bist geifernd hinter mir her, wie alle Männer hinter ihren Frauen her sind.«

»Damit hast du ausnahmsweise recht. Wann kommt unser Kind zur Welt?«

»Im März.«

»Im März hat auch Kiri Geburtstag.« Cleve wälzte sich von ihr und zog sie an sich. Und dann erzählte er ihr von Sarla, daß er damals glaubte, sie zu lieben, und daß sie ihn betrog, woraufhin er sie zwang, in Malverne zu bleiben, bis Kiri geboren war. »Sie verfluchte mich bei Kiris Geburt.«

»Warum?«

»Weil es so schmerzhaft ist, Chessa.«

»Wirklich? Sira sagte, es sei nichts. Sie sagte immer, sie drücke ein paar Mal, und schon plumpst wieder ein Erdenbürger aus ihrem Bauch.«

Ihre Stimme klang zuversichtlich. Was wußte er als Mann schon vom Kinderkriegen? »Frag doch Argana, wie es ist.«

»Hat es lange gedauert, ehe Kiri da war?«

»Sehr lang«, sagte er nach kurzem Überlegen. »Aber es ist bei jeder Frau anders.«

»Viele Frauen sterben auch bei der Geburt.«

»Du stirbst nicht, und ich verbiete dir, so zu reden. Ich werde bei dir sein, und es wird alles gut gehen.«

»Mein Vater floh bei jeder Geburt.«

»Merrik saß bei jeder Geburt an Larens Bett. Vielleicht gibt es in Irland ein Gesetz, das einem Ehemann verbietet, bei der Geburt dabei zu sein.«

»Ich dachte immer, Männer wollen mit der Geburt nichts zu tun haben. Mein Vater ging jedesmal zur Jagd.«

»Ich gehe nicht zur Jagd.«

Sie küßte seine Brust. »Sira ließ meinen Vater nicht an sich heran, wenn sie hochschwanger war. Sie hielt sich für fett und häßlich, jammerte sie einer ihrer Kammerfrauen immer vor; mir hätte sie so etwas nie gestanden. Ich fand sie nie häßlich mit ihrem geschwollenen Bauch.«

Er liebkoste ihre Schenkel und ließ seine Hand über ihren Bauch gleiten. »Ich werde dich nicht allein lassen. Niemals.«

»Schwörst du das?«

»Und wenn du aussiehst wie Larens Mastsau, ich bleibe trotzdem bei dir. Ich werde dich jede Nacht in meinen Armen halten. Zumindest versuche ich so nahe wie möglich an dich ranzukommen.«

Sie biß ihn zärtlich ins Kinn und legte sich auf ihn.

»Aber Chessa«, meinte er zweifelnd. »Du bist doch schwanger. Mein Same keimt in dir. Dürfen wir das jetzt noch?«

Sie beugte sich über ihn und knabberte wieder an seinem Kinn. »Diesmal ist es für mich, nicht für das Kind.« Damit hob sie ihre Hüften und nahm ihn tief in sich auf.

»Ein Bote von König Sitric«, verkündete Igmal. »Er behauptet, dich zu kennen, Chessa.«

Chessa wischte sich die Hände ab, strich sich den Rock

glatt, nahm das Tuch vom Kopf und trat ins Freie. Dort stand ihr Halbbruder Brodan und hinter ihm zwei Dutzend Soldaten, angeführt von Cullic, dem Leibwächter ihres Vaters.

Sie rief seinen Namen, rannte auf ihn zu und umarmte ihn stürmisch. »Brodan!« lachte sie zwischen Küssen. »Du bist hier! Wie ich mich freue. Und wie groß du geworden bist. Wie habt ihr uns gefunden? Du bist ein stattlicher junger Mann geworden, groß und stark. Und du hast feurige, dunkle Augen wie unser Vater. Sicher sind die Mädchen schon hinter dir her, Brodan.« Den Achtjährigen brachte ihr Gefühlsausbruch und ihre Rede ziemlich in Verlegenheit. »Cleve, komm her und lerne meinen Bruder Brodan, deinen Schwager kennen«, rief Chessa.

Er war in den sechs Monaten ihrer Trennung tüchtig gewachsen und versprach, ein schöner Mann zu werden. Sie dachte an Athol und hoffte inständig, daß Brodan außerdem zu einem aufrechten Mann heranwuchs. Brodan blickte Cleve entgegen, musterte ihn wie ein Erwachsener einen Gleichgestellten und bewertete ihn nach Stärken und Schwächen, wie ihn sein Vater gelehrt hatte. »Ich erinnere mich an dich«, sagte Brodan. »Du warst der Gesandte von Herzog Rollo. Als dein Bote von der Habichtsinsel nach Dublin kam und meinem Vater von deiner Hochzeit mit Chessa berichtete, schäumte er vor Wut, verfluchte und beschimpfte dich, verteilte Fußtritte an Möbelstücke und brüllte drei Tage lang jeden an, der sich in seine Nähe wagte. Sogar Mutter schrie er an. Das war ganz neu für sie, und sie war völlig verstört. Dann lächelte er wieder. Zu Mutter sagte er, du seist ein guter Mann, und Chessa habe dich von Anfang an bewundert. Sie habe nicht einmal deine Narbe gesehen, was ein sicheres Zeichen dafür sei, daß sie dich liebt. Jetzt ist er zufrieden, nicht glücklich, aber zufrieden.«

»Freut mich, das zu hören«, entgegnete Cleve und klopfte dem Jungen auf die Schulter. »Ich hätte es nicht gern, wenn dein Vater hier auftaucht und mir die Kehle aufschlitzt.«

»Mein Vater sagt, das würde Chessa besorgen, falls du es verdienst.«

»Ja, dazu wäre sie imstande«, nickte Cleve bedächtig.

»Vater hat dir erlaubt, nach Schottland zu reisen«, wunderte sich Chessa. Brodan war noch ein Kind, und eine solche Reise barg große Gefahren.

»Ich will das Kloster Iona besuchen, wo der Heilige Columba lebte und predigte. Hast du gewußt, daß Kenneth seine Gebeine vor vielen Jahren vom Kloster Iona nach Scone bringen ließ?«

»Ja«, bestätigte Igmal. »Mein Großvater erzählte mir, daß Kenneth, der die Skoten und Pikten vereinte, seinen Regierungssitz von Argyll nach Scone in Perth verlegte und die Gebeine des Heiligen Columba aus Iona entfernte und auch den Stein des Schicksals von Dunadd nach Scone bringen ließ. Mein Großvater verachtete Kenneth für diesen Frevel. Kenneth ist überdies durch die weibliche Linie auf den Thron der Pikten gekommen, was gar nicht rechtmäßig ist.«

»Was ist der Stein des Schicksals?« fragte Chessa.

Broadans Stimme sank zu einem Flüstern. »Er sieht aus wie ein normaler Sandstein, aber er diente Jakob, dem Sohn von Isaak und Enkel von Abraham als Kopfstütze, als er von den Engeln und der Himmelsleiter träumte.«

»Studierst du immer noch die Lehre der Christen, Brodan?« fragte sie. Die Namen, die er nannte, waren ihr unbekannt, doch sie hörte die Ehrfurcht aus seiner Stimme.

»Ja, Chessa. Ich will im Kloster Iona leben und den christlichen Glauben ausüben.«

»Aha«, sagte sie nur. Glaubte er, bereits im Alter von acht Jahren seine Bestimmung im Leben gefunden zu haben? Zugegeben, er war schon immer ein ernsthaftes Kind. »Ist Vater wohlauf, Brodan?«

»Ja, er hat sich nicht geändert. Mutter hat wieder einen Buben bekommen. Vater braucht mich nicht, da er außer mir noch vier Söhne hat. Er sagte, er wolle die Sterne befragen. Und später sagte er, die Zeichen stünden gut und ließ mich ziehen.«

»Immer noch der alte Zauberer«, schmunzelte Cleve. Cullic, König Sitrics Leibwächter, trat vor und stellte sich neben Brodan. Der Spanier hatte die härtesten Augen, die Cleve je gesehen hatte. Seine Haut war nach der Reise von Dublin noch sonnengebräunter. Cullic legte seine Hand auf Brodans Schulter: »Wir bleiben drei Tage, dann wünscht der Prinz nach St. Andrews weiterzureisen.«

»Ja«, bestätigte Brodan. »Ich will im alten Kloster Iona und der neuen Abtei von St. Andrews beten und Gott dienen.« Dann schien er einen kleinen inneren Kampf auszufechten, bevor er herausplatzte: »Der Heilige Columba hat das Ungeheuer von Loch Ness gesehen. Es kann kein böses Monster sein, nicht wenn es sich diesem heiligen Mann gezeigt hat. Hast du es auch schon gesehen, Chessa?«

»Ja, aber nur einmal. Es hat einen langen, schuppigen Hals und einen ziemlich kleinen Kopf. Es tauchte schnell wieder unter. Kiri hat das Ungeheuer viele Male gesehen. Sie meint, es ist kein Ungeheuer, sonderen eine Mutter mit Kindern.«

»Kiri?«

»Cleves Tochter. Ah, da kommt sie. Kiri, Liebling. Sieh, das ist mein Bruder Brodan aus Irland. Er möchte alles über Caldon wissen.«

Der Achtjährige blickte auf das kleine Mädchen und machte ein unendlich enttäuschtes Gesicht. »Willst du sagen, daß dieses kleine Mädchen das Ungeheuer gesehen hat?«

»Es heißt Caldon«, sagte Kiri.

Brodan seufzte. »Wie soll ich das glauben? Kleine Mädchen haben eine überschäumende Fantasie.«

»Glaub mir, Brodan. Dieses kleine Mädchen ist eine Ausnahme. Kommt ins Haus, du und deine Leute. Wir werden ein Festmahl bereiten, daß sogar Cullic zufrieden schmatzt und rülpst.«

Der Spanier nickte kühl und erteilte seinen Männern Befehle.

Ein leichter Nieselregen hatte eingesetzt und tropfte leise einlullend auf das Dach. Aus den dichten Wäldern stieg Nebel auf und senkte sich auf das dunkle Wasser des Sees. Chessa liebte den sanften Regen, der so plötzlich aufhörte, wie er einsetzte. Danach strahlte die Sonne, und das Licht spiegelte sich millionenfach glitzernd in den Wassertropfen. Sie hatte das Eichentor geöffnet, um den Rauch abziehen zu lassen.

Chessa trat aus dem Haus und strebte dem Abtritt zu, um sich zu erleichtern. Sie tätschelte die sanfte Wölbung ihres Bauches. »Wie wird das erst im Winter, wenn es kalt ist und der Schnee hoch liegt, und ich ständig Wasser lassen muß?«

Leise vor sich hinsummend verließ sie den Abtritt und betrat die Scheune. Es war dunkel und roch nach Kuhmist, Heu und Männerschweiß. Als sich eine Hand über ihren Mund legte und ihre Arme von hinten umklammert wurden, war ihr erster Gedanke: Varrick.

Doch es war nicht Varrick. »Keine Bewegung, Chessa. Ich will Euch nicht wehtun.«

# KAPITEL 26

»Kerek«, brachte sie erstickt hervor. »Du hast mir gefehlt.« Er lockerte seinen Griff und drehte sie langsam zu sich.

»Ja«, sagte er und blickte ihr ins Gesicht. »Ihr habt mir auch gefehlt. Ihr seid schöner, als ich Euch in Erinnerung hatte. Aber Ihr seht müde aus, Chessa. Ihr müßt zu schwer arbeiten. Ihr braucht mehr Sklaven, mehr Diener. Ich beobachte Euch nun seit drei Tagen und warte darauf, Euch allein zu treffen.«

»Was willst du, Kerek? Wieso verbirgst du dich wie ein Dieb? Das ist unser neues Zuhause. Cleve nennt den Hof Karelia. Wir haben alle schwer gearbeitet, aber die Schufterei hat sich gelohnt. Wieso kommst du nicht und begrüßt uns wie ein Freund?«

»Das ist leider nicht möglich«, seufzte er. »Glaubt mir, Chessa, ich tue es nicht gern. Aber Turella hält es für die einzige Lösung. Ich komme in ihrem Auftrag. Ragnor ist jetzt König. Olric starb an einem Stück Fleisch, das eine seiner Gespielinnen nicht gut genug durchgekaut hatte. Er erstickte jämmerlich, während sein ganzer Hofstaat zusah. Ragnor warf vor Freude einen abgenagten Knochen in die Luft, als sein Vater mit dem Gesicht voran in den vollen Teller fiel. Und sogleich verkündete er, daß die Gespielinnen seines Vaters von nun an sein Essen vorzukauen hätten.

Er beabsichtigt, die Habichtsinsel zu überfallen und Utta zu entführen. Ihr mögt das für eine seiner Prahlereien halten, aber ich weiß, daß es ihm ernst damit ist. Er hört nicht auf Turella. Außerdem gibt er seiner Mutter die Schuld am Verschwinden der schönen Isla und glaubt, Turella habe sie töten lassen. Deshalb will er sich mit Utta begnügen, nachdem er die Habichtsinsel eingenommen und zerstört hat. Er schreit herum, dort sei er mißhandelt worden, und man habe versucht, ihn zu ertränken; man habe ihm, dem Prinzen des Danelagh, nicht den nötigen Respekt gezollt. Jetzt, da er König ist, wird er es ihnen zeigen. Er wird alle töten oder zu Sklaven machen. Und er meint es ernst, Chessa.

Ihr werdet es nicht glauben, aber er trauert wirklich um Isla. Er schwärmt von ihren Brüsten, von ihrer Sanftmut, ihrer Zärtlichkeit, und daß sie ihm großen Respekt erwiesen hat. Er liebte ihre Augenbinde und bedauert unendlich, sie nicht hochgehoben zu haben, um zu sehen, was darunter ist.«

»Er hätte nur Cleves goldbraunes Auge gesehen.«

»Weder Turella noch ich haben ihm gestanden, daß die Frau, die er so heiß begehrte, in Wahrheit Cleve war, der nach York kam, um Euch zu befreien. Deshalb, Prinzessin, bin ich hier. Ihr seid die einzige, die ihn zähmen kann. Er fürchtet Euch. Unterbrecht mich nicht, Ihr wißt, daß es stimmt. Er würde es nie zugestehen, aber er fürchtet Euch auf eine eigentümliche Art, die ich nicht verstehe. Turella ist der festen Überzeugung, daß Ihr Einfluß auf ihn habt, wo ihre Künste versagen. Ihr müßt ihn an der Hand nehmen, Ihr müßt ihn leiten.«

»Nein, niemals. Er würde mich töten, Kerek. Ich könnte ihn niemals leiten. Das ist alles völliger Unsinn. Bitte hör endlich auf damit.«

»Turella möchte verhindern, ihren eigenen Sohn töten zu müssen, aber um das Danelagh zu retten, ist sie möglicherweise dazu gezwungen. Er denkt nur an seinen Haß gegen Rorik und daran, Utta zu entführen. Vermutlich will er auch sie töten. Er hört nicht auf seine Berater, die vor den ständig zunehmenden Überfällen der Sachsen warnen, die immer mehr Land an sich reißen. Er trinkt zuviel und beklagt sich, daß der Met nicht so gut schmeckt wie Uttas oder Islas Met.

Das ganze Königreich ist verzweifelt, nicht nur ich, nicht nur Turella, Prinzessin. Es ist Eure Pflicht zurückzukehren, um Ragnor zu zügeln.«

»Soll sie ihn doch töten. Mich kümmert's nicht. Das Danelagh wird irgendwann von den Sachsen zurückerobert werden. Das weiß jeder. Es ist nur eine Frage der Zeit. Laß den Unsinn, Kerek.«

»Nicht, wenn Ihr kommt, nicht wenn Ihr zusammen mit Turella das Land regiert.«

Sie zerrte an seinem Ärmel und versuchte ihn zu schütteln. »Schau mich an, Kerek. Ich bin nur eine Frau. Ich trage ein Tuch um den Kopf und habe gerade Brotteig geknetet. Sieh, ich habe noch das Mehl an den Händen. Das hier ist unser Hof, das ist mein Leben. Ich habe nichts mit dem Danelagh zu tun, nichts mit Turella. *Ich bin keine Kriegerin.*«

»Ich bringe Euch zu Turella, Chessa. Sie hat mir den Auftrag erteilt. Ich muß es tun.«

»Ich gehe nicht mit dir. Wenn du versuchst, mich zu zwingen, wirst du es bereuen, Kerek. Das schwöre ich dir.«

Ihre Drohung hatte keineswegs die erhoffte Wirkung auf ihn. Er grinste nur breit. »Ja. Ich werde Euch sehr sorgfältig bewachen müssen, sonst bringt Ihr mich um. Es ist diese Leidenschaft in Euch, Chessa, diese Willenskraft, genau das zu tun, was Ihr androht, diese Entschlossenheit, die Euch so wunderbar furchterregend macht. Ragnor und auch die Sachsen werden es sich zweimal überlegen, bevor sie sich mit Euch anlegen. Ihr seid nicht dumm, Ihr werdet handeln, ungeachtet der Konsequenzen für Euch selbst. Warum erkennt Ihr Eure Bestimmung nicht? Ihr kommt mit mir. Turella wird glücklich und das Danelagh gerettet sein.«

Sie hätte ihm am liebsten ins Gesicht geschlagen, um ihn zur Vernunft zu bringen. Doch er hielt sie fest, und er war sehr stark. »Ich tu es nicht«, entgegnete sie eigensinnig.

Er schien die Geduld immer noch nicht zu verlieren. »Hört zu, Turella hat an alles gedacht. Sie ist überzeugt, daß Cleve Euch bald vergißt. Er wird Euch für tot halten, wenn er Euch nirgends finden kann. Er wird um Euch trauern. Aber wie lange trauert ein Mann schon um eine Frau, Prinzessin? Bald wird er sich eine neue Frau nehmen und mit ihr glücklich werden. Ihr müßt Euch keine Sorgen machen, daß er lange leidet, wenn Ihr fort seid. Turella wird Euch mit Ragnor verheiraten. Niemand wird erfahren, daß es nur eine Scheinehe ist. Das wissen nur Turella, Ihr und ich. Sie ist sicher, daß Ihr Euch einverstanden erklärt, um Rorik und Mirana und die Habichtsinsel zu retten. Vergeßt nicht, Chessa, Ragnor hat als König viele Soldaten unter seiner Befehlsgewalt. Sie folgen ihm, auch wenn sie sein Tun nicht billigen. Treue und Ergebenheit bedeuten den Wikingern viel, wie Ihr wißt. Er wird die Habichtsinsel überfallen und zerstören. Er liebt es, Tod und Vernichtung zu verbreiten.«

»Dennoch willige ich nicht ein. Komm, Kerek, komm ins Haus und sprich mit Cleve darüber. Wir werden eine Lösung finden, die dir, Turella und der Habichtsinsel von Nutzen ist. Bitte, komm ins Haus.«

»Nein«, sagte er. Dieses Nein klang kalt und unwiderruflich, und sie wußte, daß jedes weitere Wort vergebens war. Sie holte tief Luft, lächelte und sagte: »Ich bin mit Cleves Kind schwanger.«

Er blickte sie fassungslos an, dann warf er den Kopf in den Nacken und lachte. Eine Kuh muhte, eine Ziege stieß einen Holzkübel um.

»Auch Cleve lachte, als ich ihm diese Eröffnung machte«, sagte sie. »Aber diesmal sage ich die Wahrheit, Kerek. Ich bin schwanger. Cleve und ich haben im Sommer geheiratet.«

Sein Lachen erstarb. Er legte seine flache Hand auf ihren Bauch, spürte die leichte Wölbung und erbleichte. »Nein«, stöhnte er. »Oh nein. Das haben wir nicht bedacht.« Er fuhr sich mit den Fingern durchs Haar. Dann umklammerte er ihren Arm und zog sie nahe zu sich. Er dachte angestrengt nach. Schließlich erhellte sich sein Gesicht. »Es macht nichts. Wir müssen Euch so schnell wie möglich nach York bringen. Wir werden verkünden, es sei Ragnors Kind, wie schon einmal. Turella wird begeistert sein. Sie wollte immer, daß Ihr regiert und nach Euch Cleves Sohn. Ja, so wird es sein. Alles wird gut. Das ist sogar besser, als Turella oder ich erwartet haben. Ihr habt mich nicht enttäuscht, Prinzessin.«

»Ich verlasse Cleve und Kiri nicht«, beharrte sie. »Und wenn du mich nach York verschleppst, tue ich es dennoch nicht. Ich heirate Ragnor niemals, ich werde auch niemals Turellas Schwiegertochter. Nein, und nochmals nein.«

Kerek lächelte sie traurig an. »Ihr werdet es tun, Chessa. Jetzt müßt Ihr Euer Kind beschützen.«

Cleve stieß den Lederball mit dem Fuß zu Kiri, die ihn hochhob und dem kleinen Torik zuwarf, der ihn von seiner Brust abprallen ließ.

Kiri schalt ihn, bis Inga, Askholds Frau sich bückte und ihr ins Gesicht schaute. »Er ist noch ein kleiner Junge, Liebes. Er weiß noch nicht, daß er den Ball mit den Händen fangen muß. Hab Geduld mit ihm. Das ist das Los der Frauen in diesem Leben – Geduld. Du solltest beginnen, dich früh genug darin zu üben.«

Cleve lachte. »Ja«, nickte er. »Hör gut zu, Kiri. Dann kannst du das an deinen zweiten Papa weitergeben, denn ihr fehlt es gelegentlich an Geduld.«

»Ja, meine Kleine.« Igmal ging vor Kiri in die Hocke. »Mit den Buben muß man Geduld haben, wie Inga sagt. Sie brauchen oft etwas länger, um reif und weise zu werden.«

»Na schön«, erwiderte Kiri und hielt Torik die Hand hin. »Ich geh mit ihm zum See und rufe Caldon. Sie kommt, wenn ich sie rufe.«

»Aber paß auf!« mahnte Igmal. »Du bist schon ein großes Mädchen und mußt auf den kleinen Torik achtgeben. Bleibt nicht zu lange!«

Kiri nickte, nahm Toriks schmutziges Händchen und zog ihn aus dem Haus.

Es war wie in Malverne, wie auf der Habichtsinsel. Jeder, ob Mann oder Frau, kümmerte sich um die Kinder, und trug sein Scherflein zum Gemeinschaftsleben bei. Cleve spürte ein starkes Gefühl der Zugehörigkeit, das ihm den Großteil seines Lebens verwehrt war, bis er es auf Malverne kennengelernt hatte. Doch das hier war wieder anders. Hier war er zu Hause. Das war seine und Chessas Heimat. Ein Gefühl der Wärme und Geborgenheit stieg in ihm auf. Er sehnte sich nach Chessas Umarmung, wollte sie auf den Mund küssen und an ihrer Unterlippe knabbern, was sie so gern mochte.

»Inga, wo ist Chessa?«

»Sie hat Teig geknetet, das war etwa vor einer Stunde. Dann ging sie nach draußen. Seitdem hab ich sie nicht gesehen. Ich frag' mal die anderen.«

»Ja, und ich sehe draußen nach.«

Chessa ging gern zum Wasserfall und setzte sich, mit dem Rücken gegen die knorrige Eiche gelehnt, auf die moosbewachsenen Felsen und träumte vor sich hin. Aber warum sollte sie das Teigkneten unterbrechen, um sich an den Wasserfall zu setzen?

Ein kühler Windstoß fuhr ihm durchs Haar und ließ ihn frösteln.

Alle suchten nach ihr, aber niemand fand sie. Gegen Abend kam Varrick herüber und eröffnete Cleve: »Chessa wurde entführt. Ich weiß nicht von wem, aber ein Mann nahm sie mit. Ich habe es deutlich gesehen.«

Cleve starrte seinen Vater verblüfft an. »Wir suchen sie schon den ganzen Nachmittag. Wer sollte sie entführen? Wer kann sich durch die Palisaden hereinschleichen und sie wegbringen?«

»Ich weiß nicht, aber er drang hier ein, paßte sie ab und entführte sie.«

»Woher weißt du das?«

Varrick zog den *Burra* aus seinem Gürtel. »Ich habe es gespürt, und dann habe ich es gesehen. Ich sah einen großen, kräftigen Mann mit wilden Augen und roten, von grauen Strähnen durchzogenen Haaren. Aber ich sah bei Chessas Anblick auch Freude in seinen Augen. Ich sah, wie die beiden miteinander redeten, sich stritten, und er eindringlich auf sie einredete. Schließlich steckte er einen Knebel in ihren Mund, band ihre Handgelenke zusammen, wickelte sie in eine Decke und legte sie sich über die Schulter. Er ist fort, und ich weiß nicht wohin. Ich sehe keine Bilder mehr. Aber er hat sie weggeholt.«

»Wie alt ist dieser Mann?«

»Etwa in meinem Alter. Er wirkt älter, sein Gesicht ist faltiger, grobschlächtiger. Kennst du ihn, Cleve?«

»Ja«, antwortete Cleve leise. »Ich kenne ihn. Sein Name ist Kerek, und er ist der Getreue von Königin Turella.«

»Turella?« Varricks Blick verlor sich in der Ferne. »Turella? Wie seltsam.«

»Wenn ich dir die Geschichte erzähle, die dahintersteckt, findest du alles mehr als seltsam. Turella ist die Königin des Danelagh. Man munkelt, der König halte sie seit vielen Jahren als Gefangene, doch das ist ein Gerücht. Sie regiert das Land. Er ist ein alter Narr, und sie läßt ihn in dem Glauben, er habe die Zügel in der Hand. In York muß etwas geschehen sein. Turella wollte unbedingt, daß Chessa ihren Sohn Ragnor heiratet. Chessa sollte nach Turella die Regierungsgeschäfte übernehmen, um die Sicherheit des Danelagh zu garantieren. Ragnor ist ein eigensüchtiger, verwöhnter Fratz, nicht erwachsener als Athol.«

»Athol bessert sich«, entgegnete Varrick abweisend. »Nachdem ihr Kinloch verlassen habt, fand er sein inneres Gleichgewicht wieder. Sein gebrochenes Bein heilt zusehends.«

Cleve knurrte: »Willst du mich begleiten, um Chessa zurückzuholen?«

»Ja«, antwortete Varrick gedehnt. »Wir finden Chessa.«

Und Cleve dachte, er begehrt sie immer noch, er wartet nur ab, bis das Kind geboren ist, um ihr dann wieder nachzustellen. Hoffentlich war Argana vor Varricks Gewalt sicher, zumindest solange Chessa ihr Kind austrug. Cleve brauchte die Hilfe seines Vaters, so sehr ihm das auch gegen den Strich ging. Varrick steckte den *Burra* ehrfürchtig wieder in die Scheide zurück. Was wäre der Mann eigentlich ohne seinen Zauberstab?

Cleve, Varrick und Igmal überlegten, welchen Weg Kerek genommen haben mochte.

»Er nimmt den Seeweg«, meinte Cleve. »Kerek würde niemals Chessas Leben aufs Spiel setzen und durch Schottland reiten. Er kennt weder das Land noch seine Gefahren. Der Seeweg ist zudem wesentlich schneller, vorausgesetzt das Wetter hält.«

»Es ist Herbst«, hielt Varrick dagegen. »Stürme aus dem Norden können die Seefahrer ohne Vorwarnung überraschen und ihnen zum Verderben werden.«

Varrick besaß drei Kriegsschiffe, Cleve eines. Gemeinsam verfügten sie über sechzig Gefolgsleute, von denen die meisten Pikten waren, kaltblütige, grausame Kämpfer, die nicht einmal vor der Hölle der Christen zurückschreckten. Allerdings waren sie keine guten Seeleute, und das bereitete Cleve Sorgen. Am liebsten wäre er auf der Stelle aufgebrochen, um die Verfolgung aufzunehmen. Doch es war dunkel, und kein Mann würde sich nachts auf den See hinauswagen. Es hätte gar keinen Sinn, den Männern diesen Vorschlag überhaupt zu unterbreiten. Deshalb beschlossen sie, im ersten Morgengrauen in See zu stechen. Cleve überlegte den ganzen Abend hin und her, hörte sich Igmals Vorschläge und auch die seines Vaters und der anderen Männer an. Kurz bevor Varrick aufbrach, um in die Festung zurückzukehren, verkündete er: »Ich habe einen Plan. Vater, bist du gewillt, dich meinen Befehlen zu unterwerfen, um Chessa zu retten?«

Varrick wußte um die Kraft und die Klugheit seines Sohnes. Wie sonst hätte Cleve fünfzehn Jahre in der Sklaverei überlebt? Er war sein Sohn, der nach ihm auf Kinloch herrschen würde. Doch diese Gedanken waren es nicht, die ihn bewogen, seine Zustimmung zu geben. Es war Chessa. Er mußte sie zurückhaben, und wer war besser geeignet, sie zurückzuholen als ihr Ehemann? »Ja. Was hast du vor?«

Cleve unterbreitete ihm seinen Plan. Als er geendet hatte, nickte Varrick bedächtig und zog den *Burra* wieder aus dem Gürtel. Der Stab pulsierte vor Wärme und war so leicht, daß er zum Gebälk hinaufschweben würde, hätte er ihn losgelassen. Er reichte ihn Cleve: »Was fühlst du?«

Cleve blickte argwöhnisch auf das heidnische Ding, griff zögernd danach und hätte es beinahe fallengelassen, so schwer war es. Cleves Nackenhaare sträubten sich. Er mußte den Stab, der nicht länger als eine Elle war und nichts Ungewöhnliches aufwies, außer diesen seltsamen Zeichen, mit beiden Händen festhalten . Er dachte an Chessas Gesicht, als sie den Stab gehalten hatte, an ihr Staunen, ihre Faszination und schließlich ihre Furcht. Er gab den Stab seinem Vater zurück. »Behalte deinen *Burra* bei dir. Er ist schwer und kalt. Ich nehme an, daß er Eigenschaften besitzt, die nicht von dieser Welt sind. Ich will seine Geheimnisse nicht wissen. Nimm ihn, Vater, und zwing mich nicht, ihn noch einmal anzufassen.«

Varrick nahm den Stab und balancierte ihn auf einem Finger. Cleve hatte keine Macht über den Zauberstab. Aber Chessa besaß diese Macht. »Wir brechen im Morgengrauen auf. Bist du vom Erfolg deines Planes überzeugt?«

Cleve nickte. »Mit einer großen Anzahl Männer können wir sie nicht befreien. Mein Plan ist gut.« Dann verzog er sein Gesicht zu einem bösen Lächeln, das Rache und Tod versprach.

»Ich brauche keinen *Burra*, um es regnen zu lassen, den See in einen brodelnden Hexenkessel zu verwandeln, oder das Ungeheuer zu rufen«, sagte Cleve. »Ich habe den Verstand und die Willenskraft eines Mannes, und damit werde ich Erfolg haben.«

»Es gibt viel Ungewisses«, sagte Varrick abwägend, bevor er sich zum Gehen wandte. »Dein Plan ist gut. Eine kleine Schar, verkleidet als Palastwachen in York. Ja, ich glaube, das könnte klappen, zumal du den Palast kennst. Sollte dein Plan freilich mißlingen, wirst du mich brauchen, Cleve. Auf die Macht der Magie sollte niemand vorschnell verzichten.«

Grauer Nebel hing dicht über dem See und waberte um das Langboot. Es war kalt und feucht, und Chessas Zähne klapperten trotz des warmen Wollumhangs, den Kerek ihr umgelegt hatte. Die sechs Männer an den Rudern des kleinen Bootes wußten, daß in diesem See ein schreckliches Ungeheuer hauste. Und sie wußten, daß der See unendlich tief war. Jemand, der über Bord ging, war rettungslos verloren, verschwand im Schlund des Ungeheuers, oder wurde in die endlosen, eisigen Tiefen gezogen. Die Männer legten sich kraftvoll in die Riemen, als ruderten sie um ihr Leben, und beteten zu Thor, daß sie Inverness wohlbehalten erreichen würden. Sie brauchten keine anspornenden Zurufe, denn die

Angst vor dem Seeungeheuer spornte sie an und setzte ungeahnte Kräfte frei.

Chessa kauerte im Bug und versuchte durch den dichten, grauen Schleier zu spähen. Kein Stern am Himmel war zu sehen, nur der Nebel verbreitete einen unheimlichen, fahlen Schein. Sie legte die Hände als Muschel an den Mund und flüsterte: »Caldon, komm zu mir, wie du zu Varrick und Kiri kommst. Ich beherrsche Varricks Zauberkunst nicht, ich besitze nicht seinen *Burra*, und ich besitze nicht Kiris kindlichen Glauben. Ich rufe dich dennoch. Hilf mir.«

»Was sagt Ihr da, Chessa?« keuchte Kerek.

Sie lächelte ihm zu, während er das Ruder ebenso kraftvoll durchs Wasser zog wie seine sechs Leute. »Ich rufe das Ungeheuer«, sagte sie mit lauter Stimme, damit alle sie hören konnten. »Cleves Vater ruft es, und es gehorcht ihm. Er ist ein Zauberer. Auch Kiri ruft das Ungeheuer. Wenn es kommt, wird es mich retten.«

Die Männer hoben die Köpfe, und in ihren Gesichtern stand nackte Angst. »Seht euch diesen Nebel an«, fuhr sie mit beschwörender Stimme fort. »Das ist unnatürlich. Seht nur den unheimlichen Schimmer, der von ihm ausgeht. Schaut genau hin, bald wird das Ungeheuer erscheinen. Caldon ist größer als ein Kriegsschiff. Es ist eine mächtige Seeschlange, die seit Hunderten von Jahren hier haust, vielleicht sogar seit Tausenden, vielleicht auch seit Anbeginn der Zeit. Selbst die Römer haben sich nicht an den See herangewagt aus Furcht vor dem Ungeheuer. Kein Fischer wagt sich je in die Mitte des Sees, keiner würde seine Netze nach Sonnenuntergang auswerfen, denn das bedeutet den sicheren Tod, seine Leiche würde nie gefunden werden. Horcht! Ich glaube Caldon nähert sich.«

Einer der Männer schrie gellend: »Kerek, wir werden alle sterben!«

»Schweigt, Chessa! Sonst muß ich Euch den Knebel wieder in den Mund stecken«, warnte Kerek eindringlich.

»Ich weiß nicht, ob Caldon es zuläßt, daß du mir zu nahe kommst, Kerek«, entgegnete Chessa seelenruhig.

»Hört auf damit ...«

Plötzlich schwappte eine riesige Welle über das Boot, und

kaltes Wasser ergoß sich klatschend über die Männer. Sie ließen die Ruder sinken.

»Weiterrudern!« befahl Kerek. »Wir rudern ans Ufer. Ans Ufer! Es ist nicht weit. Ohne diesen verdammten Nebel könnten wir sehen, daß es ganz nah ist. Rudert, Leute! Oder ihr seid des Todes.«

Ein zweiter Brecher schlug gegen die Bootswand, und wieder schwappte ein kalter Guß über die Männer. Das Wasser verschonte Chessa, ergoß sich aber voll über Kerek, als sei es für ihn bestimmt. Die Männer reagierten mit panischem Entsetzen. Kerek war aufgestanden und wies mit ausgestrecktem Arm in die Nacht. »Das Ufer ist ganz nah. Rudert, Männer!«

Vom Bug her war ein leiser Pfeifton zu hören. Wieder schlug eine Welle gegen das Boot, diesmal war sie weniger hoch und rollte an der Bootswand entlang, als schabe etwas Großes daran. Das Pfeifen verstärkte sich. Die Männer waren wie gelähmt, denn sie wußten, das Ungeheuer war ganz nah. Einer von ihnen brüllte: »Prinzessin, bittet das Ungeheuer, es soll uns verschonen. Sagt dem Monster, daß wir Euch die Freiheit geben, wenn es uns am Leben läßt. Wir gehorchen Kereks Befehlen nicht mehr, sagt das dem Monster.«

»Caldon«, rief Chessa laut in die Nebelnacht. »Du hast den Mann gehört. Wenn er die Wahrheit spricht, entlasse die Männer aus deinem Todesgriff. Wenn er lügt, vernichte sie!«

Der Pfeifton veränderte sich und hörte sich nun an wie das Zischen und Schnauben eines Drachens, bevor er seine Beute verschlingt. Das Zischen war jetzt ganz nah. Die Hitze des fauchenden Atems schlug den Männern ins Gesicht, die jeden Augenblick erwarteten, daß der mächtige Schlangenleib sich um das winzige Boot winden und es mit Mann und Maus in den Abgrund reißen würde. Die Männer spürten schon den glitschigen, schuppigen Leib des Ungeheuers und rochen seinen tödlich giftigen Atem. Kleine Wellenkämme schimmerten im unwirklichen Licht des Nebels und schlugen unaufhörlich gegen die Bootswand.

»Thor, rette uns!« schrie einer der Männer und wies mit dem Arm nach vorn. »Seht dort! Wir sind verloren!«

## KAPITEL 27

Kiri schrie auf und weckte damit die anderen sechs Kinder, die aneinandergekuschelt in dem breiten Kastenbett schliefen. Wimmernd schlug sie mit den Armen um sich und bäumte sich auf. Der kleine Torik fing an zu weinen. Die um ein Jahr ältere Eidalla rüttelte sie am Arm. »Du hast einen Alptraum. Kiri, wach auf und hör auf zu weinen.«

Kiri sprang aus dem Bett und lief zur Kammer ihres Vaters, der sie bereits an der Tür empfing.

»Papa!«

Cleve hob sie hoch und wiegte sie beruhigend. Männer und Frauen waren dazugekommen, umringten sie, rieben sich den Schlaf aus den Augen und machten besorgte Gesichter. »Es ist nichts, geht wieder schlafen«, beschwichtigte Cleve die Leute. »Sie hat Angst um Chessa und hat schlecht geträumt. Stimmt's, mein Schatz?«

Kiri, das Gesicht an Cleves Hals gebettet, schüttelte den Kopf. Er küßte ihre Schläfe, ging in die Schlafkammer, setzte sich mit ihr aufs Bett und zog eine Wolldecke über sie. »Erzähl, was hast du geträumt, Kiri?«

Sie schauderte, dann flüsterte sie: »Papa, Caldon versucht, Chessa zu befreien.«

»*Was?*«

Das verstörte Kind schmiegte sich schlotternd an ihn. »Beruhige dich, Kiri. Es war nur ein böser Traum.«

Kiri schüttelte wieder den Kopf und barg ihr Gesicht an seiner Brust. »Nein, Papa, ich hab' nicht geträumt. Es war kein Traum. Caldon hörte, wie Chessa sie rief. Chessa ist in einem Boot auf dem See mit Kerek und anderen Männern. Was bedeutet das, Papa?«

Er wußte keine Antwort. War er denn nur noch von Magie umgeben? Von unerklärlichen Dingen, die er einfach hinnehmen mußte? Er drückte seine Tochter zärtlich an sich. Sie beruhigte sich und sagte in ihrer kindlich selbstverständlichen Art: »Ich bin stolz auf Caldon, weil sie versucht, Chessa zu retten. Sie tut nämlich nicht immer, worum ich sie bitte. Ich wollte, daß sie mir ihre Kinder bringt, weil ich mit ihnen spielen will. Das hat sie nicht getan. Ich hoffe, sie kann Chessa befreien, Papa.«

Darauf wußte er nichts zu sagen. Entsprang das alles nur Kiris Fantasie? Laren glaubte es nicht, ebensowenig wie Varrick. Cleve bat die Kleine, ihm mehr von Caldon zu erzählen, doch bald fielen ihr die Augen zu, und sie war eingeschlafen. Etwas in ihm sträubte sich, diese Geschichten von dem Ungeheuer zu glauben. Doch eines war klar: Chessa befand sich mitten in der Nacht auf dem See. Und bei diesem Gedanken krampfte sich sein Magen vor Angst zusammen.

Er würde keinen seiner Männer dazu bewegen können, sich nachts hinauszuwagen, selbst wenn sie wußten, daß Chessa auf dem See war und nur von sechs Männern bewacht wurde. Die Furcht der Leute war zu groß.

Er zweifelte nicht an der Existenz des Ungeheuers, von Caldon, wie Varrick und Kiri es nannten. Aber daß es die Gedanken eines Menschen spürte und verstand, daß Varricks *Burra* es rufen konnte – das wollte er nicht glauben, und dennoch hielt er den lebenden Beweis auf seinem Schoß. Seine kleine Tochter sah die Geschehnisse. Er akzeptierte ihre Träume oder Visionen, die sie im Schlaf überkamen. Er rüttelte sie sanft wach. »Tut mir leid, Liebling. Aber es ist wichtig. Kiri, denke an deinen zweiten Papa. Kannst du sie sehen? Ist sie immer noch im Boot mit den anderen Männern? Ist Caldon in ihrer Nähe?«

Kiri schloß die Augen, atmete tief und sank ihrem Vater an die Brust. »So ist es gut«, sagte er. »Atme tief durch, Schatz. Schließe deine Augen und denke an Chessa. Kannst du sie sehen?«

»Ich sehe Lord Varrick. Er schaut auf Pagan. Er legt seine Finger in die Vertiefungen der Kreise und Vierecke, Papa. Er hat die Augen geschlossen und summt vor sich hin.«

»Was ist Pagan?«

»Der Stab, Papa. Lord Varrick ...«

»Er ist dein Großvater ...«

»Ich weiß. Aber er will, daß ich ihn Lord Varrick nenne. Er ist jung, sagt er, jünger als du, denn die Jahre sind spurlos an ihm vorübergegangen, und er wird auch noch jung sein, wenn ich erwachsen bin und selber Kinder habe.«

»Kann er Chessa sehen?«

»Ja, ich glaube, er schickt Chessa und Caldon seine Gedanken. Ich weiß nicht, Papa.«

»Was siehst du …«

Kiri schrie auf und warf die Wolldecke ab. »Caldon hat das Boot getroffen. Sie hat es mit dem Kopf gestoßen! Alle schreien, Papa!«

Es war nur ein sanfter Schubs, doch die Männer verloren vor Angst beinahe den Verstand. »Rudert!« schrie Kerek aus Leibeskräften. »Verfluchte Feiglinge, das Ufer ist fast unter euren Füßen. Rudert!«

Wieder ein Stoß. Caldon schob das Boot auf das Land zu, nicht vom Ufer weg, dachte Chessa. Wenn die Seeschlange die Männer an Land zwang, hatte Chessa eine Chance zur Flucht.

Da schrien die Männer erleichtert auf, sprangen aus dem Boot ins seichte Wasser und rannten los. Kerek packte Chessas Arm, kletterte mit ihr aus dem Boot und brüllte die Männer an, es an Land zu ziehen.

Doch es war zu spät. Sobald Kerek Chessas Füße auf den Kies gesetzt hatte, tauchte Caldon neben dem Boot aus dem Wasser auf. Der Nebel lichtete sich, und ihr langer, gebogener Hals wurde sichtbar, dann der kleine Kopf. Caldon öffnete das Maul und stieß einen lauten Trompetenschrei aus. Den Männern fielen die Leinen aus den Händen. Sie standen wie gelähmt und waren zu keiner Bewegung, zu keinem Laut fähig.

Chessa lächelte, als Caldon den mächtigen Hals beugte und das Boot mit der Schnauze vom Ufer auf den offenen See hinaus wegstieß. Kerek stapfte ins tiefere Wasser und schrie dem Ungeheuer hinterher, das nun samt Boot vom dichten Nebel verschlungen war. Es war totenstill, der Geruch der Angst hing in der Luft. »Das Ungeheuer ist fort und hat unser Boot mitgenommen«, stieß Kerek schließlich dumpf hervor. »Männer, reißt euch zusammen! Schüttelt eure Angst ab und kommt wieder zu Verstand. Der Spuk ist vorbei. Wir müssen hier übernachten. Halak, du machst Feuer. Ihr anderen sammelt Brennholz. Wir wollen uns wenigstens warm halten, bis die Sonne aufgeht.«

»Wenn sie aufgeht«, sagte Chessa laut zu Kerek gewandt. »Hast du vergessen, Kerek, daß ich die Tochter des größten Zauberers aller Zeiten bin?«

Er blickte auf sie herab und war bleich vor Angst. Sein Haar klebte ihm im Gesicht. Er und seine Männer waren bis auf die Haut durchnäßt. Chessa hingegen war völlig trocken. Kerek fröstelte. Sie wußte nicht, ob vor Kälte oder vor Angst. Sie lächelte seelenruhig; seine Angst gab ihr Genugtuung.

Die Männer entzündeten ein Feuer und kauerten sich im engen Kreis um die wärmenden Flammen. Chessa hatte die Wolldecke um die Schultern gelegt. Der Nebel legte sich weich auf ihr Gesicht und strich wie zarte, feuchte Finger über ihre Haut.

Kerek ging unter die Bäume, um sich zu erleichtern. Sobald er außer Hörweite war, redete sie auf die Männer ein: »Ihr habt den Zauber erlebt. Ihr habt das Ungeheuer gesehen. Caldon hat euch nur deshalb nicht getötet, weil ich im Boot war. Sie wollte mir keinen Schaden zufügen. Wenn ich morgen die Sonne scheinen lasse, müßt ihr mich nach Hause bringen. Sollt̕et ihr Kereks Befehlen gehorchen, werdet ihr allesamt umkommen.«

»Hört nicht auf sie!« Kerek war zurückgekommen, und in seiner Stimme schwang tiefer Zorn. »Sie ist keine Hexe und keine Zauberin. Wir wissen alle, daß in diesem See ein Ungeheuer haust. Es kam unserem Boot zu nahe, und ihr habt es abtreiben lassen. Morgen wird die Sonne wieder scheinen. Schlaft nun und hört nicht auf sie.« Nach einer Pause fügte er hinzu: »Wollt ihr wissen, warum Königin Turella sie haben will? Ich sage es euch. Wegen ihrer Willenskraft. Sie wird Ragnor heiraten und das Land regieren, nicht dieser Narr. Die Sachsen werden das Danelagh nicht erobern, sobald sie in York das Heft in der Hand hält. Eben wart ihr Zeugen ihrer Willenskraft. Denkt darüber nach. Und jetzt legt euch schlafen.«

»Kerek widerspricht sich selbst«, sagte Chessa. »Einmal redet er von meiner unbeugsamen Willenskraft und dann wieder meint er, Turella könne mich zwingen, diesen Ragnor zu heiraten. Seht mich an. Glaubt einer von euch, daß ich Ragnor heirate?« Sie schüttelte den Kopf und spuckte ins Feuer, daß es zischte. »Ich selbst werde das Danelagh zerstören. Ich werde es eigenhändig an die Sachsen ausliefern. Ihr werdet mich nicht als Gemahlin des Königs erleben.«

»Es wäre besser, der Narr stirbt«, knurrte einer der Männer.

»Ja«, pflichtete ihm ein zweiter bei. »Tötet ihn.«

Chessa seufzte. Eine Flucht war unmöglich. Der See war voller tückischer Strömungen, und sie wußte nicht, in welche Richtung sie schwimmen sollte. Sie hatte sich für die Magie entschieden und damit gedroht, Ragnor zu töten. Sie blickte zu Kerek, der ihr unmerklich zulächelte.

»Die Prinzessin ist sehr wertvoll für uns alle«, sagte er. »Nun legt euch schlafen. Bald geht die Sonne auf.«

Gegen ihren Willen schlief sie tief und traumlos und wachte erst auf, als Kerek sie am Arm rüttelte.

»Die Sonne strahlt, Prinzessin.« In seiner Stimme schwang Spott oder war es Erleichterung? »Ja«, sagte sie. »Die Sonne strahlt, wie ich es versprochen habe.«

Sie blinzelte ins grelle Morgenlicht. Der See lag wie ein gleißender Spiegel. Das Boot war nirgends zu sehen. »Cleve wird uns finden, Kerek«, lächelte sie. »Du hast kein Boot. Willst du zu Fuß nach York? Oder kannst du vielleicht fliegen?«

»Seht, Prinzessin.«

Ihr Blick folgte seinem ausgestreckten Finger. Direkt hinter dem schmalen Zufluß, an dem sie lagerten, lag die Handelsstadt Inverness. Tränen der Enttäuschung brannten ihr in den Augen.

»Chessa, fügt Euch endlich in Euer Schicksal. Euch erwartet ein angenehmes Leben. Ihr werdet allen Luxus haben, den Ihr Euch erträumt. Ich besorge Euch jeden Liebhaber, den Ihr haben wollt, nachdem Ihr dem Danelagh einen Erben geschenkt habt. Auch Turella hat Liebhaber. Und Cleves Kind wird in Geborgenheit aufwachsen.«

Die Männer jubelten. Sie wiesen auf die Stadt, warfen Sand auf die sterbende Glut, glätteten die Kleider und wuschen sich die Gesichter.

»Du hast kein Schiff«, sagte sie, als er sie auf die Füße zog. »Willst du eines stehlen, um damit nach York zu kommen?«

»Ich habe etwas Besseres.« Kerek klopfte ihr den Staub von den Röcken und legte die Decke sorgfältig zusammen. Dann nahm er ihren Arm und begab sich mit ihr an die Spitze der Schar. »Haltet Ausschau nach Banditen«, warf er seinen Männern über die Schulter hinweg zu und setzte sich in Bewegung.

Am frühen Nachmittag erreichten sie Inverness. Das Wetter war mild, eine leichte Brise sorgte für Erfrischung. Kerek kaufte ihr einen neuen safrangelben Kittel, dazu einen hellgelben Umhang und zwei Silberspangen aus Orkney, die den Umhang an den Schultern hielten. Er kaufte außerdem einen Kamm aus Elchgeweih und wies die alte Frau in der Badehütte an, sie nicht nur zu baden, sondern auch ihr Haar zu flechten.

»Warum?« wollte Chessa wissen, doch Kerek zuckte nur die Achseln. Er hielt vor der Badehütte Wache, während die anderen Männer ihre Silbermünzen für ihre Bedürfnisse ausgaben.

Kurz vor Sonnenuntergang brachten Kerek und seine Männer Chessa aus der Stadt zur Mole am Hafen. »Hier entlang, Prinzessin.«

Er führte sie zu einem stattlichen Kriegsschiff, dessen Bug ein geschnitzter schwarzer Rabe zierte. An Bord standen mindestens fünfzig Männer zu ihrer Begrüßung bereit. Einer der Männer rief: »Es ist Kerek! Er hat sie bei sich. Bei den Göttern, er hat es geschafft.«

Kerek schob sie den schmalen Holzsteg vor sich her an Bord. Im Bug befand sich ein überdachter Frachtraum, der Chessa sehr groß erschien. Das Segeltuch der Überdachung war rot und weiß gestreift wie das riesige Segel, das aufgerollt am Mast hing.

»Ihr versteht Euch doch aufs Wahrsagen«, raunte Kerek in ihr Ohr. »Dann sagt mir, was Euch erwartet.«

Sie würdigte ihn keiner Antwort. Sanft schob er sie durch die Öffnung des Vorhangs. Auf einem kostbar geschnitzten Lehnstuhl saß Ragnor und hielt ein hellblaues Glas in der Hand. Hinter ihm stand Turella, ihre Hand ruhte auf seiner Schulter.

»Willkommen, Chessa.« Ragnor hob sein Glas, prostete ihr zu und nahm einen tiefen Schluck. Dann rülpste er laut und grinste. »Da bist du also. Ich bezweifelte, daß Kerek es schaffen würde, denn er ist ein alter Mann, doch meine Mutter traut ihm zu viel zu. Immerhin hat er es geschafft, dich mir zu bringen. Besonders klug bist du ja nicht, Chessa.«

»Du hast deine Sache gut gemacht, Kerek«, lobte Turella. »Ich war bereits in Sorge, denn ich hatte dich früher erwartet.«

»Die Prinzessin machte uns die Entführung nicht gerade leicht, Hoheit. Sie rief das Ungeheuer von Loch Ness herbei, und wir waren gezwungen, uns ans Ufer zu retten.«

»Das Ungeheuer?« Ragnor erbleichte und beugte sich vor.

»Ja, das Ungeheuer. Es existiert wirklich.«

»Daran zweifle ich nicht«, erwiderte Turella. »Doch du hast das Ungeheuer in die Flucht geschlagen. Und die Prinzessin sieht nach dem bestandenen Abenteuer recht gut aus.«

»Ich ließ sie baden und neu einkleiden«, erklärte Kerek. »Ist Eure Braut nicht schön, Sire?« Er würde Turella später erzählen, was alles passiert war, nachdem Chessa und Ragnor vermählt waren. Ob Turella ihm glaubte, oder ihn nur in ihrer geheimnisvollen Art anlächeln würde?

»Sie sieht passabel aus, aber mit Utta ist sie nicht zu vergleichen«, erwiderte Ragnor abfällig. »Dieser Met schmeckt scheußlich.« Er warf den leeren Pokal von sich, der auf den Schiffsplanken zerschmetterte.

Turella schnappte nach Luft. »Das Glas gehörte meiner Mutter. Ich habe es aus Bulgarien mitgebracht.«

»Sie war eine alte Hexe«, sagte Ragnor. »Sie hat mich geohrfeigt, als ich ein kleiner Junge war. Sie kam nur einmal nach York und da hat sie mich geschlagen. Ich zerbreche alle Gläser, jetzt, da ich weiß, woher sie kommen.«

»Chessa ist deine Braut, Ragnor«, lenkte Turella sanft ein.

»Du wirst sie noch heute abend heiraten. Kerek wird bald zur Habichtsinsel reisen und sich das Rezept von Uttas Met geben lassen. In Kürze hast du eine Königin, die dir Erben schenkt und bald auch den Met, der dir so mundet.«

»Aber meine Isla bekomme ich nicht«, schmollte Ragnor.

»Nein, die bekommst du nicht«, entgegnete seine Mutter. Sie festigte ihren Griff an seiner Schulter, und er zog eine wehleidige Grimasse. »Nun, mein Sohn, sag der Prinzessin, wie schön sie ist, und daß du nichts heißer ersehnst, als sie zu heiraten.«

Ragnor bedachte Chessa mit einem finsteren Blick, der zu ihren Brüsten wanderte und sich dabei in Lüsternheit verwandelte. Ihre Brüste waren durch die Schwangerschaft voller geworden.

Laut und vernehmlich sagte sie: »Ich kann dich nicht heiraten, Ragnor, so sehr ich das wünschte, da du ein so begehrenswerter Mann bist, der mich mit Juwelen und feinen Kleidern überhäufen würde, und ich mir nichts sehnlicher wünsche im Leben. Aber hör zu, Ragnor, ich trage Cleves Kind unter dem Herzen.«

Wieso hatte sie das gesagt? fragte sie sich und beobachtete Ragnor, der sich vor Lachen bog. Zu dumm, daß Lügen immer auf einen selbst zurückfielen.

»Wird man sie suchen?« fragte Turella Kerek.

»Ja, Cleve wird sie suchen. Doch er wird nicht auf die Idee kommen, daß wir sie entführt haben. Der Gedanke wäre zu abwegig. Irgendwann wird er sich damit abfinden, daß sie in dem gefährlichen See ertrunken ist.«

»Ist sie mit Cleve verheiratet?« fragte Turella.

»Dann lebt der Dreckskerl also noch«, knurrte Ragnor. »Bring mir mehr Met!« rief er einem Diener zu. »In einem blauen Glaskelch.«

»Ich bin mit Cleve verheiratet«, antwortete Chessa. »Er lebt, und er kehrte in seine Heimat am Ufer von Loch Ness zurück. Er wird mich vergeblich suchen und dann überlegen, was mir zugestoßen sein könnte. Dann wird er wissen, daß ihr mich entführt habt, und er wird nach York kommen und euch alle töten. Er hätte Ragnor längst töten können, doch er beherrschte seinen Zorn, da er der Meinung war, das Danelagh müsse so lange wie möglich in den Händen der Wikinger bleiben. Aber er wird die Suche nach mir aufnehmen, und ihr werdet es alle bereuen. Wenn ihr das nicht einseht, seid ihr große Narren. Und Ihr, Turella seid die größte Närrin. Ihr kennt Cleve. Ihr wißt, wozu er imstande ist.«

Ragnor studierte seine Fingernägel. »Ich wollte ihn töten. Aber Kerek hielt mich zurück und ebenso auch meine Mutter.« Er warf Turella einen leicht verschwommenen Blick zu. »Woher kennst du eigentlich Cleve? War er bei dir?«

»Nein, Sohn. Die Prinzessin irrt. Denk nicht weiter drüber nach.«

»Ich wollte ihn damals erledigen. Aber der Dummsack, dem ich den Auftrag gab, versagte jämmerlich. Er sollte ihm die Kehle aufschlitzen, doch Cleve war schneller. Wer konnte denn ahnen, daß ein Diplomat auch kämpfen kann?«

Chessa funkelte ihn an. »Was meinst du damit, du wolltest ihn erledigen, Ragnor?«

»Deine schöne Stiefmutter, die Hexe Sira und ich, wir beide planten seinen Tod. Er kam nach Dublin, um den Ehevertrag zwischen dir und Wilhelm von der Normandie auszuhandeln. Sira war dagegen. Ihr Sohn sollte in das fränkische Königshaus einheiraten. Damals beschloß ich, dich zu nehmen. Doch Cleve tötete den Schergen, und eine zweite Chance bot sich nicht.«

Der Zorn schnürte Chessa die Kehle zu. Sie öffnete den Mund, konnte aber nicht sprechen. Im nächsten Augenblick stürzte sie sich auf Ragnor, ihre Finger krallten sich um seine Kehle und drückten zu. »Ich war dabei, du elender Feigling!« schrie sie ihm ins Gesicht. »Ich selbst habe dem Mörder ein Messer in den Rücken gejagt. Doch Cleves Dolch durchbohrte seine Kehle und tötete ihn. Du warst das? Und meine bösartige Stiefmutter? Ihr beide habt den Mordanschlag ausgeheckt? Ja, ihr beide steckt dahinter. Und ich habe Sira gesehen, sie hielt sich im Schatten, deshalb konnte ich ihr Gesicht nicht erkennen. Dafür bring ich dich um, Ragnor!«

Sie hätte ihre Drohung wahrgemacht, hätte Kerek sie nicht zurückgerissen und sie an beiden Armen festgehalten. »Ich heirate dich nicht, so sehr du mir auch drohst. Solltest du mich dazu zwingen, Ragnor, bringe ich dich um. Darauf kannst du dich verlassen.«

»Hör auf!« befahl Turella mit ruhiger Stimme. »Still, Chessa. Beruhige dich. Davon wußte ich nichts. Du mußt an dein Kind denken.«

»Kind?« fragte Ragnor einfältig und starrte wieder auf ihre Brüste. »Das ist doch nur ein Trick, Mutter. Chessa hat schon mehrmals gelogen, daß sie schwanger ist. Die Schlampe lügt, wenn sie den Mund aufmacht. Jetzt hat sie gerade versucht, mich umzubringen. Wäre ich nicht so höflich im Umgang mit schwachen Frauen, hätte ich nicht zugelassen, daß sie mich anfaßt. Ich wollte ihr nicht wehtun. Das verstehst du doch, Mutter?«

»Ja«, entgegnete Turella milde. »Ich verstehe, mein Sohn. »Chessa, wir beide sollten wie zwei vernünftige, erwachsene Frauen miteinander reden, komm.«

Doch Chessa schüttelte den Kopf. »Nein, Hoheit. Ich werde nicht mit Euch sprechen. Ich werde nichts dergleichen tun.«

»Du hast dich verändert«, sagte Turella stirnrunzelnd. »Sieh, Ragnor. Da wird dein Met gebracht. Nimm dein Glas und sprich mit Kapitän Torric. Wir brechen bei Morgengrauen auf. Und heute abend findet die Hochzeit statt.«

Ragnor schaffte es mit Kereks Hilfe aufzustehen und das Schiff entlang zum Heck zu torkeln. Er trank das kostbare Glas leer, warf einen Blick zu seiner Mutter zurück, und schleuderte das Glas über Bord. Dabei kicherte er einfältig.

»Er ist jämmerlich«, murmelte Turella. »Ich begreife nicht, wie ich so etwas in die Welt setzen konnte. Aber Olric war ein Schwächling und dumm, er hatte nur Weiber und Saufen im Kopf.«

»Tut mir leid, Hoheit, von mir könnt Ihr keine Hilfe erwarten. Ja, ich habe mich verändert. Ich bin verheiratet, und ich liebe meinen Ehemann. Wir haben uns einen Hof am Ufer des Loch Ness gebaut. Dort werde ich mit Cleve leben und unsere Kinder großziehen, nicht in York.«

»Diesmal bist du wirklich schwanger. Und du wirst das Kind in deinem Bauch beschützen. Niemand wird je erfahren, daß Ragnor nicht dein echter Ehemann ist. Selbst wenn du es hinausschreien würdest, würde sich kein Mensch darum kümmern. Du bist nicht dumm, Chessa. Du weißt, wann du einlenken mußt.«

## KAPITEL 28

»Bei den Göttern, ich glaube es nicht!« rief Cleve erleichtert. »Bist du sicher?«

»Ja«, antwortete Varrick. »Sie sind noch in Inverness, Chessa ist ihre Gefangene.«

Die alte Frau an der Badehütte hatte ihnen von der hübschen, jungen Frau erzählt, in deren Haare sie gelbe Bänder geflochten hatte. »Sie sah aus wie eine Prinzessin.« Wenn sie nur wüßte, dachte Cleve, und drückte ihr eine Silbermünze in die Hand.

Igmal kam vom Markt. »Ragnor und Chessa werden noch heute abend vermählt. Eine Scheinhochzeit, aber niemand wird danach fragen. Ich habe gehorcht, wie zwei Männer aus dem Gefolge der Königin miteinander redeten, während sie sich auf dem Markt umsahen. Im ersten Morgengrauen wollen sie dann die Segel nach York setzen. Die Besatzung besteht aus mindestens sechzig Mann. Königin Turella ist ebenfalls an Bord.«

»Selbst wenn sie mit ihm vermählt wird, hat das nichts zu bedeuten«, sagte Varrick. Und zu Cleve gewandt: »Ich sehe es deinem Gesicht an, daß dein Plan nichts mehr taugt. Zeit für Pagan.« Damit zog er den *Burra* aus der Scheide, hielt ihn hoch und legte seine Finger in die Vertiefungen der geschnitzten Kreise und Vierecke. Varricks Finger schienen in die Vertiefungen zu sinken wie in weiches Wachs. »Ich sehe Chessa«, murmelte er. »Sie sitzt neben Turella unter einer Plane. Bei den Göttern, sie hat sogar den Thron für ihren idiotischen Sohn mitgebracht. Ist die Frau nicht bei Verstand? Chessa ist wohlbehalten. Sie denkt sich einen Fluchtplan aus. Ich spüre ihre Willenskraft, ihre Wut und ihre Entschlossenheit, zu dir zurückzukehren – und zu mir natürlich. Sie weiß, daß wir hier sind. Ich spüre ihren beschleunigten Puls. Sie weiß es, und sie will uns helfen, leichter zu ihr zu gelangen.« Varrick verstummte. Er hatte die Augen geschlossen, da er mit Hilfe der Magie des *Burra* an Bord des Kriegsschiffes zu sehen vermochte.

Cleve konnte den Blick nicht von ihm wenden, er fühlte sich wie ein Kaninchen vor der Schlange, und die Schlange mit dem magischen Blick war sein Vater.

Varrick rief sie, dachte Chessa, nein es war nicht Varrick, es war der *Burra* mit seinen uralten Zauberkräften. Eine große Ruhe durchströmte sie. Sie hatte hin und her überlegt, wie sie fliehen konnte und war zu dem Schluß gekommen, daß sich nur eine Chance bot, nämlich wenn sie nach der Zeremonie mit Ragnor allein war. Wenn er versuchte, sie anzufassen, würde sie ihm die Finger einzeln brechen. Bei diesem Gedanken lächelte sie kalt.

Es galt, die Dunkelheit abzuwarten. Sie erhob sich und trat unter der Plane hervor. Beiläufig fragte sie Torric: »Scheint heute nacht der Mond?«

»Wir haben Halbmond«, antwortete Torric. Ihm war nicht wohl bei der ganzen Sache. Das gesamte Unternehmen ging ihm gegen den Strich. Rorik, Cleve und Merrik hatten ihm und Kerek das Leben gerettet und sogar Ragnor, dem Schwächling. Er hob den Blick zu Chessa. Sie war schön mit ihren locker geflochtenen Zöpfen und den gelben Bändern, passend zu ihrem gelben Kittel. »Mir tut das alles sehr leid, Prinzessin. Ebenso Kerek, es ist nur, daß er ...«

»Warum nennst du mich Prinzessin, wenn du weißt, daß ich keine bin, Torric?«

»Aus Gewohnheit«, antwortete er und spuckte ins schmutzige Wasser des Hafenbeckens.

»Würdest du mich verfolgen, wenn ich über Bord springe?«

»Nein, Prinzessin. Mein Bein ist schlecht verheilt. Lieber würde ich Euch entkommen lassen als zu ertrinken.«

»Gut«, entgegnete sie und machte sich daran, über den

Bootsrand zu klettern, kam aber nicht weit. Kereks Hand schloß sich um ihren Arm. »Ihr würdet das schöne Gewand ruinieren, Chessa. Kommt, es ist Zeit für die Hochzeitszeremonie.«

Plötzlich wußte sie, was sie zu tun hatte, denn Cleve war nahe. Sie lächelte Kerek ins Gesicht. »Ich hab wohl keine Chance. Wenn das so ist, Kerek, wollen wir es hinter uns bringen.«

»Woher dieser plötzliche Sinneswandel?«

Sie zuckte mit den Schultern. »Wenn es denn mein Schicksal sein soll. Freust du dich nicht über meinen Gehorsam? Oder willst du mich nicht mehr mit Ragnor vermählen?«

Kerek runzelte die Stirn. Energischen Schrittes und hocherhobenen Hauptes strebte sie dem Bugraum zu, als sehe sie der Vermählung mit Ragnor freudig entgegen. Sie hatte sich verändert. Angst packte ihn. Mit wenigen Schritten war er bei ihr und nahm ihren Arm. Er mußte sie sorgfältig bewachen.

Die Zeremonie dauerte nicht lang. Chessa stand neben Ragnor, der sich nur noch mühsam auf den Beinen halten konnte, aber mit lauter, vernehmlicher Stimme verkündete: »Ich mache dich, Prinzessin Chessa von Irland, zu meiner Königin. Du wirst meine Kinder, die künftigen Erben des Danelagh gebären. Du wirst mir untertan und gehorsam sein. Wenn ich mit dir zufrieden bin, ist dir ein langes und angenehmes Leben an meiner Seite beschieden. Das schwöre ich, so wahr ich König Ragnor von York bin.«

Statt ihm eine schallende Ohrfeige zu geben, was ihr innigster Wunsch war, lächelte sie zu ihm auf und legte ihre Hand auf seinen Unterarm. »Ich, Chessa von Irland, begleite dich, Ragnor, als Königin von Danelagh nach York. Das Leben wird nicht bleiben, wie es ist, das weiß ein jeder. Sollte jemand anderer Meinung sein, so wird er bald eines Besseren belehrt werden.«

Sie nickte Turella und Kerek zu. »Mehr gibt es nicht zu sagen«, schloß sie ihre Rede.

Ragnor rief: »Nun ist sie die Königin, Mutter. Du kannst dich zurückziehen mit dem Rest deiner blauen Glaskelche.

Chessa bring mir Met, dann werde ich dich endlich nehmen. Leider bist du keine Jungfrau mehr. Dafür bestrafe ich diesen Cleve und auch Kerek.«

»Gewiß, mein Gebieter«, erwiderte Chessa mit süßer Stimme und reichte ihm einen Becher Met. »Von dir genommen zu werden, wagte ich nicht zu träumen. Hier dein Met. Trink, Gemahl. Ich denke mir eine Strafe für Kerek aus. Er wird es bitter bereuen, sich deinen Befehlen widersetzt zu haben.«

»Vielleicht solltet Ihr nichts mehr trinken«, warnte Kerek, der fürchtete, daß Ragnor bald völlig berauscht umfallen und einschlafen würde. Dann würde Chessa vermutlich einen Fluchtversuch unternehmen. Würde er die ganze Nacht Wache halten müssen? Er fluchte in sich hinein. Ragnor wandte sich an ihn. »Ich bin der König von Danelagh, und du bist ein nichtswürdiger Wicht, Kerek. Wenn wir wieder in York sind, werde ich die Habichtsinsel überfallen, den Steinhaufen vernichten und Utta entführen. Komm, Chessa, es ist Zeit. Ich bin dein Gemahl.«

»Gewiß, mein Gebieter«, wiederholte sie, legte ihre Hand in seine Armbeuge und führte ihn zum Frachtraum im Bug.

Turella, die neben Kerek stand, blickte den beiden argwöhnisch nach. »Sie versucht, mich zu überlisten, Kerek, aber es wird ihr nicht gelingen. Mach dir keine Sorgen. Wenn Ragnor zu betrunken ist, um sie heute nacht zu nehmen, geschieht es eben morgen. Und wenn er sie einmal genommen hat, halten wir ihn stets betrunken. Das vereinfacht die Sache für uns.«

»Mir gefällt das nicht, und Ihr wißt das«, antwortete Kerek finster.

»Du bist zu weich, Kerek. Komm jetzt, für uns gibt es nichts mehr zu tun. Es sind genügend Wachen aufgestellt, die Chessa die ganze Nacht nicht aus den Augen lassen.«

Cleve befahl den Männern, in den dunklen Schatten des Festungswalls Deckung zu suchen. »Keiner der Wachen darf einen von uns entdecken. Varrick wird uns sagen, was wir wissen müssen.«

»Ich sehe acht Krieger auf den Wachtposten«, sagte Varrick. Er zeichnete die Aufstellung der Soldaten in den Sand. »Ragnor liegt völlig betrunken im Frachtraum. Hier. Chessa sitzt neben ihm und wartet.«

»Wartet?« fragte Igmal.

»Auf uns«, sagte Cleve. »Auf mich. Dann wird sie handeln. Davor habe ich Angst. Turella wird sie eher töten, als sie gehen lassen.«

»Nein«, widersprach Varrick, »das wird sie nicht tun.«

Cleve runzelte die Stirn ob der Gewißheit in der Stimme seines Vaters. »Jeder von euch nimmt sich einen Posten vor«, erteilte er seinen Männern Anweisung. »Sie müssen schnell und lautlos getötet werden. Keiner darf ins Wasser fallen. Das würde zuviel Lärm machen. Ich hole Chessa. Die Aktion muß blitzschnell und sehr leise vorgenommen werden. Gibt es noch Fragen?«

Entgegen Varricks Ausführungen lag das Kriegsschiff nicht an der Holzmole vertäut. Es lag weit draußen im Hafenbecken vor Anker, mindestens drei Schiffslängen entfernt, allerdings an langen Leinen mit der Mole verbunden. Auf der Mole patrouillierten drei schwerbewaffnete Soldaten. Es war aussichtslos, das Schiff unbemerkt schwimmend zu erreichen. Dazu kam, daß vier Männer gar nicht schwimmen konnten.

Cleve fluchte.

Varrick machte ein verdutztes Gesicht. »Das darf nicht wahr sein«, sagte er. »Wann wurde das Schiff weggebracht? Ich sah es an der Mole liegen.«

Igmal hob ratlos die Schultern. »Was wollen wir tun?«

Cleve wandte sich an seinen Vater: »Weißt du Rat?«

Varrick lächelte überlegen und zog den *Burra* aus dem Gürtel. Dann begab er sich auf eine kleine Erhebung neben dem Festungswall. Ob sein Vater sich nur wieder einmal in Szene setzen wollte, oder ob er für die Zauberei tatsächlich alleine sein mußte, wußte Cleve nicht zu sagen. Varrick hielt den *Burra* mit gestreckten Armen hoch und begann, fremdartige Worte in einem eintönigen Singsang zu sprechen. Es dauerte nicht lang, bis ein greller Blitz die schwarze Nacht durchzuckte und unweit eines Wachtpostens in die Planken der Mole fuhr. Holz splitterte, Rauch quoll auf. Der Mann erstarrte, dann brüllte er los.

Ein zweiter Blitz durchzuckte die Nacht, und der dritte fuhr zischend bis ans Ende der Holzmole. Donner grollte so laut über ihren Köpfen, daß die Männer sich die Ohren zuhielten.

Die Krieger an Bord des Schiffes rannten wie aufgescheuchte Hühner durcheinander, blickten verstört in den schwarzen Himmel und dann zu den Männern auf der Mole, wo die Planken wie Spielzeughölzchen unter den Blitzeinschlägen zersplitterten.

Torric brüllte: »Die Leinen reißen. Rudert zur Mole, um die Männer zu retten. Beeilung, Leute! An die Ruder, rasch!«

Die ersten Regentropfen klatschten bereits auf die Schiffsplanken, und im Handumdrehen ergossen sich wahre Sturzbäche vom Himmel. »An die Ruder!« schrie Torric. »Beeilung!«

Einige Männer ruderten wie besessen, andere schöpften mit Holzeimern das Regenwasser, das bereits knöchelhoch stand. Der Regen ergoß sich sintflutartig aus dem aufgerissenen Himmel.

»Sieh mal«, feixte Igmal neben Cleve. »Wie sie uns zufliegen, wie gebratene Tauben, und sie wissen es gar nicht. Bald haben wir unsere Chessa wieder.«

Doch Cleve war sich da nicht so sicher. Seine sieben Mann standen einer Übermacht von sechzig Kriegern gegenüber.

In diese bangen Gedanken fuhr ein Blitz in den hohen Mast und splitterte ihn entzwei. Die Trümmer stürzten krachend auf die Schiffsplanken und begruben ein Dutzend Männer unter sich. Jetzt sah Cleve seine Chessa. Sie stand vor der Überdachung, den Blick zum Ufer, zu Varrick gerichtet, der nun für jeden sichtbar war, der sich die Zeit nahm, hinzuschauen. Sein schwarzer Umhang blähte sich hinter ihm. Er stand hochaufgerichtet auf der Hügelkuppe und hielt den *Burra* mit gestreckten Armen über sich. Er sprach seine Zauberformeln. Die geraunten Worte wurden vom Sturm übertönt, der das Kriegsschiff immer schneller auf die Mole zutrieb, an der es zu zerschellen drohte. Die Seeleute beteten zu

Odin, Thor und Freya, andere rannten in kopflosem Entsetzen durcheinander. Kerek und Torric brüllten auf sie ein, zurück auf die offene See zu rudern, doch der Sturm schob das Boot gnadenlos auf den Kai zu.

In all dem panischen Gewirr stand die lächelnde Chessa.

Turella kämpfte sich durch den Sturm an ihre Seite.

»Das ist dein Werk«, schrie sie Chessa an. »Ich sehe es in deinem Hexenblick. Es ist dein Werk. Hör auf damit! Gebiete dem Wahnsinn Einhalt, ehe wir alle tot sind.«

»Ja, es ist mein Werk. Doch ich werde unbeschadet daraus hervorgehen. Wenn das Schiff an der Mole zerschellt, werden Eure Männer um ihr Leben rennen. Und ich werde Euch verlassen, Turella, und Euch hoffentlich nie wiedersehen. Ihr haltet diesen Sturm für Wahnsinn? Ich habe meine Macht noch nicht ausgeschöpft. Das ist erst der Anfang.«

Das Schiff schlug so hart gegen die Holzpfähle, daß der ganze Rumpf erzitterte. Das Krachen von berstendem Holz erfüllte die Nacht, und übertönte das wütende Rasen des Sturms. Männer sprangen schreiend vom Schiff auf die Mole, kletterten über zerborstene Planken und rannten davon, als sei der Belzebub hinter ihnen her.

»Feiglinge!« schrie Turella verächtlich, doch ihre Stimme wurde vom Sturm erstickt, und Regen und Meerwasser ergossen sich in ihren Mund.

»Hör auf damit, Chessa.«

»Nein. Kerek, bring deine Königin in Sicherheit! Ragnor liegt immer noch betrunken unter der Plane. Ich gehe jetzt. Ich hätte dich gern zum Freund gehabt, aber du hast es dir verscherzt. Ich wünsche dir kein Glück, Kerek.«

Er packte ihren Arm. »Ich laß Euch nicht gehen.«

Und dann vernahm sie Cleves Stimme: »Laß sie los, Kerek. Das Spiel ist aus.«

»Er weiß, daß ich den Sturm herbeigerufen habe«, beeilte sich Chessa zu sagen. »Er will es nur nicht wahrhaben. Ich lasse das Unwetter noch schlimmer werden, wenn du mich nicht losläßt, Kerek. Oder Cleve tötet dich.«

Kerek ließ ihren Arm los.

»Bring deinen jämmerlichen König in Sicherheit«, rief

Chessa über die Schulter hinweg, als Cleve sie hochhob und sie wie einen Ball dem auf der Mole stehenden Igmal zuwarf.

Kerek umfing Turella und legte sie über seine Schulter. »Wir werden diese Katastrophe überleben«, knirschte er zwischen den Zähnen und sprang auf die Mole. Er stolperte über zersplitterte Planken und fiel mit der Königin zu Boden. Da lagen sie beide keuchend übereinander auf den zerborstenen Holzplanken.

So plötzlich der furchtbare Sturm begonnen hatte, so plötzlich war der Spuk vorüber. Der Regen hörte auf, und der Sturm legte sich. Die Luft stand still. Die Nacht war lau. Ein letzter Blitz zuckte wie ein freundlicher Abschiedsgruß der Dämonen, die das gewaltige Schauspiel ausgelöst hatten, über den Nachthimmel .

Turella richtete sich auf. »Sie hätte uns umbringen können«, flüsterte sie.

Kerek blickte Cleve hinterher, der seine Frau auf den Armen an Land trug. Die restlichen Gefolgsleute der Königin, die nicht kopflos geflohen waren, standen keuchend auf der zersplitterten Mole, verstört und dankbar, daß sie noch am Leben waren.

»Das war das Werk der Prinzessin«, meldete sich Torric als erster zu Wort. »Ich will sie nicht in York haben. Das nächste Mal bringt sie uns alle um.«

»Ja«, pflichteten die Männer ihm bei.

»Sie ist eine Hexe.«

»Gerade noch war die Nacht so schwarz, daß man die Hand nicht vor den Augen sehen konnte. Jetzt zeigt sich der Mond wieder.«

»Wir müssen schleunigst von hier fort.«

Kerek hörte den Männern zu und wußte nun endgültig, daß er das Spiel verloren hatte. Er stand auf und hielt Turella die Hand hin, um der völlig durchnäßten Königin auf die Füße zu helfen.

»Seid Ihr unversehrt, Mylady?«

Sie nickte stumm. Dann stand sie da wie versteinert, sie schien nicht einmal mehr zu atmen. Mit aufgerissenen Augen starrte sie über Kereks Schulter, der sich daraufhin langsam umdrehte. Ein hochgewachsener, schwarzgekleideter Mann kam in langen Schritten auf sie zu. Der Mondschein tauchte die Gestalt in fahles Licht. Er trug kein Schwert, seine bleichen Hände waren leer. Ein Windstoß fuhr in seinen Umhang und blähte ihn zu einer schwarzen Wolke.

Der Mann schien nicht von dieser Welt zu sein.

Turellas Krieger bemerkten die näherkommende Gestalt. Angst breitete sich auf ihren Gesichtern aus, und sie drängten sich aneinander. Einer zog sein Schwert. Die nahende Gestalt verharrte einen Augenblick und sah dem Krieger direkt ins Gesicht, der daraufhin einen Schritt zurückwich und das Schwert fallenließ, dessen Spitze sich dabei in die Holzplanken bohrte.

»Varrick?« hauchte Turella. »Bist du es wirklich? Nach all den Jahren?«

»Ja, Turella, ich bin es. Du hast gewagt, dich an meinem Besitz zu vergreifen. Ich weiß nicht, ob ich dich dafür töten oder den Frevel mit deiner Unwissenheit entschuldigen und dich verschonen soll.«

»Wer ist dieser Mann?« Kereks Stimme bebte, und er haßte sich dafür. Vor ihm stand ein normaler Mann, der noch nicht einmal bewaffnet war. Er könnte ihn mit bloßen Händen erwürgen, war jedoch zu keiner Bewegung fähig. »Kennt Ihr diesen Mann?« wiederholte Kerek und blickte in Turellas bleiches Gesicht. Sie sah mit einem Mal aus wie eine alte Frau mit hängenden Schultern und eingefallenen, erschöpften Zügen, nicht wie die stolze Königin, die er seit so vielen Jahren liebte.

»Es ist Varrick. Er ist mein Bruder,« antwortete Turella tonlos. Und dann schien sie sich daran zu erinnern, daß sie eine Königin war und nicht eine verbrauchte, alte und verängstigte Frau. Sie straffte die Schultern. »Wie ich sehe, trägst du immer noch Schwarz, Varrick. Bemalst du dir auch noch das Gesicht mit blauer und roter Farbe, tanzt nachts um die Feuer und stammelst deine uralten, sinnlosen Verse? Suchst du noch nach den Geheimnissen, die den Sterblichen verborgen bleiben? Versetzt du die Menschen immer noch mit deinen Tricks in Angst und Schrecken?«

»Hat dir der Sturm gefallen, Turella? Hat er dir Furcht eingejagt? Deine Leute haben sich jedenfalls vor Angst in die Hosen gemacht.«

»Nein, Chessa hat den Sturm herbeigezaubert.«

»Glaubst du das wirklich, Schwester?«

Nein, sie glaubte es nicht. Sie schluckte angstvoll. Kerek fühlte ihre Angst, genau wie dieser Varrick, dieser schwarzgekleidete Magier, der bleich und hochaufgerichtet vor ihnen stand, sie spürte.

Sie blickte ihm forschend ins Gesicht. Und plötzlich rief sie: »Bei den Göttern, ich hätte es längst wissen müssen. Diese Augen, er hat deine Augen – ein goldenes und ein blaues. Ich habe Cleve in York kennengelernt und sah diese seltsamen Augen. Und heute wieder. Ist er dein Sohn, Varrick?«

»Ja, er ist mein Sohn.«

»Und Chessa ist seine Gemahlin«, sagte sie sinnend. »Sie werden ein wunderbares Kind zusammen haben.«

»Möglich«, sagte er. »Das geht dich nichts an, Turella. Hör mir zu! Dein Schiff ist nicht zerstört. Rufe deine Männer zusammen, wecke deinen betrunkenen Sohn oder überlaß ihn mir, und ich töte ihn. Verlasse mein Land und kehre nie wieder zurück, Turella, sonst sorge ich dafür, daß du es bis in alle Ewigkeit bereust.«

»Ja«, sagte sie gedehnt. »Wir reisen ab. Für mich gibt es hier nichts mehr zu tun. Das Danelagh ist verloren. Chessa war nicht für mich bestimmt, Varrick. Ich wollte sie für das Danelagh, damit sie die Regentschaft übernimmt, wenn die Zeit gekommen ist, um Ragnor Zügel anzulegen.«

Varrick stand stumm und blickte auf die dunkle See hinaus. Kein Lüftchen regte sich, und dennoch blähte sich sein schwarzer Umhang hinter ihm. »Ich habe eine Stieftochter«, sagte er schließlich. »Sie heißt Cayman. Sie ist die schönste Frau, die ich je gesehen habe. Hier bei uns wird sie keinen passenden Mann finden, und sie wird vereinsamen und alt werden, ohne Kinder und ohne einen Lebenssinn zu haben. Wenn du wünschst, Turella, frage ich sie, ob sie einverstanden ist, mit euch nach York zu kommen. Sie ist klug und geistreich. Immerhin lebt sie seit ihrer frühen Jugend bei mir.

Sie wird auf dich hören, Turella, und sie wird deinen gräßlichen Sohn gut zu nehmen wissen. Sie ist ein guter Ersatz für Chessa.«

»Ist sie wirklich schön?«

Er nickte. »Die schönste Frau, die ich je gesehen habe. Ich lüge nicht.«

»Kann sie Met brauen?« fragte Kerek.

Varricks linke Augenbraue zog sich in die Stirnmitte. »Met? Ihr Met ist ausgezeichnet. Wenn sie sich entschließt, mit euch zu gehen, wird sie ihrer Schwester das Rezept geben, sonst bleiben wir alle sehr traurig zurück.«

Kerek rieb sich die Hände. »Wenn das stimmt«, wandte er sich an Turella, »dann hat Utta auf der Habichtsinsel nichts mehr zu befürchten, Ragnor wird ein Trunkenbold bleiben, und Ihr und diese Cayman, Ihr werdet das Land regieren.«

Turella blickte ihren Bruder an, dessen Umhang sich majestätisch blähte. »Ich nehme dein Angebot an.«

Varrick nickte. »Bleibt noch zwei Tage. Wenn Sie sich entscheidet, mit euch zu kommen, bringe ich sie. Leb wohl, Schwester. Behandle meine Stieftochter gut. Wenn du es nicht tust, werde ich dich zur Rechenschaft ziehen.« Er neigte den Kopf hoheitsvoll, machte auf dem Absatz kehrt und schritt die Mole entlang zum Ufer. Kerek sah, wie er einen Stab aus seinem Gürtel zog und ihn hoch über seinen Kopf hielt. Wieder erhob sich ein Wind, der nur Varrick umwehte. Der Umhang schlug wie ein mächtiges Banner auf und nieder, die weiten Ärmel seines schwarzen Hemdes blähten sich. Plötzlich kam Nebel auf und verdichtete sich vor Varrick, der auf den Nebel zuschritt, in ihn eintauchte und im wabernden Grau verschwand. Anschließend löste sich der Nebel rasch wieder auf, und die Nacht war wieder klar.

Von Varrick war nichts mehr zu sehen.

Zu Kereks Erstaunen lachte Turella. »Das hat er schon als kleiner Junge gemacht«, sagte sie. »Die Hexenmeister in Bulgarien haben ihm das Kunststück beigebracht.« Und sie schüttete sich aus vor Lachen.

»Aber er ist verschwunden, Hoheit«, sagte Kerek aus vor Angst zugeschnürter Kehle.

»Ja«, entgegnete sie. »Er ist verschwunden. Als ich in den Westen reiste, um den König von Danelagh zu heiraten, begleitete er mich. Er wußte bereits alles, was die besten Zauberer in Bulgarien ihm beibringen konnten und hatte von Druiden und deren alten Zauberkünsten gehört. Er wollte anschließend nach Schottland reisen, um die Magie der Pikten zu studieren. Wie ich sehe, ist er dort geblieben. Ich fasse es immer noch nicht, Kerek. Cleve ist sein Sohn. Diese Augen – ich hätte es damals in York schon sehen müssen, er ist sein Sohn. Ich bin eine Närrin.«

»Nein«, widersprach Kerek und zog sie liebevoll an sich. »Ihr seid völlig durchnäßt und müde. Eine solche Nacht möchte ich kein zweites Mal erleben. Während wir auf Cayman warten, müssen wir unsere Männer sammeln und sie beruhigen. Das Schiff muß instandgesetzt werden.«

»Sie braut einen hervorragenden Met«, sagte Turella und kicherte an Kereks Schulter.

Turella kicherte? Kerek hatte nie etwas Schöneres gehört.

Torric, der Schiffsführer, kam hinkend auf die beiden zu, blinzelte verdutzt und räusperte sich. Dann erstattete er seinen Bericht. »Ragnor verschlief das Unwetter, die Blitze und den Donner. Er wachte nicht einmal auf, als das Schiff gegen die Mole krachte. Jetzt ist er wach und verlangt nach Met.«

## KAPITEL 29

Chessa saß auf Cleves Schoß. Die Männer kauerten dicht aneinandergedrängt im Boot und warteten auf Varrick. Sie sah ihn als erste, wie er hochgewachsen und schlank, mit vorgerecktem Kinn und wallendem Umhang, obgleich kein Lüftchen sich regte, herankam. Ihre Rettung hatte sie ihm zu verdanken, das wußte sie, und sie wußte auch, daß sie jetzt handeln mußte, sonst würde sie nie Frieden vor ihm finden. Varrick würde nicht aufhören, sie zu belauern. Dem mußte sie ein Ende setzen.

Als er nahe genug war, barg sie ihr Gesicht an Cleves Brust

und brach in Tränen aus. Haltlos schluchzend klammerte sie sich an ihn.

Völlig überrascht von ihrem Gefühlsausbruch streichelte Cleve ihr den Rücken, küßte ihren Scheitel, wiegte sie auf den Knien und raunte ihr tröstende Worte ins Ohr. Das alles verstärkte nur ihr Leid, und sie schluchzte umso heftiger.

Varrick blickte verständnislos auf sie hinunter. »Was ist los? Hat sie Schmerzen?«

Chessa stammelte schluchzend: »Ich habe solche Angst. Ich dachte, sie verschleppen mich nach York. Ich glaubte, ich muß den Kerl heiraten. Ihr habt mich gerettet. Ihr alle.«

»Chessa«, versuchte Cleve sie zu trösten. »Es ist alles gut, Liebling. Ich werde dich immer beschützen. Liebes, weine nicht mehr. Beruhige dich.«

Er hob den Kopf und sah Varricks eiskaltes Gesicht. »Sie redet Unsinn. Was ist los mit ihr?«

Igmal zuckte die Achseln. »Sie ist eine Frau, Lord Varrick. Sie hat Angst. Das Unwetter, das du herbeigezaubert hast, hat sie erschreckt.«

In Varricks Blick mischte sich Kälte mit Verachtung,

Der Nebel lichtete sich, und die Luft war klar und kühl. Der See lag glatt und dunkel. Chessa hob den Kopf und sah Varrick auf sich zukommen, und hinter ihm ein gutes Dutzend seiner Männer. Sein Umhang wallte hinter ihm her. An diesen Anblick hatte sie sich mittlerweile gewöhnt. Sie fragte sich, wie Argana es schaffte, die Wolle so leicht zu spinnen und zu weben.

Sie hatten Varrick sieben Tage lang nicht zu Gesicht bekommen. Argana war einmal herübergekommen und hatte berichtet, daß Varrick Cayman nach Inverness gebracht hatte, damit sie mit Turella nach York zu reise. »Sie lächelte und sang«, hatte Argana erzählt. »Sie wird Spaß haben, und sie wird ihre Freude an dem Narren Ragnor haben, von dem du mir so viel erzählt hast, Chessa. Cayman versteht es, sich ein schönes Leben zu machen.«

Seit seiner Rückkehr hatte Varrick noch keinen Besuch auf Karelia gemacht. Doch Chessa wußte, daß er kommen würde. Sie fragte sich, mit welchen Augen er sie ansehen würde.

Und nun war er da, am siebten Tag. Chessa begrüßte Varrick, Argana, Athol, der wie immer ein finsteres Gesicht machte, und Igmal, der Kiri zuwinkte. Die Kleine rief begeistert seinen Namen und rannte zu ihm. Er hob sie hoch, warf sie in die Luft und drückte sie an die Brust. Die Männer verteilten sich im Haus und begrüßten die Karelialeute. Man unterhielt sich laut, lachte und scherzte. Die vier Hunde bellten und sprangen schwanzwedelnd an den Ankömmlingen hoch.

Varrick hielt sich abseits, beobachtete die heitere Szene. Sein Gesicht war ohne Ausdruck, weder düster noch fröhlich. Kiri sagte zu Igmal: »Du riechst so sauber. Hast du gebadet, wie ich es dir geraten habe, Igmal?«

»Ja, meine Kleine. Es ist keine drei Tage her, daß ich mich abgeschrubbt habe.«

»Dein Bärenfell stinkt auch nicht mehr so wie früher«, sagte Kiri und schnüffelte daran.

»Nein. Ich habe es anbehalten und mit ihm gebadet.«

Kiri lachte hell. »Ich möchte auch mit einem Bärenfell baden.«

Es war nicht mehr lange hin bis zur Wintersonnenwende, und dennoch lag kein Schnee. Auch in den Nächten war noch kein Frost. Chessa tätschelte ihren schwellenden Bauch. Immer häufiger kamen die Bewohner von Kinloch zu Besuch, denn auf Karelia wurde gelacht und gescherzt, aber auch gestritten. Hier gab es keine Zauberei, keine Geheimnistuerei, und niemand wurde eingeschüchtert. Hier blähte sich auch kein Umhang bei Windstille.

Chessa drückte Cleves Hand. Was würde Varrick tun? Hatte er endlich aufgegeben? War er endlich bereit, sie in Frieden zu lassen?

»Willkommen, Vater«, begrüßte Cleve ihn. »Chessa ahnte, daß du kommst. Die Frauen bereiten ein Festessen vor. Wenn du einen deiner Männer nach Kinloch schickst, um die anderen zu holen, seid ihr alle herzlich eingeladen.«

Varrick bedachte seinen Sohn mit einem überlegenen Lächeln. »Nicht nötig.« Damit zog er seinen *Burra* aus dem

Gürtel. »Damit rufe ich sie.« Liebevoll strich er den Zauberstab entlang und trat einen Schritt vor. Sein Blick traf Chessa, und seine Augen ruhten auf ihrem Bauch. Unsicherheit war in seinem Blick zu lesen, aber auch Entschlossenheit. Chessa seufzte. Ihr hysterischer Anfall nach ihrer Rettung hatte nichts bewirkt. Sie verschränkte die Arme vor der Brust und gähnte. Varrick fixierte sie immer noch, und nun funkelte Ärger in seinen zweifarbigen Augen.

Varrick trat an den Rand der Falkenschlucht, der einzigen Erhebung auf Karelia. Seine Inszenierung gelang auch diesmal aufs beste. Dumpfes Donnergrollen war zu hören und kalte, grelle Blitze zuckten über den Himmel. Auf Regen verzichtete er diesmal, und dafür waren ihm alle dankbar.

Nach Beendigung seiner Vorstellung wandte er sich um und erstarrte. Kein Mensch schenkte ihm Beachtung. Igmal zeigte Kiri, wie sie das Holzmesser werfen mußte, das er für sie geschnitzt hatte. Andere Kinder schauten zu und wollten auch das Messerwerfen lernen. Drei seiner Männer – *seine* Männer – tranken und knufften einander in die Rippen. Ein paar andere redeten mit Karelialeuten, die ursprünglich auch seine Leute waren, und keiner schaute in seine Richtung. Zwei seiner Söhne warfen Steine in den See und wetteiferten, wer am weitesten werfen konnte. Die stille, gehorsame Argana unterhielt sich mit Chessa und ein paar anderen Frauen. Jetzt lachten die Frauen über etwas, das Argana gesagt hatte. Argana sagte etwas, worüber man lachen konnte?

Niemand schaute zu ihm herüber. Nur ein Hund saß auf seinen Hinterläufen, und blickte Varrick mit seitlich geneigtem Kopf aufmerksam an.

Varrick trat zu Chessa. »Komm mit mir.«

Sie lächelte zu ihm auf. »Hast du die übrigen Kinlochleute gerufen?«

»Ja, ich habe sie gerufen«, antwortete er, und sie hörte das kindische Schmollen in seiner Stimme.

»Gut«, sagte sie. »Dieser Stab ist ja recht praktisch. Ich sage den Frauen, sie sollen mehr Fleisch braten. Cleve und seine Leute haben heute morgen ein Dutzend Fasanen erlegt. Es wird ein köstliches Festessen geben.«

»Der Stab ist ein *Burra*. Ich sagte, du sollst mit mir kommen.«

Sie lächelte. »Willst du jetzt mit mir sprechen? Ich habe viel zu tun ... Aber sei's drum. Ich komme.«

Sie betrat an seiner Seite das Haus. Hier gab es kein erhöhtes Podest, nur einen langen Raum, in dem es nach gebratenem Fasan und frischem Brot duftete und ein wenig nach Rauch, der als dünne, blaue Säule aufstieg. Varrick trat an einen Tisch und stellte sich hinauf.

»Vorsichtig, Vater«, warnte Cleve. »Der Tisch wackelt manchmal.«

»Weil Cleve die Beine nicht gleich lang abgesägt hat«, grinste Igmal.

Cleve stieß ihm den Ellbogen in die Rippen.

»Seid still!« befahl Varrick und zu Chessa gewandt: »Komm!«

»Du wirst doch nicht von mir verlangen, daß ich auf diesen Tisch steige«, wehrte sie ab und strich sich über den Bauch.

Er blickte finster auf sie hinunter. Sie hätte schwören können, sein Knurren gehört zu haben.

Er kam wieder vom Tisch herunter, zog den *Burra* aus der Scheide und gab ihn ihr. »Nimm ihn und sag mir, was du fühlst, was du siehst.«

Zögernd streckte sie die Hand aus und nahm den Zauberstab. Mit einem leisen Aufschrei hielt sie ihn auch mit der anderen Hand fest. »Er ist furchtbar schwer«, sagte sie und legte das stumpfe Ende auf die Tischplatte.

Varrick machte keine Bewegung.

»Fühlt er sich heiß an?«

Sie schüttelte den Kopf. »Nein, er ist nur sehr schwer, so schwer, daß ich ihn nicht heben kann.«

»Jetzt ist er kalt, stimmt's?«

»Kalt? Nein, er ist nicht kalt. Ich fühle Holz, sehr schweres Holz, da muß etwas eingearbeitet sein, was ihn so schwer macht.«

»Was siehst du?«

»Gemalte Kreise und Vierecke. Die Farbe ist ausgeblichen und bröckelt an manchen Stellen ab. Der Stock sieht alt und seltsam aus. Er ist so schwer, Varrick. Nimm ihn bitte wieder. Ich mag ihn nicht.«

Er machte ein verdutztes Gesicht, dann wurde er zornig. »Ich habe dich gefragt, was du siehst, nicht wie der *Burra* aussieht.«

»Was soll ich sehen? Ich sehe nichts. Nur den Tisch, und ich fürchte, er wird nicht reichen für die vielen Gäste.«

Er riß den *Burra* an sich und schob ihn in die Scheide. »Es liegt an dem Kind«, knurrte er. »Ja, es liegt an dem Kind. Es hat dir deine Kräfte geraubt.«

»Welche Kräfte?« fragte sie. »Du hast übersinnliche Kräfte, Varrick, nicht ich.«

Er seufzte tief. »Argana!« rief er, »bring mir einen Becher Met.«

Argana rief gutgelaunt zu ihm herüber: »Ich kann nicht, Varrick. Ich bin gerade beim Gemüseschneiden.«

Mit verhaltener Empörung wandte er sich der Frau zu, die seit achtzehn Jahren seine untertänige Weggefährtin war und nun mit großem Eifer Kohl in Streifen schnitt. »Athol«, rief sie. »Bring deinem Vater einen Becher Met.«

»Ich bin ein Mann, Mutter, kein Sklave.«

»Ich bin eine Frau, Sohn, keine Sklavin. Das eine hat nichts mit dem anderen zu tun. Ich bin beschäftigt, wie du siehst, und du sitzt untätig herum. Dein Vater verdient Gehorsam von uns allen. Tu, was ich dir sage, oder du wirst nicht mit uns essen.«

Zu Chessas großem Entzücken ließ Athol sich herbei, einen Becher Met aus dem Faß zu schöpfen und ihm seinem Vater zu reichen. Er sah dabei nicht besonders freudig aus, aber er tat es.

Dies, so dachte Chessa, ohne eine Miene zu verziehen, um keine Aufmerksamkeit auf sich zu lenken, ist der Anfang des Endes von Varricks Schreckensherrschaft.

Das Festmahl verlief in schöner Eintracht. Es gab reichlich Essen und Trinken. Die Gäste lachten und scherzten so vergnügt, wie Chessa es nicht mehr erlebt hatte, seit sie die Habichtsinsel verlassen hatte.

Spät nachts, als alles schlief, und viele berauschte Gäste

von Kinloch sich in Decken gehüllt auf dem Lehmboden zum Schlafen gelegt hatten, zog Cleve seine Frau in der Kammer an sich: »Sag, Chessa, was hast du wirklich gesehen?«

»Etwas Wunderschönes, Cleve«, flüsterte sie. »Ich habe unseren Sohn gesehen. Er hat nicht deine schönen Augen, aber meine; sie sind grün, aber dunkler als meine, und sie strahlen voller Geheimnisse und Freuden und Mysterien und Abenteuer. Er hat dein goldenes, kräftiges und volles Haar.«

»Wie heißt unser Sohn?«

Sie grinste an seinem Hals. »Ich hatte keine Zeit, ihn danach zu fragen.«

# ANMERKUNG DER AUTORIN

In römischer Zeit hieß Schottland Kaledonien. Erst Mitte des neunten Jahrhunderts bekam das Land den Namen Schottland. Loch Ness wurde bereits zu Zeiten der Wikinger Loch Ness genannt. Irgendwie widerstrebte es mir, das Ungeheuer von Loch Ness ›Nessie‹ zu nennen. Deshalb gab ich ihm den Namen Caldon.

Loch Ness ist vierundzwanzig Meilen lang und etwa eine Meile breit. Der See friert im Winter nicht zu und wird von acht Flüssen und zahllosen Bächen gespeist. Der Lauf der einzelnen Zuflüsse hat sich in Jahrhunderten und Jahrtausenden verändert. Der einzige Abfluß des Sees ist heute das Flüßchen Ness, das in die Moray Förde mündet.

Der Heilige Columba war der erste Mensch, von dem die Überlieferung weiß, daß er im sechsten Jahrhundert das Ungeheuer von Loch Ness gesehen hat. Seit dieser Zeit gibt es zahllose Berichte und Aufzeichnungen der Erscheinung, die einander alle erstaunlich ähneln. In den 30er Jahren unseres Jahrhunderts häuften sich die Augenzeugenberichte, als der uralte Baumbestand am Westufer von Loch Ness dem Bau einer neuen Schnellstraße weichen mußte. Seit dieser Zeit füllt Nessie immer wieder die Spalten der Tageszeitungen und lockt zahllose Besucher an, die einen Blick auf sie erhaschen wollen.

Ob ich an Nessies Existenz glaube?

1990 reisten mein Mann und ich durch die schottischen Highlands. In der Nähe von Drumnadrochit bei Urquhart Castle, einem beliebten Platz für Nessiebesucher, ließen wir den Leihwagen stehen, um ein wenig zu wandern. Es war ein feuchtwarmer, nebelverhangener Tag – also ein völlig normaler Hochsommertag in den Highlands. Wir holten unseren Picknickkorb aus dem Kofferraum und wanderten zur Burgruine hinauf, die auf einem Felsvorsprung über dem See thront. Wegen des starken Nebels waren nur wenige Touristen unterwegs, und wir breiteten ungestört unsere Decke aus und ließen es uns schmecken. Der Nebel legte sich feucht auf die gebratenen Hühnerschenkel und das Brot, er beschlug sogar die Weingläser, wovon wir uns allerdings nicht stören ließen. Mein Mann machte ein Nickerchen, ich las ein Buch. Es war ein fauler, erholsamer Nachmittag. Bald wurde der Nebel dichter. Beim Geräusch eines leisen Fauchens hob ich den Kopf. Ein Fauchen? Ein Zischen? Eine Schlange? Im Wasser?

Meine Nackenhaare sträubten sich. Mein Herzschlag setzte einen Moment lang aus. Da wieder, dieses leise Zischen, nur war es jetzt näher. Und plötzlich lichtete sich der Nebel, als habe jemand mit dem Messer eine Öffnung in die Nebelbank geschnitten. Und in dieser Öffnung erschien der Kopf eines Tieres. Lautlos tauchte dieser Kopf immer weiter aus dem Wasser auf. Ich begriff, daß Nessie sich mir zeigte. Da saß ich auf diesem Felsvorsprung und starrte gebannt auf den See, konnte nicht glauben, was ich sah. Und dennoch: ich sah ihn wirklich, diesen unglaublich langen Hals mit dem kleinen Kopf, der aus dem Wasser ragte. Ich streckte die Hand aus und flüsterte ihr etwas zu. Und plötzlich zog sich die Nebelwand wie ein Vorhang wieder zu. Und alles war wieder milchig grau. Ich saß lange reglos da und fragte mich, ob ich träumte oder ob mir der Wein zu Kopf gestiegen sei. Schließlich war ich überzeugt: Nessie existiert, sie und ihre Kinder. Ich weiß nicht, wie viele Generationen neuer Nessies geboren wurden, seit der Heilige Columba sie im sechsten Jahrhundert zu Gesicht bekommen hat. Fünf? Zehn?

Wen kümmert's? Nessie lebt.

In einer Welt
voll Luxus und Geld
sucht sie die Liebe
Perlen
ROMAN